Il contesto

113

Angelo Carotenuto

Le canaglie

Sellerio editore

e-mail: info@sellerio.it
www.sellerio.it

Questo volume è stato stampato su carta Arena Ivory Smooth prodotta dalle Cartiere Fedrigoni con materie prime provenienti da gestione forestale sostenibile.

Carotenuto, Angelo <1966->

Le canaglie / Angelo Carotenuto. - Palermo : Sellerio, 2020.
(Il contesto ; 113)
EAN 978-88-389-4099-6
853.92 CDD-23 SBN Pal0330492

CIP - *Biblioteca centrale della Regione siciliana «Alberto Bombace»*

Le canaglie

Amori, omicidi, rivoluzioni:
quella che chiamiamo Storia
è ciò che avviene
tra una partita di calcio e l'altra.

I bidoni

C'è stato un tempo in cui l'unico modo per correggere una foto era imbroccare quella successiva, si poteva fermare il mondo schiacciando un tasto con un dito, bastava un clic, l'arte dell'attimo giusto, come l'afferrano a ruba bandiera i ragazzetti, che giocano d'abilità e callàra, ma solo i migliori quando aprono la mano dentro ci trovano il malloppo. Come un fotografo ha ragionato Dio nel primo giorno, co' tutto il rispetto, figurandosi l'universo a somiglianza sua quand'era ancora tutto buio, per poi rifallo a luce accesa paro paro alla prodezza che c'aveva in mente: sempre che il Padreterno pensi, sempre che je passi qualcosa per la testa, e che 'na capoccia ce l'abbia pure lui.

Nel mondo che ho conosciuto io, non c'era la televisione, non c'era tutta questa gente che cammina per le vie di Roma, adesso tutti sono stati dappertutto, invece era la solitudine che serviva al mio mestiere, la solitudine insieme ar bisogno de nun isolasse mai. Fellini disse ridendo una sera che per il Paparazzo s'era ispirato a me. Bugiardo era, ma gli ho voluto bene tutte le volte che raccontava pappole, e comunque a Marcello nel film gli ha dato per davvero il nome mio, mica pe' Mastroianni, chiedetelo chi sono stato negli anni della dolce vita, chiedete gli scoop che ho fatto e poi dimenticateli, così come l'ho scordati io, adesso che a ottant'anni scatto foto alle ombre sopra alle panchine e non parlo volentieri del passato.

Ognuno di noi che fa questo mestiere sceglie che cosa diventare, di quale malattia soffrire. Ci sono quelli che se fanno venì l'ernia del disco a forza de portasse dietro l'impossibile, altri come me che girano con una macchina e manco nella borsa, sempre in mano, saltano leggeri, camminano, si dannano, e un giorno sentono che la cianca j'è venuta meno, che c'è un menisco da fasse controllà. Così si lavorava al tempo mio, invisibili, senza far rumore, non si agita l'acqua per pescare. Ma ha vinto il colore. Non è la civiltà che m'appartiene. Non dico che sia peggio, non sono torzo, dico che s'è persa l'astrazione, che in tanti hanno rinunciato all'utopia del bianco e nero. Hanno rinunciato ai grigi, i grigi erano tutto, vedo colleghi che non alzano mai il dito dal pulsante, ta-tac e tac e tac, scattano come tenendo fra le mani 'na mitraglia. Qualcosa prima o poi la beccano, anche se mai al momento giusto. So' giorni questi di pose arrabattate, tutti fanno a stoppàssene, ché tanto poi smanettano co' un trucco, uno strumento, un filtro. Ma una fotografia si scatta adesso, adesso e qui, la nostra è una sfida al tempo, siamo sovrani solo in quel venticinquesimo di secondo che se ti scappa ha vinto, e il tempo che ti batte andrebbe rispettato.

Mi verrebbe voglia de scrivecce solo questo, nelle cinque righe di biografia per il catalogo di quest'altra inutile mostra che comincia, scriverci che al caporedattore del giornale mio, un giorno, nun gliene è fregato niente più che Claudia Cardinale era solo di me che se fidava, che pure alla villa sua m'aveva fatto entrà, e manco che una sera avevo beccato John Lennon a pregare dentro il Laterano. Doveva farmi scontare le male parole che gli avevo tirato addosso all'ultima foto messa in pagina tutta scarcinata. Tagliarle al modo in cui piaceva a lui era come rifare un naso e farlo peggio, o come consegnare il cinema al doppiaggio. Disse che le attrici le potevo pure lassà perdere, che era finita un'epoca, che il giornale aveva bisogno di qualcuno che arrivasse prima degli altri dove se spara, e a Roma a quel tempo se sparava tanto. Mi' moje Maria smise de restà sveglia di notte per gelosia e cominciò a non dormire più per la paura. E sapendo che lo sport me faceva orrore, pure per lo sport il Capo disse che avrei dovuto lavorà. A me che sono stato Marcello Traseticcio.

La prima volta che misi piede al campo, i giocatori stavano rinchiusi dentro uno stanzone che imparai a considerare un luogo sacro. Dalla lavanderia uscirono due donne con delle ceste fra le mani, colme di maglie celesti ancora zuppe d'acqua. «È presto pe' stà qua», disse la prima. Aveva l'accento marchigiano e un'aria genuina, i capelli a toupet dietro la nuca, in ordine tenuti da fermagli lungo la testa. Pareva che nun gliene importasse de dimostrà più degli anni sua, quarantasei mi disse, senza ch'io glielo chiedessi. Nina si chiamava, e nel tirar da uno stanzino fuori la moka dell'omino, quello coi baffi, per offrirmi alla fine una tazza di caffè, mi raccontò che lei a Tor di Quinto ci arrivava ogni mattina prendendo cinque autobus, e che la sera erano sempre cinque pe' tornà, mentre tutt'attorno imbruniva e sul vialone illuminavano nei bidoni il fuoco le mignotte. L'altra, Floriana, chiapputa, badialona, vide la Leica che portavo al collo, si aggiustò il camice stropicciato e domandò com'è che si capisce quando arriva l'attimo suo, perché si scatta proprio a quel momento. «Non lo so», risposi, «non so spiegarlo. È 'na cosa intuitiva, animalesca». E con quell'esattezza che viene da uno sguardo semplice, lei ribatté che allora doveva esse proprio un bel mestiere il mio, perché bisogna sentì i momenti quando arrivano, una fatica che almeno te impara a prevedé le cose.

Dal Santasantoro veniva un suono regolare, un ostinato tum-tum, ossessivo, anche a un profano come me pareva un piede che martellava su un pallone. Una scarpa chiodata. Il ritmo di un palleggio, una specie di battito vitale, come nel grembo d'una madre un feto. «È Giorgione», disse Nina allungando l'udito alla porta che si apriva per far entrare un uomo paffuto, stempiato, l'aria da duro. Credo che la guardai come Gagarin la Terra dallo spazio. «È Giorgione!», mi ripeté col tono di chi l'evidenza spiega, «dico l'omo che picchia: Giorgio Chinaglia». A me parve che non avesse aggiunto nulla di utile davvero, e Nina lo capì. «Ahò, nun me dì che nun sai manco chi è Chinaglia». Non lo sapevo. Ma lo avrei scoperto.

Inizio autunno 1971

Giorgio Chinaglia, 24 anni, centravanti. Le gambe tozze sotto i calzoncini, il torso aitante, spalle ingobbite, basette folte e lunghe, come lunghi sono i capelli, mossi e arruffati. Qui dentro è il capo. Un bel crostino. Non c'è stato calciatore italiano più gaglioffo. Umorale, balordo, strampalato. Intrattabile un giorno, l'altro felice. Litigioso, prepotente, all'improvviso mansueto e fragile, generoso e insieme orapromé. Gli uomini che stanno intorno a lui dentro la stanza, con le schiene addossate alle pareti, le mani in tasca, gli sguardi di ferro e i volti in cera, bianchi non di candore ma di chiarina – sonno arretrato – gli uomini che stanno dentro questa stanza paiono apostoli in attesa di un martirio.

Quello lì, per esempio. Quello che se ne sta in piedi immobile, appartato, braccia conserte, la gamba destra sollevata, la suola della scarpa a insudiciare il muro. Lo chiamano il Baronetto, altri il Padrino. Il vero nome è Pino, anche se è nato a Darlington, in Inghilterra. Fa di cognome Wilson, anni 26, studia giurisprudenza. Gioca in difesa, libero di ruolo, l'ultimo uomo prima del portiere. Suo padre Denis, inglese, era militare a Napoli, dove s'è innamorato di Rachele. Se Giorgione dice sì, Pino dice sì. Se Giorgione dice boh, Pino dice boh. Ora che Giorgione dice: non giochiamo, pure Pino ripete: non giochiamo.

Lo stopper sta dalla parte loro. Giancarlo Oddi, 21 anni, capelli lunghi dietro, di lato e sulla fronte, il viso pienotto, tratti che potrebbero essere associati a un amerindio. Invece viene dal Tufello e Tufello l'hanno soprannominato. Perché è un ragazzo di borgata e cerca l'approvazione in ogni gesto. Il calcio è il suo progetto di riscatto. Poco più in là è impalato Franco Nanni, che invece gioca a centrocampo. Famiglia di operai pisani, sesto di sette figli, padre carpentiere, madre casalinga. È andato al collegio dai preti, loro sono stati a mettergli un pallone tra i due piedi, mentre lui sbajoccava du' lire facendo il garzone in salumeria o il fattorino della farmacia.

Questa ghenga di maschi che su un campo di calcio chiamano Lazio aspetta di mettersi in saccoccia un vecchio premio promesso dalla società. Fanno 800 mila lire a cranio. Silenzio e quiete annunciano qualcosa di simile a uno sciopero, abbenanco sti giovanotti non possano dirsi parte de la nuova classe sociale che si fa forte de lo Statuto dei lavoratori, approvato circa un anno prima. Eppure sembra che insieme agli italiani avvertano la voce alla tv di Pappagone che domanda: siamo vincoli o sparpagliati? Il mondo del lavoro sta mutando. Il proletario è il nuovo eroe. Ha un sindacato. Ha Volonté e Giannini che al cinema portano la coscienza di classe e le sue battaglie. Ferito nell'onore, l'operaio va ribelle in paradiso, glorioso, con un temperamento opposto a quello della piccola borghesia frustrata che sta comprando un milione di copie in libreria specchiandosi nel Fantozzi di Villaggio. Pur se lo chiamano stato di agitazione, dentro questo spogliatoio si direbbe che adesso ci sia soltanto fissità. Una calma monotona spezzata dal rumore della porta di ferro aperta e con violenza intuzzata dall'omo che entra – paffuto, stempiato – 'n'aria da stronzo che poco si concilia con la giacca scura e questo maglione smorto, beige, a collo alto.

Con un tocco della punta del piede, Giorgio scucchiaia il pallone verso l'alto e lo serra sotto al braccio. Ha la più tipica delle sue facce da schiaffi quando solleva lo sguardo e lo manda a sbattere contro il Manager che è qui. La banda di calciatori sfida tacendo. Finché non tocca a Giorgio.

«Noi domenica non giochiamo».

«Voi domenica ve lo prendete nel gregorio», va dritto pe' dritto l'altro.

«Noi ce lo possiamo pure prendere nel culo, ma se non arrivano i soldi a Terni non giochiamo. Stasera in ritiro non ci andiamo. Diglielo a Lenzini, dillo al presidente che queste so' le parole di Chinaglia».

Il Manager mette a fuoco: «Io vi taglio lo stipendio del 20% e vi denuncio. Non solo a te, Chinaglia. A tutti e sedici».

C'è ruggine pregressa, un risolino, qualche testa che annuisce, volti tirati. Tutti si stanno scrutando, senza prescia, uno per uno, come se volessero per sempre memorizzare quell'istante. I conti al Manager non tornano. Fa una sbrasata: «Dov'è il vostro allenatore?». Uno scatto di nervi. Perdere la pazienza è come riflettersi dentro lo specchio della casa dei fantasmi, ti guardi e non sei più tu, inciurmato. Ecco. Quando Chinaglia ha smesso di palleggiare, oltre la porta dello stanzone muto – fuori, Roma si sta svegliando con una certa strafottenza.

Collina Fleming

Una cucina ben arredata in un appartamento nella zona verde altoborghese a nord. Saranno a malapena le sette del mattino. Così sembra voler dire la luce che trapela dalle tende. Neppure la luce, a quest'ora, di sé è troppo sicura. Di certo non lo è Angela, detta Lina, questa bella signora quarantottenne, scura di occhi come doveva esse de capelli prima che a colpi di sole la vanità vincesse. È in casa sua, sta in disabbijé. Se avesse una bussola tra le mani, l'ago non indicherebbe nessuna direzione. Lina punta smarriti gli occhi nel niente, se occhi possono chiamarsi queste fessure sottili e incerte. I pensieri nemmeno sono accesi. Sta vivendo l'immane fatica di dover mettere in moto la giornata. Suo marito Tommaso fra qualche giorno compirà 49 anni. Porta i capelli grigi pettinati indietro, senza brillantina, senza gel. Irrompe dolce alle spalle della donna e si sporge su di lei per darle un bacio su una guancia. Sta uscendo, va al lavoro, lo sanno tutti a Roma che mestiere fa Maestrelli, ma prima si fermerà in campagna a comprare da Memmo le uova fresche, battendo la pedacchia fra trifogli e portulaca, tarassico, galinsoga. Lina non riesce a ricambiare, se non con un sorriso a stento.

Regge tra le dita un cucchiaino e lo crocchia a intervalli regolari sul bordo della tazza da caffè ferma sul tavolo di fronte a lei, incapace sia di bere sia di fermarsi, accordandosi allo stesso ritmo di questa canzoncina senza pretese – Tweedle Dee – e dal successo imbarazzante – Tweedle Dum – che adesso viene dalla radio.

Quartiere Monteverde

Lo scirocco non è mai soltanto un vento, lo scirocco è un'esperienza, e i romani la stanno provando. I loro corpi stamattina sono piegati in due, accalcati uno sull'altro. Largo Berchet, via Ugo Bassi, la scalinata da cui si scorge la sagoma del gasometro «enorme contro il cielo» e la linea dei monti dei Castelli. Una fiumana impressionante di uomini donne e bambini cerca riparo. Occhi serrati, mani sulla fronte, baveri alzati. Un cappello vola lontano. Lo scempio che queste raffiche stanno facendo di un giorno che comincia. Speziali, cerusichi, sartori. Passi che incespicano. Donne che si urtano.

Chi alzasse gli occhi fino al quarto piano di uno dei palazzi vedrebbe una finestra aperta dove il vento trova la feritoia perfetta in cui infilarsi. Un uomo sulla settantina se ne sta in piedi di fianco agli stipiti. Distinto, signorile, un vecchio accendisigari Zippo in una mano. Sta provando ad accostare la fiamma alla sigaretta che tiene fra le labbra. Una volta, due, tre. Attribuisce il fallimento allo scirocco che sale dalla strada, perciò si decide a rimuovere il problema. Chiude la finestra con gesti che paiono prudenti e invece so' impacciati, poi con un certo appagamento si dispone a godersi finalmente la sua dose di tabacco.

Vive in questo salone che è una sinfonia al chiarore. C'è la luce del giorno che filtra dall'esterno, a cui dentro s'addiziona quella dei lampadari. Un accrocco accecante si direbbe, se in realtà il settantenne non fosse accecato già di suo. Ha perduto la vista. I libri accumulati sugli scaffali alle sue spalle sono davvero troppi per immaginare che abbia fatto in tempo a leggerli tutti prima di ritrovarsi al buio. Altri sono su un tavolino basso, e una decina ancora sparsi lungo il pavimento. Disegnano come una trincea, la linea fra le certezze sue e il mondo ignoto.

L'uomo accende nuovamente lo Zippo per la sigaretta. Muove le mani come un arciere in cerca di un bersaglio. La fiammella ondeggia a sinistra, a destra, di nuovo a sinistra, ovunque tranne che al centro. Chissà come si vive nelle tenebre con tutte queste luminarie attorno. Alle pareti di casa esibisce dentro una cornice nercia quattro lauree, ed è il motivo forse per cui lo chiaman Preminenza. Saramago direbbe che i suoi occhi sono biglie inerti. I piccoli moti di palpebre e pennazze non hanno espressione. Ora ha richiuso l'accendisigari, sta rinunciando alla cispa che je rimane a mezza bocca. E mentre prova a deporre lo Zippo su quel tavolino che – diamine – da qualche parte nel nero pìceo com'un'or de notte ci sarà, tastando l'aria, Preminenza rovescia a terra una cornice che contiene una foto della Lazio in posa.

Dicevo. Un'Alfa Romeo 1750 bianca si presentò nello spiazzo del parcheggio a Tor di Quinto come il famoso anatroccolo tra i cigni. Con una sua dignità andò a infilasse nello spazio vuoto che la chiamava a sé, in mezzo a una Bentley e a una Jaguar bianca. Una sproporzione di sfarzo vissuta con grande nonchalance dal proprietario, 'n omo zurugnone che me parve più che artro preoccupato de mette in protezione un cartoccio d'uova fresche sul sedile. Dalla macchina scese mormorando una canzone di Domenico Modugno. Senza benignare d'uno sguardo i bolidi dinanzi a cui passava, lo vidi dirigersi nella sua perentoria mitezza verso di me, che ancora stazionavo fuori dal Santasantoro sfumacchiando. Tommaso Maestrelli. Fu la prima volta che lo incrociai. Solo più tardi per me sarebbe stato Tom. Non s'accorse di nulla, non fece caso nemmeno al fatto che dal mio angolo potessi sentire e intravedere ciò che succedeva dentro lo stanzone quando j'aprirono la porta. Il Manager non c'era più. Le maglie per l'allenamento stavano coricate sulle panche. Un uomo jattuto le andava raccogliendo lentamente in una cesta. Pino gli lanciò la sua chiamandolo Pelé, lo stesso nome del campione, mentre in un angolo continuava nel frattempo a confabulare con Chinaglia. I due o tre crocchi che qua e là s'erano formati cessarono il brusio: un succedersi indistinto di parole che all'apparire dell'allenatore sfumarono nel più disciplinato dei silenzi. Una quiete che je sarebbe aggarbata a Sergio Leone.

Giorgione fissò Tommaso, ma era a Pino che toccava prender la parola. Il calcio ha il codice dei microcosmi organizzati. Il capitano di una squadra porta una fascia al braccio non per niente, la fascia conferisce oneri e responsabilità negli attimi in cui si gela il sangue.

«L'incontro è andato male», fece Pino.

«Cioè?», domandò Tom.

«Non ci sono soldi, mister. Non pagano il premio».

Maestrelli si passò una mano tra i capelli, un cenno di fastidio per una questione che confidava di trovare ormai risolta. Non era uomo da urtasse. Allargò un braccio di lato, fatalista, disse l'unica cosa che gli parve sensata. Ma era l'unica che la squadra non s'aspettava: «Va bene. Allora andiamo ad allenarci». Gli uomini che si stavano rivestendo furono presi come da 'no sturbo. Cercavano una risposta indagando nei gesti muti dei due capi. Il magazziniere col soprannome brasiliano si fermò sull'uscio. Pino aveva uno sguardo incredulo, Giorgio un sorriso che pareva un coltello. «Mister», e da laggiù mi parve la voce di Chinaglia, «ci siamo già rivestiti. Questo è uno sciopero».

A ripensarci adesso, dopo tutti questi anni, credo che fu l'istante in cui capii Tommaso, la sua maniera di essere venuto al mondo, la sua naturale diserzione dei conflitti. Scelse di trattenersi ancora un po' dentro un silenzio studiato per attirare su di sé l'attenzione generale. Si calò, sfilò i mocassini e reggendo le scarpe tra le mani scovò il punto di fragilità in quel progetto di ribellione che fronteggiava con clemenza. «Lo sciopero», gli sentii dire, «è verso la società, non verso di me. Io sono uno di voi. Anche se non partiamo, ci alleniamo lo stesso. Quando vi dico: sequitemi miei pugnaci, dovete sequire et pugnare».

Il magazziniere cominciò a ridistribuire le magliette. A nessuno venne in mente di replicare.

«Bravo Pelé. Ridagliele».

E nello smarrimento generale, mentre Pino e Giorgione, Giorgione e Pino, ancora non s'erano ripresi dallo stupore, la squadra vide Tommaso tornare sui suoi passi, riaprire la porta e infilare la testa dentro.

«Qui nessuno di voi ha visto *Brancaleone*. Non va bene. Non ci siamo».

Questo branco vestito di maglie celesti è incolonnato in un modo né ordinato né irregolare. Maestrelli veste una tuta di flanella con la scritta Lazio sul petto. Porta un fischietto legato al collo, nel pieno delle sue funzioni. La squadra corre lungo la linea laterale tenendo la testa bassa. Sembra che tutti avvertano l'esigenza di guardarsi la punta delle scarpe. Di tanto in tanto, qualcuno furtivo sonda gli umori. Accanto a Maestrelli c'è il suo aiutante, Bob Lovati, capelli radi, spilungone, in gioventù è stato un portiere: tocca a lui reggere un cronometro tra le mani. Chinaglia tiene da babbià. Borbotta qualcosa a Wilson che gli corre dietro. Smania, tradisce frenesia. Non è tipo da lasciarsi addomesticare. Fra i pestatalloni adesso c'è qualcuno che tuzza quello davanti, il clima è elettrico, gli spintoni si fanno via via più vigorosi. Maestrelli vede tutto. Sceglie di voltarsi dall'altra parte: non sarà mai un moscetto ma manco un caporale. Gli scappa con Bob mezzo sorriso acquattato. Per ora gli basta aver piegato la masnada.

C'è una rete piena di palloni là sul prato. Saranno una dozzina, pare uno de quei cumuli di massi, dietro barriere di protezione, ai bordi delle strade di montagna. Il segaligno Bob se ne fa cascare uno dalle mani fin giù ai piedi e lo calcia di controbalzo verso il portiere. Maestrelli, impettito, fa l'ultimo della linea di un'infirzata di paletti. Aspetta lo slalom dei giocatori palla ai piedi per addestrarli al dribbling. Più di uno si impappina, compreso Giorgio, che una volta si perde il pallone schiacciandoselo goffo sotto la suola. Non si direbbe una squadra di virtuosi.

Dalla fascia laterale destra, Tommaso e l'aiutante Secco aggriffano al centro dell'area un pallone dietro l'altro, sotto la signorile forma del traversone, detto altrimenti cross da quelli che conoscono pure l'inglese. Lì in mezzo, ad attendere, la squadra in fila indiana sta.

Vanno al tiro in porta colpendo il pallone secondo l'occorrenza. Chi al volo di piede, chi in tuffo, chi di testa. Sono stremati. Giorgio è arroncigliato in due. Pino resta sdraiato a guardare il cielo, un cielo indifferente a tutta la fatica di questi uomini celesti, quaggiù, sull'erba.

L'acqua scende dalla doccia sulla liturgia del dopo allenamento. Esistono calciatori disposti a raccontare che questo è il momento più bello del lavoro loro. Teste rivolte all'indietro che si concedono allo scroscio. Rivoli di shampoo che colano dai capelli lungo i volti. Mani che forte strofinano nuche, fronti, colli e guance. Dita che sciacquano elice, antelice e conca delle orecchie. Un cerimoniale di lungaggini con tutto il piacere dell'indugio.

File e file di sneaker, zattere e zeppe raccontano più del calendario Barbanera l'epoca che stanno a vive. Giorgio asciuga i capelli con un Rowenta sgargiante, arancione. Nei pressi del suo armadietto avanza dal mucchio uno dei compagni, finora solo intravisto, confuso in mezzo agli altri. Ha la testa infilata sotto un asciugamano e se la friziona. Le sue prime parole arrivano da quel luogo seminascosto. Ma non sono certo parole di chi s'infratta.

«Bello il tuo sciopero, Chinaglia».

Giorgio per un istante è sorpreso da tanta sfrontatezza. Un antagonista non ce l'ha avuto mai. Ne sta nascendo uno, ma non c'è chi se ne renda conto. Perciò quello risponde ancora da monopolista del potere. «Prima mi devi ricordare chi sei. Prima mi devi ricordare come ti chiami».

Dall'asciugamano emerge la testa di un ragazzo di 22 anni arrivato in questa Lazio da tre mesi. Si chiama Luigi, Luigi Martini. È nato vicino Lucca e la parlata porta traccia chiara delle origini. Ha imparato a trattare con cura i suoi capelli perché sa che non li avrà ancora a lungo. Ora poggia il telo di spugna intorno al collo e finalmente il gran Giorgione può fingere di scorgerlo.

«Ah, sei tu. Ora tossiscono pure le pulci».

Luigi non è intimidito. Non ha intenzione di ritirarsi né di tacere il suo dissenso per la protesta della squadra, organizzata da Pino e naufragata. «Impara a rispettare tutti, Chinaglia. Qui dentro non sei da solo a comandare».

Il battibecco si sta facendo interessante. Fumo. Nuvole di nebbia. Lo stanzone è immerso nel vapore creato dall'acqua calda. I bollori di un silenzio post atomico. Tacciono tutti. Questi tagli degli occhi. Queste sopracciglia torve. I pomi d'Adamo in tutta la loro sporgenza bellicosa. Pino è più interessato degli altri. Si avvicina e mette una mano sulla spalla dell'amico Giorgio. Non sta scegliendo da quale parte stare. È una decisione presa da un pezzo. La sta solo comunicando a Martini e agli altri: «Infatti Chinaglia non comanda da solo». Sottotesto: ti stai dimenticando di me. Giorgio è soddisfatto per l'intervento del fiancheggiatore. Non è un soccorso. Non ne avrebbe bisogno. È una testimonianza pubblica della sua autorità.

Luigi non arretra, anche se adesso ne ha davanti due, e sono proprio quei due là.

«Martini, ricordami dov'è che posso averti visto prima», lo sfida Pino, «perché in serie A finora non ti ho incrociato».

Risatona.

Luigi si guarda attorno, vuol capire chi ha scelto di astenersi. Sta pesando i rapporti di forza, a occhio e croce non è messo bene.

«Hai ragione», risponde. «Non c'ero. Forse per questo siete scesi in B».

Adesso Giorgio è irritato per davvero.

«Dai, Martini, falla finita. Risparmia il fiato che in campo devi correre per me».

«Io corro per la Lazio, non per te».

«Tutta la Lazio corre per Chinaglia».

«Io no. Io non sono venuto da Livorno per Chinaglia».

È questo l'istante in cui nello spogliatoio riappare Maestrelli. In tutta la sua indulgenza. Non dovrà mai alzare la voce per riportare l'ordine. Non lo fa nemmeno stavolta. Gli basta molto meno. Gli basta esserci. Giorgio si volta e lo contempla. Poi si rivolge di nuovo a Luigi nel tentativo di essere definitivo. «Non hai capito come funziona». Quindi impugna il suo phon arancione nella mano destra come una pistola gigantesca. Punta il Rowenta spento verso Martini e simula uno sparo. Pam. Compie il gesto posando un'ultima volta lo sguardo su Tommaso, spettatore muto, ma ora pronto a pretendere per sé le ultime parole. Senza enfasi. Con la sua imponente semplicità. «Se avete finito, vi dico come si conclude il vostro sciopero».

Ora che ci aripenso, il mio lavoro è stato osservare, in fondo sempre e solo questo. È stato capire coi miei occhi. Un fotografo è un cowboy appartato. Ha idee, dubbi, emozioni. Non può permettersi altre zavorre. Ognuno di noi già porta dentro di sé il bambino che è stato al suo paese, i giocattoli che non ha mai avuto, i maestri a cui ha disubbidito, le donne che s'è portato a letto e quelle che ha guardato da lontano. Perciò sui posti annavo senza giornalisti. Pe' conto mio cercavo la tensione. La compagnia distrae, stempera la sensibilità.

Io me volevo sentì abbandonato pe' dimenticamme di me, smettere di ragionare. Non c'è niente da dimostrare con una Leica in mano. Le foto vengono al mondo senza levatrici. Chiunque sa premere un pulsante. 'Na vorta ho visto le immagini di un gorilla che maneggiava una Polaroid. Ho fatto un mestiere dalla semplicità allettante. Da qualche parte stanno nascendo fotografi che non sanno ancora d'esserlo. Ognuno di noi è le mille possibilità che sarebbe potuto diventare. Ma io ho troppa morte dentro da cui scappare per non dedicarmi all'unica persona che per caso mi è toccato vivere, la sola che di volta in volta ha posato il famoso dito sul pulsante per scattare le sue foto. Il mio lavoro è stato capire coi suoi occhi.

Al giornale mio eravamo in tutto una trentina. Il direttore Attilio Carnevale, di Formia, aveva lavorato come inviato degli Esteri al «Giorno» con Baldacci, medico come lui, ma senza aver esercitato. Quasi mai si separava dalla pipa tiepida, se vestiva come 'na specie di lord Brummel in crociera, amava il lino bianco e detestava le pacche sulle spalle, nun era snobismo ma amore di misura. «Pubblichi solo quello che vorrebbe leggere», si raccomandava dando del lei, «ma scrivendo nella lingua con cui ne parlerebbe a casa». Gli aggettivi, diceva, erano un diluente banale della sostanza pittorica. Aveva in testa un giornale popolare e autorevole, con quella grafica che era il punto mezzano fra il «Daily Express» e «France Soir». Chi gli voleva bene, e dunque tutti, lo chiamava Bleda, come il re degli Unni, ma nessuno s'aricordava chi avesse cominciato né perché; né come tanta sintonia esistesse tra uno come lui e Scagnozzi: Vito Scagnozzi, il Capo mio e di tutti, sbrigativo, greve, cinico, l'uomo che di fatto ci guidava nelle piccole cose di ogni giorno, nei meccanismi di routine che per magia consentono a un giornale di fiorire, quasi autonomo dal piccolo grande impegno di ciascuno, come se annà in edicola fosse 'n'artra opera della natura. «Il giornale si fa da solo», spiegava Bleda a chi rosicava pe' 'n'assenza, una difficoltà, un ostacolo, con una di quelle sentenze che consegnava al mondo e per le quali lo prendevamo in giro. Ma in fondo aveva ragione lui.

Quella sera al giornale mio arrivò una telefonata, non ricordo se al capocronista Manlio Martellucci o a chi. Sapemmo così di essere i soli in tutta Roma a ignorare che Maestrelli aveva convinto i giocatori a cenare assieme dopo essere andati al cinema. Non avevamo mandato nessuno all'uscita dal Gregory, dove davano *I compari* e dove ai giornalisti accampati Wilson il Milord aveva annunciato la partenza regolare verso Terni, il giorno dopo, ma senza passare la notte a Sangemini in ritiro. Scagnozzi fece una lavata di testa ai due che seguivano la Lazio, almeno così pareva a guardarli oltre la vetrata, e uno di loro pensò di indicare me, mostramme proprio a dito, da là dentro, come responsabile del buco. Non per niente nella redazione del giornale mio quel ragazzotto lo chiamavamo il Viscido. Recuperai un paio di scatti da un collega e mi dissi che del Viscido sarei dovuto diventare presto amico per perfidia, per stargli accosto e tenerlo in apprensione, facendogli temere facche e terefàcche.

Una bambina che non avrà più di sei anni gira in sella a una biciclettina rossa nel piccolo cortile di una casa. Si muove in tondo, senza un corso, senza una destinazione vera. Ha un sorriso contagioso e la promessa di una vita davanti. Le sue trecce si illuminano dei riflessi del sole d'estate. Il biondo e l'oro assieme. È tutto così spensierato, e dunque provvisorio. Lo capiscono pure i cellacchioni che non può durare.

Sul volto della bambina esplode un lampo di dolore. Mette un piede a terra. La corsa è finita. Si porta una mano al fianco destro, si piega in due. È troppo per restare in sella. Deve scendere dalla bici e adesso la spinge a mano, a fatica, deve liberarsene, la addossa al muro più vicino. Quando la piccola si guarda le dita, scopre che sono diventate dello stesso colore del suo giocattolo. Eppure non è vernice che cola, eppure non c'è ferita che sanguini. È un rosso senza motivi. Le giornate dei bambini sono sempre piene di misteri.

Lei si guarda attorno, forse per cercare aiuto, ma è sola come soli siamo stati tutti nel momento più spaventoso dell'infanzia. La bici è immobile. Al sicuro. Almeno quella. Non resta che rientrare in casa. Con il passo segnato dalla fitta, la bambina attraversa un corridoio nella penombra e a metà strada prende la prima stanza sulla destra. Una cameretta. La sua. Scansando una mezza dozzina di bambole acciaffate lungo il pavimento, raggiunge il suo lettino e vi si accascia. Si sdraia supina, incrocia le braccia, congiunge le mani sul petto e chiude gli occhi. È bella. È placida. Riposa. Per dei lunghissimi secondi che diventeranno eternità. Quando da lontano spacca il silenzio l'eco di un urlo.

Luigi si solleva di scatto dal sediolino reclinato su cui sta riposando, in una delle ultime file del pullman che sta percorrendo la strada statale 675. Ha l'affanno. È terrorizzato. L'urlo era suo. Stava sognando. Rivede i flash uno per volta. La bambina. La bici rossa addossata al muro. Le braccia conserte. Il suo incubo ricorrente gli mette ogni notte più spavento. Martini si guarda attorno e scopre che i compagni di squadra gli hanno appiccicato gli occhi addosso. Quelli dei sedili anteriori si sono voltati all'indietro con la testa sporta in corridoio. Dalla loro visuale Martini, laggiù, è 'n omo fatto di sgomento.

Oltre – poco oltre – in fondo al pullman, si scorge l'impassibile prosecuzione di una partita a carte tra Giorgio, Giancarlo Oddi e altri due sedentari che per la prima volta vale la pena osservare fuori dal manipolo. Uno si chiama Mario Facco, 25 anni, milanese, un difensore biondino, capelli radi, la fila pettinata di lato nel tentativo di mettere ordine tra bulbi e follicoli, forse una manovra estrema per enfatizzare quel poco che lassù gli resta. Il quarto uomo con le carte in mano veste in abito e pancotto. Renato Ziaco non gioca a calcio. Ha già 44 anni, suo padre era proprietario di un'azienda agricola e l'ha voluto vedé laureato in medicina. Renato si è specializzato in ortopedia, all'inizio bazzicava i ring della boxe, fasciava le mani ai pugili. Ha lo studio in Largo dei Fiorentini ma esercita pure all'ospedale San Giacomo e alla clinica Paideia. Con una regola. I poveri non pagano, anzi, ai dufòderi offre pure il caffè. Si muove seguendo un suo geniale filosofico disordine, più immarcabile de millanta brocchi del pallone. Chi vuole spingerlo dentro una definizione gli affibbia dell'anarchico. Siede in ultima fila perché si prende cura delle ginocchia e delle gambe di questi ragazzi. In realtà pare che si rivolga a lui pure qualche avversario, si dice finanche quelli della Roma, che Renato visita e cura di notte, non per agguattarsi o perché abbia qualcosa da temere, ma per non offendere i colleghi. È un uomo di passione, di ingenuità e purezza, un tipo di buone letture. Se potesse, si definirebbe un gaddiano, ma smetterebbe all'istante d'essere micco e puro. Per tutti questi motivi messi assieme il dottore è il solo che sia disposto a distogliere la propria attenzione dalla partita a carte, mentre gli altri che prima giocavano sono effettivamente ancora lì che giocano.

«Tutto bene, Martini?».

«Tutto bene, prof».

Senza scostare lo sguardo dal ripiano su cui sono posate le carte piacentine e alcune decine di migliaia di lire, Giorgio si intromette alla sua maniera vappa. Non è che abbia riguardi per la grazia: «Martini, non dargli scuse, lasciacelo spennare». Che gliene importa al dottor Renato, non si è mai preoccupato di nascondere una certa propensione a disinteressarsi del danaro. Martini neppure replica. Raddrizza lo schienale del sediolino e si volta a guardare la campagna che sfila fuori, la fronte e il naso poggiati al vetro, perso dentro la malinconia che lascia un incubo. Quante cose invisibili si portano in campo i calciatori.

Feci la stessa strada del pullman, solo tre quarti d'ora prima. Una volta dentro Terni, vidi un ragazzino di 13 o 14 anni che sventolava una bandiera rossa e verde. A tre mezzecanne d'altezza sopra le teste della folla in strada, un lenzuolo era legato a due pali posti sui marciapiedi fronteggianti. Più m'accostavo più diventava chiaro il messaggio scritto in stampatello, colore nero: SALVE CONTADINI LAZIALI. Imparai subito cos'è il pallone, e quando più tardi passò la squadra, Tommaso si accigliò, Luigi rimase indifferente, Pino si fece cupo e a Giancarlo je scappò un moccolo che Giorgione provvide a spegnere co' 'n'espressione truce.

Fu nello spiazzale dello stadio che li aspettai, dentro il parcheggio che un cartello indicava riservato agli ospiti. Li vidi recuperare senza energia dal bagagliaio le borse, e mettersi in cammino verso gli spogliatoi, inconsapevoli di cosa li attendesse dietro il muro, dove me ne stavo appostato, davanti a una fila di bidoni per rifiuti, bianchi, trasparenti, numerati da uno a undici. Ciascuno portava un cognome, come oggi dietro le maglie: 1 Bandoni, 2 Facco, 3 Oddi, 4 Wilson, 5 Papadopulo, 6 Martini, 7 Fava, 8 Massa, 9 Chinaglia, 10 Nanni, 11 Fortunato. Un regalo dei tifosi. Il Manager li fece rimuovere poco dopo, ma nel frattempo avevo già scattato. E quelle foto ce le avevo solo io.

Stadio Liberati, 3 ottobre 1971

Il rito della vestizione. Ogni calciatore lo interpreta secondo un formulario suo, un manuale di abitudini e di superstizioni. C'è chi sfila prima le scarpe e i pantaloni, chi preferisce iniziare dal busto e infilare subito la maglietta, altri scelgono di essere del tutto nudi per poi cominciare a ricoprirsi. Chinaglia è oltre, da un pezzo è pronto e se ne sta sdraiato lungo un fianco su una panca. Come è sua abitudine prima di una partita, si sveste a la scappona e schiaccia un pisolino. Maestrelli è in un angolo, porta un completo marrone chiaro e ha piazzato dei calzini bianchi nei mocassini neri. Dentro questa tenuta scorretta ci sta con gran naturalezza.

Al lato opposto rimugina un uomo corpulento, calvo, accompagnato da una timidezza sconcertante.

«Ragazzi», sta dicendo Maestrelli, «prima di entrare in campo il presidente vorrebbe parlarvi».

Umberto Lenzini, il presidente, 59 anni, cittadino americano, nato in Colorado, figlio di emigranti partiti da un paesino ai piedi dell'Abetone. Gestivano a Huerfano un emporio tipicamente States, dove si vendevano mostarda, farina, Colt e materiale pe' rabbonì i cavalli. Il bimbo Umberto un giorno è caduto in un fiume ed è stato salvato da un indiano – negli anni '70 si chiamano ancora così – che lo ha riportato a riva insieme con una cicatrice sulla testa.

«Chiedo la vostra comprensione», esordisce sudando, «mi spiace non aver pagato ancora il premio. Chi è alla Lazio già da qualche anno sa che non c'è da temere. Non ve lo toglierà nessuno».

Una volta tornati in Italia, i Lenzini avevano investito i dollari nel settore edile, acquistando più di un terreno nella zona alle spalle di piazzale degli Eroi fino alla Valle dell'Inferno. Il mattone, le gru, le impalcature. Questa era diventata la loro vita. Carlo, il fratello, aveva manifestato la voglia di acquistare la Lazio. Ma sul piroscafo che lo conduceva negli Stati Uniti ebbe un infarto e morì. Così la prese lui. Umberto.

«Vi chiedo pochi giorni di pazienza. La cifra è irrisoria. Sono pronto a perdonare la protesta».

Si era diplomato in ragioneria presso l'istituto Duca degli Abruzzi, in piazza Indipendenza. Raccontava che da fanello correva i 100 metri in 11 secondi. Boh, chi lo sa. Di certo fu a quella velocità che con i fratelli Aldo e Angelo edificò dalla Balduina a Pineta Sacchetti, fino alla Tomba di Nerone, aprendosi in città le porte dell'alta finanza.

«Non ci saranno multe. Ne ho parlato con il Manager.

Lui non la pensa come me. Ma se vinciamo oggi, insieme lo convinceremo».

I giocatori hanno la maglia celeste, i calzoncini bianchi, i calzettoni neri. Nel silenzio dello spogliatoio che ascolta, solo in questo istante il presidente ha realizzato che Chinaglia è rimasto nella sua posizione, con gli occhi chiusi. Praticamente un fossile. Lenzini non se ne capacita. Gli pare una mancanza di rispetto. Si volta verso Maestrelli e lo interroga muto. Indica Chinaglia con lo sguardo. Sta chiedendo conto del ragazzo che dorme con il numero nove. Maestrelli non è tipo da farsi spiazzare. Lo rasserena con un cenno del capo e con la risposta giusta. «Non si preoccupi, presidente. Ha sentito tutto». Chinaglia non si scompone. Resta sdraiato, gli occhi chiusi. La sua voce adesso arriva come dai bassifondi. «I soldi. Domani. Tutti». Maestrelli abbozza un sorriso e spezza l'imbarazzo. «Che le avevo detto? Ha sentito tutto».

Nel 1971 per vedere una partita non c'è ancora un luogo diverso dallo stadio. Un biglietto costa in media 1.600 lire. I giovani senza quattrini aspettano che si aprano i cancelli per imbuciasse e guardà gratis gli ultimi 10 minuti.

«Vogliamo ora fare un collegamento flash per aggiornare la situazione: rapidamente. Via Firenze». Questa è la voce di Roberto Bortoluzzi, figlio di uno dei costruttori del palazzo della Rai e conduttore di *Tutto il calcio minuto per minuto*. È il programma con cui la radio trasmette le cronache dei secondi tempi delle partite. Un rito che modifica le abitudini delle famiglie.

«Sempre uno a uno, a voi Torino». Così gli ha risposto un certo Enrico Ameri, che voleva fare l'attore e che hanno assunto come radiocronista. Finanche gli spettatori da stadio cominciano a portarsi dietro un apparecchio a transistor. Così sanno cosa sta succedendo sugli altri campi.

«Sempre uno a zero al quinto della ripresa per la Juventus, a voi Genova», fa una voce roca, la voce di Sandro Ciotti, ex calciatore, musicista, professore d'italiano.

Lenzini è in tribuna a Terni e le radioline cianciano pure attorno a lui. Il calore di uno stadio pieno. Il suono delle trombe. Le tinte del sole. Le bandiere rosse e verdi della Ternana. Uno spicchio di celeste: i tifosi laziali arrivati fin qui, diffidenti e polemici con la loro squadra. Urlano: svegliàteve. Il Milord Wilson comanda la difesa. Concentrato, attento, con gli occhi segue il movimento del pallone in aria, pronto a staccarsi coi piedi da terra, per andare a colpirlo il più in alto possibile, aiutandosi con le spalle per tenere lontano un avversario. Lo stadio ansima. Pure Martini. A centrocampo corre, corre e sbuffa, sbuffa e suda. Insegue un avversario, poi riparte con uno scatto in direzione opposta perché il gioco nel frattempo s'è spostato, senza creanza, ignorandolo. Martini non ha più un respiro, soprattutto non ha mai il pallone.

«A Genova siamo al quinto, sempre due a uno per la Sampdoria sul Bologna, a voi Varese».

Quest'ultimo gran signore che ha parlato si chiama Alfredo Provenzali, ingegnere mancato con l'hobby della fotografia. Non può sentirlo Chinaglia, un paio di volte di fila anticipato dal difensore che in maglia a strisce verticali, lo marca tenendogli accerottato alla gobba il petto suo. Gli fa assaggiare il fisico. Giorgio sbraita verso l'amico che ha l'otto dietro la maglia, Peppe Massa, uno cogli occhi spenti e la nasca del pugile sconfitto, un tipo testardo di dribbling e velleità. Sagrata verso il cielo, coperto dagli effetti dello stadio e della folla, sgomita con l'avversario. Allarga le braccia, scuote il capo, ciondola senza un costrutto.

Quartiere Prati

«Il Milan conduce sempre uno a zero al nono della ripresa, a voi Terni», dice Beppe Viola, autore per Jannacci e amante dello scopone. Porta il suo tono carezzevole fin dentro l'accuratezza che governa il bar Vanni. Gli scaffali con i liquori sono suddivisi in ordine alfabetico. I cucchiaini sistemati come in una parata militare. La più ampia gamma di bustine da tè, pronte ad assecondare gusti vezzi e stramberie. Un barman solleva e abbassa le leve della macchina del caffè. Il Cameriere, dinanzi a un vassoio vuoto appoggiato sul bancone, è in attesa delle tazzine da consegnare nel semideserto dei tavoli interni, in questo primo pomeriggio di domenica.

«Pronto, qui è Terni», fa la voce di Claudio Ferretti, figlio del Mario che di Coppi cantò le imprese. «È cambiata la situazione proprio in questo momento. Ha segnato la Ternana, con il suo numero dieci, con Russo». Su Lenzini e sul suo disfraz di gomma si abbatte un boato all'improvviso. La folla che grida. Il presidente resta impassibile. Intorno a lui balzano in piedi per esultare.

«Uno a zero per la Ternana sulla Lazio, a voi studio».

Il Cameriere a Prati stramazza al suolo rigido, come un birillo da una palla di bowling abbattuto. Alla fine sveniamo tutti allo stesso modo, senza un manuale di grazia.

Venni a sapere che pe' rosicarella il lunedì mattina nelle redazioni i colleghi m'accusavano d'esseme inventato il garbugliaccio dei bidoni. Onestamente. Io non ho mai messo niente e nessuno in posa, né Liz Taylor ai tempi belli, né le fidanzate degli amici mia in caserma, quando partivano dal paese e li venivano a trovà sotto le armi chiedendomi: scatta Marce' scatta, perché dicevano che le facevo paré più belle. Non si mette in scena. Niente ha la precisione della vita. Con le attrici ho imparato che se deve dì d'avé finito, che quando cominciano a rilassasse passa l'occasione giusta. Ogni volta che ho premuto il pulsante dello scatto ho conservato qualcosa che spariva. L'ho fatto con Anita Ekberg e quella volta coi bidoni della spazzatura.

Al giornale mio non lo capirono, Bleda era in ferie, Scagnozzi non disse né bravo né bestia. Ero tornato in redazione anche con qualche foto buona del verminaio che abbaiava «buffoni» ai giocatori, un altro paio alle auto della polizia che scortavano il pullman della Lazio sulla strada del ritorno, coi fari accesi per sbudellare il buio. Era girata la voce di un tozzitozzi fra Martini e Giorgio, si diceva che si fossero spintonati un paio di volte, che Wilson e Massa si erano messi di mezzo prima che la zuffa si potesse dire rissa. Il Viscido nun me volle crede e non lo scrisse. Ma io capii quel giorno che dentro la squadra avevo una talpa di cui fidarmi. Non sono passati anni a sufficienza perché mi metta adesso a spifferarne il nome. Avevo il suo numero di casa segnato nell'agendina alla lettera S, esse come spia, e fu sempre lui un paio di giorni dopo a farmi fare il colpo che stava pe' fà caccià Chinaglia dalla Lazio.

Il settantenne senza vista è seduto in poltrona. Come sempre nel salone di casa sua, la luce è ridondante. Sul tavolo una mazzetta spessa di giornali. Un ragazzo solerte glieli sta leggendo uno a uno. Ha una faccia da fattorino. Tra le mani tiene il «Corriere della Sera». Una pagina di sinistra.

«Che il comunismo abbia dato un forte contributo alla liquidazione del colonialismo fornendo ai popoli soggetti uno strumento, diciamo così, di raccordo ideologico, lo si è sempre saputo, e nessuna persona di buon senso lo può contestare. Che ne sia stato la sola causa, ne dubitiamo. Secondo me, vi hanno contribuito ancora di più le due spaventose guerre intestine che dilacerarono l'Europa assorbendone e prostrandone le energie...».

Preminenza ha seguito con aria raccolta la lettura. La interrompe. Parla con napoletana cadenza. Misurata. «Ma è un editoriale di Montanelli?», domanda al Solerte.

«Sì».

«Non può essere. Guarda bene. In fondo. Guarda la firma. Indro Montanelli? Sei sicuro?».

«Lui».

«Strano».

«Cosa c'è di strano?».

«Montanelli non aveva mai usato il verbo dilacerare».

Il Solerte è sbalordito. «Professore, e lei come lo sa?».

Dunque Preminenza insegna, forse insegnava, forse millanta. È un uomo enigmatico. Abita il mistero. Di certo, per la prima volta, aggalla uno slancio in lui, finora sempre controllato.

«Per anni», spiega, «ho imparato a memoria i pezzi di Montanelli».

«Perché?».

«Perché se vuoi sconfiggere i tuoi nemici, devi sapere come parlano».

Fiero di tanta sentenziosità, Preminenza sfila una sigaretta dal pacchetto di MS e la sostiene tra le labbra. Il Solerte si precipita a prendere lo Zippo per accenderla. «I giornalisti si sentono potenti. Io lavoro per lasciarglielo credere».

L'uomo tira una boccata carica di nicotina e di soddisfazione. Il fumo aggiunge un ulteriore alone di ambiguità a questa sagoma. «E tu?».

«Io cosa?».

«Tu che vuoi fare nella vita?».

«Io vorrei fare lo scrittore».

«Un altro scrittore».

«Mi piacerebbe».

«Tutti scrittori».

«È il mio sogno».

«Guagliò, meno scrittori e più oncologi».

Dalla tasca del pantalone cava un foglietto di carta e lo porge al Solerte. Tira fuori pure tutto il sarcasmo di cui è capace. Non è mai poco.

«Fammi una cortesia. Prima di andare a ritirare il premio Nobel per la letteratura, trattieniti un altro poco e chiama questo numero».

Il Solerte conosce l'arte di eseguire. Impermeabile raccoglie, compone e porge la cornetta a Preminenza, che rimane in attesa d'una risposta.

«E della sconfitta della Lazio i giornali che dicono?», domanda.

«Che Maestrelli se ne deve andare».

Allora con un drastico gesto della mano, Preminenza gli chiede di moscheggià un momento. La comunicazione è stata stabilita. Al misterioso interlocutore dall'altra parte del filo mormora poche parole, il tono non ammette deroghe. «Ottimo lavoro su Maestrelli. Insistiamo. Questo è il momento buono». Manovra e intriga, ha fatto sempre questo. Senza attendere una risposta o che, il vecchio balucano attacca. Rimane seduto nella sua poltrona senza muovere più nemmeno un muscolo, per dei secondi che paiono un'eternità. Tira un'ultima boccata alla sigaretta, con il profilo in controluce. Oltre la finestra Roma se ne fotte, in tutta la sua bellezza assurda. «Il potere è divertente» dice. «Il potere si esercita nel buio».

Trombe sparate, un basso elettrico, il charleston della batteria e la voce black di Isaac Hayes che regalava *Theme from Shaft*, un pezzo che avrebbe squacquerato pure una parete di ghiaccio. Annunciava ar monno l'arrivo della discomusic. Al Jackie O' una magoga di corpi giovani e desiderabili s'ammischiava al centro della pista, illuminata come santa psichedelia comanda. Sotto gli occhi mi ballava un fricandò di spalline, scollature e cerniere lampo, nell'aria s'annusava un'offerta de fracoscio che coincideva co' la quantità della richiesta. Non è che ci fossi tanto abituato. Ancora fino a un paio d'anni prima, le sale da ballo erano aperte solo di domenica, e l'unica polvere bianca che si trovava in bagno era il talco Roberts pe' dasse ogni tanto 'na rinfrescata iofa.

Fratello Isaac accompagnava gli ancheggiamenti diffusi con un timbro che sembrava arrivare dal fondo di una caverna. Se hai poco più di vent'anni, sei bello come il sole e hai qualche bajocco in tasca, dov'è che puoi finire nelle notti di Roma, se non qui dentro? Infatti Giorgio c'era, come mi avevano soffiato. C'era insieme a li scicchettoni della città rampante e co' la Connie sua. Tutti a dimenasse. La lucentezza dei corpi. Le torsioni delle caviglie. Le ginocchia sotto tortura. Giorgio non si risparmiava. Le braccia sollevate al cielo, le spalle che ondeggiavano, Connie che lo assecondava facendolo sentire l'uomo più invidiato ar monno.

Ogni cinque pezzi il deejay si dava una calmata e ne piazzava cinque lenti, cambiando l'estetica dell'eccitazione e lasciando a chi poco prima s'attorceva l'occasione di strìgnesse e toccasse. Nell'angolo alla mia destra, mentre Bill Withers si lamentava che *ain't no sunshine when she's gone*, una ballerina armena se strusciava contro una pertica sfilandosi di dosso tutto quello che poteva. Giorgio s'era seduto a uno dei tavolini ai bordi della pista. Si calò in gola un drink che aveva l'aria di intorbidargli il panorama, non abbastanza da ostacolare gli occhi nel loro tour sulla cittadina sovietica senza più indumenti.

Connie uscì dalla toilette e tornò in sala. 'No sbenzinato pieno di etanolo dall'alito al sudore, pure lui seduto a un tavolino, allungò una gamba per impedirle di passare. Giorgio osservava tutto da lontano, saranno stati dieci metri, estraneo, non per indifferenza, per caricasse meglio come 'na molla. Con cenno signorile, Connie invitò il belloccio a tirar giù la zampa per consentirle di avanzare. Il galletto obbedì, ma anziché ritirarsi in via definitiva, allungò schizzofatto un braccio, posando la mano sulla sedia piazzata al lato opposto, e chiudendo così pure il nuovo varco. Connie gli assestò un paio di colpetti sulla spalla per chiedere ancora libertà di movimento, ottenendo l'effetto di vedere la gamba di prima un'altra volta alzata.

Fu allora che Giorgio afferrò un posacenere dal tavolino e lo tirò dritto verso il bersaglio. Lo prese in pieno. Poi con un balzo zompò addosso a sto fregarolo d'attenzioni, gli coricò le spalle a terra e si trovò un istante dopo al centro di una mischia a dà la sveja a li amici del brillante.

Scattai.

C'è qualcosa di rivoltante nel fotografare le persone, è una violenza, una barbarità, uno strappo. Il nostro è un mestiere assai indiscreto. Je devi mette la macchina fra la camicia, la pelle e ll'ossa, da funambolo e da borsarolo, e quando fai clic sai che stai a rubà qualcosa.

Al giornale mio risbottò 'n piantarello che i pugni non si vedevano, ma a me mica me ne fregava de fotografà 'na rissa. Io il momento culminante lo lascio agli altri. A me interessava la vera attualità. Quella che dura per sempre. Aspetti, guardi e metti il segno tuo sopra un pezzo di mondo. Un ritratto è una zanzara che deve pungerti in silenzio. Così avevo tenuto per tutto il tempo fissa la macchina sugli occhi di Giorgione, trovandoci dentro agitazione, ira, spavento, orgasmo, la mutria der guerriero. E quelli al giornale mio volevano vedé un cazzotto.

Le foto non furono mai pubblicate. Forse non piacevano, forse furono bloccate. Il busilli più grande è sempre stato 'n artro. Sapere per quale via giunsero alla Lazio.

Via Col di Lana. Nella sede della Lazio

Un lungo tavolo ovale intorno al quale saranno seduti una decina di uomini in grisaglia. Gli abiti tutti uguali, tutti uguali i volti di questi matusalemme, inflessibili, così lontani dall'idea della gioventù, dei suoi eccessi e dei suoi errori. Il Cameriere è salito dal bar Vanni al primo piano. Regge sul braccio un vassoio su cui troneggiano bicchieri pieni di succhi di frutta e acqua minerale. Nulla che dia la felicità. Ha appena consegnato un buffet che preannuncia l'alitosi futura degli alti dirigenti. Al centro del tavolo giacciono sparpagliati una ventina di scatti degli occhi di Chinaglia al night. Il reportage di un'inquietudine. I palamidoni che le hanno esaminate sono statici come mummie al British Museum. Pure l'aria è ferma. E dentro questa scena di rara inerzia, in piedi, in fondo alla sala, Chinaglia ha tra le mani un'ultima foto della sua notte turbolenta.

Le mummie lo fissano, lui fissa loro. Giorgione ha capito che si tratta di un processo senza parole. Reagisce con uno scenufreggio. Urla. «Io me ne vado. Capito? Io me ne vado dalla Lazio». E nel lasciare la sala, sfascia una porta di vetro con un cazzotto. I rintronati non muovono una palpebra.

Nell'ufficio del presidente Lenzini, sor Umberto per il popolo del tifo, alle pareti ci sono una bandiera, le prime pagine di vecchi giornali, le fotografie di campioni del passato. Lui va su e giù, intrecciate le mani dietro la schiena. Il Manager invece è seduto sulla sedia riservata agli ospiti e cerca di seguire i movimenti alle spalle sue, sfidando il torcicollo e mettendo sotto stress le vertebre cervicali. «È un dente cariato», dice. «Da estirpare. Un pozzo di consiglieri la pensano così. Via lui, svanisce l'infezione». Un moscone nero è rimasto infrociato tra le pieghe della tenda davanti alla finestra aperta che dà sui tavolini in strada. Vorrebbe riguadagnare l'uscita, non ci riesce. Si dimena come impazzito sotto lo sguardo di Lenzini. «Lo vogliono il Milan, la Juventus, il Napoli, il Cagliari, la Fiorentina. Portiamo a casa tra i 600 e gli 800 milioni».

Lenzini passeggia e medita. Il moscone si sbatte. Deve fare una fatica cana.

«Troppo casino. Se non gli piace il nuovo allenatore, il mese prossimo riapre il mercato. Vendiamo Chinaglia, si sistema la cassa e si addomestica la teppa». Questo è il piano del Manager.

Lenzini si accosta con tutta la sua corpulenza e il carico dei pensieri alla finestra, poi con un'operazione da maestro strattona la tenda liberando l'insetto e consentendogli il volo all'aria aperta.

«Ho usato i 200 milioni di incasso degli abbonamenti per pagare i debiti» si fa scappare.

«Presidente, lei così mi mette in difficoltà» si sente rispondere.

«Lei mi propone di vendere Chinaglia, e sono io che la metto in difficoltà?».

«Non voglio venderlo io. Ho ascoltato i consiglieri. Senza Chinaglia, finisce la rivolta».

«Senza Chinaglia, finisce la Lazio. Casomai mandiamo via questo Maestrelli».

Dopo i casini di Terni, i tifosi si presentarono al campo a contestare. Una sconfitta in una partita di calcio a Roma è sempre 'na fiamma accesa sotto 'na pentola piena d'acqua. La folla premeva sull'inferriata che separava il prato dalle tribune. Varia umanità. Un uomo co' 'na camicia aperta fino allo sterno, un crocifisso appeso a 'na catena che avrebbe potuto essere montata a uno pneumatico sulla neve. Un signore avanti negli anni che si agitava mentre il nodo della cravatta provava a strozzaje il gozzo. Un ragazzo con un maglioncino annodato al collo pe' sentisse ancora in estate. Una donna fuori tempo massimo per le facinorosità, rinserrata dentro un vestito a fiorellini, le lenti fumé, un ghigno infelice. Un ragazzino con un caschetto biondo, in t-shirt a mezze maniche, con le braccia posate sulla cancellata, nel gesto di chi è pronto a invadere, ma senza alcuna intenzione di farlo per davvero. Un giovane di una ventina d'anni, con dei bernardoni che facevano venì in mente l'agonia. E lì davanti a loro: Tommaso in tuta, con l'orologio al polso, un pallone di esagoni bianchi e neri pentagoni sotto al braccio, sempre aperto a risponne alle obiezioni e alle richieste della gente.

«A Maestre'. Te ne devi annà».

La folla sa essere feroce quando si ficca qualcosa nella testa. Maestrelli cercava di contagiarla con la sua quiete. Sollevò la mano destra con un movimento lento, da esorcista, mentre io cambiavo 'n artro rullino nella macchina. «Capisco che siate delusi. Ma se venite qui per contestare, non ci aiutate». Il potere di una folla. Togliere la parola. «Nun hai capito. Te ne devi annà».

Qualche minuto dopo, mentre Facco picchiettava le scarpette sulla panca in modo da rimuovere erba e terriccio dai bulloni, mentre Chinaglia sorseggiava svogliato e mentre la coscia di Martini finiva sotto le mani di un pancottone dai baffi spioventi, co' 'na calvizie che gli tormentava i suoi 45 anni – Gigi, il massaggiatore Trippanera – Wilson avanzò al centro della stanza e consegnò la fascia da capitano.

«Questa non la voglio più».

«Non ti ci mettere anche tu» gli rispose a muso duro Tommaso.

«Di cosa sono il capitano? Per la gente là fuori siamo degli scioperati. Dei bidoni. Io non voglio passare per una testa calda solo perché difendo i miei diritti».

Fu quello il momento in cui Tommaso cominciò a conquistare i suoi ragazzi.

«Cos'è questa fascia? Cosa ti sembra, Wilson? Cosa ci vedete? Un pezzo di stoffa, potreste dirmi, e avreste ragione. È solo un ridicolo pezzo di stoffa, se per voi conta quello che state leggendo sui giornali, quello che la gente dice nei bar, quello che qualcuno urla là fuori. Se voi ci vedete solo questo, bene. Ecco cosa ne faccio. Ecco quanto vale».

La gettò sul pavimento dello spogliatoio fradicio d'acqua calda sperperata e di pedate, iniziando a passeggiare in tondo per la stanza.

«Sapete io come la penso? Io dico che stiamo prendendo un po' di vento in faccia. Tutto qui. Possiamo spaventarci e tornare nella nostra cuccia, al caldo, al riparo. Oppure possiamo liberarci, uscire dall'angolo e andare fuori a dire chi siamo, a gridare che abbiamo fiducia in ciò che diventeremo».

Giorgio aveva gli occhi semichiusi. Pareva che la cosa non lo riguardasse. Martini, preoccupato per il suo infortunio, sollevò invece lo sguardo dal dolore personale per unirsi a quello di tutti.

«Ma per convincere la gente accecata dalla rabbia», continuò Tommaso, «prima di tutto dobbiamo essere convinti noi. Per indicarle una prospettiva in cui credere, dobbiamo sapere cosa mostrarle. Il calcio è giocato da squadre che vogliono vincere e altre che vogliono incantare. Da cinici che puntano al risultato e da romantici a cui preme divertirsi. Per dire alla gente là fuori noi chi siamo, noi dobbiamo saperlo».

A qualcuno scappò un principio di applauso.

«E io lo so chi siamo. Noi siamo quelli che vogliono vincere e incantare. Noi siamo i cinici e i romantici. Perché sentendosi piccoli, piccoli si rimane. Ma non è una storia che ci riguarda, no, mettetevi in testa che noi siamo quelli che vogliono tutto. Questi siamo, e non posso aver preso ceci per fagioli, perché piacerebbe a me essere il capitano di una squadra come la vostra. Come ai miei tempi lo ero della mia».

Fu a questo punto che si rivolse a Wilson, che se ne stava a cantone.

«Per questo ho scelto te. Perché so che tu vuoi quello che voglio io. Perché tu vuoi quello che vogliono tutti gli altri. Di ciò che pensano fuori di qui, a noi non interessa. Tu sei il nostro capitano. Perciò adesso chinati e raccogli quella fascia. Te lo ordiniamo. Perché in una squadra di calcio non è stato mai soltanto un pezzo di stoffa. Quel bracciale siamo noi, e tu non puoi permetterti di lasciarci a terra».

Tommaso si chiuse la porta dietro le spalle, accese una sigaretta, e mentre fuori dalla stanza la portava alle labbra sentì dentro un buccinare che diventava un'ovazione.

Non andavo al campo tutti i giorni. All'epoca il giornale mio voleva che la mattina facessi innanzitutto il giro delle scuole. L'anno s'era aperto co' 'na zuffa al ginnasio Dante Alighieri, quartiere Prati, perché dal finestrino di una macchina qualcuno aveva sbaccajato «sporchi capelloni comunisti» a una ventina di ragazzi che aspettava il suono della campanella. L'auto era stata inseguita e presa a sajoccolate. Nella zona dell'Aurelia, al finimonno di duecento genitori per la mancanza di aule, per i doppi e i tripli turni, si erano aggregati gruppi di maoisti e la madama ne aveva arrestati tre per l'irruzione dentro l'edificio. Dopo soli quindici giorni di scuola, il collettivo del liceo Manara aveva già occupato per sollevarsi contro le repressioni al Plinio, all'Orazio, al Virgilio. Al Castelnuovo, e al Tasso, e nella scia dovunque, era partito l'ordine di chiudere i cancelli in faccia agli studenti ritardatari per aver preso parte ai cortei, così che pure quando scavalcavano si trovavano di fronte la polizia a negargli l'accesso alle lezioni. Più i presidi impedivano le assemblee durante le ore di scuola, più crescevano le manifestazioni.

A fine ottobre di quel '71 scesero in du' mila in piazza. Davanti all'Albertelli un diciassettenne fu ferito. Si poteva finì a tera in una pozzanghera di sangue per un volantino distribuito o rifiutato. Come al Bernini o come al Tacito. Cominciarono i giorni dei picchetti. Al Croce, in via Palestro, uno studente di estrema destra venne arrestato per blocco stradale: aveva un martello in tasca. Al Giulio Cesare si misero in otto con spranghe e bastoni contro un diciannovenne che in aula magna era intervenuto a un dibattito sul tema «lotta al fascismo». Ogni corteo trovava sul suo cammino un altro di colore opposto. Ventidue studenti del Mameli furono denunciati per degli slogan gridati contro la preside durante un'assemblea non autorizzata. La sospensione di tre liceali del Mamiani scatenò 'na sassaiola, il lancio di lacrimogeni, un accoltellamento, le manganellate dei celerini e l'assalto a una sede del Movimento sociale.

Più tardi, una volta in confidenza, Tom mi avrebbe raccontato che in quei primi mesi da allenatore della Lazio, il suo lavoro mattutino al campo era distratto dai pensieri per le figlie. Patrizia, 22 anni, estroversa e disinvolta, frequentava la facoltà di lingue. Tiziana, 18, più timida e pudica, s'era iscritta una volta a Roma alla scuola interpreti, all'istituto Ferranti Aporti. Per farsi perdonare il nuovo trasferimento – una mappa di abitudini e amicizie da riscrivere – papà regalava vestiti, collane e braccialetti. Si faceva solo lo scrupolo di non accostasse per un bacio quando in casa c'erano amici e amiche per studiare, un via vai di facce e sorrisi poco distinguibili, aveva memorizzato giusto una Sabrina bionda, un tale Manfredo co' la chitarra, una Nilly che voleva fà l'attrice. Non era semplice stare dietro a tutti e ricordarne i nomi, se non altro gli pareva il segno di una vita sociale delle figlie assai rassicurante.

Era più semplice con Massimo e Maurizio, gemelli, 8 anni, terza elementare, cresciuti a piatti di lasagne e baccalà. A loro bastava che Tommaso je facesse trovà qualche pacchetto di figurine dei calciatori sotto il piatto, nel letto, tra i libri, e qualche volta che il lunedì matina potessero saltà la scuola e annà co' lui a Tor di Quinto. Badava a loro la donna che Tom chiamava «sorella Rina» perché era davvero la sorella della moglie e per via della sua fede religiosa - come definirla - parecchio spinta.

La moglie Lina portava a Tom la colazione a letto, gli sceglieva gli abiti, scendeva a prendergli il giornale. Lui ne adorava il riso e le polpette al sugo, avversava i minestroni di verdura, accettava il compromesso degli scampi e di un filetto di rombo ai ferri. Questa era la vita semplice in via Banti 34, la vita che Tommaso difendeva dalle contestazioni, le lettere anonime, le minacce, gli eccessi di una città che ha sempre vissuto il calcio come 'na patologia. La casa era un guscio a protezione della normalità. Perciò né all'epoca né a ripensarci adesso saprei dire come Tommaso sentisse il bisogno di adottare un quinto figlio. Eppure lo fece. Adottò Giorgione.

Quartiere Monteverde

La solita superfetazione di luce nel solito salone. Il Solerte è nel pieno svolgimento delle sue funzioni di lettore per Preminenza, metà uomo e metà poltrona. Ha in mano la copia del settimanale «L'Espresso» del 31 ottobre 1971. Sta leggendo un articolo di Corrado Augias.

«La quotazione di Volonté si aggira sui 150 milioni a pellicola, ma registi e produttori sanno che se il soggetto è impegnato in senso politico preciso, Volonté accetta di farlo per molto meno. La disponibilità non si esaurisce sul set. Come nel film *La classe operaia*, nell'appartamento di Volonté è un andirivieni ininterrotto di rappresentanti di tutti i gruppi della sinistra che sono indubbiamente molti e tutti in gara tra loro nel dissimulare la riconoscenza sotto la grinta rivoluzionaria. La verità su questo attore...».

Preminenza ha questo mazzato vizio: non ascolta mai un articolo tutto intero, di filato. Se il flusso dei pensieri lo porta altrove, lui non sa resistere. Interrompe.

«Ma tu perché vieni qua ogni mattina a leggermi i giornali?».

Il Solerte è spiazzato. Dovrebbe dare una risposta. Vorrebbe pure darla. Ma sa che finirebbe solo per balbettarne una. Il settantenne lo previene.

«Sì, lo so, per i soldi che ti passo ogni mese e che ti consentono di studiare, risparmiando ai tuoi genitori il fastidio di fare di te un uomo più colto di loro. Ma non può essere solo questo. Dei soldi ci si stanca. Ci deve essere dell'altro».

«Professore, con tutto il rispetto, io dei soldi nun me so' allaccato ancora».

Preminenza nasconde bene la delusione. Cercava un brandello di umanità a cui attaccare il suo buio di buio popolato.

«La verità su questo attore è un paradosso: Volonté sembra un tipo di interprete nuovo perché in realtà...».

Il professore è un mare agitato di pensieri. Interrompe ancora.

«Ragazzo, tu lo sapevi che pure Maestrelli è comunista?».

Tommaso incontrò il suo quinto figlio di nascosto a l'ora der tramonto, ai giardini, senza nessuno attorno, seduti uno accanto all'altro sopra 'na canofiena, le mani sulle corde e i piedi a terra.

Giorgio teneva gli occhi bassi. «A Napoli ci sono ancora i parenti di mia moglie», mormorò, e parve una supplica. Con la Lazio così malmessa in serie B, i romani di sera passavano sotto casa a sonà il clacson e insultarlo.

«Tu non fai il calciatore per giocare nelle città in cui vivono i parenti di tua moglie», lo incalzò Tommaso. Sua moglie: Connie Eruzione, figlia di un ufficiale della Nato di stanza a Bagnoli.

«Conviene a tutti».

«A me no».

Gli dava ancora del lei. «Non mi conosce nemmeno, mister. È arrivato da quattro mesi. Che ne sa se andremo d'accordo?».

«Ascolta, Giorgio. Io so che avevi un buon rapporto con chi c'era prima di me. So che sei ancora dispiaciuto perché è stato allontanato, so che ogni tanto vi sentite al telefono, forse vi vedete anche, non importa, non ci troverei niente di male... Li leggo i giornali e ho capito che molti spingono perché ritorni lui».

«Al mister Lorenzo dovevano dare un'altra occasione». Certo che se sentivano ancora e che era dispiaciuto.

«Perché non ne dai tu una a me? Non ti chiedo di essere amici, dobbiamo solo lavorare insieme. Puoi trasformare questa squadra mortificata in una squadra vittoriosa. Rimani con noi, torniamo in serie A».

Come du' bambini allora sedettero sull'erba. Maestrelli muoveva alcune ghiande cadute dagli alberi sul prato, undici, simulando schemi di gioco che aveva in mente per la squadra. Un continuo andirivieni, su e giù, destra e sinistra, un carosello, questa viene qui, quella va là. Chinaglia ascoltava con attenzione, intervenendo, puntando il dito sulla ghianda più grossa e più avanzata delle altre sul prato. Spostava le altre in funzione solo di quella. Maestrelli ci annava cor quinni e cor cioè, sorrideva, anzi scoppiò proprio a ride, e pure Giorgione rise, finalmente, rise di gusto, mettendo da parte tutta l'ombrosità. Fissò le mani de st'omo venuto chissà da dove a portaje in dono qualcosa che ancora non capiva, ma che ebbe la forza di intuire. Una fascinazione. Gli fissò il viso, la sua luce e lo trovò bellissimo, restando a guardarlo mentre Tommaso portava i passi altrove. Quando lo vide sparire dietro i palazzi, Giorgio raccolse le undici ghiande, le infilò nella tasca dei pantaloni e con la sua andatura da gradasso timido tornò da Connie a dirle che aveva deciso. «Non ce ne andiamo. Rimaniamo a Roma».

L'insegna dell'hotel Americana bucava la notte, a 'na quindicina di chilometri oltre il punto dove Roma finisce, sull'Aurelia. Un posto immerso in un nulla d'angoscia che non è più città e non è già campagna. Macchine che passano rapide. Una strada che si getta via lontana, dentro altre che neppure si vedono. Macchine, macchine, macchine. Il resto era buio. Una galera.

Qui la squadra trascorreva in ritiro le serate che precedevano le partite in casa. Ogni tanto passavo a dà 'n'occhiata co' la scusa di un saluto, in quell'ora che per un calciatore non è né presto né tardi, un momento in cui deve ancora sceglie se abbraccià la noia o il sonno. Ci dimentichiamo spesso che stamo a parlà de regazzini di vent'anni.

Nanni stava a raccontà a Martini dei suoi inizi, del prete del collegio di Calambrone, don Gasperini, della Juventus che lo aveva comprato dal Pisa credendolo il nuovo Rivera, e che dopo le giovanili lo aveva invece scaricato. «Adesso tutti a dire che sono lento. Sono lenti i miei sogni, Martini. Al massimo adesso sogno di tornare in serie A».

«I sogni sono sogni. Sono tutti uguali. L'unica differenza è averne o non averne», gli disse Luigi, che al povero Franco parve una via di mezzo fra Socrate e Platone. «Ce l'hai ancora qualche amico alla Juve?», gli domandò.

«Nel calcio ti devi scambiare la palla, non le confessioni. Si sta insieme, qualche volta si vince, più spesso si perde. Sono legami, non sono amicizie», ribatté Franco.

«E Chinaglia?», domandò Martini.

«Chinaglia, cosa?».

«Non è tuo amico? Giocate insieme da tre anni».

«Stai cercando un alleato contro di lui?».

«Sto cercando di capire».

«Ti sta sui coglioni».

«A te no?».

«Quando butta la palla in porta, no».

Risero. Un modo di dirsi le cose senza bisogno di farlo.

«Ma come lo sopporti? Perché non ti ribelli quando ti riprende in campo?».

«Finché ’un mi tocca la sorella...».

«Hai una sorella?».

«Una gemella. Sono il sesto di sette figli, Paola è la settima. È nata qualche secondo dopo di me».

«Ma è vera quella storia che...?».

«È vera. Quando lei sta male, mi sento male anch’io».

Martini si sdraiò sul fianco, con gli occhi spalancati nella penombra della stanza, e mentre Nanni si stava addormentando, rivide per un istante la bicicletta rossa addossata al muro. Chissà che ora della notte si era fatta.

Collina Fleming. Il salone di casa Maestrelli

Un bel divano. Il televisore in bianco e nero sintonizzato sul primo canale, il sabato sera degli italiani. Sullo schermo, Raffaella Carrà ondeggia nel bel mezzo di una canzonettissima che sta presentando per la prima volta alla nazione. Vestita di rosso-rosa, danza risalendo dal basso verso l’alto. È una seduttrice innocua e disarmata, senza malizia nell’incrociare mani e braccia sulle ginocchia, sui fianchi, sul petto e sulle spalle dell’uomo che ha di fronte. Lei non ammicca. Una leggenda non lo fa.

Lina è sola davanti al *Tuca Tuca* quando squilla il telefono. Lo raggiunge arretrando, per non distogliere lo sguardo, per non perdersi il momento insieme a ’n altro sfracco di milioni di italiani. «Pronto... Chi è? Pronto...».

Non deve trattarsi di una voce amica. Lina ha il volto terrorizzato. Le tremano le labbra. «Ma cosa volete da noi? Lasciateci in pace». Riattacca mentre al colpo di un tamburo, la Carrà si inarca sulla schiena e scuote all’indietro con solenne maestosità il suo casco di capelli chiari.

Il grido di battaglia

Cosa ricordano i bambini della prima volta in cui scoprono uno stadio? L'ascesa lenta, le scale fatte col fiato grosso, l'attesa e la scoperta, il batticuore in petto. Tutto quel verde che si apre all'improvviso una volta in cima, il panorama, l'Olimpico illuminato, il sole, la sensazione d'essere arrivato dentro un'altra vita.

Io da bambino nun c'ero annato mai. Mio padre passava le domeniche a guardà il soffitto, a casa nun c'avevano il vizio de spenne soldi solo pe' divertisse. Le scale che portano quasi in cielo io non le ho fatte mai. Sono sempre entrato dal basso, per lavoro, da adulto, la Leica al collo; e attraversato il tunnel stretto e chiuso, lusco, sul prato in mezzo alle urla della gente, mi è sempre parso d'esse di nuovo partorito da mi' madre.

Guardavo i venditori di bibite. Gli anziani che sistemavano i cuscini colorati di bianco e celeste sui gradoni per renderli meno adamantini. Quelli che preferivano stà in piedi nel parterre, in basso, dove non si vede niente, dove il gioco casomai è vissuto. L'altoparlante che trasmetteva la pubblicità. I tifosi con l'orecchio alla radiolina. I bambini accovacciati che ingannavano l'attesa giocando co' du' tappi di bottiglia e una pallina ricavata dalla scorza der Galbani. La nuova moda degli striscioni. C'era sempre un'accademia de giovanotti intorno ai vent'anni che ne legava uno lungo 22 metri con dei cordoncini di spago alle travi in legno dipinte di verde e ancorate ai gradoni di marmo della curva sud. Stoffa blu, scritta bianca: Commandos Monteverde, in mezzo una coccarda tricolore – Coppa Italia 58 – e alla seconda riga: Lazio. Lo avevano dipinto una sera su una terrazza di via Ghisleri. Erano entrati dall'ingresso 49. Lungo il muretto lato tribuna Monte Mario, i ragazzi si sistemavano con bandiere e tamburi, tra le proteste di qualche spettatore che ancora non gradiva tutta la novità.

«Ahò, che state a fà?».

«Organizzamo».

«Ma nun ce fate vedé gnente».

«E che devi vedé? Devi tifà».

Avrei presto scoperto la bellezza di una partita sotto l'acqua. La pioggia è come 'no zio 'mbriaco alle feste di famiglia. Può rendere una foto gioiosa o plumbea. È uno sguardo trasformato, lucido, sfumature e riflessi diventano signori. Il trucco è ridurre il campo visivo e il tempo di esposizione, eliminà lo sfondo e il cielo, concentrarsi sui dettagli. Come piaceva a me. A Reggio Emilia, era fine novembre, in mezzo a una distesa di ombrelli, colsi un uomo che si copriva tenendo sulla testa con una mano un quotidiano aperto come una tettoia. Signori di mezza età indossavano dei poncho di plastica usa e getta. Un bambino aveva gli occhiali bagnati. Un giovane si scaldava sorseggiando quel famoso liquore da stadio a base di caffè. Scattai.

La squadra di casa vestiva maglie granata e pantaloncini dello stesso colore in tonalità più chiara. La Lazio era in celeste, pantaloncini e calzettoni bianchi. Un po' più avanti der cerchio a centrocampo, Martini calciò un pallone che pareva un'enorme goccia destinata a cadere assai lontano. In effetti precipitò laggiù, tra le braccia del portiere di nero addobbato, il numero uno dietro le spalle e le basette folte, come cespugli. Portò il pallone al petto e atterrò in posizione verticale, condannandosi a un destino da potenziale preda di Chinaglia, e certe occasioni Chinaglia non se le faceva mai scappare. In un momento fu già con la gamba destra all'altezza dell'anca del rivale. Forse lo prese, forse no.

«Nove, datti una calmata», gli disse quello. Il gran Giorgione avrebbe saputo come fà scoppià 'na rissa pure fra suore e francescani. Gli si fece, se possibile, ancora più vicino. Clic. Gli sguardi rasentavano 'na cosa che sapeva de ferocia, e come fosse stato mozzicato da 'na tarantola il portiere cascò a terra cominciando a rotolasse. Clic. Sentimmo un fischio in lontananza. Intorno al semi-moribondo fiorì un capannello di riottosi. L'arbitro accorse con la mano poggiata sul taschino della giubba pe' fà la frittataccia. Clic. Chinaglia aveva già capito. Cominciò col dito indice a fare segno di no, nun l'ho toccato. Dal taschino quello cavò il cartellino rosso e glielo piazzò sotto la brutta cera, clic, di nuovo, mentre Pino e un altro paio di compagni lo circondavano nella più patetica delle scene di protesta in campo, nel tentativo inutile de faje cambià la idea.

«Boranga, ti aspetto a Roma», urlò al portiere Giorgio, mentre un carabiniere si precipitava sull'erba per avvicinasse a sto bisonte furioso imprigionato dentro un corpo da centravanti. Chinaglia cercò poi l'arbitro e gli batté le mani, sfilando davanti alla panchina di Tommaso, affranto, le braccia larghe. «Che bisogno avevi di applaudire? Non puoi sempre fare il bambino».

Quartiere Flaminio. Fine novembre 1971

La cordalenta del lungotevere indifferente a tutto. Tommaso e Lina stanno passeggiando mano nella mano, come si fa a cinquant'anni solo se l'amore non è diventato un'abitudine. Lina è una donna, scriverebbe la Fallaci, che accetta le prime rughe come si accettano la pioggia e il sole. Si stanno ritagliando un momento di serenità, senza figli, senza squadra. Il significato della parola: insieme.

Maestrelli è raggiunto da un pensiero folle, romantico e improvviso. Imbocca una stradina sulla destra, vincendo le resistenze di Lina, portandola dietro di sé co' 'no strattone. Sbucano in un'altra via più larga. La targa al muro dice: via Signorelli. Da un marciapiede fissano con tenerezza il palazzo dall'altro lato della strada e uno degli appartamenti in alto. Guardano che cosa sono stati.

«Quando quella finestra lassù era casa nostra, le tende alle finestre erano più belle».

Lina conserva ancora un lieve accento barese. «Non mi prendere in giro. Non te le ricordi neppure».

«Come no? Tende di lino. Bianche. Semplici. Sul letto avevamo una coperta di cotone rosa. I mobili in stile anni '30. La macchina da cucire Pfaff che facesti arrivare da Bari».

La donna è stupita. Lo faceva un marito distratto.

«Salotto, camera da letto, bagno, cucina. Settantacinque metri quadrati. Millenovecentoquarantotto, Lina. In questa casa avevamo tutto quello che ci bastava per essere felici».

Lina è di nuovo sorpresa dinanzi a quest'ondata di malinconia, o cosa. Fissa l'uomo con cui divide le giornate da trent'anni e all'improvviso gli pare di scoprirne un lato che non aveva scorto.

«Cosa c'è, Tom? Cos'è che non va?».

Tommaso, il suo Tommaso, se ne sta dentro una bolla di silenzio. Inaccessibile.

«Eri appena tornato dalla guerra. Eravamo più poveri di adesso. Non avevamo i ragazzi che oggi ci riempiono la casa e ci fanno felici. Cosa ti manca, Tom, che avevamo allora in questa casa?».

Tom non lo sa. Può solo intuirlo, può solo misurare questo malessere ingabbiato alla bocca dello stomaco. «Il futuro. Forse mi manca l'idea che avremmo avuto ancora un futuro». Le tende alla finestra in alto peraltro sono davvero brutte.

Nell'appartamento che occupava da bambino, Tommaso teneva invece un piccolo crocifisso alla parete, e ai piedi del letto un paio di scarpini neri da calcio, rovinati dalle mille partite giocate ogni giorno, con la pelle sbucciata. Sembrava che fossero pantofole. Sopra una mensola c'era un pallone marrone scuro, di quelli che si usavano allora, coi lacci, e alle pareti il poster dei campionati mondiali del 1934, le foto del Bari, una di lui che colpiva di testa.

Di sera i Gemelli, prima d'addormentasse, je chiedevano qualcosa della infanzia sua. Così fanno i figli p'avé conferme su se stessi, e i padri si prestano nell'illusione de consegnà ricordi per quando nun ce saranno più.

«In camera», raccontava Tommaso, «si avvertiva un odore che mescolava l'aspro del cuoio a quello dolce del grasso di foca». Certe volte il discorso finiva adacino sull'età dell'adolescenza e poi alla gioventù.

«Noi siamo della Lazio, vero, pa'?».

«Certo, siamo della Lazio».

«Ma allora... tu... quando eri giovane... ti vergognavi di giocare nella Roma?».

Maestrelli era divertito. Solo che nun voleva prestasse al ragionamento fanciullesco ma insidioso. «Buonanotte, su».

«Almeno un poco poco di vergogna?».

«Buonanotte».

Della guerra, Tommaso prese presto a parlamme. Era stato artigliere, in prima fila in Montenegro nel '43. Diceva che nel frattempo giocava pure pe' 'na squadra col nome di Tomas Maestrelovic. «Ma in Jugoslavia poi ho fatto la prigione», mi raccontò, «fino a quando sono riuscito a fuggire e a passare con i partigiani. Mi sono battuto con loro per tre anni, sai?». Non c'era enfasi nelle sue storie, nun era un pappolaro, e se diceva che in guerra una scheggia la tibia gli aveva fratturato, tu lo sapevi che nun era 'na fregnaccia. Un compagno lo aveva raccolto portandolo in spalla, il medico gli aveva ridotto la frattura. «Mi vergognavo», mi disse un giorno, «perché attorno a me c'era gente che voleva salvarsi la vita e io ero preoccupato di salvare la carriera».

Quando la guerra era finita, aveva lasciato il Bari pe' passà alla Roma. Una mezzala deliziosa, perfino troppo moderna per quei tempi. Era stato il capitano nell'anno della retrocessione, tanto che i tifosi laziali quando lo incrociavano per strada gliene davano merito: «Eri già dei nostri e nun lo sapevi. Li hai mannati in serie B». Un giorno mi domandò se una guerra io la avessi vista mai, e me lo chiese quando le sole battaglie che avevo conosciuto erano ancora quelle fra noi fotografi e gli attori che nun se volevano fà pizzicà dentro i locali de via Veneto. «No, nun l'ho vista», je risposi. Voleva sapé cosa avrei fatto davanti a un ferito, a uno co' la mano tesa, che fai, l'aiuti o pensi a scattà la foto? Cosa risposi non me lo ricordo, che je potevo dì, ma so che quando per la prima volta sono finito dentro a un corteo, in mezzo agli scontri, ai lacrimogeni lanciati, ai feriti, al sangue, mi sono accorto che non riflettevo. Festinavo. «Sto in guerra anch'io», gli avrei spiegato, «prendo la mira e faccio fuoco». Poi me li so' trovati davanti pe' davvero, rigidi lungo la strada, ancora caldi. Io i morti non li ho fotografati mai. Non voglio fà il maestrino, non voglio disprezzà. È che il dolore se pò fà vedé in du' mila modi. C'è chi cerca un'immagine che ha già dentro la testa. Io ho fatto questo mestiere per scoprire lo stupore. Tanti escono dalle scuole di fotografia e sentono de sapé ogni cosa. Ce stanno scole pe' tutto ormai, manca poco che se ne inventano una pe' imparatte a respirà. Ho potuto lavorare con il lusso de non dové scegliere, de seguì l'istinto. Non esiste una scuola di sensibilità. Perciò quando me so' trovato davanti a un morto, ho preferito scattà le foto agli amici che se mettevano le mani nei capelli.

Casa Chinaglia

Qualcuno ha suonato al campanello. La mano curata di Connie si posa sulla maniglia. Davanti a lei, fermo e silente, Tommaso è in compagnia del suo disagio a busto intero. Le mani nelle tasche del cappotto. Infreddolito, forse. Imbarazzato. Connie pare confusa e lieta per la sorpresa. Gli spalanca la porta di casa.

Immersa nel semibuio, dall'altra parte del corridoio, la stanza di una neonata. La sagoma di un uomo che a guardargli l'ombra sembra più gigante di quanto sia.

Giorgio di profilo tiene la piccola Cynthia a pancia giù sul braccio sinistro. La culla con una tenerezza che non è di un ercole ingestibile. Maestrelli gli si avvicina timido. Giorgio lo ha intravisto sott'occhio. Intuisce il motivo per cui adesso sono faccia a faccia. Non hanno bisogno di spiegarselo. Meglio parlà sotto voce, facendo finta che sia per non svegliare la bambina.

«Una mattina mio padre non c'era più. Sparito. Senza spiegazioni. Senza un saluto. Avevo 4 anni. La nonna raccontava che era andato lontano, molto lontano, dietro le montagne e le nuvole nere, era andato a combattere contro il cattivo tempo, a cercare l'arcobaleno, diceva che sarebbe tornato a prendermi quando ne avrebbe trovato uno. Poi però sparirono anche mia madre e mia sorella. Io sapevo che lo avevano raggiunto da qualche parte. Ovunque fosse. Se tu guardi le nuvole nere, diceva nonna Clelia, le nuvole passeranno».

Cynthia è crollata nel sonno profondo dei neonati. Giorgio la sistema con cura nella culla, mentre continua a bisbigliare d'esse cresciuto co' la nonna e co' gli occhi sulle nuvole. La testa dei bambini è piena di domande gigantesche e di misteri. Perché erano andati via portandosi solo la sorella? «Tu che hai due figlie e due bambini, mister. Dimmelo tu. Come si può scegliere con chi vivere e chi lasciarsi dietro?».

Adesso, mentre parla, a Giorgio pare di rivedersi. La faccia del bambino innocente, l'espressione confusa, i capelli ricci e neri incorniciati da un fascio di luce che proviene da un finestrone in alto, come un occhio di bue a teatro. Lui seduto su uno sgabello, la schiena di una donna ritorta, dietro di lei un corridoio stretto che pare infinito. Tutt'intorno: il vuoto. Un gigantesco, inanimato e livido vuoto. Una camera spoglia, cianotica, arredata solo con un tavolo di marmo. Il gelo della povertà.

La donna piegata è anziana. Vive dentro un grembiule di una taglia più larga. Ha rughe profonde come solchi in un orto. Le nocche delle dita sono sporgenti, piccole montagnole sulle mani. È china su un bacile zincato da giardino, colmo d'acqua e schiuma, dentro il quale sono immersi i piccoli piedi del bambino. Il palmo della donna vi aggiunge un pugno di sale grosso, e dalle sue labbra sfiorite nasce un fischiettio che riproduce la melodia di una cantilena infantile.

«Vittoria è una gallina / Non fa l'uovo ogni mattina».

Eppure suona minacciosa.

Le gambe del bambino sono sottili. Con movimenti flemmatici, la donna gli solleva un piede dall'acqua e con un telo di lino bianco glielo asciuga, con perizia, un dito per volta, preparandolo a indossare dei mocassini neri, consumati eppure lucidi. I pantaloni sono corti, sopra porta un maglione pesante. La donna anziana, che non ha smesso di fischiare, gli sta cucendo al centro, in pieno petto, una fascia di stoffa con una scritta: Giorgio Chinaglia - 111 Richmond Road - Cardiff, Galles.

«Quando la nonna disse che papà mi aveva mandato a chiamare, che voleva lo raggiungessi, feci il viaggio in treno da solo, dalla Toscana al Galles. Sai cosa mi teneva compagnia? La paura. La paura di arrivare lì e non riconoscerlo. Scoprire che la sua faccia non mi diceva niente».

Nella pedagna di notte lungo la via deserta, Maestrelli si volta a guardare la finestra di casa Chinaglia. Giorgio è dietro i vetri. Vigila. «Non lo dire mai più che voglio fare il bambino» sono state le ultime parole. Non lasciano scampo. Maestrelli si gira ancora. La luce alla finestra adesso è spenta.

Casa Maestrelli

Il salone addobbato per la vigilia di Natale. L'abete in un angolo. Luci, puntale, festoni, candeline, palle rosse. Tutto l'arsenale delle feste. I regali incartati dalle donne. Il televisore acceso. Immagini in diretta dal Parlamento italiano, dove il 24 dicembre – nessuno lo direbbe – sono in corso le operazioni di spoglio del voto per il Quirinale.

«Leone, Leone, Leone, Leone, bianca, Nenni».

Sullo schermo in casa Maestrelli, il presidente della Camera Sandro Pertini raccoglie un altro mazzetto ciuco di schede e ricomincia a leggere. «Leone, Nenni, Nenni, Leone...».

La magia della mattina di Natale non appartiene solo ai bambini. I due gemelli di Tommaso si getteranno dai letti e correranno in salone per scoprire cosa c'è sotto l'albero. Una distesa di doni, i cartellini con i nomi di tutta la famiglia. Si avventeranno su un pacco dentro il quale c'è il Subbuteo. Batteranno le mani come deputati e senatori hanno fatto per il presidente.

«Hanno ottenuto voti: Leone 518, Nenni 408».

Ma la gioia del Parlamento per l'elezione del sesto presidente in 26 anni di Repubblica italiana non è maestosa quanto sarà la loro.

Casa Chinaglia

Giorgione a letto legge un numero de «Il Monello». Connie se ne sta acciambellata e seducente. Pronuncia una frase in inglese con la parodia di un accento italiano. «Are you American or English?». Chinaglia non coglie.

È lui l'oggetto della minchionella. Guarda Connie voltata di spalle come si potrebbe guardà un alieno.

«Certo che scegliesti proprio la frase più ovvia per abbordarmi».

Adesso Chinaglia ha capito. Accenna un sorriso al ricordo del primo incontro con sua moglie. Posa sul comodino il settimanale che aveva tra le mani, e quanto la abbraccica, quanto la vasa. «Ho dovuto fare tutto io. Possiamo essere amici, dicesti».

Ora Connie si volta verso il suo Giorgio con un bastimento carico di fascino. Lo accarezza e lo rimprovera. «Davvero ti saresti accontentato di avermi come amica? La vita ti regala la chance di innamorarti a Napoli di una ragazza americana, e tu...». A questo punto ne imita la voce. «Possiamo essere amici».

Chinaglia è divertito. «Pensavo solo ai gol», risponde.

«I gol di una minuscola squadra del quartiere Vomero. In serie C. Non ti conosceva nessuno».

«A Napoli il mio pubblico mi fischiava sempre».

«Anche a me. In strada. I ragazzi».

Chinaglia ha uno scoppio di risa. Connie gli caccia la lingua, incantevole e smorfiosa.

«Mi manca Napoli, sai. Mi manca il New Jersey, mi manca la mia famiglia», confessa lei.

«Ci andiamo presto in America dai tuoi. Ci andiamo in estate».

«Non potremo».

«Perché?».

«Non li fanno salire in aereo i bimbi troppo piccoli».

«Cynthia avrà già un anno».

«Io non dicevo Cynthia».

Giorgio è la réclame dello sconcerto. Non ha colto. Non subito. Finché non scivola a baciarle il ventre.

«Nascerà tra fine maggio e inizio giugno».

«Meglio a giugno, Connie. A giugno. Non deve avere un padre di serie B».

Rivede la donna anziana che gli asciuga i piedi nella stanza enorme, riempita di loro due. Allora si alza e scappeffugge, lascia il letto. Connie si domanda dove stia correndo, glielo chiede pure ad alta voce, quasi grida, un attimo prima che Giorgio sia di nuovo là, con il suo solito passo da bisonte, non più da solo, ma con la piccola Cynthia che gli dorme tra le braccia. Adagia lentamente la bimba su un lato della rapazzola, lasciando un ampio spazio per sé, al centro, nel mezzo della sua famiglia in espansione. Ora Chinaglia distende le braccia come fosse in croce, la mano sinistra sulla panza di Connie e quella destra sul corpicino della bimba: si sente già padre di due figli. Come si sceglie. Fissa il soffitto e chiude gli occhi. Rivede se stesso pupo mentre scende dal treno alla stazione in Cardiff. Il piccolo Giorgio che si guarda il maglione, la targa di stoffa della nonna e che cerca suo padre tra la folla. Ma la folla è sparita dai ricordi e dalla sua immaginazione. Sulla banchina della stazione, nel vuoto spettrale, in un silenzio rotto dal suono di un fischietto – forse un ferroviere, forse un arbitro – in lontananza si scorge solo un pallone. Rotola. È un sollievo ridestarsi di scatto e scoprire il proprio sorriso sul soffitto.

Me piaceva arrivà al campo prima dei colleghi, mi illudevo di cogliere qualcosa che gli altri non avrebbero più visto, e poi le chiacchiere con Floriana avevano il potere de damme il buonumore. Tommaso spesso era già lì, dietro la rete di recinzione, dalla parte del pubblico, a guardà l'allenamento dei regazzini prima che cominciasse il suo.

Una mattina arrivò a distrarlo un uomo con una bella faccia tosta chiedendogli a che ora si tenessero i provini.

«Se lei potesse fermarsi a guardà mi' fijo, mister, io ne sarei proprio felice».

«Noi due ci siamo incontrati già? Lei ha una faccia conosciuta».

«Faccio il cameriere al bar Vanni, sotto la sede della Lazio: forse m'ha visto là», rispose l'uomo. «Ho chiesto al Manager se mi' fijo poteva fà 'n provino. M'ha detto de venì oggi».

Maestrelli scrutò il mammoccio. Tredici anni che potevano paré quindici o sedici. Alto, grosso, lo sguardo sveglio. Capace di parlare e accendere un sorriso. «Come ti chiami».

«Cresta Valerio», rispose.

«E perché vuoi fare il calciatore?».

«Voglio diventà ricco sfonnato».

Il padre gli mollò uno scappellotto: «A Vale', e parla in italiano, no?».

«Be', col calcio non si diventa ricco sfonnato», ripeté Maestrelli col suo tono bonario.

«Io sì, mister. Io so' de Primavalle. Ci hanno abbandonato tutti, a noi de Primavalle. Se semo costruiti le strade da soli. Ce riesco, mister, te faccio vedé che ce riesco».

Era quel genere di parole a cui Tommaso non restava indifferente.

«Il provino è fra un'ora. Se ci riesco, passo», promise, mentre il Cameriere si sistemò fra lui e suo figlio, giusto al centro, abbracciandoli e guardando verso me.

«Ahò, facce 'na foto, poi me la manni».

Nun c'è niente da fà, il mio è un mestiere povero, noi fotografi semo sempre stati gente de panzanella, ce trattano come il lampionaio o l'arrotino. Dicono: mànname la foto manco se dai bancari se facessero mannà dieci milioni.

Erano i giorni in cui a mollichelle s'allevava un diciannovenne, D'Amico, di nome Vincenzo, che molto presto sarebbe stato unito ai grandi. Maestrelli era rapito dalla sua bravura, oggi si direbbe dalle sue magie, e quando lo fissava era come se nient'altro esistesse.

Alcuni degli sbarbatelli come lui il giorno dei diciott'anni venivano portati dai più grandi al cinema dei porno. Era una specie di iniziazione, il rito di passaggio per l'ingresso nel calcio degli adulti. Il calcio è una caserma enorme e Vincenzino aveva imparato a muoversi bene. Veniva da Latina, gli davano del burino e lui se ne fotteva. Facco provava a schiavizzarlo facendo leva sulla vanità. «Sali in camera e prendimi le sigarette».

«Perché io?».

«Così quando diventerai un campione, racconterò che mi facevo portare le sigarette da te».

D'Amico conosceva l'arte della risposta rapida. «Allora preferisco rimané 'na pippa».

La prima volta mi venne incontro con la mano tesa: «Piacere, sono il futuro regista della Lazio».

Quelli della squadra cominciavano a riconoscermi, a cercamme con gli sguardi in campo durante la partita, per capire se un'azione, un gol, una parata ero riuscito a fermarle con uno scatto. «Ce l'hai quel tiro? Ce l'hai quel cross? Ce l'hai quel tuffo?».

Stavamo entrando in confidenza. Fuori le scuole di mattina non ci passavo più.

Il giorno del compleanno di Chinaglia – era il 24 gennaio del '72 - mi fecero addirittura entrare nel Santasantoro. Volevano una foto co' la torta e le venticinque candeline. Giuliano Fortunato, a nome di tutti, consegnò il regalo a Giorgio. Una tromba. Chinaglia credette di poterla subito addomesticà. Soffiò dentro il bocchino e s'attaccò ai pistoni. Le note uscirono col garbo di una ranocchia calpestata.

Oggi vedo ragazzini che sanno tutto dei terzini nigeriani. Ti raccontano a quanti chilometri orari il mediano dell'Indonesia ha tirato da fuori area, da quanti metri, e quanti palloni tocca ogni minuto l'attaccante che gioca nella squadra settima in classifica del campionato colombiano. Possono guardà i gol di ogni partita giocata in ogni prato del pianeta Terra. Ma non possono passà il cancello del campo dove s'allena la squadra loro. Più aumenta la quantità di calcio che vedono, più si riduce il margine di libertà con cui lo guardano. Io invece ero dentro gli spogliatoi e scattavo. Una foto, due, tre. Al giornale mio impazzirono più che nel giorno in cui inseguii Louis Armstrong. Chinaglia passò la tromba ai suoi, prima a Legnaro, e dopo a Wilson, a Nanni, uno a uno al resto della squadra, riuscendo a trasformare quel momento in una sorta di rito di sottomissione. Si prese il prospero co' tutta la fornace e impose il bacio della tromba prima de soffiacce dentro.

S'era aggiunto al gruppo da qualche giorno un altro ragazzo esile e bassino, 'n'alicetta, Sandro Abbondanza, detto «Sivorino», il piccolo Sivori, a causa del suo pallino per i dribbling che arimbambiscono, uguali a quelli dell'argentino di una volta. Aveva fatto comunella co' Peppe Massa, napoletano uguale a lui, e furono due che alla tromba s'avvicinarono senza trasporto. «Che stronzata», disse apertamente Martini mettendosi de punta. Voltò le spalle e se ne andò, mormorando: «Auguri Chinaglia», ma già diretto altrove. «Fottiti, Martini», j'arispose Giorgio, non si capì se irato o divertito. Maestrelli mi mise una mano sulla spalla: «Questa risposta domani sul giornale non la troviamo, vero?». Non la trovarono. Perché eravamo fotografi ma uomini.

Sul giornale invece Giorgione ci finì più tardi perché alla guida della sua Jaguar, sotto la luscia, prese una moto che dall'altra corsia veniva contromano. Senza colpa e senza poterla evitare, la sdraiò dritta dritta sull'asfalto. In redazione sapemmo che dopo aver chiamato i soccorsi, Chinaglia aveva raggiunto il ragazzo in ospedale, per essere sicuro che non fosse nulla di grave. A parte un braccio fratturato, stava bene. Giorgio si affacciò sull'uscio della camera, ancora impaurito ma sollevato.

«Ti prometto che domenica segno un gol e te lo dedico», gli disse.

«A Giorgio', nun te stà a preoccupà», se sentì arispondere, «chi t'ha chiesto gnente. Statte calmo, anzi, nun segnà. Tanto io so' d'a Roma».

Ogni giovedì sera, sor Umberto pensava a stravaccasse davanti alla tv. Pure dentro casa sua ce stava una di quelle nuove poltrone che tanto je garbeggiaveno agli italiani. Le compravano pe' guardasse il *Rischiatutto*. Una mania. Come negli anni '70 i forni a micro-onde e le lampade da tavolo orientabili. Il campione Massimo Inardi era chiuso dentro la cabina. I giornali, compreso il mio, lo chiamavano «il mago» perché per tante settimane era apparso così imbattibile da far credere che fosse in grado di ipnotizzare gli avversari. Se stava a spreme pe' ricordasse con quale numero è contrassegnata la Messa da Requiem nel catalogo di Köchel. A *Rischiatutto* andava gente che sapeva queste cose.

«Seicentotrentasei», rispose all'inizio. Sulle facce di Mike Bongiorno e Sabina Ciuffini calò un sipario fatto di cera. Inardi mise una mano sulla fronte e si corresse: «Seicentoventisei». Mike esultò: «Evviva, evviva, K 626. Esatto». Solo che se in televisione metti un notaio a vigilare su un quiz, e il soprannome del notaio è Signor No, quello muove il dito e ti consegna che la prima risposta è quella che conta. Pareva più dispiaciuto Mike di Inardi, il quale lasciò il titolo a un tipo che era esperto di pittura del Rinascimento. Il mago commentò: era ora. Adesso sarebbe riuscito di nuovo a dormì impaparacchiato, a mangià tortellini senza la cacalippa de non digerirli più, se ne poteva tornà contento al suo lavoro di medico delle Ferrovie. Quando della cabina si aprì il cristallo, je parve di ritornare in libertà. Portandosi a casa 48 milioni e 300 mila lire. Soldi che in poltrona facevano sospirare Umberto, er sor Moscé. «Mi pagherei Chinaglia per altri nove mesi».

Non erano i soldi il primo pensiero di Giorgione. Alla mattina, a torso nudo, co' la schiuma da barba sulla faccia e il rubinetto dell'acqua aperto, si guardava allo specchio e sottovoce, prima mormorando, poi con un crescendo, da solo si incitava. «Kee-na-lya, Kee-na-lya». Sotto l'arco della porta, la piccola Cynthia sbirciava una scena che le pareva buffa. Il sussurro di Giorgione era sommesso ed esaltato al tempo stesso. Nella sua testa si fondeva al coro di voci che la domenica sentiva salire dalla curva: «*Giorgio / Chinaglia / è il grido di battaglia / Giorgio / Chinaglia / è il grido di battaglia*». Nella sua testa si fondeva alle ossessioni che mai lo abbandonavano. «Mister, quelli lì si sono messi d'accordo e non mi passano mai la palla». I due napoletani. Li aveva puntati.

Casa di Preminenza. Una ventina di persone in fila davanti alla poltrona in cui se ne sta sprofondato il professore. Si chinano uno alla volta a baciargli la mano, e quella mano elargisce a ciascuno una banconota da 10 mila lire. Il Solerte apre la serratura col suo mazzo di chiavi e diventa come di pietra pomice. A bocca aperta, scorge giovani e anziani accarezzarsi i bigliettoni, metterli in tasca, fare dietrofront e andare via. Hanno mascelle di uomini affamati, non si capisce se per necessità o per bulimia. Si defilano ordinati, micio micio. L'estetica del sordido conserva sempre una compostezza. Non hanno bisogno di altre indicazioni. Sanno come se li sono guadagnati e come altri potranno aggiungerne.

Dall'altra parte della città Luigi Martini è in macchina. Fermo. Le mani allo sterzo piombate. S'è perso. Ha gli occhi spalancati. Deve tornare a casa, si è distratto forse, ora è in una strada a senso unico. Chiede informazioni, si fa guidare da un furgoncino dei gelati che si accosta per capire cosa stia accadendo, l'autista lo ha riconosciuto. Gli fa da guida. Ma una volta giunti alla meta, il suo volto che prima rassicurava si fa intimidatorio. «A Marti', dovete vince. Attento che mo' so pure dove stai de casa».

Così come tutti sanno dove abita Chinaglia. Nemmeno là il centravanti trova pace se la Lazio non vince. I tifosi passano sotto le finestre a suonare il clacson a tutte le ore, urlano frasi offensive a lui e sua moglie. «Chinà, stai sempre a scopà». Connie è esasperata. La sua seconda gravidanza comincia a essere evidente anche sotto un abito largo. «Io me ne torno a Napoli dai miei», dice stizzita. E quando Giorgio prova ad abbracciarla, si sottrae.

A Tor di Quinto le contestazioni proseguivano. Cominciava a girà la voce, proprio in quei giorni, dell'esistenza di un progetto per far saltare la panchina di Tommaso. «Prendono soldi», mi confessò una mattina tenendomi in disparte, mi aveva raggiunto al bar sotto al giornale. Me parve matto.

«Ma da chi prendono soldi?».

Pensavo: sai a chi gliene pò fregà? Ci sentiamo sempre più grandi di quel che siamo, tanto da immaginare che il mondo si chiuda in una stanza a parlà de noi e a preparacce un bel dispetto.

«Non lo so», rispose. «Qualcuno. Non ho le prove ma ne sono certo. Vengono a fischiarmi come se fosse un lavoro. Su commissione».

Anche il portiere di riserva Di Vincenzo protestò con lui quel giorno, per una delle tante pasciarìe che succedono sui campi di pallone come negli uffici. Si agitò a tal punto da finire grugno contro grugno con Maestrelli. Gli mise le mani addosso. Dovettero dividerli. «Io non vi devo dare la carica», fece l'allenatore ai suoi, «io dovrei darvi la camomilla». Mi salutò da lontano e si rimise in macchina. Quando aveva pensieri, gli piaceva scacciarli guidando. Si spinse lontano, verso l'Appia antica, dove la campagna era aggredita, i marciapiedi distrutti, dove le reti di ferro cingevano le proprietà private. Un pezzo de Roma prigioniero dell'abusivismo, quindici chilometri – dal centro fino ai piedi dei Colli – pieni de zozzerie, senza una regola, senza più una legge. Uno scempio di case case case, villette a tre piani, altre con piscina, pure accosto la tomba del re Romolo. Chissà quante famiglie si erano accampate lì, trasformando questo posto leggendario in un luogo di bujacca. La valle della Caffarella era invasa dar materiale di scarico dei lavori pe' la metropolitana. Presto i costruttori avrebbero reclamato nuovi appetiti. La banalità dell'uomo è più grave del degrado urbano. Quando spense il motore della sua Alfa, Tommaso si sentì la persona che non era. Attraversò la strada, si sdraiò all'ombra di un faggio e si coprì la faccia con un giornale che in prima pagina annunciava l'inizio del processo contro l'anarchico Valpreda.

Via Margutta

La tradizionale fauna di artisti di strada e il loro museo a cielo aperto. I cavalletti. I colori. Gli olii. Le tempere. Un paio di giovani escono da un bar e vengono urtati da una coppia, capelli lunghi, fascetta tra i capelli. È uno sbarbajo, un attimo: si sentono toccare la nocchia da quei due che si tengono per mano e puntano decisi verso un portone. I ragazzi hanno gambe abituate alla corsa e piedi che in genere calciano un pallone. Sono curiosi e divertiti, seguono la coppia con lo sguardo, la vedono sparire dentro un palazzo antico. Dopo un attimo di cacadubbi, imboccano la stessa via. Vogliono capire. Vedono l'ascensore fermo all'ultimo piano e allora si incamminano lungo le scale, strette, buie, facendo attenzione a non essere riconosciuti. Quando finalmente sono in cima, spalancano la piccola porticina verde sul poggiolo, e solo in quel momento davanti ai loro occhi si apre uno spettacolo inatteso. Un solarium abusivo nascosto fra i tetti, smisurato, con vista sulla porzione più bella di Roma. Ombrelloni, docce, sedie a sdraio. I ragazzi squadrano e realizzano d'un tratto di essere i soli a portare ancora dei vestiti. Mica ci credevano che i nudisti esistono davvero.

La squadra non riusciva a fà de fila quattro partite bone. A Novara avevo parcheggiato l'auto proprio di fianco al pullman. Chinaglia era tutto pijato d'aceto. Urlava contro i napoletani, 'na fissazione. «Basta coi tocchi e coi tocchetti. Dovete passarmi la palla e io faccio gol. Se no la serie A ce la scordiamo». Vedevo la scena per metà. Non riuscivo a capire con chi se la prendesse di preciso, quando puntò il dito, probabilmente contro gli scapoli, e gridò: «E voi basta co' la bella vita». I napoletani gli risposero a tono. Uscì un pallone da una borsa, qualcuno nella rabbia lo fece rotolare verso Chinaglia. «Tieni, Giorgio, toccalo: che oggi non l'hai visto mai». Chinaglia provò a colpire qualcuno e Sandrino replicò con la solita aria sua, che pareva sempre snob, annoiata: «Giorgio, si' 'na purpetta chiena d'acqua».

L'arrivo di Maestrelli implacidò l'aria e placò Chinaglia. Annunciò che a questo punto dal giorno dopo sarebbero annati tutti in ritiro. Se avesse potuto, avrebbe messo in castigo pure me. Il Manager precisò: «A spese vostre». Martini ne approfittò per prendere Nanni sottobraccio e sussurraje: «Ho saputo perché quello ti chiama il Mostro». Quello era Chinaglia. «Va in giro a dire che fai il fenomeno solo in allenamento». Seminava alleanze.

I ragazzi del Novara s'abbraccicavano intanto e se strignevano al portiere loro, il migliore, Felix lo chiamavano. Bob stesso lo aveva avvicinato con la scusa de faje i complimenti, e dopo un segno muto di Tommaso se ne erano stati per un poco a parlottà laggiù, in disparte. «Sarei onorato, però dovete parlarne con il presidente» sentii dire a quel Felix. Avrei scoperto che di nome faceva Felice e di cognome Pulici.

Quartiere Prenestino. Una mattina uguale alle altre

Lo spettacolo sconfortante della periferia. Una schiera di palazzi anonimi. In uno degli appartamenti, un uomo in tuta da operaio, con un caschetto giallo tra le mani, beve del latte bianchissimo direttamente da una bottiglia. A tavola, di fronte a lui, il Solerte sorseggia un caffè. L'uomo sta per uscire di casa: «Tua sorella 'ndo stà?». Il Solerte lo ripaga dello stesso arruffio: «A pa', e che ne so, fa tutta la misteriosa. È uscita presto stamattina».

In uno studio fotografico, ecco dov'è finita. La ragazza posa a quattro zampe come un animale, columbrina su un tavolo coperto da una tovaglia bianca. Due decoratori le stanno passando con un pennello del fondotinta bianco lungo il corpo ignudo. Poi prendono a dare una mano di tinta verde, in modo che i fianchi, il ventre e tutto il resto assumano un aspetto bronzeo. Intorno al set, i fotografi sono in attesa di entrare in azione per scattare. Lei indossa una parrucca nera che le nasconde il volto. Non è previsto che sia riconoscibile. Altrimenti sarebbe chiaro che la ciumachella è Nilly.

Non è passata all'università, dove si sta tenendo la solita adunanza. Patrizia è tra i banchi. Manfredo imbraccia la chitarra, strimpella lieve, l'orecchio sulla cassa armonica, forse accorda o forse suona per se stesso, mentre un altro tipo col microfono si infervora e urla parole di protesta contro il sistema. Un professore in un angolo scatta fotografie a chi prende la parola, finché non viene scoperto dall'assemblea, inseguito e malmenato da una mezza dozzina di studenti. Gli urlano che la pagherà, che gli incendieranno la macchina se solo ci arioca.

A una macchina graffiata invece si sta dedicando Valerio Cresta, dentro un'officina da carrozziere, galleggiando in una tuta da lavoro sporca di grasso, una taglia e mezzo di lui più grossa. Tra le mani unte stringe un tubo di gas da cui esce una fiamma. Vi accosta una sigaretta e se la accende.

Ogni tanto in redazione passavano a salutamme vecchi amici. Quelli che avevano fatto negli anni d'oro la strada assieme a me. Scagnozzi si affacciava di proposito nella stanza dei fotografi, sperava sempre di trovarci, che ne so, Rino Barillari o Tazio Secchiaroli. Mi chiedeva un giorno sì e l'altro pure di fargliegli conoscere. Io je dicevo de sì per togliermelo dai piedi. Avevo all'epoca un quaderno su cui prendevo appunti con certi pastelli colorati. «È il mio catalogo», gli dissi per scacciarlo in prescia. Inutilmente.

«Un diario?», domandò.

«Un diario no. Chiamiamolo un registro».

Si prese da capo la libertà de mettecce le mani sopra e di sfogliarlo. Non so cosa pensasse di trovarci. Voltava le pagine con la brama di chi cerca la formula dell'immortalità. Scoprì una sfilza di didascalie, descrizioni di pose, date, luoghi.

«Ti scrivi le foto che fai?», chiese 'mpazzito.

«Le foto col tempo diventano insensate».

Scorse col dito sui fogli fino alla data del giorno prima, poi si imbatté nel bianco di una pagina.

«Ne hai di belle oggi?».

«E mica te lo posso dì io, se le foto mie so' belle».

Corse a interromperci 'no smilzo in jeans, maglione stazzonato, guance incavate, l'occhio febbrile. Un tipo tenero che nessuno aveva mai sentito parlà male de quarchiduno, il Candido era il nome che perciò je aveva dato il responsabile delle pagine sportive, Augusto Pizzella, salernitano, che ai suoi insegnava il mestiere così come lo aveva imparato dai grandi della scuola giornalistica napoletana, gli amici Maurizio Barendson, Gino Palumbo e Antonio Ghirelli. «Siate sentimentali ma non languidi, qui non suoniamo violini e mandolini».

Il Candido irruppe portando una notizia: Maestrelli non correva il rischio d'essere cacciato. Stava tornando in quel momento dagli uffici del presidente.

«Perché siete venuti?», aveva chiesto sor Umberto a lui e agli altri giornalisti.

«Per sapere il nome del nuovo allenatore».

«Non c'era motivo di venire. Finché ci sarò io, l'allenatore è Maestrelli. L'argentino Lorenzo non tornerà mai: so che fra voi ci sono amici suoi. Rassegnatevi».

Il Candido ci riferì che dalla strada era salito a quel punto l'urlo della folla: «Pappone, pappone». Nella stanza affianco il Viscido era al telefono. Quando mise giù, ci raggiunse e aveva un'altra verità. Fece il fenomeno: «Ho saputo. Il Pappone dà la squadra a Bob Lovati e Martorelli, l'allenatore della Primavera. Fidati, lo puoi scrivere». Fece un occhiolino al Candido. Poi si accostò all'orecchio di Scagnozzi e je sussurrò di certo qualche malignità.

Sull'Aurelia

L'hotel del ritiro. La minaccia del Manager è compiuta. L'arrivo della primavera del '72 è distante poco più di un paio di settimane. Nella hall si affaccia una valigia di pelle trainata da un ragazzino che s'atteggia a uomo. È Vincenzino D'Amico che si sta aggregando ai grandi.

Lenzini e Maestrelli giocano a poker con un altro paio di comparse. Il presidente si volta e benedice il ragazzino. Non ha fatto neanche un gol e già lo paragonano al più grande di tutti i tempi di quei tempi: «Ecco il nostro Di Stéfano». Lui stesso dirà a un giornalista, e quello perfino lo scriverà: «Non mi sento inferiore a Pelé».

Maestrelli cala prima un colore e poi un full – coppia di dieci e tris di re – e come sempre rende i soldi vinti fino all'ultima lira. Gioca per il gusto di giocare. Nel pieno della noia diffusa, il telegiornale mostra la faccia di un dirigente della Sit-Siemens tenuto sotto sequestro a Milano per una ventina di minuti e fotografato nel vano di un furgone, con una pistola puntata sulla guancia. In tre lo hanno costretto a salire. Si chiama Idalgo Macchiarini. È il responsabile dell'organizzazione del lavoro in fabbrica. Organizza le giornate di 3 mila operai. Gli hanno messo al collo un cartello con una stella a cinque punte. C'è scritto: «Mordi e fuggi. Niente resterà impunito! Colpiscine 1 per educarne 100! Tutto il potere al popolo armato!». La tv racconta agli italiani che si tratta del primo rapimento delle Brigate Rosse.

«E mo' che so' queste Brigate Rosse?», chiede Wilson il Milord.

«Cazzari», fa Martini. «Guarda la pistola». Luigi ha fatto il militare nella Folgore. «Quell'arnese è così vecchio che non riuscirebbe manco a sparare».

Quando undici giorni dopo Giangiacomo Feltrinelli s'ammazzò sopra un traliccio dell'Enel a Segrate, la polizia arrivò in via del Babuino con le sirene spiegate e un mandato di perquisizione. Chiesero del direttore della libreria, il dottor Milanesi, e invitarono i clienti a' annassene. «Dobbiamo controllà», spiegarono. Il dottor Ziaco spesso e volentieri ci avrebbe ricordato dove si trovava quel mattino, la notizia della bomba, la saracinesca abbassata all'improvviso. «Siamo sgomenti», gli aveva mormorato in faccia il direttore. Ziaco ebbe solo il tempo di riporre un Calvino sopra lo scaffale.

Quel giorno, come se l'Italia non avesse avuto altro a cui pensare, nella redazione del giornale mio il Candido ebbe una telefonata che non s'aspettava. «Sono qui sotto, scenda un attimo».

Era Maestrelli. I due parlottarono ai piedi del manifesto scandalo che doveva lanciare l'uscita di *Roma* di Fellini. Una donna carponi, con tre seni, un aspetto bronzeo figlio del lavoro di qualche truccatore, s'atteggiava nella posa classica della Lupa.

«L'ho capito come funziona in questa città. Qualcuno vi orienta».

«Ma che dice, mister?».

«Non ce li ha gli occhi? Non lo vede in che condizioni lavoro? Mi stanno boicottando. Elettricità, le malelingue, i fischi. Mi restano i ragazzi».

Il Candido trovò la dignità pe' fasse uscire il rospo: «Mister, ascolti. Funziona così. Al giornale mio scrive chi porta le notizie. Lei non mi metta fuori strada, mi dica cosa succede e io potrò aiutarla. Se no scriverà sempre quell'altro».

Quell'altro era il Viscido, che cominciava a stamme sempre più azzeccato. Un giorno venne inviato con urgenza a una manifestazione femminista e mi chiamò: «Annamo, Marce'». Non avevo scelta. In deroga a tutte le regole sulla solitudine, dovetti salì in Vespa con lui, ma almeno muti, senza parlacce, e muti arrivammo a

Campo de' Fiori, in mezzo a una folla maestosa e a un reparto di polizia che stava a presidià la piazza. Sotto il monumento a Giordano Bruno, una donna dai capelli scuri e lunghi teneva il pugno chiuso alzato. Indossava un maglione a collo alto, un cardigan a costine dello stesso colore, una borsa a spalla.

«Ahò, ma quella è Cosa... come se chiama... l'attrice», fece il Viscido.

Quasi non lo sentivo. Non mi pareva che ci fosse nulla per cui scaldarsi. Scattavo foto. La vita mia. Nessuno ti distrae dalla vita. Ce devi stà sempre co' lo sguardo dentro.

«La bardracca... come si chiama... La puttana dell'ispettore Klute...». Il Viscido urlava. Non era il caso. «Se chiama Jane Fonda», gli dissi finalmente, «abbassa sta voce».

In piazza i manifestanti avevano portato dei cartelli: «Legalizzazione dell'aborto», «Liberazione omosessuale», «Matrimonio prostituzione legalizzata». Una donna al megafono gridava: «Il matrimonio non è una carriera. Partoriamo idee non figli». Un istante dopo passò il megafono a Jane Fonda. Bellissima, onestamente.

«Jane Fonda... Bravo... Ma tu non ti emozioni mai?», riattaccò il Viscido.

Solo oggi che lo racconto lo capisco. Quando lavoravo non avevo messaggi, non avevo missioni, nun me veniva il gelacore. Avevo un punto di vista e mi bastava.

Ai manifestanti distribuirono un volantino. C'era scritto: «Non siano lo Stato e la Chiesa, ma la donna, ad avere il diritto di amministrare l'intero processo della maternità». Un corteo provò a raggiungere la piazza e gli agenti se fecero consegnà i cartelli. «Offendono la morale pubblica». Spintoni, insulti, colpi. Il vicequestore

Errati in servizio ai bordi della piazza sbuffò. Poi ricordo solo un manganello sospeso a mezz'aria e niente più.

Le cose in classifica migliorarono a marzo, più o meno mentre peggioravano quelle a casa mia. Certe volte me scordavo pure d'aveccene una, d'avere mi' moje Maria che stava sempre a sformacce perché tornavo tardi, o stavo fuori, e lei era sola, e che mi' fija Clara a scuola andava a piffero. Massa aveva segnato in rovesciata a Como. *La Lazio risorge* titolò Antonio Ghirelli sul «Corriere dello Sport». Abbondanza fece gol all'Olimpico contro il Sorrento da fuori area, saltando tre dei loro, e poi si ripeté contro l'Arezzo: di sinistro. In crisi di gelosia verso i napoletani, alla vigilia della partita con la Reggiana, Chinaglia se fece venì l'infantioli e disse ai reporter che teneva puntato Boranga, il portiere baffuto dell'altra volta. Lo aspettava. «È necessario che mi prenda la rivincita su di lui per la sua recita, altrimenti non sarei un uomo. Farà bene sui miei tiri a non mettere le mani, gliele spezzo».

Di quel pomeriggio non scorderò il libeccio e 'n omo che nel parterre della curva sventolava una bandiera bianca e celeste, portando una corona di alloro sulla testa. La foto dovrei ancora averla, sepolta in qualche scatola, tra quelle in cui mi' moje annava a sbocconcellà ogni tanto, credendo de trovacce chissà le prove di che cosa. In realtà Chinaglia porse la mano al portiere, Boranga rifiutò la stretta e quando ci ripensò fu Giorgio poi a ritrarsi. La squadra bisbocciò pe' 'n'altra vittoria con gol di Massa. Ho detto la squadra, ma non il Gobbo. Che rimase in un angolo a pulisse le unghie.

«Mi hanno fatto il malocchio, mister. Non segno più», si lamentò con Tom.

«Giorgio, l'importante è che stiamo risalendo la classifica».

«Quelli l'occhiaticcio lo sanno fare», abbarbucchiò mostrando a dito i soliti due.

«'Nu piatto vacante», mormorava Sandrino a Peppe.

Sotto casa erano tornati i clacson. «Svégliate Giorgio». «Nun segni più». «Traditore». «Se te ne voi annà, vattene». Connie si era ritirata dai suoi a Castel Volturno. Chissà che faceva, si tormentava lui, chissà chi vedeva. Non era neanche più tanto pervio farsi due passi per le vie di Roma. In allenamento, una mattina, Facco fece un'entrata dura coi tacchetti sul collo del piede di Peppe Massa. «I calci dalli quando servono», je rispose quello da terra, «invece in partita giochi a nascondino». Massa in verità era Chinaglia che fissava, co' lui ce l'aveva perché l'ipocondria teneva il gran Giorgione spesso sdraiato sulla panca dello spogliatoio, ogni tanto giurava di sentirsi male, malissimo, quant'era vero er papa. Maestrelli una volta lo aveva dovuto piglià de petto, gli aveva ordinato de calmasse e spalancà la bocca. Aveva tagliato in due un limone e gliene aveva spremuto qualche goccia dentro il gargarozzo, mentre Trippanera je massaggiava polpacci e cosce. Era bastato. Si era rimesso in piedi fortissimo, forse per Trippanera, forse per il limone. Tornato in campo dopo l'intervallo, aveva fatto gol e Maestrelli j'era parso uno stregone.

Quando allora Massa fece quella sparata, Legnaro s'aggrintò su Facco. Nemmeno si girò verso Maestrelli che lo rimproverava. «Mi senti? Ehi, mi senti? Va', e rimani a casa anche domani», gridò l'allenatore. Pizzella sul giornale ci fece un titolo grosso così e Tommaso mi tenne il muso per tre giorni.

A casa dai suoi Martini non tornava più tanto spesso.

Suo padre al telefono lo allisciava: «Perché non vieni?». Coi suoi pantaloni carta da zucchero e la camicia sbottonata, Luigi passava il tempo libero intorno alla basilica di Massenzio, serrata dentro un recinto, non visitabile. Io lo incrociavo perché là di tanto in tanto annavo a posà l'obiettivo mio su le gattare. Avevano allestito ricoveri, casse di legno, scatoli in cartone. Nello spiazzale potevano parcheggià solo le auto degli invitati ai matrimoni. Più quella di Martini.

«Vengo lunedì dopo la partita», aveva promesso al padre l'ultima volta, «vengo per votare».

Il voto di Luigi alle elezioni sarebbe diventato un caso. Maestrelli lo aveva scoperto una mattina sfogliando un giornale, non il mio. Si era imbattuto in un'intervista in cui Luigi dichiarava: «Voto per il Movimento sociale di Almirante». Maestrelli gli fece cenno con la mano di accostarsi. «Sei fascista?», gli chiese a bruciapelo. Luigi rispose solo: «Embè?».

Le partite in trasferta diventarono presto casacalla. «Fascista di merda», cantavano i tifosi, «Martini fascista di merda». Come promesso, Luigi quel lunedì passò davvero a salutare i suoi e dal voto rientrò a Roma in macchina. Giunse al pedaggio mentre il casellante stava ascoltando il giornale radio: «I risultati confermano la tenuta della Dc, con un seggio in più alla Camera e due in meno al Senato. Il Pci ne conquista due alla Camera. Grave sconfitta del Psiup, che alla Camera perde tutti e 23 i seggi, senza variazioni di rilievo la situazione del Psi e del Psdi».

Il casellante svogliato rovinava la canzone delle montagne verdi di Marcella. Martini non si muoveva. Aveva pagato e restava immobile in attesa di notizie. La voce alla radio proseguì: «Avanza invece il Msi che, insieme agli ex monarchici, conquista 32 seggi alla Camera e 15 al Senato. Flessione dei liberali». Fu allora che Luigi fissò il casellante pensando: «Cantate, voi. Cantate».

Il presunto comunista è a messa con tutta la famiglia. Sua cognata Rina più di tutti sta in raccoglimento. Sull'altare, un frate francescano pronuncia l'omelia. È un pezzo di catapezzo, ma pure delicato. Viso asciutto, fronte spaziosa, occhi verde chiaro, vivaci, di quelli pronti a indagare e a cercare l'amicizia. Una voce espressiva, una lieve inflessione marchigiana. Gesti imponenti e maestosi. Questo è don Antonio Lisandrini. Passa per un signore del lessico. Adesso sta dicendo: «Lo vedete in che tempi viviamo. Questi uomini che non riescono più ad accordarsi, che non sanno più intendersi fra di loro, che non riescono a trovare una formula minima per vivere in pace, questi uomini che non si sorridono più, che si accapigliano furiosamente, che arrivano perfino a eliminarsi reciprocamente con fredda ferocia, rinnovando nel secolo ventesimo, con proporzioni terrificanti, il vecchio racconto di Caino, questi uomini sono lo spettacolo vivente di una famiglia dove qualcuno è stato cacciato. Questo qualcuno è il padre. Scomparso il padre, si scatena tra i figli una rissa fratricida. Ogni lacerazione denunzia l'assenza di un padre. Un padre è necessario all'uomo, più che l'uomo a se stesso. Dio è necessario come l'ossigeno ai polmoni, come il pilastro alla casa».

Maestrelli rivede i suoi ragazzi uno per uno davanti agli occhi. Non sa levarsi le parole del frate dal cotogno né il pensiero di Giorgio che allo specchio bisbiglia: «Io sono Chinaglia. Io sono Chinaglia». Un po' come quel tipo che dentro San Pietro, incircuncirca proprio in quel momento, sta gridando: «Io sono il Cristo» – prima di prendere a martellate la statua della *Pietà* di Michelangelo. Ha reciso il braccio sinistro della Madonna, la mano s'è spezzata cadendo a terra, la nasca divelta, l'occhio sinistro compromesso. Sono le 11 e 30 del mattino. Una voce grida che c'è una bomba nella basilica e la gente fugge. Due vigili del fuoco fermano il responsabile, un uomo barbuto, capelli lunghi, un fusto, la camicia rossastra: Lázló Tóth, 34 anni, ungherese. La folla vorrebbe linciarlo. Ma con carità cristiana.

Giugno 1972

La prima volta che vidi il Biondo alla fine del campionato mancavano tre giornate e lui aveva la maglia del Foggia addosso. Era la vecchia squadra di Tommaso, così tutti i suoi ragazzi sfilarono dentro lo spogliatoio dell'Olimpico per salutarlo, e più di tutti lo abbracciò Luciano Re Cecconi, milanese di Nerviano, figlio di Alfredo, operaio, e di Cecilia, casalinga.

«Come stanno i gemelli, mister? Avrei voglia di vederli», gli disse con un sorriso spalancato.

«Dopo la partita allora non scappare: scendono qui», rispose Maestrelli senza far caso a Giorgio che osservava da lontano.

Luciano, a Foggia, aveva frequentato casa di Tommaso. I bambini lo chiamavano il Tato. Li portava a ingozzarsi di popcorn al cinema e je pareva de avé l'età loro, lo sguardo loro, la stessa medesima innocenza. Aveva studiato fino alle scuole medie, come tanti ragazzi semplici che abitavano la provincia italiana anni '60.

Suo fratello Achille aveva la passione del ciclismo. Lui mungeva le vacche nella terra che la famiglia coltivava da mezzadri, aveva fatto il calzolaio, il fruttivendolo, l'elettricista. A 15 anni era ancora carrozziere nell'officina del cugino: sveglia alle quattro del mattino e allenamento al campo alle tre del pomeriggio. Lo avevano convinto a fare sul serio quelli della Pro Patria, promettendogli gli stessi soldi che prendeva in officina. «Io tento e se non va ritorno». Era così che se diventava a quer tempo calciatore.

Tommaso a Foggia l'aveva fatto omo. Andandosene via j'aveva sussurrato: «Presto ti chiamo a Roma». Perciò quando il Biondo respinse come 'n acrobbata sulla linea di porta una sua cuticagna in tuffo, Giorgio diventò il doppio furioso, e dopo il gol della vittoria si mise a sfidare tutti con lo sguardo, mirando compiaciuto un piccolo screzio che si era acceso fra i napoletani, convinto che finalmente li avrebbe separati, che ne avrebbe presto tirato uno dalla sua parte.

«Avete visto quanto è bravo Re Cecconi?», chiese Tom ai suoi a fine partita. Lovati aggiunse: «È una ruspa». Solo chi non volle capire, quel giorno non capì.

La Puglia nella vita di Tommaso tornava in certi momenti di gioia come 'na fatalità. La partita della promozione in serie A, il diciotto di giugno del '72, capitava proprio a Bari, dove Patrizia s'era fatta accompagnà da Nilly, convinta a prendesse una pausa nella preparazione di filologia e a mettere distanza dal subbuglio dell'università. Pochi giorni prima una ragazza con un foulard sul viso aveva estratto il rossetto dalla tasca per scrivere su un parabrezza: «Prof, barone, 'fanculo la pensione», e 'n attimo dopo aveva fatto esplodere 'na molotov.

Nilly stringeva tra le mani un rosario greco. Pino le portò un mazzo di fiori a nome di tutta la squadra e le regalò la maglia. Fece il galante. «Porti fortuna. Dovevi venì più spesso», mentre i compagni tagliavano i mostacci a Trippanera. Lo champagne fu stappato sul treno per Roma delle 18 e 30 ma la famiglia Maestrelli era rimasta a Bari a festeggiare, tutta al completo eccetto Tom, al quale Giorgio aveva chiesto compagnia pe' volà in Germania.

Lina aveva eccepito con dolcezza. «Noi restiamo a Bari e tu vai con lui?».

«Va per la prima volta in Nazionale, non posso mandarlo da solo».

Il quinto figlio era il più fragile. I Gemelli raccontarono al telefono a papà il servizio della *Domenica Sportiva* mentre Tommaso e Giorgio, ormai nella hall dell'albergo tedesco, chiacchieravano fumando, distesi finalmente. Fu allora che Chinaglia si frugò dentro le tasche con una teatralità studiata.

«Che cerchi?», gli chiese il mister. Quando alla fine tirò fuori il pugno e aprì il palmo della mano, Maestrelli scoprì che Giorgio aveva undici ghiande da restituirgli.

«Prendile e conservale. Questi eravamo noi, te lo ricordi. Ci siamo mossi in campo come volevi».

Tom guardò l'orologio per non scoprire gli occhi umidi. Erano le tre del mattino.

Università La Sapienza

Un crocchio di studenti in piedi intorno a uno scrittore. Nilly è tornata da Bari. Chi parla è 'n omo scarnicchio, il volto scavato, gli zigomi sporgenti, le lenti dalla montatura spessa. Manfredo ha azzardato: «Bisognerebbe poter fare una controcultura che sia anche una controstoria, lei che ne pensa?». Pier Paolo Pasolini replica: «Quello che dici è giusto. Il Pci dovrebbe essere questo, invece non lo è. Per demagogia, per paura dell'impopolarità non dice mai una parola contro la televisione. Oppure dice cose parziali, mentre invece dovrebbe fare una lotta totale, radicale. Senza concedere niente. Dovrebbe lottare perché la televisione, se non altro, fosse espressione non del governo ma del Parlamento. Quello che dici tu è irrealizzabile. Una cultura alternativa sarebbe profondamente impopolare. La lotta è ormai persa. Bisognerebbe vincere una lotta politica per re-imporre un altro tipo di popolarità. Ma a questo punto, chi strappa più gli spettatori da *Canzonissima*?».

Uno degli universitari dietro la schiena nasconde l'ultimo numero di «Sorrisi e Canzoni».

Giorgio invitò pure me all'inaugurazione del «Long John», il negozio d'abbigliamento che stava aprendo con Giuliano Fortunato come socio in via de Carolis, alla Balduina. Gli aveva dato proprio quel suo soprannome piratesco. Non facevo parte della cerchia sua, ma voleva un paio di foto fatte bene, chiarì che le pagava, nun le prendeva a sbafo. Ci trovai Wilson, Bandoni, Facco, Polentes, Tommaso, il pugile Nino Benvenuti. Si vendevano giacche, pantaloni a tinta unita e rigati, a scacchi, dallo stile classico o sofisticato. C'era la radio accesa e la voce della Vanoni stava a pilottà: «*Ci resta solo il tempo d'impazzire insieme / poi apriremo gli occhi e tu saprai / nel guardarmi cosa resterà / al momento della verità».*

Certi tifosi della Roma portarono una rosa rossa con un nastro giallo, non capii lì per lì se per fair-play o per minchionatura. A cena Giorgio volle che i compagni si fermassero con lui, senza le mogli, come da abitudine, non era misoginia, era adesione alla setta dei cazzoni, e un attimo prima del dolce s'accostò a Lenzini che mangiava col tovagliolo legato al collo. «Fammi un regalo, preside'. Toglimi di torno sti napoletani», gli sentii dire senza volerlo. Poi gli passò dietro le spalle e strinse il nodo del fazzoletto di un altro mezzo centimetro.

Santa Maria del Popolo

La cappella Cerasi, la prima a sinistra del transetto. Nel piccolo ambiente, don Lisandrini sta tenendo un'omelia a una compagnia di sacerdoti. Si direbbe una lezione. Il francescano parla indicando *La conversione di san Paolo*, l'opera di Caravaggio.

«Fermatevi dinanzi a questo quadro e ditemi qual è il segreto della sua bellezza. Forse quella zona di luce che illumina Saulo e le sue braccia larghe con cui si arrende a Cristo e alla conversione? Forse lo zoccolo sospeso in aria per intervento divino? O forse il cavallo al centro della scena, l'irrazionalità del peccato? Cosa ci attrae l'ombra o la luce?».

Padre Antonio è stato partigiano. Ha fatto la staffetta da Ancona a Fabriano, fra i combattenti clandestini e le famiglie. I tedeschi a quel tempo lo avevano braccato a lungo. Ora fa una sosta studiata. In fondo alla cappella spicca un uomo in abiti borghesi. L'unico che non sia un sacerdote: Tommaso. Lisandrini lo scorge e prosegue. «Né l'uno né l'altro. Se vi fermate su un frammento staccato, il quadro non vi dirà più nulla. Ogni elemento è necessario a quest'armonia dell'insieme. È questa armonia dell'insieme che strappa un grido di ammirazione e ci fa dire: questo quadro è un capolavoro».

Quando i sacerdoti lasciano la cappella, padre Lisandrini resta fermo sull'altare. Anche Maestrelli non muove un passo. Si parlano così, a distanza.

«L'ho riconosciuta. Lei è quel bravo allenatore di calcio».

«Bravo non so».

«È la sola certezza che ho nell'averla di fronte, il resto mi sfugge. Anche se non ho mai visto una partita in vita mia».

«Sono venuto a sentire la sua lezione perché avevo già ascoltato qualche omelia».

Il frate è sorpreso. «Ah. Mi segue».

Maestrelli gli si avvicina lento. «Lei ha celebrato il matrimonio del figlio del mio presidente».

«Sì, la sposa era la figlia di un conoscente».

«Ho scoperto lì quanto sa farci lei con le parole. Sa, padre, ogni tanto devo tenere dei discorsi anch'io. Devo scuotere, devo convincere. La seguo e mi piace ascoltarla alla radio. So che è stato un collaboratore del regista Rossellini, che ha scritto discorsi per il papa. Ho sentito l'ultimo: da qualche fessura è entrato il fumo di Satana nel regno di Dio».

«È entrato il dubbio nella nostra coscienza, ed è entrato per finestre che dovevano essere aperte alla luce: la scienza». Lisandrini riprende fiato. «Il predicatore deve essere uomo del suo tempo. Ho 1.200 ore di volo sulle spalle. Ho tenuto conferenze a Parigi, Chicago,

Bombay. Ho parlato da una piazza di Buenos Aires a 18 stazioni radio. Ho partecipato al *Cantagiro*. Un predicatore del 1972 deve parlare agli uomini del 1972. Non crede?».

«Lo credo». Maestrelli rompe gli indugi. «Lo credo a tal punto che sono venuto a farle una proposta. È vero che lei ha la carica di sceriffo onorario di San Francisco?».

Lisandrini sorride. «È informatissimo. Anche questo è vero».

«Ecco. Allora, sceriffo, ho una missione per lei».

Quartiere Prati

Il buio. Un rumore sottile. Come di un gigantesco trapano. Un nero trafitto da fasci di luce circolari. Sono le torce che sovrastano i caschetti gialli degli operai. Una fresa scava dentro il sottosuolo. Uomini afflitti dal calore, dalla fatica e dalla tensione, stanno dando un ventre – più che un corpo – alla linea della metro A. Sulla talpa scavatrice troneggia il padre del Solerte.

Ora la luce illumina un alluce di pietra. Poi le altre dita del piede della stessa scultura.

Gli uomini al lavoro risalgono con lo sguardo dal piede alla gamba della statua, un reperto archeologico, e dopo la gamba al busto, poi la testa, la volta del cunicolo sotto il quale si scava, e se potessero procedere verso l'alto senza ostacoli, verso lo strato superiore e ancora quello successivo, fino alla luce piena, in strada, fino al sole dell'estate, in viale Giulio Cesare si imbatterebbero in una vigilessa che dirige un traffico inesistente. Il suo compito principale è tenere i curiosi alla larga dal cantiere.

Avrà un'età compresa fra i venti e i trenta, è alta uno e settanta, occhi celesti. Indossa un completo blu scuro, una gonna svasata al ginocchio, la giacca lunga a quattro tasche, quattro pure i bottoni, un trucco leggero, niente cappello. Un'altra come lei in città ancora non esiste. Non molto distanti da qui, in via Col di Lana, sotto la sede della Lazio, un pugno di tifosi accusa Lenzini d'essere tre pigne e una tenaglia. Avaro. «A preside', devi comprà i campioni, no li scarti de la Roma. Nun volemo tornà in serie B». Lenzini dall'ufficio smiccia in strada nascosto dietro la tenda. Ha una clessidra sulla scrivania. La rovescia e guarda scendere la polvere celeste.

Milano. Hotel Hilton. Luglio 1972

La nuova sede dove si tengono gli affari tra chi commercia piedi. Un discreto circo di portafogli pieni e di umanità in disuso fra suite, vasche da bagno piene di schiuma e signorine disponibili. Il sindacato calciatori ne ha chiesto lo smantellamento giudicandolo un meccanismo poco sensibile ai sentimenti di persone trattate come merci. Ha ottenuto solo che non si chiami più calciomercato ma lista trasferimenti. È un covo di improbabili. C'è il presidente di una squadra siciliana che si fa l'insulina mentre compra un terzino e sbrana una mozzarella. Un altro s'è alzato dal tavolo di una trattativa che per 10 milioni non si chiudeva raggiungendo una ragazza che prometteva di fargli dimenticare d'avere settant'anni. «Alla mia età un'ora d'amore vale più di 10 milioni». Di fronte all'ingresso dell'hotel s'è piazzato un tipo di Brindisi col suo carretto di gelati, granite e fette d'anguria. Guadagna 80 mila lire a sera.

Al nono piano, dentro la sala Penthouse, vegetano gli operatori con il loro tesserino. Sono state montate undici cabine telefoniche per le chiamate in arrivo, otto dotate di teleselezione. Alle cinque centraliniste che lavorano dalle 9 alle 24 viene richiesta discrezione. Ne smistano 2 mila al giorno. Funziona così. Presidenti e dirigenti portano in tasca un walkie-talkie, ognuno regolato su una frequenza diversa da quella degli altri. La centralinista fa bip bip e convoca in cabina.

La stampa è all'ottavo piano e si divide in due camere. La prima è arredata con tavoli e macchine per scrivere, complete di nastri di ricambio. L'altra è più – come dire – da conversazione: poltrone, due triclini da relax e pure le docce. Di fianco c'è una copisteria, 100 lire a foglio, e nella mitica camera 863 si va a mettere nero su bianco. Chi lo desidera si batte il contratto a macchina da solo, oppure con un piccolo supplemento ci pensa la dattilografa, la signorina Gabry. Hanno calcolato che qui dentro ogni giorno vanno via 3 mila caffè e 10 mila sigarette. Il barman Nando ha creato il cocktail Gigi Riva: un terzo di succo di limone, un terzo di brandy, un terzo di vodka. Si pranza con 3.500 lire a testa, vino compreso.

Nei bagni di questa sguaiata arena, un uomo di schiena sta urinando in un water a parete. Il Manager gli si affianca, pure lui nel medesimo gesto e col medesimo finto bisogno. Hanno un'aria da carbonari. Nessuno può vederli né sentirli. Non parlano. Bisbigliano. L'uomo si chiama Sergio Petrelli. È un giocatore scartato dalla Roma. «Herrera è 'no stronzo», dice del suo vecchio allenatore con accento marchigiano.

«Di Herrera non ti devi preoccupare più. Alla Roma gli diamo 18 milioni. Ora vieni da noi».

Lo sfregamento di una zip che sale. «Così poco valgo?».

Il Manager si volta, appallottola la carta igienica e la getta in un cestino.

«Ringrazia il padreterno».

Quando abbandona il bagno, il volto di Petrelli è un ghigno.

Baia Domizia, litorale campano

Una villa con accesso privato al mare. Orme di piedi sulla sabbia e una bambina che ci cammina dentro. La piccola è Cynthia, la figlia di Chinaglia, tenuta per le braccia dal suo papà che la aiuta a sgambettare. Poco distante, sotto un ombrellone, Connie sta allattando George jr., il neonato che ha appena allargato la famiglia. Non possono immaginare che Lenzini al telefono sta disponendo delle loro vite in combutta con una voce aristocratica dall'altro capo, una voce con una erre inconfondibile. La Juventus sta offrendo un miliardo di lire per comprarsi il numero 9 più un comprensorio di case rimasto invenduto a Pomezia. Un blocco di palazzi freschi di costruzione, disabitati, pieni solo di un vuoto deprimente, dinanzi al quale se ne stanno fermi e muti, con l'aria afflitta e con le mani in tasca, ogni mattina Aldo e Angelo, i fratelli del sor Umberto. La società edile di famiglia non se la passa bene. I conti sono in rosso. Un miliavdo, si impegna la voce da Torino. Lenzini scarabocchia con una matita nove zeri sopra un foglio per vedere come sono fatti. Ferma la clessidra e la posa di taglio, sul piano della scrivania. La sabbia celeste ha smesso di cadere.

Per ordine di Monsignore Presidente delle Strade si proibisce di fare il mondezzaro in questo luogo sotto pena di scudi quindici ed altre pene in conformità dell'editto emanato li 22 maggio 1761.

Quante ce ne sono a Roma di targhe così, di marmo, murate nelle pareti delle strade, e in quei giorni d'inizio estate del '72, non era semplice trovarlo un mondezzaro disposto a ripulì le scatolette, i lavandini, i cessi rotti, i materassi mezzi sfonnati, non solo tra la Flaminia e la Salaria, ma pure ai Parioli. I romani dell'Eur se salvavano giusto perché c'avevano ancora un'altra amministrazione. I netturbini rimasero in sciopero nun me ricordo se per otto o nove giorni, forse dieci, chiedendo che il servizio fosse tolto dalle mani dei privati, mentre il povero assessore che ce poteva fà, lamentava che nun se poteva nemmeno mannà l'autocisterna a lavà le strade. «Rischieremmo di insudiciare le auto in sosta, i proprietari potrebbero volere i danni».

Un tipo della televisione, con una camera nascosta, s'era avvicinato a un pizzardone fingendo di parlargli co' 'na scusa, e s'era messo a pulisse 'n'arancia buttando tutte le scorze a terra. Il vigile gli aveva risposto con educazione e niente aveva detto su quelle bucce lasciate lungo la strada, je dovette paré normale, così durante il programma ripetevano. Gli avevano fatto un trappolone. Il comando montò tutta 'n'accademia, protestò, ma nel frattempo la mattina dopo i giornali avevano mannato noi fotografi a caccia di qualche bella immagine de fetenzia romana.

L'amico mio Roberto mi confessò che j'era venuta voglia di facce uno dei suoi fumetti che vendeva a «Lotta Continua», il giornale da un paio di mesi diventato quotidiano, da settimanale che era quando morì Pinelli e avevano fatto quel titolaccio sul commissario Calabresi. Roberto s'era inventato il personaggio di questo meridionale emarginato, sempre incazzato, addetto alle linee di montaggio della Fiat – Gasparazzo si chiamava – e in quelle strisce professava tutta la ribellione alla fabbrica moderna ma pure l'attrazione per la borghesia, lo sport, la televisione, il qualunquismo. Roberto mi sapeva dentro il mondo del pallone, cercava spunti. Erano i giorni in cui su un palco della Tiburtina, di fronte al cinema Argo, salirono a parlà due compagni di Potere Operaio contro la fascistizzazione dello Stato, per i contratti, per il controllo proletario del quartiere e il salario minimo ai disoccupati. Il prefetto voleva dichiarare fuorilegge un paio di movimenti della destra. Com'è possibile, chiese al telefono Roberto, che con tutta questa monnezza per la strada, con quello che sta a succede nella politica, migliaia di persone si sono presentate a Fiumicino pe' aspettà il ritorno dall'Inghilterra della Roma, fresca qualificata per la finale di un torneo che manco voleva conosce pe' davvero. Mi vennero in mente risposte troppo alte, sul lessico e la cultura della politica applicate al calcio, similitudini tra le vite dei militanti e dei tifosi, sul pallone come nuova ideologia che un giorno avrebbe sostituito il resto, e ci avrei preso in pieno se avessi avuto voglia d'affrontà con lui una discussione seria. Invece risposi: «Lascia stà i tifosi della Roma. Tu non sai ancora, Robe', che cosa sono quelli della Lazio».

Quartiere Monteverde

Preminenza si è fatto leggere da poco le ultime novità sull'appoggio esterno dei repubblicani a un eventuale governo Andreotti con i socialdemocratici e i liberali, appassionandosi di più alla vicenda della denuncia di un magistrato nei confronti del povero Alighiero Noschese, colpevole di aver imitato in televisione prima Hussein e poi lo Scià di Persia. In una strada defilata, lontana da qualunque sguardo, adesso fa la canofiena sotto braccio a un giovanotto che senza possibilità di errore è il Viscido. Fa caldo, e nel progettare una sosta in qualche bar si lamenta dell'imperdonabile equivoco in cui la civiltà contemporanea finisce per cadere: la confusione tra un cocomero e un melone.

«Ci siamo votati all'approssimazione», sancisce con una certa enfasi. Gli uomini che non conoscono misura e proporzioni hanno un loro fascino. Il Viscido in realtà vorrebbe notizie su Maestrelli, sul suo futuro, se resta o se va via, se il presidente gli ha promesso qualche acquisto, se gli vendono Chinaglia. Dietro le sue lenti scure, Preminenza risponde con una lingua per iniziati. L'unica cosa che al Viscido pare sfuggire è che a ogni domanda su Maestrelli arriva una risposta sui progetti e i guadagni di Manlio Scopigno, l'allenatore che un paio d'anni prima ha portato il Cagliari allo scudetto. E il Viscido torna a chiedere di Tom: una, due volte, tre. Finché davanti al suo bicchiere di liquido analcolico rinfrescante e di origine vegetale, Preminenza non si vede costretto a diventare esplicito. «Guagliò, tu allora non hai capito cosa sto cercando di dirti».

Chinaglia non fu venduto. I napoletani sì. Massa andò all'Inter, Abbondanza tornò a casa. Incrociarono per caso Giorgione a Tor di Quinto la mattina che erano passati a svuotare gli armadietti. «Ce l'hai fatta a mandarci via» lo affrontarono, mentre l'altro ribatteva di non saperne niente. Sandrino non perse neppure in quella circostanza la sua aria naturale, posizionata nel punto mediano fra l'indolenza e la ricercatezza. «Chisto è 'na furchetta p' o' brodo». Peppe aggiunse il carico: «Il mondo del calcio sembra grande, poi alla fine siamo sempre gli stessi». Chinaglia fece il duro, almeno così mi riferì la Spia, che aveva saputo dai racconti incrociati dei tre. «Mi state minacciando, eh? Voi siete paglia, non valete un cazzo. Paglia siete». Sandrino lo smontò: «Ma qua' minaccia, Giorgio. Ti stiamo solo dicendo come va a finire».

A un tavolino del Vanni, il Manager e i fratelli di Lenzini avevano preso 'n aperitivo segreto appena quattro giorni prima, parlando sottovoce dell'offerta arrivata da *Tovino*. Il Manager spingeva perché in fretta si firmasse. Aveva un mezzo accordo con uno degli azionisti della società che gestiva gli ippodromi romani, un imprenditore che durante una riunione notturna di trotto a Capannelle si era impegnato a prendersi la Lazio da Lenzini con un colpo di mano, a patto che qualcuno gli creasse le condizioni per pagare meno possibile. E una Lazio senza Chinaglia costava meno. I Lenzini avrebbero preso il miliardo degli Agnelli, l'imprenditore avrebbe preso la Lazio al prezzo suo, il Manager si sarebbe tolto dai piedi ogni fastidio.

Tommaso mi avrebbe raccontato tutto il disegno qualche mese dopo. A quel tavolino lui era il solo che non ci guadagnava niente. Si era detto contrario alla cessione, ma quando capì che il treno stava per partire, si mise a escogitare un modo per mandare all'aria il piano. Fu Memmo, l'amico contadino, ad aiutarlo. «Lo sai fare l'accento napoletano?», gli chiese Tom, e quello fingendosi un commerciante di Posillipo aveva chiamato al negozio di Chinaglia dicendosi interessato a rilevarlo, piazzando la frase che doveva avé la funzione di un detonatore. Gli bastò dire: «Mi risulta che dovrete liberarvene perché la Lazio sta vendendo Giorgio alla Juventus». Giorgio si era messo allora in macchina verso via Col di Lana, era entrato come una furia nell'ufficio del presidente, l'aveva preso per il bavero della giacca di lino bianca, peraltro stropicciandogliela, e lo aveva appeso al muro dietro la porta a vetri.

«Io non ci vado alla Juventus, mettitelo in testa. Casomai smetto di giocare».

Era, quella minaccia, la sola arma che negli anni '70 un calciatore potesse usare per far sentire la sua voce. I giocatori erano proprietà dei presidenti, coi quali discutevano il compenso anno per anno, d'estate, prima che iniziasse il campionato, senza un legale, un agente, un procuratore, sapendo che un rifiuto significava rimané fuori dalla squadra. Erano vincolati senza data di scadenza, prigionieri di un vuoto giuridico che consentiva ai capoccia di trasferirli o cederli altrove senza consenso. «Casomai smetto» era la frase con cui se provava a resiste, a volte funzionava, a volte no, finché il Parlamento – nove anni dopo – avrebbe approvato una legge, riconoscendo la prestazione sportiva come un'attività professionale.

Chinaglia lasciò la stanza mentre Lenzini si riassettava e la porta a vetri collassava in frantumi. La Juventus si fece di nuovo viva nell'ultimo giorno del calciomercato, nella hall del solito albergo milanese. «Manca un'ora alla chiusura. Decidiamo: ce lo date Chinaglia?». Il presidente tentennava, Tommaso gli propose di salire in camera a parlarne, e quando quello entrò in bagno a sciacquarsi il viso, colse al volo l'attimo, facendo scattare la serratura e lasciandolo lì, con il volume della radio alzato al massimo. Nessuno all'Hilton poté accorgersi delle urla. Maestrelli si sdraiò sul letto e attese che passasse l'ora, tenendo tra le labbra una sigaretta accesa.

I milanesi

Tor di Quinto. Fine luglio 1972

Una Fiat 124 blu attraversa il lungotevere, in questo angolo di Roma arioso e perbenista, dove in edicola la mattina chiedono «Il Tempo» e i condomini firmano petizioni per tenere le zoccole lontane dai portoni. Una desolazione torrida, resa ancora più struggente dalla voce di Joe Simon, che in qualche radio dietro qualche finestra canta *Drawning in the Sea of Love*. L'auto passa su Ponte Milvio e si dirige verso il cancello del campo a Tor di Quinto. Guida Felice, il portiere venuto da Novara, e al suo fianco siede il biondissimo Luciano.

Dietro siedono altri tre futbolatori, ansiosi di capire dove siano finiti. Renzo è della provincia di Pavia, 22 anni, bello come solo Loredano Ugolini per l'«Intrepido» disegna Billy Bis. Nel calcio non lo conosce quasi nessuno. Suo padre, Domenico Garlaschelli, fa l'operaio in una cartiera alle porte di Milano. Renzo è un reverendo del puttanesimo. Era in vacanza al mare, in albergo, a letto con due ragazze, quando gli hanno telefonato i dirigenti della sua squadra, il Como, per dirgli che l'avevano venduto al Brindisi. «Sentite», gli aveva risposto lui, «ho fatto il calciatore per non dover andare a fare il militare al sud. Se mi mandate al Brindisi, casomai smetto». Era uno scherzo. Era della Lazio.

A bordo con loro siede Moriggi di nome Avelino. Solo altre tre persone in Italia si chiamano così. Lombardo di Cinisello Balsamo, portiere, un ragazzo timido che non dice una parola. In macchina è partito con gli altri da Milano pure Mario Frustalupi, 30 anni, umbro di Orvieto. Uno come lui nel calcio lo chiamano regista. L'Inter lo ha mandato via perché gli pareva vecchio. Quando varcano il cancello, al parcheggio intravedono la Bentley di Wilson e la Jaguar 4200 color latte di Chinaglia. «Ma dove andiamo noi co' sto catorcio?», si domandano con un certo smarrimento.

Il dottore sta facendo le visite mediche a Oddi il Tufello e a un tipo mingherlino che porta un cognome noto. Suo fratello Sandro Mazzola gioca in Nazionale. Il loro papà era Valentino. «Ferruccio, sdraiati», gli fa il dottore, prima di accorgersi che proprio di lui si sta parlando nella stanza accanto. Le pareti sono sottili, le voci arrivano intatte. Oddi e il dottor Ziaco sono in imbarazzo perché si accorgono che a Ferruccio non sfugge niente della voce di Maestrelli che dall'altra parte grida: «Non c'è posto in questa squadra per Mazzola». Né di Lenzini che replica alterandosi: «La Lazio è mia». O di Maestrelli che ribatte: «Allora se la alleni lei». Poi il rumore lontano di una porta sbattuta.

Dentro la stanza il battito dell'elettrocardiogramma accelera. È in questo gelo di sentimenti che s'affaccia marmorea la figura di Chinaglia. Viene ad aggiungere altro disagio. Con la sua corpulenza di cemento armato, abbraccia il Tufello e quasi lo stritola, lo spappola con tutta l'energia di cui è capace. Invece finge di non vedere Mazzola il minuto, che ne richiama l'attenzione, con un sorriso mesto gli dice qualcosa in codice, qualcosa che somiglia a un riferimento a vecchi discorsi del passato.

«Ehi Giorgio! Allora? L'hai imparato il congiuntivo?».

Chinaglia gli tira addosso parole e ghiaccio. «Non ti capisco».

Mazzola ci riprova, una volta, due, con l'entusiasmo che scema un po' per volta: «Se io vorrei... se io volessi...». Chinaglia è lontano. Freddo. Anaffettivo. «Giorgio, che ti prende? Se io vorrei... Non ti ricordi? Le lezioni di italiano... in camera... scherzavamo... quando sei tornato dal Galles...». L'antiparadiso del Cardiff, avrebbe scritto Gianni Brera, per non dire inferno.

Ferruccio vorrebbe ridere dei giorni distanti in cui gli aveva fatto da insegnante. Era toccato a lui accogliere alla Lazio l'emigrante Giorgio. Chinaglia ora lo spegne come una zanzara delle più moleste. «Non so che stai dicendo, smettila». Saluta Oddi: «Ci vediamo dopo di là». E poi va via, lasciando Ferruccio di malacera e solo. Ziaco gli ha appena sentito il cuore e misurato la pressione. Sentenzia: «Ferruccio, stai benissimo». Anche se a guardarlo non si direbbe.

«Sora Nina, per cortesia: un po' di caffè per gli amici giornalisti».

Tommaso portava come sempre in giro un filo d'abbronzatura e la voce placida. Nina raggiunse il crocchio de persone attorno ai calciatori, vecchi e nuovi, e cominciò a servire. Il giornale mio aveva mandato quella mattina sia il Candido sia il Viscido, e poi c'ero io che origliavo in giro e riferivo. Lenzini proclamò con una certa sua fierezza: «Ci salveremo». Il Biondo si guardava attorno, faceva il modesto: «Ho una paura che non vi dico». Sentii Maestrelli scherzare coi colleghi: «La formazione? Chinaglia più altri dieci». Frustalupi mi passò davanti e mentre posavo la mano sulla macchina domandò di non scattargli foto.

«Non mi piacciono», disse, «quando sto giocando faccia quello che vuole, fuori dal campo mai». Lo assecondai perché mi aveva dato del lei. Chinaglia lo avvicinò e gli consegnò il benvenuto: «Andremo d'accordo», gli sorrise. Mariolino nun voleva esse acido, aveva troppo candore pe' sapessela sbrigà. Così toppò risposta: «Certo», disse, «alla Sampdoria con i miei passaggi Barison ha segnato 15 gol. Lui era un tipo come te».

Chinaglia s'accigliò e lo prese come uno sgarbo. Sentirsi ridurre a un termine di paragone, peggio, a una similitudine, nel suo cifrario equivaleva a 'n atto de guerra. Si fece brusco: «Come me non c'è nessuno». Così nascono le antipatie. Una mezza dozzina di metri in là Martini andò incontro al Biondo. «Soldato Re Cecconi», gli fece, «sull'attenti...». Re Cecconi sfoggiò un sorriso contagioso. Si allacciarono fino a strignesse le costole. Erano stati a militare insieme tre anni prima, alla caserma della Cecchignola. «Che fine hai fatto?». Vidi Chinaglia fare un cenno col capo a Wilson, e Re Cecconi si trovò il Milord a marcallo nei paraggi, con passo lento, piantato lì come 'na sentinella. Con lo sguardo il Biondo interrogò Martini, che lo strattonò e lo portò in disparte: «Ti devo spiegare due o tre cose». Così nascono le alleanze e quelli che dentro gli spogliatoi il calcio chiama clan.

Una fotografia è il resoconto di un'attesa. Bisogna vestisse de silenzio per andarle incontro. Una fotografia ci sceglie. Gli occhi li tenemo tutti, ma l'immagine di un istante se concede a una persona sola. Quando ho cominciato, me capitava de tornà a casa preso da cento dubbi, sicuro de uscì dalla camera oscura con un rullino de fallimenti. Da cosa si capisce se dentro la foto scattata c'è qualcosa? Me l'ha spiegato il tempo. Quando arriva l'attimo, quando appoggi il dito sul pulsante, devi sentì il piacere prima ancora de preoccupatte dell'esposizione e della messa a fuoco. Senza benessere non c'è l'istinto, né l'aiuto del caso o la scena in strada che si sistema proprio nel modo che piaceva a te. Una persona che attraversa, un'ombra che passa, il frammento della vita di qualcuno che ti arriva addosso. La punta di una scarpa dentro una pozzanghera, una donna che i capelli al vento se sistema, 'n ombrello che fatica a aprisse sotto la pioggia. Il Capo aveva visto il mio catalogo, ma non l'agendina che mi portavo sempre dietro, in una tasca, dove appuntavo il nome della via, e il giorno, e l'ora dello scatto per la paura di dimenticare dove ero stato, cosa cercavo, e spesso niente, niente cercavo, o solo un angolo, una porzione di secondo da afferrare per credere che grazie a quella foto io nun sarei morto mai.

Vaticano, scrissi quella volta. Vaticano, 7 agosto 1972, ore 10 e 40. Un guardiano sul portone di bronzo spigneva 'na mecca tutta scosciata, forse irlandese, colpevole de volesse infilà con la minigonna dentro la santità della basilica. Quando ebbi la foto fra le mani scoprii che l'uomo aveva il dito indice puntato verso sinistra e gli occhi piantati sulle gambe, bianche come chi non ha peccato mai. Al deposito dell'ufficio informazioni avevano preso a imminestrà certe mantelle scure di plastica, imposte a chi veniva considerato sconcio, troppo scoperto pe' presentasse fronte ar Signore. Le chiamavano tabarri, erano tutte uguali, le maniche, il cappuccio, stessa lunghezza e misura, a Milano confezionate e spedite a San Pietro per coprire polpacci e zinne delle turiste fuori ordinanza. Erano consegnate in prestito, in cambio di un'offerta. I preti, aveva scritto Gervaso sul «Corriere», ci tiravano su centomila lire al giorno. Certi giornali progressisti, non il mio, avevano ironizzato al punto che l'«Osservatore Romano» s'era 'ncazzato.

Lasciai Roma poco prima di Ferragosto con l'aeroporto paralizzato per lo sciopero dei piloti – a cui s'aggiunsero pochi giorni dopo i ferrovieri – e con i turisti fori de testa per i musei quasi del tutto chiusi. Il Comune diceva che sessanta custodi erano pochi. Mi' moje Maria se fece lassà il nome della località, dell'albergo, il numero di telefono. Fece di certo qualche controllo pe' conto suo, nun ce voleva crede che d'estate le squadre di pallone vanno in montagna a pigliasse l'aria fresca, né che il giornale me mannava due settimane all'Abetone pe' scattà fotografie a omini in canottiera di corsa per i boschi.

I paesini dei ritiri estivi sospendono per qualche settimana il loro panstufato all'arrivo dei campioni. Così fece Pievepelago per la Lazio. I vecchi del mestiere lo chiamavano romitaggio estivo, manco se stesse a parlà della Regina Madre d'inizio Novecento e del castello di Stupinigi. Il ritiro è in realtà 'na specie de commedia, co' le stesse parti ogn'anno. I giocatori che cercano de risparmiasse in campo e de trovà 'na macchina pe' appartasse co' le baluse del paese, oppuramente correre a cercarne nel paese affianco, perché pure quelle che fanno l'occhi dolci se preoccupano de nun fasse scoprì, la gente parla, e va a finì che l'artri undici mesi so' 'n inferno.

Ma di che cosa dovrebbe parlà sotto la doccia una banda di ventenni rinchiusa per due settimane come in un monastero, in mezzo alle montagne, a correre correre correre? Di quello parlano. I milanesi, Avelino lo chiamano El Negher. Primo perché ha preso il sole a strafottere lavorando allo smorzo cor fratello, ma l'ha preso con la canottiera, come i ciclisti e i muratori; secondo perché dai chitarrini i calciatori imparano a conoscersi e dasse soprannomi che mascherano per altre vie: Spadino, Nasone, Microfono, Stecca. Mariolino era Frusta, Avelino era El Negher. Questa manica di filibustieri uno come Avelino se lo mette sempre sotto, je fecero racconta le cose sue di letto, il come e il quanto. Quelli che stanno attorno ai giocatori in ritiro provano pure loro a raccattà qualcosa che rimane, alla maniera dei pellicani, pelo pelo all'acqua. Gli allenatori fanno i mastro-giorgio e i giornalisti passano i giorni a dovesse inventà qualcosa da scrive, oppure a recuperà du' ricevute false pe' le note spese. Così vanno i ritiri di calcio, così so' sempre annati quando i giornali tenevano li sordi.

Uno degli ultimi arrivati, Sergio Petrelli, passava per un campione di fughe dall'albergo. Suo padre Italo era stato pilota in aeronautica, guidando i caccia Macchi CR42 nei cieli d'Africa e di Sicilia. Gli inglesi lo avevano abbattuto, i tedeschi lo stavano deportando in treno, lui riuscì a scappare dal vagone aprendo con un piede di porco il portellone e si unì alla lotta partigiana. Suo figlio invece realizzava evasioni dalla finestra con l'aiuto notturno di Felice, che mai si sarebbe calato per conto suo, ma che reggeva le lenzuola e ridacchiava di gusto alle follie del difensore, chiamato alla Roma Cicogna perché era 'na scocca, 'no scrocchiazeppi alto e magro come pochi. Prima di consegnargli la maglia bianca e celeste, Giorgio e Pino lo avevano fatto mettere in ginocchio, passandogli accanto, annusandolo, poi aribartandoje addosso della varechina dissero che gli avrebbero tolto «la puzza di giallorosso» che ancora se sentiva.

Alle cinque del mattino, assonnato, in piedi nel corridoio dell'hotel davanti alla sua stanza, Maestrelli pizzicò Sergio che rientrava co' le scarpe in mano.

«Ehi, scalatore», gli disse, «tu cosa pensi di fare nella vita?».

«Pagherò la multa, mister», rispose conciliante quello.

«Non c'è nessuna multa da pagare, tu non mi conosci. Sono le cinque, va' a dormire. Alle otto c'è allenamento».

In campo però con Sergio se rideva molto meno. Era ruvido. Un bel mancino eppure tosto. Giorgio ippisofatto mise la sua legge in chiaro. Durante la partitella, urlava in ripetizione a Renzo Garlaschelli che doveva passargli la palla, che ci pensava lui a fare gol. Pino invece sgridava come al solito sia Franco Nanni sia Vincenzino, tant'abbasta che il Biondo all'inizio nun ce stava a capì niente. Chiese sotto voce a Martini: «Ma che pirla sono questi due?». A Luigi nun je parve vero. «Benvenuto», rispose all'amico, «ti stavo aspettando», e si voltarono a cercare sponde negli sguardi di Renzo e Mariolino.

Pievepelago. Hotel Bucaneve

Il ristorante dell'albergo in cui la squadra trascorre il ritiro. L'ora del pranzo. Maestrelli è a capotavola. Ai suoi lati ci sono Chinaglia e Wilson. Accanto a Chinaglia: Oddi e Facco. Accanto a Wilson: Petrelli. Dall'altro lato della tavola, in fondo, siedono Martini e Re Cecconi, vicino ai quali si sono abbaraccati Garlaschelli, Moriggi e Frustalupi. Si sono scelti, si sono dichiarati. In mezzo hanno preso posto Pulici, Nanni, D'Amico e tutti gli altri. C'è pure chi non vuole grane, allora sta co' li frati e zappa l'orto.

Alle pareti del ristorante, le fotografie degli illustri clienti del passato. Clark Gable, Claudio Villa, Rascel.

Ce n'è una di Hitler con Eva Braun. Una dedica in italiano: «A Otello, il re del minestrone e del pollo con le olive».

Chinaglia chiama: «Otello, portaci del vino».

«Bianco o rosso?», domanda. Otello va per la settantina.

«Bianco», dice Chinaglia, ma gli va sbiecio. Una voce s'alza dall'altra parte del tavolo.

«Rosso». Ha parlato Martini.

«Bianco», ribatte Chinaglia fissando Otello e comunicandogli con lo sguardo chi è che decide per tutti.

«Rosso», rilancia Martini, senza cedimento.

«Io il vino lo bevo bianco», fa Chinaglia.

«E io lo bevo rosso», sfida Martini.

Mariolino ordina acqua minerale, non per democristianeria. È che gli piace.

Nel buio d'estate di quella sera stessa, poco dopo il battibecco, nella quiete del giardino dell'hotel, Re Cecconi e Maestrelli stanno passeggiando.

«A Foggia con noi eri più duro», gli fa notare il Biondo.

«Forse», ammette l'allenatore, «ma non tutte le persone sono uguali, non tutte le squadre sono uguali, non tutte le città sono uguali».

«E come sono questi?».

«Hanno carattere. Non glielo posso togliere».

«E com'è Roma?».

«Piena di tentazioni».

Il Biondo tradisce tutta la sua ingenuità: «Mister, anche a Foggia c'erano molte tentazioni».

«Tentazioni a Foggia?».

Ora il Re Biondo è sornione: «Le tentazioni sono dovunque».

Una sjôra attempata è all'ingresso in attesa. Con accento modenese chiede: «È qui che fa massaggi il Trippanera?». Maestrelli getta un ultimo sguardo al suo Luciano. Un misto di tenerezza e divertimento: «Forse hai ragione tu, Cecco, buonanotte».

Una mattina di settembre, al giornale mio, ci capitò dietro la schiena mentre stavamo discutendo una diciottenne che sosteneva di aver preso in segreteria un appuntamento. Sabrina, disse di chiamarsi. «'N'artra che è figlia di Audrey Hepburn», commentammo. Mormorò un cognome grazie al quale le venne spalancata la porta di Scagnozzi, e con una certa disinvoltura tirò fuori dalla borsa un pacchetto regalo per ringraziare dell'attenzione ricevuta. «Sono bretelle», anticipò mentre il Capo scartava senza distogliere gli occhi dal televisore, «nei film voi giornalisti le portate sempre».

«Ecco», rispose brusco – sapeva esse 'na muffa pure quann'era spiritoso – «lassale perde queste storie. A noi c'ha rovinato Gregory Peck. La gente se pensa ch'abitamo tutti a via Margutta».

«Ho appena preso la maturità», si presentò la ragazza.

«Di che sei esperta?», chiese il Capo, spostando gli occhi verso il resto della stanza per godersi le risate nostre, a stento trattenute. C'erano pure Raniero Zeug e Flavio Scigna, i responsabili delle pagine di cultura e degli spettacoli.

«Vorrei scrivere di questione femminile».

«Questione femminile?».

«Camilla Cederna. Oriana Fallaci. Adele Cambria. Voglio fare quello che fanno loro».

Sabrina alzò lo sguardo verso il televisore poggiato sopra un armadietto per capire cosa ci fosse di tanto interessante. Cronaca dalle Olimpiadi. Il Capo ne era rapito.

«E comunque», aggiunse lei, «tutto tranne lo sport».

«Non ti mando allo sport, nun te lusingà», rispose il Capo. «Sei 'na figliola. Pe' fà lo sport dovresti sapé de medicina, de legge, d'economia, politica estera». Sabrina aggricciò il naso. «Dentro lo sport c'è tutto. Immagina di cosa bisogna esse capaci pe' raccontà 'na storia come quella».

Lei sollevò la testa e s'imbatté nell'immagine di un uomo incappucciato, o meglio col volto dentro un passamontagna, affacciato a un balcone del Villaggio olimpico di Monaco.

«Undici atleti assassinati. Giudii. Tu nun lo sai le palle che bisogna tené pe' scrivere sta roba».

«Chi è?», mi chiese allora il Viscido a bassa voce. Era arrivato in quel momento. «Una che vole fà il mestiere tuo», risposi, poi presi la macchina e andai di corsa al lungotevere de' Cenci, dove fra panche improvvisate, lumini e radioline accese, una piccola folla stava raccolta in preghiera intorno al capo rabbino. Parlò pure papa Paolo VI dal suo balcone: «Noi deploriamo questo fatto che veramente disonora il nostro tempo, un tempo che era teso verso la pace, verso la fraternità; fatto accaduto in un luogo e in un momento che è celebrativo della fraternità umana e che è adesso interrotto, sospeso da questo terribile avvenimento. Il sangue umano rende tristi e fa ribrezzo; il tragico episodio porta il turbamento sopra una scena bella, giovanile, quella sportiva, che si stava celebrando con tanto ordine e tanta tensione di animi in tutto il mondo. E guardiamo anche lontano – lontano, ma non al di là delle previsioni possibili – e cioè alle ripercussioni che questo ha sul mondo. Non è un episodio che resta isolato».

Nei primi mesi a Roma dopo l'estate, il Biondo non aveva ancora preso casa. Alla pensione Paisiello tenevano 'n appartamento in quattro. Felice e Mariolino sedevano con più naturalezza degli altri intorno alla tavola apparecchiata di tristezza, dove senza disagio mangiavano la loro cotoletta resa ancora più mesta dai tovaglioli di carta e da una bottiglia di acqua Idrolitina. A terra: lo squallore di una moquette. Il Biondo realizzava che erano uno in meno solo quando avvertiva il rumore dello sciacquone in bagno, dal quale Renzo usciva impomiciato, vestito di una camicia dalla verve sfacciata, seguito da una fragranza sciccosa che dentro quelle mura nun c'entrava niente. «Cosa c'è?», domandava. «Lo sapete che io a casa non ceno. Non so come facciate a mangiare con questa puzza di olio per lucidare i mobili».

Renzo aveva la tendenza ad arrivare la mattina a Tor di Quinto co' li occhi inficozzati. I vecchi colleghi miei che bazzicavano i locali me raccontavano 'na sera sì e l'altra lo stesso d'averlo visto in questa o quella discoteca, 'n abbitué sotto le luci stroboscopiche a ballà Cornelius Brothers, sempre co' 'na mucchia de pischelle attorno.

Una mattina, i milanesi che abitavano co' lui lo cojonavano perché più del solito nun c'aveva la forza de spogliasse.

«Vöia de laurà saltum adoss», cominciò Felice.

«Donca donca trì cunchett fan una cunca», s'aggiunse il Biondo.

Renzo stava allo scherzo. Ridacchiò. «Va' a ciapà i ratt».

Chinaglia all'ascolto considerò che fosse troppo. Ebbe 'no sturbo. «Qui siamo a Roma. Quando parlate, fatevi capire. Non si parla in milanese, da oggi è una regola». Il Biondo fissò Luigi e si scrollò le spalle. Trippanera pensò di sgomitolare la tensione ordinando un vassoio di pasticcini e due bottiglie di champagne al bar Euclide. «Partitella», disse, «e chi perde, paga il conto».

Fu per caso, a sto modo, che cominciò la favola delle famose sfide fra i due clan. Giorgio e Pino da questa parte, Luigi e il Biondo da quell'altra. Arbitro Maestrelli. Due cose nun me potevo perde: i *Giochi senza Frontiere* d'estate il giovedì, l'allenamento della Lazio tutto l'anno il venerdì. Moriggi in porta faceva miracoli. I portieri di riserva come lui viveno dentro 'n imbuto. Certi che la domenica stanno a guardà, nun je rimane che dasse anima e corpo alla guerriglia feriale. Pulici a sua volta ne era stuzzicato nell'orgoglio.

In principio non c'era nulla di bellico fra i clan. La prima volta Re Cecconi, Martini, Frustalupi e Garlaschelli porsero una banconota a Trippanera, pagarono i dolcetti e la cosa finì là. I gemelli di Tom sbucarono sul prato e si lanciarono sul Biondo urlando. «Ora che sei anche tu a Roma, Cecco, ci porti al cinema come a Foggia?». Luciano je diede in cambio uno dei suoi sorrisi fatti di spensieratezza: «Certo, e ci ingozziamo di popcorn. Senza dirlo a papà». Occhiolino. Complicità.

«Vieni pure a casa a giocare con noi al Subbuteo?».

«Ci vengo, ci vengo. Intanto prendete il pallone e vediamo se mi fate gol».

E mentre i due bambini, col Biondo tre, si dribblavano, se spignevano e se ruzzicavano sull'erba, Chinaglia si voltò a guardarli un'ultima volta, prima di ritornare torvo e con la testa bassa dentro il suo covo. Al parcheggio Moriggi si prese come ogni giorno qualche minchionella per la 1110: mandava giù tutto come i bambini il latte alla mattina. Tommaso stava aprendo la portiera del lato guida quando sentì Chinaglia trattenergli il polso. «Mister, io non sono mai venuto a casa tua».

Maestrelli prese tempo, sorpreso. «È vero, non sei mai venuto».

Giorgio conteneva a stento l'alterazione: «Perché io no?».

Tommaso s'accorse che guardava i Gemelli sudati in macchina. Capì. «Se ti fa piacere ti aspetto. Vieni quando vuoi. Anzi, vieni domani. Ti va domani?».

Chinaglia s'infilò contento dentro la Jaguar, guardò Maestrelli dallo specchietto, sgommò in retromarcia e dal finestrino aperto rispose: «Mi va stasera, mister».

Giorgio si presentò con un regalo. Undici omìni vestiti di celeste con la base tonda sotto i piedi. «Pa', guarda, la squadra della Lazio al Subbuteo», urlarono i Gemelli mostrando la scatola a Tommaso, il quale la mattina dopo mi raccontò sia della fragilità di Chinaglia, che voleva farsi una partita per non sentirsi meno importante di Luciano, sia dell'irritazione di Lina, che adesso non era più sicura di tenere separati l'allenatore e l'uomo, tutto tendeva a mescolasse, pure le persone in casa. Giorgio andava e si tratteneva delle ore, finché non riceveva una chiamata da sua moglie. Tommaso sedeva e se lo confessava. Stava diventando una camera di compensazione agli allenamenti in cui la squadra se conciava in modo sempre più selvaggio. Ma Lina non aveva il cuore di parlarne.

Un venerdì in cui il clima era più acceso, Wilson entrò duro prima su Nanni e poi su D'Amico. I due si rialzarono senza mormorare, ma Martini andò a fare a spallate con Giorgione mentre Frustalupi corse a posare il muso suo contro quello del Milord. «Prova a farli a me sti falli, bastardo», gli disse. Dovette dividerli Bob, e a quel po' di gente aggrappata dietro le reti venne da arrazzasse, finché all'azione successiva Wilson non alzò da terra in cielo la palla e pure la gamba a Mariolino. «Hai visto che li faccio anche a te?», je strillò prima che se rialzassero insieme e insieme iniziassero a prendersi a cazzotti. Era meglio della corrida che Dominguín prometteva di portare in ottobre a Roma dopo il rifiuto dell'Arena di Verona. Il presidente del consiglio superiore delle belle arti, il professor Argan, gli aveva mannato a di' che «agli italiani la corrida spiace nel profondo, si tratta di uno spettacolo diseducativo».

Tommaso aveva soffiato dentro il fischietto e aveva mandato tutti a spogliasse. Così almeno raccontava la voce del popolo, aggiungendo che li aveva fatti entrà nello stanzone girando la chiave dall'esterno. «Adesso chiaritevi. Quando avete finito, bussate e vengo ad aprirvi».

Quel giorno io non c'ero. Il Capo m'aveva aributtato pe' la strada a scattà fotografie dietro le proteste dei commercianti contro il calmiere ai prezzi. Pure grossisti e macellai avevano iniziato a darsele, la carne nei negozi non arrivava più, se ne compravano dall'estero 1.500 quintali al giorno contro una richiesta di 10 mila. Erano cominciati gli assalti della gente per le scorte e le serrate. I romani annavano a comprà il pesce in provincia. La Spia mi riferì al telefono la sera che dentro lo spogliatoio s'erano guardati in silenzio («Che ci dobbiamo dire?») e che cinque minuti dopo, nell'istante in cui Maestrelli aveva bussato chiedendo se avessero finito, gli sguardi si erano fatti ancora più muti. Erano giornate di pioggia furiosa e i calciatori sotto l'acqua se devono movere de più. Un nubifragio aveva fatto crollà un muro di 100 metri quadrati sulla via Sacra, sulla Salaria vecchia si era aperta una voragine, tant'abbasta che la sovrintendenza per cautela aveva vietato le visite al Foro romano e al Palatino. Un capitello si era staccato pure dal Colosseo. Lavoro pe' noi fotografi ce n'era. Tommaso chiese di me al Viscido al quinto giorno che non mi facevo vivo. La Lazio aveva perso tre partite di Coppa Italia e il clima non era allegro per nessuno.

Pensione Paisiello

Sul tavolo in cucina la prima pagina e il titolone del «Corriere dello Sport»: *Lazio, la crisi si fa preoccupante.* Il campionato non è iniziato ancora. Il Biondo sta sminuzzando la sua cotolettina. È lui che spignatta un po' per tutti, perciò lo chiamano «il Carnacina», anche se il piatto che gli viene meglio è l'anatra all'arancio. Felice se ne sta in disparte a scrivere una lettera con una penna quattro colori. Usa l'inchiostro verde. «Cara Paola», come vòi comincià? Paola è sua moglie. «Raggiungimi pure quando vuoi ma porta poca roba. Qui le cose vanno male. Il mio dodicesimo è più bravo di me. Credo che a novembre mi venderanno». Renzo è meno prostrato, più incecalito sopra all'altro sesso. Lascia il cesso inseguito come sempre dal profumo.

«Esci anche stasera?», chiede Luciano.

«Perché non dovrei, stasera cos'è?».

Neanche Mariolino è in casa. Sotto un cielo indeciso, siede su una panchina alla stazione Termini. Gli piace fissare i binari vuoti che scompaiono alla vista, come gettati in un futuro senza prospettiva, senza un treno non sono che ferro. Questo pensa, Mariolino. Pensa a cosa sarà di lui se adesso in Nazionale non vogliono più neanche Rivera, pensa che cosa sarà di questo paese dove metalmeccanici, edili e chimici lottano per il rinnovo del contratto, dove sono in sciopero i lavoratori dei manufatti in cemento, gesso e piastrelle, dove il Psi – che lui ha votato – si sta spaccando sul referendum per il divorzio e finanche sul progetto della tv a colori. Pensa che i calciatori in realtà sono eterni bambini, vogliono attenzioni, affetto, e si spaventa all'idea di essere diventato anche lui così. Chi ha deciso, e quando, e come, che un binario debba essere morto? Questo pensa e ripensa, non per niente lo chiamano il filosofo.

È la settimana che precede il via del campionato. Alla Taberna de' Gracchi, un ristorante al centro di Roma, il presidente ha riunito i suoi dirigenti per evitare la stampa. Gli stanno chiedendo la testa di Maestrelli per tutte le partite estive così incerte. Lenzini lo difende ma senza crederci. Raggiungono un accordo: si deciderà tutto dopo le prime tre giornate di campionato. Solo che le tre partite sono contro Inter, Fiorentina e Juventus. È una ghigliottina a orologeria. In un angolo appartato del ristorante, sufficientemente vicino per sentire tutto, Preminenza ha ordinato un piatto di gnocchi.

Seppi che Lenzini aveva invitato un lunedì a pranzo, a casa sua, Martini e Re Cecconi. Gli erano arrivate le voci degli screzi con Chinaglia. Indagava a modo suo. Bonario.

«Secondo voi, Maestrelli ha ancora la situazione in pugno?», chiese.

«Certo, presidente».

«E allora cos'è questa storia che vi siete divisi in due spogliatoi? È vera o no?».

Quelli si guardarono. Era vero.

«In uno solo si cominciava a stare stretti», abbozzò Martini.

A distanza di così tanto tempo, quando oggi mi sforzo d'aripescà, non saprei dì se quella fosse verità o parvenza. La scissione potrebbe essere nata pe' caso e proseguita per determinazione. Oppure potrebbe essere stata voluta e consapevole sin dall'inizio. Cosa importa, dopo tutto sto tempo. Resta che per la prima e ultima volta nella storia di questo sport assai cambiato, una squadra si divideva ogni giorno, duplicava i suoi riti, li contrapponeva, per poi riunisse la domenica sotto un colore solo, misteriosamente unita, una, e in modo magico.

Lenzini si fece bastare la versione della pace apparente. «Vediamoci ogni lunedì. Parliamo, pranziamo e mi aggiornate».

Ma nessuno dei due andò mai a riferirgli del giorno in cui Felice si trattenne in campo un po' più a lungo con Bob mentre il resto della squadra lasciava Tor di Quinto. Quando a fine allenamento Felice era tornato nel suo stanzone – lo stanzone del clan di Chinaglia – aveva trovato Luigi che stava usando l'asciugacapelli.

«Che fai qui?», gli chiese.

«Il mio non funziona».

«Non puoi stare qua. Chinaglia non vuole».

«Non rompere, Chinaglia non c'è».

«Non puoi starci lo stesso».

«Vattene, ti tiro una scarpa».

«Devi andartene tu. Va' nel tuo spogliatoio».

Martini afferrò smargiasso una bottiglia d'acqua minerale vuota trovata nei paraggi, la spaccò su una delle panche di legno, ne impugnò il collo di vetro e lo puntò sotto la gola di Felice, che se ne rimase immobile e muto. Fu allora che Luigi si guardò come dall'esterno, lui stesso sorpreso della falloppata. Sentì il proprio ringhio e il fiato pesante, fissò il coccio che aveva in mano e lo abbassò. Con i pochi capelli gagliardi ancora umidi, uscì dalla stanza senza dire altro. Felice lo seguì con lo sguardo, lo vide andar via e gli gridò dietro: «Guarda che scherzavo. Potevi usarlo».

Piazza Annibaliano. Le undici di una sera di metà ottobre

Numero civico 4. Un quarantenne sta attraversando il cortile per tornare nel suo appartamento di una camera, bagno e cucina, preso in affitto ormai da quattro anni. È appena stato al bar lontano pochi passi, ha chiesto un gettone e ha fatto una telefonata. Sotto il braccio porta una busta bianca, dentro ci sono gli esiti di alcune radiografie. Ha preparato le dieci lire per l'ascensore e s'è avviato verso la scala C. Dentro casa ha una libreria piena di testi chiave per l'indottrinamento e la propaganda antisionista. Possiede un atlante su cui la sagoma dello Stato di Israele, al centro del Medio Oriente, è colorata di nero. È nato in Giordania, ha una laurea in lingua e letteratura coranica presa a Damasco e risulta iscritto da nove anni alla facoltà di ingegneria di Roma. Non ha mai dato un esame. Chiunque lo conosca, lo descrive come schivo. Lavora all'ambasciata libica, da interprete, traduttore, una cosa del genere, stipendio da 170 mila lire, ha curato una delle edizioni del periodico *Palestina* ed è appena stato a Bengasi al vertice fra Gheddafi e Sadat. Si chiama Zwaiter Abdel Wael, risulta affiliato ad al-Fatah ed è parente alla lontana di Arafat. Ha una lieve malformazione alla colonna vertebrale e queste sono tutte cose emerse perché due uomini lo hanno aspettato al buio per scaricargli nella schiena dodici colpi di pistola calibro 22, scappando poi a bordo di una 125 verde targata Milano, insieme a una donna e a un altro uomo. Adesso, accanto al cadavere, da un sacchetto della spesa scivolano a terra due uova e un formaggino.

Quartiere Monteverde

«Tu, di Mario Puzo, non mi devi parlare».

Su poche cose Preminenza s'infiamma. La qualità del gorgonzola, la resurrezione del centrismo col governo Andreotti-Malagodi e i libri di Mario Puzo, che viceversa il Solerte adora.

«Non è più romanziere ma non riesci a vederlo, in questo caso l'accecato sei tu. Puzo è un'industria, una miniera, un conto in banca. Ha trovato la formula giusta a 45 anni col *Compare*...».

«*Il Padrino*...».

«*Il Compare*, *Il Padrino*... è la stessa cosa, e adesso spreme la sua idea come un limone, goccia a goccia. Il libro, il film, la canzone di Santo e Johnny. Ma come fa un ragazzo sveglio e colto come te a non vedere l'indulgenza di Puzo per i personaggi e per il loro ambiente malato, quest'idea redditizia e commerciale per cui la mafia vada considerata uno stile di vita come gli altri. La parola mafia nel film non c'è mai. Mai. Ci sono sessantuno scene in cui si mangia e si beve...».

«Ma il film non l'ha girato Puzo».

Preminenza alza la voce: «Sessantuno scene in cui tu pensi come sarebbe bello essere nato Corleone. Passi ancora il gusto degli americani per il pittoresco, l'esotico e il primitivo a cui ci assimilano attraverso Brooklyn e Little Italy. Ma tu... Come fai, tu, a lasciarti affascinare da questa deleteria serialità? Da questa cartolina nera?».

Il Solerte ha imparato a lasciar cadere le discussioni una volta toccati i tre quarti d'ora. Come se non avesse fatto altro negli ultimi minuti, afferra un articolo dalle pagine sportive e inizia a leggerlo a voce alta.

«Questo è Arpino», lo interrompe Preminenza. Si è calmato.

«Giovanni Arpino. Sissignore».

«A me piace Gianni Brera. Leggimi Brera, non Arpino».

«Brera dice che la Lazio pratica eretismo podistico».

«Ecco, lo vedi. Brera è bravo».

«Che significa eretismo podistico?».

«Che Maestrelli tiene culo e che fra due partite i giocatori scoppiano».

La Lazio sta andando benissimo. Non solo ha superato lo scoglio famoso delle tre partite che dovevano servire a cacciare l'allenatore, ma è nel gruppetto in testa alla classifica. Ha vinto a Vicenza con un gol di Chinaglia a tre minuti dalla fine. Ha battuto la Ternana mentre la Juventus perdeva il derby di Torino. Maestrelli è costretto a discorsi inattesi. Predica di non montarsi la testa.

«Professore», domanda il Solerte, «ma lei perché ce l'ha tanto con il mister?».

«Tu sei un ragazzo intelligente, farai strada, ne sono certo. Ma sai qual è la differenza fra te e me? A parte l'età, voglio dire. Tu tieni conto dei sentimenti degli altri».

«Lei no?».

«Io no. Io non me lo posso permettere. Io con i sentimenti degli altri ci lavoro».

Il Solerte resta in silenzio.

«Non hai visto che s'è fatto male pure Giorgione? Stammi a sentire, due partite e scoppiano».

La prossima è Roma-Lazio.

Quartiere Esquilino

Un appartamento dignitoso. Il Vicequestore è di spalle. Parla sottovoce. Se ne intravede dal corridoio uno spicchio di profilo mentre tiene il suo corpo fra la cornetta del telefono e il resto del mondo. Il resto del mondo, in questo caso, è sua figlia. Anche lei non deve sentire. «Io non ci credo che facesse il doppio gioco. C'è qualcosa che non mi torna». Eppure la ragazza ascolta. Non vuole origliare. Sta uscendo. Si avvicina per dare un bacio a suo padre mentre lui dice che «sono stati gli israeliani». Adesso lei indugia, cerca di capire. Finge di non trovare le chiavi, si tocca le tasche, gironzola ancora uno scampoletto per la stanza.

«La rapidità di esecuzione, la tecnica, la freddezza dei killer. Tutto fa pensare a un omicidio politico, dottore». La voce di suo padre è ferma. «L'ultima persona a vedere la vittima è stata una pittrice australiana. La 125 verde risulta invece noleggiata in via Sardegna da un cittadino canadese. Di lui abbiamo una patente senza foto, probabilmente con un nome falso, ma anche l'identikit dell'impiegato che gli ha affittato la macchina».

Uscire è diventato all'improvviso assai meno interessante che ascoltare.

La seconda volta che Sabrina si presentò al giornale non aveva straccali in regalo. Portava molto di più. Una notizia. Il solo bene con cui se pò corrompere 'n cronista. Lei lo aveva capito. Si chiuse dentro la stanza con il Capo e li vedemmo chiacchierare, prima in modo fitto poi sempre più placido, finché non rimase lei a farsi sentire, il nostro comandante burbero tacendo prendeva appunti.

I più anziani al giornale mio ricordavano piazza Annibaliano per il mistero dei due neonati. Tredici anni prima, una donna aveva fatto a pezzi il pupo suo e lo aveva lasciato tra i rifiuti. Quattro anni più tardi, una bimba di due giorni era stata sgozzata con un colpo di coltello alla gola e abbandonata su un prato alla Cecchignola da un camion dell'immondizia che risultava in servizio nella stessa zona, al quartiere africano. Ma per un omicidio politico nessuno di loro era preparato, non avevano fonti di prima mano. La ragazzina sì.

Il Capo chiamò me e due cronisti dentro la stanza. Così sapemmo.

Sabrina raccontò che il giordano era morto ammazzato avendo tra le braccia due filoni di pane, una bottiglia di latte e dei medicinali. «Aveva rotto con i libici, li trovava arroganti. Non aveva più lo stipendio, viveva in ristrettezze economiche, ultimamente dava lezioni di arabo a certe suore cattoliche. Non pagava più le bollette delle luce, la sera cenava accendendo una candela». Per quanto tutti questi dettagli fossero attraenti, non erano ancora niente. «Non c'è traccia di una sua parola pubblica che incitasse alla violenza, anzi, spesso diceva peste e corna degli arabi, e rideva. Amava la lirica e Verdi, amava le poesie di d'Annunzio e Montale, aveva incontrato Alberto Moravia».

Il Capo la spinse a stringere: «E quindi?».

Sabrina tacque e ci squadrò.

«Andiamo, puoi parlare, dillo pure davanti a loro».

«E quindi, chi indaga è convinto che sia stato il Mossad. Per colpire Settembre Nero, i palestinesi e vendicare l'attentato alle Olimpiadi».

C'erano molte cose che non mi tornavano all'epoca, ma non dissi niente, e niente dissero i cronisti. Parlò il Capo: «Ascolta, Sabrina. Questa è una storia enorme. Tu capisci che non la pòi scrive te».

«Non ci penso proprio», rispose lei. Mi spiazzò. «Questa notizia è il mio curriculum. Sono venuta a mostrarvi come posso esservi utile. Voglio fare questo lavoro ma questo per ora so fare: ascoltare di nascosto cosa dice mio padre al telefono ai magistrati. Spiarlo. Perciò facciamo un patto. Io vi passo le notizie che sento da lui e voi mi fate scrivere della questione femminile».

Il Capo sospirò. Quasi tutti i giornali andarono in edicola con la notizia di un regolamento di conti interno a Settembre Nero. Noi fummo i primi a collegare l'omicidio all'atto terroristico di München, e Sabrina Errati, figlia del vicequestore Errati, diventò a quel modo una di noi.

Aurelia

Long John si sta guardando la caviglia gonfia che per una settimana ha tenuto in ansia la metà di Roma. Dal letto accosto al suo, dentro la stessa stanza al primo piano dell'hotel Americana, il Tufello sbircia e sputa una domanda dietro l'altra.

«Secondo te com'ha fatto?».

«Ma chi?».

«Com'ha fatto il Mago ad avere le lastre della tua radiografia?».

Il Mago, nel calcio lo sanno tutti, è Helenio Herrera. L'allenatore che ha fatto grande l'Inter e adesso sta alla Roma. Quelli là. I nemici. La notte prima del derby può anche non passare mai.

«Un romanista amico loro quelli là lo trovano sempre. Pure dentro la clinica dove m'hanno visitato», gli risponde Giorgio.

«Adesso perciò sanno che non sei rotto, sanno che giochi».

«Dipende. Io non lo so se gioco».

«Come sarebbe che nun lo sai?», gli chiede Oddi, e dentro la sua voce s'ammucchia come pecore contro un acquazzone tutta l'angustia che in questa vigilia stanno a provà fra le case senza cessi al Trullo o al Quarticciolo, in quelle borgate di legno e di lamiere, ricoveri in cartone che il cinema e i romanzi hanno dipinto di lirismo, ma che rimangono tumori di cemento, dove solo una partita di pallone ti fa sentire parte di qualcosa, fuori dal ghetto.

«Tufello», gli fa Chinaglia, «io la puntura non la faccio».

«Perché nun te la fai?».

«Perché io delle siringhe c'ho paura».

Oddi ha una curiosità che si trascina dentro da qualche mese. Non c'entra niente adesso, però gli scappa: «Ma che davéro Mazzola t'ha 'mparato l'italiano?».

«Insegnato si dice», Chinaglia lo riprende. «Non m'ha insegnato niente. Sono io che gli insegno a giocare a carte».

«Ma che je 'nsegni, se vince sempre lui...».

«Vince sempre lui perché c'ha culo».

Giù dalla strada salgono improvvisi i cori dei tifosi della Roma, riuniti sotto le finestre dell'albergo della

Lazio per tenere svegli i giocatori. In camera con Renzo, che prova a soffocare i rumori tenendo la testa schiacciata sotto al cuscino, Vincenzino ha preso possesso del telefono e là dentro ci mormora qualcosa. Sospira, scava nel vocabolario dell'amore, a un certo punto ansima come la ragazza dall'altro capo che sta cantando *Je t'aime moi non plus*, sentendosi di Jane Birkin una discepola.

Nella camera di Martini e Re Cecconi regna il silenzio di una moschiera, Pulici e Petrelli nella loro tengono la luce accesa. Sergio è pensieroso. I cori dei romanisti li sente pure lui. Ci sono quelli che lo stanno chiamando traditore. «È la prima volta contro la mia squadra». Confessa tutto il nervosismo. «Sono stato tre anni con loro, capiscimi». Felice mostra comprensione. Tira fuori un libro dal cassetto del comodino. Va dritto a una pagina segnata da un'orecchietta e legge: «La regina stessa dei colori, la luce, inondando tutto ciò che si vede, dovunque io sia durante il giorno, mi raggiunge in mille modi e mi accarezza, anche quando, intento ad altro, non bado a essa». Sono le *Confessioni* di Agostino. «S'insinua con tale vigore, che, se viene a mancare all'improvviso, la ricerco avidamente, e se si assenta a lungo, il mio animo si rattrista».

Con la sua cadenza marchigiana, Sergio si fa drastico: «Feli', aìnete, un po' d'alegrézza». Non è rasserenato. Si alza a pala di scoppetta, s'avvicina all'attaccapanni e scava con la prescia dentro le tasche del giubbotto in pelle. Fino a quel momento, Felice non aveva mai visto da vicino una pistola. Quella che gli passa in un lampo sotto gli occhi è una P38 special e non lo sa. Petrelli apre la finestra e carica l'arma. Ha la faccia dello stesso colore di un lenzuolo.

«Ecco. Ora smetteranno de cantà». Pam. Pam. Pam.

Luigi s'affaccia con Luciano alla finestra, Vincenzino pure, uno alla volta tutti dalla propria camera, fuori non c'è più nessuno, gli spari hanno messo in fuga i romanisti. L'incredulità ha vita breve, sopraggiunge una sensazione di euforia, isterica si direbbe, tanto che assieme tutti scoppiano a ridere. Il solo Mariolino, forse, dietro la finestra resta impassibile. Petrelli si è rimesso sdraiato dentro al fodero. «Buonanotte, Feli'. Basta leggere. Spengo la luce». Così dal materasso mira alla lampadina, al primo colpo la frantuma, come se fosse stato dentro a un western. Pam. Ancora.

«Lunedì ci va al processo contro il poliziotto che ha preso le mazzette per le bische?», mi chiese Bleda al giornale la sera prima del derby. La malavita di Roma stava cambiando, aveva scelto lo schema del gangsterismo all'americana, fatto di omertà e protezioni ad altissimi livelli. Il procuratore generale della corte di appello, Carmelo Spagnuolo, all'apertura dell'anno giudiziario aveva parlato delle mutazioni dei fenomeni criminali, «un modello nuovo di delinquenza organizzata mediante più persone, o in gruppi, donde traggono più forza e reciproco sostegno. Il numero elevatissimo dei reati rimasti impuniti per la mancata identificazione degli autori, dimostra che l'organizzazione delinquenziale è in grado, prima o dopo la consumazione del delitto, di offrire una cooperazione sufficiente per disperdere rapidamente ogni traccia del reato e rendere sterile l'attività della polizia». Roma viaggiava al ritmo di 124 mila furti all'anno, come dire ogni 4 minuti uno. Due settimane prima avevano ucciso a Tor Marancia un paio di nomi grossi del racket ai circoli, òmini che offrivano la loro protezione a quelle case da gioco spesso in bordelli convertite, un pizzo da 20 mila fino a 350 mila lire a settimana, a seconda che si giocasse a scala quaranta, poker o zecchinetta.

«Ho saputo come cambiano le procedure per chiedere la nullità del matrimonio», ci interruppe la Errati riempiendo di sé la stanza. Il Capo alzò gli occhi verso tutti i santi. La ragazzina non se ne curò. Aveva personalità. «Ci vorranno meno tempo e meno soldi. Si fa tutto in due anni e con un milione di lire». Dal silenzio con cui la guardavamo intuì un grado elevato di perplessità. «Non avete capito. Qui ci sono due cose interessanti. La prima riguarda il business degli avvocati. Prendono una brutta botta. Il tribunale della segnatura apostolica ha fissato tariffe fisse, caso per caso, per le spese processuali e per le perizie, 150 mila lire per l'impotenza dell'uomo, 100 mila per quelle ginecologiche, 70 mila se di carattere calligrafico. Gli avvocati stanno scrivendo al papa per chiedere di bloccare tutto. La seconda riguarda la Chiesa, che con queste facilitazioni cancella il pregiudizio per cui solo i ricchi possono accedere ai tribunali ecclesiastici e comincia a far concorrenza al divorzio nei tribunali civili».

Avremmo dovuto averne una decina di Errati in redazione. Ma non glielo abbiamo detto mai. Scagnozzi anzi riuscì a mandarla in collera rispondendole che eravamo un quotidiano in sintonia con i sentimenti dei cattolici. Il risultato fu che lei non scrisse e quattro giorni dopo trovammo la notizia sul «Corriere della Sera».

Intanto padre Lisandrini aveva dato il via alla sua missione. «Preghiamo». Tom all'inizio gli aveva chiesto solo di andare a celebrare messa in ritiro la domenica mattina. Don Antonio aveva 59 anni ben portati, appassionato d'arte, amico di Corrado Cagli, si era laureato all'Università Cattolica di Milano con una tesi su Spinoza e aveva insegnato filosofia a Urbino, poi sociologia ed eloquenza sacra. Per la squadra era un prete, sarebbe diventato 'n grande amico.

«Dio esiste. Esiste e attende. Attende di essere chiamato», disse durante l'omelia, «vuole riprendere il suo posto al centro della scena sociale. Se riporteremo Dio al posto d'onore della nostra città terrena, avremo ritrovato la strada per risolvere gli attriti della convivenza umana. Se scompare Dio, l'unità si spezza e i fratelli diventano estranei, avversari, nemici, la rissa fratricida avvampa inevitabile».

Tom sorrideva. Pino sentì dentro quelle parole un'eco che parlava a lui, a loro, alla squadra intera che aveva iniziato a odiarsi per gioco e che non sapeva più come smettere. Gli attriti, la rissa, l'unità, i fratelli. Sorprese Luciano che scrutava i piedi nudi del prete dentro i sandali, parevano perfetti per giocare da mediano. La mattina del derby a messa c'erano anche Pulici, Nanni e Tommaso. Giorgione era su ancora a fà la nanna. Frustalupi era una cosa sola con la radio, nun se poteva perde Monica Vitti a *Gran Varietà*, lo sketch di Rosalia sfortunata in amore, «dispostissima sono, mi sento tutta tremare», né la sigla finale de Celentano con quel suo improbabile scioglilingua finto inglese.

Quando la messa fu finita e tutti promisero di andare in pace, don Antonio si accostò a Tommaso e trovò il coraggio di porgli la domanda che nessun altro in vita gli avrebbe fatto mai: «Ma tu sei veramente comunista?». «Può essere comunista uno che va in chiesa?», rispondeva Lina alla gente che la fermava per chiederle la stessa cosa, perché così andavano i tempi, e i comunisti camminavano sempre come da un mormorio accompagnati. Tommaso era stato consigliere comunale dopo la Liberazione, eletto con una lista di sinistra in un piccolo Comune del pisano, ma al frate sorrise e disse di non saperlo, si limitò ad annotare che «pochi al mondo sono liberi come noi italiani», poi si proclamò deciso seguace di san Nicola e con maggior certezza di santa Scaramanzia.

12 novembre 1972. Il derby

Il colonnello Bernacca ci ha preso. È piovuto tutta la notte, ma il prato dell'Olimpico ha retto bene. Nella storia del calcio italiano non è mai successo che le due squadre di Roma siano insieme in testa al campionato. I biglietti sono stati comprati a prezzi che variano dalle 1.800 alle 10.000 lire, la Roma s'è venduta pure i 1.500 posti riservati in Monte Mario all'associazione mutilati e invalidi di guerra. L'idea di trasmettere la partita a circuito chiuso al palazzetto dell'Eur per altre 15 mila persone, ingresso 2 mila lire a testa, è saltata per un cavillo legato alla legge sul monopolio delle trasmissioni.

In un angolo dello spogliatoio Maestrelli e Ziaco parlottano per conto loro, nessuno riesce a sentirli, finché non diventa tutto chiaro quando il dottore si presenta con una siringa e una fiala al cospetto di Chinaglia. «Mi dispiace», gli dice. Giorgio è un bimbo terrorizzato. Scopre la caviglia che fra poco sarà marcia di novocaina, stringe i pugni e si aggrappa al collo di Maestrelli. Piange a singhiozzi: «Fate presto. Non posso deludere la gente».

Una decina di chilometri oltre lo stadio, oltre i ponti di Prati e del Trionfale, respira Primavalle. Uno spurgo di cemento in mezzo alla campagna. Dove il fascismo ha pigiato i malaccetti. Gli operai, gli sfollati, i contadini. Un gigantesco dormitorio di 19 ettari, 150 mila persone, né una biblioteca né una libreria. I cinema di seconda visione: il Colorado, il Niagara, il Luxor. La fogna scoperta nella piazza principale. Quattro scuole elementari, cinque medie, un tecnico-industriale. Mancano 600 aule, la mortalità infantile è del 27 per mille. Secondo l'Inam le malattie più diffuse sono quelle nervose e i reumatismi. Lo psico-pedagogista ha una lista d'attesa di sei mesi. La denutrizione viene combattuta con farmaci ricostituenti prescritti gratis. Qui è accampata una fama torbida per un caso irrisolto del 1950, una bimba uccisa al lotto 25 scala L, un uomo è rimasto bollato dall'accusa di essere un mostro. Le case alzate di uno o due piani oltre il consentito. Un reddito medio di 300 mila lire, inferiore alla Lucania e alla Calabria. Tutti i ragazzi che cercano lavoro danno come indirizzo quello di un parente che vive altrove. Si vergognano. I neri della Balduina vengono qui a reclutare manovalanza per le spedizioni punitive.

Dentro una di queste cucine scarne, il Cameriere tiene la radio spenta e non le toglie gli occhi di dosso. Ascolta altro. Ascolta i rumori che vengono da fuori. È da quelli che cerca di intuire come sta andando la partita. Ha una moglie che è della Roma. Valerio sta giocando il suo finto derby con una palla di spugna lanciata contro un armadio e parata al volo, lui portiere di questo spazio fra due cuscini su un divano.

Allo stadio c'è la folla che baccaglia, ci sono in tribuna Rascel e Fabrizi, Morandi, Fiorini e Little Tony. Giulio Andreotti che tiene le mani giunte e incrocicchiate sopra le ginocchia. Il Cameriere prende una pastiglia e ci beve sopra un bicchier d'acqua mentre sul prato il numero 6 della Lazio recupera la palla a centrocampo dopo una respinta di testa della difesa. La tiene tra i piedi, avanza e non c'è verso di spingerlo a passarla. Si infila tra due avversari con la maglia rossa e col colletto giallo, capisce che non riuscirà a prenderli in velocità, allora slitta e torna sui suoi passi. Ora ha una fetta di campo libera davanti a sé, a circa 25 metri dalla porta e decide di tirare.

Il Cameriere sente gridare «goool» nell'aria, da qualcuno nel palazzo o lungo la strada. Si agita. Si alza. Cerca sua moglie. «Abbiamo segnato noi o voi?». La donna lo fissa con uno sguardo schifato e gli fa: «Voi. Avete segnato voi». La palla del numero 6, Franco Nanni, è finita all'incrocio dei pali. «Dieci uomini e un invalido hanno condotto la Lazio alla vittoria», scriverà Giovanni Arpino su «La Stampa». L'invalido è Chinaglia.

Un'ora dopo, nel cuore dei festeggiamenti, alla stazione vecchia di Ostia hanno montato una fornace a cielo aperto, cento metri di salsicce arrostite su un falò. Un uomo costretto a indossare una maglia color del cielo le serve con aria mesta. Deve pagare una scommessa. Come in via Col di Lana, dove una canajola di laziali circonda un amico romanista. Gli mettono tra le mani una bandiera loro e lo costringono a fare di corsa due giri del palazzo. Al Colosseo, finti centurioni si offrono ai turisti, sfilano le tuniche rosse e ne vestono di celesti.

Credo de poté fissà dopo quel derby il momento in cui le pistole s'allargarono e iniziarono a divorasse il resto. Alle spalle dell'hotel Americana, oltre il parcheggio, nel terreno che faceva da cuscinetto fra la palazzina con le camere e gli edifici oltre la strada, comparve dalla sera alla mattina un sentiero lungo il quale erano state sistemate alcune postazioni da tiro a segno. Barattoli de latta e bottije de vetro, quello che si chiamerebbe un poligono dinamico. In fondo al percorso si drizzava come uno spaventapasseri di ferro una sagoma di quelle che si usano pe' allenà i calci di punizione. Era stata rivestita di gommapiuma e all'altezza della testa portava cerchi concentrici. Bersagli. Un lavoro fatto bene.

Petrelli era fermo con la macchina al parcheggio, teneva il motore spento e dallo specchietto retrovisore vide Giorgione avvicinasse. La Jaguar accostò e un istante dopo aveva il finestrino lato guida tutto giù.

«Hai fatto?», domandò Chinaglia.

«Ho preparato tutto».

«Ce l'hai la bestia?».

Senza lasciare la macchina, Sergio aprì il giubbotto per far sporgere una fondina dall'ascella.

«E tu?».

«La pistola non ce l'ho».

«Come sarebbe che non ce l'hai?».

Chinaglia uscì dall'auto e fece cenno a Sergio di scendere a guardare. Dentro il portabagagli, sdraiato e innocente come un bimbo che dorme, apparve un Winchester. Sergio ebbe un attimo di meraviglia. Un attimo.

«Dove lo nasconderai?».

«Chi t'ha detto che lo nascondo?», si sentì rispondere. «Avanti, sbrigati. Cominciamo».

Tor di Quinto

Il Candido ha un bloc notes e una penna tra le mani. Passeggia fianco a fianco con Maestrelli. Ogni tanto si fermano, se l'allenatore vuol essere sicuro che i suoi concetti non vadano dispersi durante l'intervista.

«Fino a qualche anno fa», sta dicendo, «lo sforzo fisico non era ripartito razionalmente in una squadra. C'era chi correva di più e chi di meno. Gli insegnamenti ci sono giunti da Inghilterra e Germania. Un attaccante oggi deve saper difendere. Andiamo verso un'era in cui prevarrà il calcio atletico, servono uomini adatti. Perciò, prima che i dribbling, ai miei chiedo la disponibilità a essere una famiglia. In cambio cerco di farli divertire».

«Non teme che questa impostazione possa autorizzare l'indisciplina?».

Maestrelli è fermo: «È un errore tenere i calciatori a correre sempre per il campo. Sono giovani con le loro esigenze. Voglio che si allenino ridendo. Così si distendono i nervi e si ottiene la forma. Credo di essere un buono psicologo. Credo di saper capire in fretta il carattere di una persona e tenere insieme venti ragazzi diversi».

«Lei davvero non ha paura che tutte queste turbolenze, tutti questi eccessi di cui si parla...».

Maestrelli ha capito dove vuole arrivare: «Tu quanti anni hai?».

«Più o meno gli stessi dei suoi giocatori».

«Ecco. Ora dimmi: a te piacerebbe vivere in una gabbia, a centinaia di chilometri da casa tua, senza vedere la tua famiglia e senza poter fare mai una cazzata?».

Aurelia. Lo spiazzale dietro l'hotel Americana

A sparare non sono più i soli Sergio e Giorgio. A loro s'è aggiunto Wilson. Impugna una P38 special. Mirano ai barattoli, Pino li manca tutti. Giorgio fa l'ammazzasette ma non è molto più preciso. Veste la maglia bianca e rossa della Svizzera perché ogni volta che torna da un viaggio con la Nazionale sfoggia il trofeo scambiato con un avversario. «Che ci posso fà se quando finisce la partita tutti vogliono la mia?». Fosse una volta che non finisce a sbrodolarsi.

Martini è arrivato per lanciare la sfida a Sergio, e come sempre non soltanto a lui: «Veditela con me, Giorgio. Ora hai un avversario».

Re Cecconi non partecipa. Non è l'uomo per questo genere di cose. Siede in un angolo col Secco Bob, che ancora conserva fra gli spigoli delle parole tracce del suo accento da lumbàrd trapiantato a Roma da vent'anni. Ne aveva 27 quando si presentò la prima volta da Cusano Milanino per giocare in porta. È passato due volte in Nazionale, da qui non se n'è andato più. Ha fatto il preparatore dei portieri, l'osservatore, il secondo a una cofana d'allenatori prima che a Tommaso, poi il dirigente, il capo delle giovanili. Bob Lovati in sostanza è la Lazio dentro un corpo da un metro e 88. È il miglior traduttore dell'ambiente per i nuovi arrivati. Un mediatore culturale. Per questo Luciano sta chiedendo proprio a lui dove mai sia finito.

«E dove vuoi essere capitato?». Il tono di Bob non è amaro. «La Lazio è un pianeta per miscredenti». Anzi. Il tono di Bob è compiaciuto. «Sei finito in un mondo che pensa di non avere niente di interessante da narrare, e che al suo interno custodisce una miscela fatta dal senso di inferiorità verso la Roma e la fierezza di sentirsi incompresi. Siamo complessi, siamo come un terremoto che nessuno avverte».

Luciano cerca una bussola. «E io come la devo vivere la Lazio, Bob?».

«Come una cosa tua e basta. Cercati un modo personale».

«Solo mia? Ma se è la prima squadra di Roma».

Le pallottole che partono verso i bersagli sorvolano un muretto dietro il quale se ne sta accovacciato Vincenzino. Il fischio che fanno i proiettili quando passano sulla sua testa gli strappa un sorriso.

«Lasciala perdere Roma», mormora adesso Bob distogliendo lo sguardo dai fori fatti da Petrelli sui barattoli. «Roma, noi milanesi, non la capiremo mai. Lascia che incanti i figli e i nipoti dei meridionali che qui vengono a studiare e a ingrossare l'albo degli avvocati. Roma è un covo di apatia e di solitudine, Roma è quella specie di angoscia che senti dentro la bafagna, l'aria fiacca delle tre di un pomeriggio di agosto, oltre le persiane abbassate, dopo che hai fatto l'amore».

«Bob, io l'amore l'ho sempre fatto di sera».

«Allora sei un uomo felice. Quando scopi al pomeriggio, a Roma ti viene la malinconia. Impari cos'è la tristezza. Non ti guastare».

Un altro barattolo che sferraglia. Pure Giorgione ha fatto finalmente centro.

Il mio rapporto con Tommaso diventò più stretto al ritorno da Bergamo, era fine novembre, una partita che la squadra pareggiò a cinque minuti dalla fine con un gol di Renzo Garlaschelli, restando in testa alla classifica. Passeggiammo insieme un giorno intero e ci scambiammo confidenze sui nostri tormenti familiari. Da quel che mi diceva, Lina era davvero una santa, in cuor mio credo di averlo saputo sin dal principio. Tom a cena tornava sempre più di rado. Aveva preso l'abitudine de fermasse fuori con la squadra, accendendo di sua moglie le paturnie. Me lo raccontò con sofferenza. «Ti vedremmo più spesso se vivessimo a Bari», gli ripeteva lei. Non è che Tom non ne sentisse il peso, solo non aveva trovato soluzioni. Se Martini gli confessava la sua solitudine, lui finiva pe' invitallo a colazione. Salvo scoprire che a colazione Martini se poteva presentà pure co' su' padre.

Ebbe un'illuminazione mentre incrociavamo una classe di bambini che, unita, tenendosi per mano, attraversava la strada verso chissà quale destinazione. «E se invece non li portassi più al ristorante?», mi domandò. Non era a me che lo chiedeva. «Voglio dire: io e la squadra. Se continuassimo a mangiare assieme, non in giro, ma a casa, a casa mia, io, loro, Lina, tutti». Mi venne da ridere, perché immaginai punto per punto come le cose sarebbero andate. Lina avrebbe pensato alle ragazze, all'improvviso circondate da questo mazzo de ragazzoni co' la testa fuori posto, avrebbe pensato alle chiacchiere dei vicini, considerando la follia della proposta. «Ti sta più a cuore la squadra che la tua famiglia», avrebbe replicato a Tom. «Ma voi non vi sparate addosso», le avrebbe risposto lui, con una certa foga, e Lina avrebbe sospirato, sapendo a quel punto che non le restava altro da fare che imparare a cucinare per dieci persone o più. Spesso pasta e piselli, o la ribollita, o pasta patate e cozze. Tom mi prese sotto braccio e si sfogò: «Cosa dovrei fare? Smettere di allenare e rimettere i soldi nella fabbrica di tappi di suo fratello? Già una volta ne abbiamo bruciati non so quanti». Lui allora le avrebbe preso la mano, convincendola e mormorando: «Alla fine sono bravi ragazzi». Senza sapere che Martini in campagna ai Gemelli aveva già insegnato a sparare.

O forse confondo i ricordi, forse fui soltanto io a confessamme co' lui, fu a me che me venne de aprimme, de raccontaje come me faceva strano accorgermi che a mi' moje qualcosa stava succedendo. Maria aveva passato da poco i 40 ma all'improvviso soffriva di amnesie, confondeva i giorni, scordava le bollette da pagà. All'inizio ci ridevamo assieme, dava a me la colpa, diceva che capitava quando stavo in casa perché nun c'era abituata, col mio lavoro e le mie assenze l'avevo fatta scemunì. Ma in pochi mesi smisi de ride io. La sera che tornai senza trovalla a casa, telefonai a su' sorella scoprendo che non era lì che stava. Maria girava nel quartiere senza riuscire a ricordare strada, numero del portone, se avesse figli o no. Finsi che non c'era niente di male ma non presi sonno. Il telefono squillò alle quattro del mattino. Bleda gridò soltanto: corra, corra. Una bomba, disse, al quartiere Prenestino.

Quartiere Prenestino

Il buio e il silenzio delle 3 e 29 della notte. Largo Telese, un palazzo di dieci piani. Ha l'ingresso al numero civico 3 e una seconda entrata al 228 di via Prenestina. Dietro le tende di alcune finestre, l'intermittenza degli addobbi casalinghi per il Natale che si avvicina. Un boato. All'improvviso. I boati non avvisano. Si sente fino al Colosseo, fino alla stazione Termini, un'esplosione, la luce che manca, i fili del tram tranciati, pezzi di automobili e di infissi fra i rami degli alberi, detriti e rottami sparsi nel raggio di mezzo chilometro. Chi si è svegliato nel sonno sta scappando senza aver avuto né il tempo né la voglia di rivestirsi. Poi dopo il fragore arriva il tempo dei lamenti di chi è rimasto sotto le macerie, il tempo delle grida di chi chiama i soccorsi. Nel palazzo abitano 55 famiglie di impiegati e di operai. O forse abitavano, bisognerebbe dire, mentre in lontananza si sentono le sirene, già in arrivo.

C'è gente che si lancia dalle finestre, un bimbo lo fa dal primo piano e viene preso al volo tra le braccia da un poliziotto. Ora nel buio la luce è accesa dalle fiamme. Una bomba – hanno pensato in tanti. Qualcuno al terremoto, i più anziani alla guerra, a un'incursione aerea. Il capitano dei vigili del fuoco all'arrivo riesce appena a dire «santissima madonna» dinanzi a questo alveare venuto giù come un foglio di cartone, sfondato dall'interno e non da terroristi, ma dall'esplosione di un'armeria in cui avevano stipato fuochi d'artificio da vendere a Natale.

Gli scantinati hanno risucchiato un piano dietro l'altro. Il palazzo ha uno squarcio al centro. Il piano terra è stato spazzato via con i suoi negozi, i pilastri di cemento armato sono polverizzati, le scale interne non esistono più, i tondini di ferro delle travi pendono nel vuoto. Lavatrici, mobili, cucine, frigoriferi – i monumenti a questa neo Italia del commercio di massa – restano in bilico sull'orlo di pavimenti inclinati o penzolanti nel vuoto.

Mentre i pompieri lavorano alla luce delle fotoelettriche e si arrampicano portando la speranza sulle loro scale, mentre un uomo arriva dall'isolato accanto e si cala nella voragine per scavare fra le macerie – i suoi figli sono in salvo – lui che sotto terra ci lavora, tutti qui lo conoscono, tutti sanno che l'Operaio guida la talpa per i lavori alla metro; ecco, mentre la vita si rimette faticosa in moto, riferiscono al vicequestore Errati che «il 23 novembre eravamo stati qui per un sopralluogo ed era tutto in ordine». Un testimone sostiene di aver visto un camion fermo davanti al portone qualche ora prima dell'esplosione. Ogni tanto l'Operaio imbrusca un'occhiata verso l'alto, per esser certo che nulla più crolli, mentre estrae i corpi senza vita di cinque bambini. Le bombole d'ossigeno soccorrono i feriti.

Milano. Stadio San Siro, 17 dicembre 1972

Un'altra bombola d'ossigeno è tra le mani di un infermiere. Il camice bianco sta attraversando di corsa i corridoi dello spogliatoio. Passa come un Trans Europ Express di fronte allo stanzone su cui si scorge la scritta: Squadra ospite. Dentro ci sono i calciatori della Lazio. Qualcuno beve del tè nell'intervallo della partita. L'infermiere passa oltre e poco più in là gli viene aperta la porta con la targhetta: A.C. Milan. Uomini in ansia vestono la loro maglia a strisce verticali rosse e nere. Quelli della Lazio incuriositi si affacciano dalla soglia.

«Chi è che si sta sentendo male?», si preoccupa Pulici. Dall'altro lato del corridoio sopraggiunge il dottor Ziaco, che incrocia Re Cecconi e gli fa: «Colpa tua».

«Colpa mia?», domanda il Biondo, incredulo.

Se potesse sporgersi per vedere cosa accade, scoprirebbe un giocatore del Milan, corpulento, capelli rossicci, baffi, sdraiato su un lettino con la maschera dell'ossigeno applicata sulla faccia. Respira piano, lentamente, per riprendersi.

«L'ossigeno è per Benetti», spiega Ziaco, «dicono non ce la faccia più a seguirti in campo».

Re Cecconi è sempre stato una specie di centrale elettrica. Sotto le armi, a Sulmona, ogni mattina bisognava salire sul picco della montagna a 1.500 metri per piantare una bandiera. Il sergente dava il compito al più indisciplinato del giorno prima. «Una volta toccò anche a me e partii alle tre di notte per raggiungere la vetta. Mi divertii tanto a salire e scendere che ogni giorno cercavo di combinarne una per essere io il prescelto. Per due mesi», aveva raccontato ai compagni, «non ho fatto altro che scalare la montagna la mattina alle tre e tornare la sera alle sei. Lassù ero solo coi pastori. Quel salire e scendere mi serviva a scaricare le energie che ho dentro e che non so come liberare».

«A Lucia'», gli aveva detto Oddi, «nun te stà troppo a scaciottà. Tu corri tanto e co' quei capelli la gente te riconosce subbeto. Pari bravo, ma a pallone nun ce sai giocà». Risate.

Alzai gli occhi al tabellone pe' capì quanto mancasse. Minuto 78. Calcio di punizione per il Milan. Andò a calciare il numero 11 e una parabola lenta scavalcò la barriera spegnendosi alle spalle di Felice Pulici. Avevo già abbastanza foto di milanisti che si abbracciavano, e a dirla tutta al giornale mio non ce ne saremmo fatti niente. Mi voltai verso la tribuna, per cercare uno di quei dettagli che ogni tanto è una fortuna. Vidi padre Lisandrini afflitto. Poco distante da lui stava seduto un altro frate, padre Eligio, che in quanto confessore di Gianni Rivera era diventato un grosso personaggio da rotocalco. Strigneva mani, veniva congratulato quasi come se il gol lo avesse fatto lui. Gli puntai la Leica sul sorriso equivoco e mentre me preparavo a scattà, incrociai gli occhi socchiusi di padre Lisandrini, le mani portate alle tempie in uno sforzo sovrumano. Mormorò qualcosa, frasi da laggiù incomprensibili che venni a sapere alcuni giorni dopo. Di certo accadde che nel giro di qualche minuto il campo fu avvolto dalla nebbia. L'entusiasmo ancora in corso di padre Eligio fu raggelato, mentre Lisandrini, composto, adesso aveva sul volto una soddisfazione. In campo, Pino si accostò all'arbitro e je fece notà che nun se vedeva più manco a tre metri di distanza. La visibilità era insufficiente. Da un momento all'altro. Il poveraccio non poté far altro che fischiare tre volte e mandare le squadre negli spogliatoi. La partita era annullata. Quel che padre Lisandrini aveva mormorato, così come avremmo poi ricostruito, fu: «Sorella Nebbia, scendi a visitarci. Sorella Nebbia, ti prego, scendi in campo».

Era un periodo, quello, in cui pure se eri prete te poteva toccà la strizza. La congregazione dei benedettini aveva messo sotto inchiesta l'abate della basilica di San Paolo, un quarantacinquenne che diceva messa accompagnato dalle chitarre elettriche e che dall'altare spiegava sia il Vangelo sia la politica italiana. Una volta appoggiava gli operai d'una fabbrica occupata, un'altra s'esponeva in favore dell'obiezione di coscienza che stava pe' diventà legge dello Stato. Il progressismo di don Giovanni Franzoni fu punito, la sua amministrazione sciolta dalla curia. «Perché i monaci dovrebbero stare fuori dal mondo?» era l'obiezione che più spesso l'abate poneva, ma quando dopo un paio di mesi fuori Roma era tornato a dire messa, s'era trovato davanti un malattrezzo che j'aveva portato via il microfono per dargli del traditore. «Io qua dentro ho sentito fare l'apologia del comunismo», j'aveva urlato, «e i comunisti sono atei». I militanti conservatori di Civiltà Cristiana organizzavano spedizioni punitive contro le cosiddette parrocchie di sinistra. Ne imbrattavano i portoni e tiravano uova marce ai suonatori sull'altare.

Padre Lisandrini volle conosce Maria dopo che gliene ebbi parlato. Oggi, dopo tutti questi anni, me ne pento. Dico che non avrei dovuto. Non esistono depositi preziosi per le nostre confidenze. Pensiamo di trovare sponde su cui lasciare una parte del peso che ci pare insopportabile, salvo realizzare che fuori di noi un tarlo è una cosa come tante. Sapé che altre donne, altri uomini, erano malati come Maria nun me dava sollievo, banalizzava il mio dolore, scoprivo de non avé neanche più il diritto di sentirmi come mi sentivo. «Dovremmo cercare il raccordo fra i diritti dell'individuo e i doveri verso la società, senza cedere né all'individualismo né al collettivismo. Il raccordo tra la libertà e l'autorità. Invece assistiamo al culto spregiudicato della libertà senza confini o alla deificazione del potere statale. L'incontro tra il capitale e il lavoro», scandiva in chiesa la voce del frate, «senza esasperare il culto per il capitale privato in nome di una libertà priva di giustizia ma neppure speculare sulla miseria della povera gente, agitando la formula della dittatura proletaria». Lasciai Maria tra i banchi e uscii ad aspettarla fuori.

Sulla Cassia

Una carta da parati che farebbe sembrare Andy Warhol convenzionale. Fiori giganti, rombi, righe, il giallo senape, il blu. Una sfilata di figurine Disney imbottite, di quelle plastificate, adesive, uscite dalle scatole dei formaggini, sono incollate alle piastrelle della cucina di questo appartamento semplice di periferia. Accompagnato da Trippanera, Chinaglia cerca fra queste mura un sanatoto.

«Adeli', semo noi».

Adelina viaggia oltre i sessanta. La fatica della vita le ha scavato impronte sul viso, ma le braccia restano vigorose. È una donna di consumata energia. Chinaglia ha la voce bassa. È un soffio, come se all'orecchio le stesse confessando i suoi peccati.

«Non riesco più a far gol. Domenica ho pure sbagliato un calcio di rigore. Io credo di avere un malocchio addosso». La bella pensata gli è tornata in mente leggendo un'intervista di Peppe Massa, in cui quello per scherzare diceva che ne avrebbe fatto uno ai vecchi compagni prima di affrontarli. Chinaglia è il tipo che si affligge pe' du' botte de solfeggio. È carcerato dentro la sua magnarella, l'aveva sempre detto che quelli l'affatatura sanno come farla. La donna allora immerge in un piatto colmo d'olio e d'acqua i pollici, esercita una pressione che i bicipiti sobbalzano, e passa la guazza di guariscia su la fronte a Giorgio per tre volte: «Nel nome di Gesù Giuseppe e Maria, malocchio vai via, malocchio vai via». Fatto. Risolto. Baciale le mani, Giorgio, e va'.

I napoletani

Alla partita di metà gennaio contro il Napoli nun c'annai. Il Capo era in agitazione per il congresso che il Movimento sociale avrebbe tenuto al Palazzo dei Congressi all'Eur. Da quattro giorni tre elicotteri sorvolavano la zona. «Nun te devi move de llà», mi ordinò. Roma era tutta un mammatrone de paura. A Centocelle un gioielliere era stato ucciso da un paio di colpi di pistola sparati da due banditi dentro il negozio suo, davanti al figlio dodicenne che teneva la schiena poggiata alla vetrina. Erano entrati per una rapina come tante se ne facevano ormai a tabaccai, benzinai, orefici; e il bottegaro anziché tené le mani alzate, le aveva messe nel cassetto per tirare fuori una calibro 7 e 65. Aveva svuotato il caricatore addosso a uno dei due, ma prendendolo di striscio, mentre i pistoleri, scappando, col piombo l'avevano gelato. I giornali nazionali c'avevano fatto tre colonne in cronaca. Di tutti i morti de Roma l'Italia s'era già spallata.

I sindacati chiesero di fermare il lavoro per mezz'ora nel giorno d'apertura del congresso. Le rotte di tutti i voli di linea furono allontanate dal palazzo. Ai dipendenti degli uffici nei paraggi fu imposto di lasciare a casa le automobili. La prefettura mandò in strada 10 mila agenti. Arrivarono inviati dalle televisioni dell'Uruguay e della Turchia. C'era 'n'aria de guera, eppure Almirante aveva fatto mette all'accoglienza piante verdi, drappi tricolori e sessanta ragazzine in minigonna. Trentamila persone si videro al Colosseo per una marcia di protesta contro i fasci, gli studenti sfilarono in direzione Piramide Cestia insieme ai partigiani. In testa, con un basco calato sulla fronte, allustrava i serci il vecchio Nenni. Trent'anni erano passati da Badoglio e l'armistizio. Quelli di Potere Operaio, Lotta Continua e Avanguardia davano le spalle al palco di San Paolo da cui parlavano i leader di sinistra, avevano i fazzoletti in faccia pe' difendesse dai gas dei celerini, le borse di tela a tracolla co' le bottiglie dentro. Alla fine della giornata contammo 200 molotov lanciate. Un primo corteo cercò di sfondare sulla Colombo. Gridavano: «*Tanto / si sa / all'Eur / si va*». Un secondo rivolo piegò verso la Garbatella, poi Testaccio, altri si spinsero a Trastevere.

La mattina dopo al giornale mio Bleda disse che il pezzo più bello era quello di Tobagi sul «Corriere». S'era accorto che nella folla aveva trovato un varco una Jaguar color grigio topo, così aveva scritto: grigio topo; le aveva preso il numero di targa e aveva scoperto che alla guida c'era Franco Nero. Ma il «Corriere» nun c'aveva le foto che c'avevamo noi. Oggi lo posso dì senza che s'offenda più nessuno, qualche collega aveva cominciato a stamme dietro, a marcamme come su un campo di pallone, convinto che bastasse pe' scattà le stesse cose che scattavo io. La competizione è stupida, distrugge sempre un pezzo di bellezza. Nun pòi tené uno sguardo fresco partecipando ad una corsa. Ero riuscito a fotografà gli opuscoli che i giovani neofascisti tenevano fra le mani, un dossier rosso con un centinaio di nomi di militanti di sinistra, i loro indirizzi, i numeri di telefono, le targhe delle macchine o dei motorini. Pensavo che per illustrà sto movimento di destra in preda alla nostalgia, costretto a vestire in doppiopetto la propria preferenza per il manganello, fosse una buona idea fermare l'occhio sulla bianca camicia di Almirante, questa pretesa di candore, esibita, mentre dal palco parlava per tre ore dicendo che «alla nostra destra non c'è spazio» e che «i nostri ragazzi fanno bravamente il loro dovere». Al teatro Marcello era stato appena pestato a sangue il capogruppo del partito socialdemocratico alla Regione.

Tornai distrutto a casa dopo quattro giorni de sta roba, mentre lontani dalla politica in un angolo due ragazzetti stavano a paccà. La radio disse che la Lazio aveva battuto il Napoli tre a zero, e che Chinaglia finalmente aveva fatto gol.

Stadio Olimpico, 21 gennaio 1973

Prima della partita di cui già conosciamo il risultato, nel tunnel degli spogliatoi i gemelli di Tommaso si inseguono, si dribblano giocando con una palla fatta di carta di giornale. Il presidente Lenzini occupa quasi militarmente il corridoio col suo corpo. Calcia verso Pulici dei tiri che lui chiama portafortuna. Chinaglia è quello che sta schiacciando la solita pennica su una panca.

In questo inferno senza fiamme e senza logica, Maestrelli tiene il suo sermone: «Se neanche stavolta riusciamo a vincere, siamo definitivamente ridimensionati. Se invece battiamo il Napoli, possiamo dire la nostra con le grandi». Parole che funzionano. La partita è cattiva. Con la maglia bianca dei napoletani, chi si rivede, c'è Abbondanza. Giorgio si becca con un difensore, stempiato benché giovane. Dirà che nessuno lo aveva mai picchiato tanto. «Vavassori, aspettavi me pe' fà il fenomeno?». Si insultano. Poi la Lazio segna due gol nel secondo tempo e il tabellone avverte che mancano 3 minuti alla fine. Felice lo sa senza guardarlo. Senza una Marlboro resiste un'ora e venti, lui capisce dal bisogno di nicotina che sale quando sta per arrivare il 90°. È ora, ora che su lancio di Frustalupi, distributore di opportunità e risorse come un acquaricciaro, Chinaglia si libera spalle alla porta e di destro mette il pallone dentro. Poi corre per gli alleluia sotto la curva, a modo suo, filibustiere, si pianta lì braccia conserte e aspetta che il mondo lo vada ad abbracciare.

Invece quel signore laggiù è il portiere del Napoli che protesta. Chiede che il gol sia annullato per fuorigioco. L'altra figurina in maglia bianca - si chiama Rimbano - si concede parole in libertà, poi aspetta che si chiuda la partita per andare con lo Stempiato a circondare Giorgio, e proseguire la discussione senza testimoni. Wilson è lo scudiero migliore al mondo. Accorre pronto. Pure Abbondanza si lancia e sta tra i suoi. Minacce, maleparole, mani addosso. Antonio Juliano, un trentenne che conosce la vita e che del Napoli è capitano, si mette di mezzo, sbraccia, allontana. Qualcuno dalla palata abbaia a Chinaglia: «Vi aspettiamo a Napoli». Chinaglia allora alza la voce: «Tanto all'ultima giornata sarete in serie B da un pezzo». Abbondanza svillaneggia a modo suo. Giorgio non coglie perché ci sono cose che succedono solo nel dialetto napoletano. Nulla di quanto ha visto piace a Maestrelli. Dice alla squadra che d'ora in poi di domenica, dopo le partite, si torna a dormire in ritiro tutti insieme.

Sull'Aurelia

Eccolo, allora. Il ritiro. L'hotel Americana. In un pomeriggio d'inverno e di buio precoce. Il nulla intorno e dentro. La disgustosa insofferenza per la monotonia da cui certe volte bisognerebbe lasciarsi cullare. Uno dei giocatori della Lazio non ancora emersi è alle prese con la «Settimana Enigmistica», sdraiato sul letto della sua stanza. Si chiama Giacomo La Rosa. Una riserva. La porta della sua camera si apre inattesa. Con un'aria imperscrutabile, irrompono Wilson il Milord, Cicogna Petrelli, Facco e Oddi il Tufello. Hanno il sorriso di una marmaglia in gita. I re della frescaccia.

«Che fai qui?», domandano.

La Rosa non risponde.

«C'è una cosa che mi dà fastidio di te», gli fa Petrelli piegando il capo, «non ho capito perché non parli mai». Oddi e Facco imitano un accento siciliano: «Muto sei?». Ridono con indecenza. «Sei muto?», domanda Petrelli.

La Rosa, che è messinese, finalmente replica con un sussurro. «'Un mi scassate la minchia».

«Oh, sei muto ma coraggioso», dice Petrelli. «Vediamo quanto sei coraggioso, vediamo se sei d'a Lazio». Così da qualche tasca esce una pistola, e senza nemmeno prendere la mira, Sergio tira una pallottola al materasso, nella sparuta porzione esistente tra le gambe divaricate di La Rosa che resta sgomento dal terrore, paralizzato, adesso veramente muto. Petrelli è freddo più di prima. Agli altri gli si indoliscono i muscoli dell'addome per le risate.

«Mi potevi ammazzare», mormora il siciliano.

Petrelli ha uno sguardo che è una lastra di ghiaccio. «La Rosa, ti ho appena regalato il momento più emozionante della carriera tua».

Quartiere Monteverde, di domenica

«Figli carissimi, non vi vogliamo trattenere sotto il cattivo tempo. Vi ringraziamo per la vostra presenza e vi diamo subito la benedizione e la buona festa». Il papa oggi s'è affacciato dal balcone, ha cancellato sia l'Angelus sia il sermone, ha salutato la folla e s'è ritirato al caldo. Per cinque ore è caduta la neve. Deve essere vero perché lo sta dicendo la televisione. È una di quelle mattine in cui Roma appare sbagliata. Se non altro s'è ripulita l'aria. Il limite di sicurezza dell'ossido di carbonio viene superato anche di 20 volte, la misura di contrasto dell'ufficio di igiene è la fiducia nel ponentino. Le malattie al fegato dei romani sono cresciute di 14 volte, il tifo è presente più che in ogni altra città d'Italia, il 60% dei bambini ha un parassita nell'intestino, uno scolaro su due una malformazione. Negli asili nido mancano 46 mila posti, alle scuole materne servirebbero 1.500 aule in più, addirittura 3.000 nella scuola dell'obbligo. D'altra parte la popolazione è aumentata del 65% rispetto a vent'anni prima, le automobili private del 1.500%. Tutto pesa sempre sul centro storico, sta mormorando Preminenza alle orecchie del Solerte che tiene la mazzetta di giornali impilata sul tavolino.

«Tu lo sai che i venti consigli di circoscrizione non si sono ancora insediati?».

Il ragazzo non lo sa. Potrebbe fare un riassunto preciso di ciò che finora è noto del caso Watergate, potrebbe tenere una conferenza sulle conseguenze del ritiro americano dal Vietnam, ma dei consigli di circoscrizione in questi giorni all'università non s'è parlato. Non gli sfugge invece che il caffè nei bar è aumentato di 10 lire, ora una tazzina ne costa 110; 140 un cappuccino, 160 un tè, e per un aperitivo bisogna spenderne 300.

«Lei invece lo sa che Claudio Villa sta per sposarsi con una ragazzina di quindici anni?».

«Tu solo questo sai, solo scemenze», gli risponde Preminenza, mai irritato, eventualmente altero. Si lamenta, si lamenta di tutte queste trombette, così chiama i clacson, che salgono dalla strada. Si lamenta del fatto che il piano regolatore prevedeva uno sviluppo a est e invece i maggiori interventi edilizi si sono concentrati sul versante opposto. «Ha vinto l'antipiano», dice, «il grande raccordo anulare, Antonio Cederna lo chiama un nodo scorsoio», e dice pure che il tracciato della metro non è al servizio di scelte urbanistiche ma della convenienza dei proprietari. Una città precapitalistica, così la descrive il sociologo Franco Ferrarotti quando va per convegni, «guidata solo dalla rendita fondiaria. Rischia di diventare decrepita senza essere stata industrialmente matura». Una città in cui sono stati costruiti quartieri come la Magliana, dove 30 mila persone vivono al di sotto del livello di piena del Tevere, senza fognature, con edifici alti 30 metri anziché i 22 legali.

«Roma è soffocata dalle persone che ha attirato e che ora non sa accontentare. Impiegati senza un lavoro, generici, questo è un posto provvisorio, forse perciò eterno. Solo i meridionali la trovano moderna e confortevole, perché la paragonano ai luoghi che hanno lasciato».

«Anche lei è meridionale», gli sbatte in faccia il Solerte.

«Sai cosa ci diciamo qualche volta al telefono io e Raffaele La Capria? Che Roma è passata da Caput Mundi a Kaputt Mundi. Quella città che ci aveva incantato, noi vecchi compagni di liceo, quella delle mura color tramonto, i punti di fuga, le piante e i serci – quella Roma così esatta – per quanto resisterà? Tu lo riconosci il rumore che fa un mondo quando si dissolve. Se Pasolini inizia a scrivere in prima pagina sul "Corriere della Sera", allora non si capisce niente più».

Il Solerte è un progetto di uomo laconico. Collabora alla discussione con un silenzio frastornato.

Preminenza gli tasta il braccio destro per accenderne empatia e confidenza. «Fammi capire, guagliò: tu l'hai visto *Ultimo tango a Parigi?*». Un altro silenzio. «Lo hanno dissequestrato. Oggi ci andiamo. Ti siedi vicino a me e mi racconti bene quello che succede, tutto quello che si vede sullo schermo. Te la senti o ti metti scuorno?».

I mesi successivi se ne andarono senza che i soliti riti fossero turbati. Pulici, Re Cecconi, Wilson, Nanni e Tommaso continuavano a sentir messa da frate Lisandrini in ritiro, la domenica mattina, e Frustalupi preferiva starsene vicino alla radio in compagnia della voce di Enrico Montesano, che una volta faceva il gagà napoletano Dudù e un'altra la romantica signora inglese, *mooolto pittorescow*. Chinaglia scenneva a colazione regolarmente in pigiama, spettinato, per poi prendere Maestrelli sottobraccio e chiedeje de lascià fuori quei due. «Quei due chi?», fingeva di non aver capito Tom. «Martini e l'altro coi due nomi. Metti al posto loro due ragazzini della Primavera che mi passano la palla e faccio gol».

Il venerdì delle partite restava un imperdibile momento. S'era sparsa la voce fra i tifosi che fossero eccitanti più del campionato. D'Amico sedeva sul prato e se faceva passà lungo la rete i foglietti di carta co' 'na penna. La gente raccoglieva gli autografi e poi aspettava che finalmente in campo iniziassero a picchiasse. Qualcuno s'arrampicava sugli alberi, altri stavano in piedi sui tetti delle macchine parcheggiate a bordo strada. I camionisti fittavano posti sulle pedane rialzate dei mezzi loro, 'na specie de tribuna da dove se vedeva meglio.

Tommaso aveva imparato a guidare le partite, faceva in modo che finissero in pareppatta, e che fosse sempre Chinaglia a fare l'ultimo gol. Ma prima della fine era una guerra. Non c'era tifoso celebre della Lazio che nun se facesse raccomannà per giocare almeno una vorta insieme a loro, una corrida senza regole, senza misura, senza limiti. Quando fu il turno di Enrico Montesano, per savuarfè Facco volle prestargli i parastinchi. «Tu non li porti mai», obiettò l'attore. «Di domenica no», rispose Mario, «ma il venerdì li metto».

Il giorno che a Tor di Quinto sentirono arrivà sirene della polizia, la squadra andò in agitazione. Tommaso uscì a parlottare con gli agenti a nome di tutti e quando rientrò aveva un annuncio: «Ragazzi, non so come dirvelo. Ecco... oggi con noi... vorrebbe giocare... il figlio del presidente della Repubblica... Il figlio di Leone. Mi raccomando».

Durava fra gli studenti la stessa agitazione. Al liceo Tasso ne avevano sospesi tre per un anno, rinviando al ministero della Pubblica Istruzione la decisione sulla loro ammissione all'esame di maturità. Erano stati presi mentre cercavano de invade la segreteria e occupà l'istituto durante una manifestazione. I compagni lo avevano chiamato «un processo fascista da parte del collegio professori». Al Mamiani duecento ragazzi s'erano rifiutati de ritirà la pagella de fine quadrimestre, contestando così il 7 in condotta che si erano ritrovati dopo un corteo. La ribellione si era risollevata a Roma e in tutta Italia dopo l'omicidio a Milano di Franceschi, Roberto, un ventunenne, durante uno sciopero alla Bocconi ammazzato da 'na pallottola dei questurini. Una verità abbastanza chiara già prima che qualche voce istituzionale fosse stata disposta ad accettarla, e in ogni caso sempre seminascosta «dalle bocche cucite ufficiali dell'ammiraglia di Bernabei», come aveva scritto Sergio Saviane su «L'Espresso» parlando della Rai.

Dentro la Sapienza, nel corridoio che unisce le facoltà di legge e scienze politiche, quelli delle fazioni di estrema destra attaccarono con pistole lanciarazzi e spranghe i ragazzi dell'ultrasinistra e i loro volantini. Altri otto giovani furono arrestati per scontri con agenti e carabinieri alla fine di un corteo, dopo un lancio di sassi, bastoni, bottiglie molotov. Un vertice fra tutti i presidi voluto dal provveditore Aldo Tornese si chiuse con il proposito di «intensificare l'illustrazione nelle scuole di quelle materie che, come la storia, l'educazione civica, lo studio della costituzione, contribuiscono in modo determinante a realizzare la formazione democratica dei giovani». Che si trovarono mescolati ai metalmeccanici durante la più grande manifestazione di piazza del dopoguerra, du' centomila persone a piazza San Giovanni, arrivate con 21 treni e 900 pullman, in una città che pochi giorni dopo se sarebbe svejata con la puzza dei dieci litri di benzina fatti scivolà sotto la porta di casa di Paolino Dell'Anno, giudice di ferro che anni prima aveva chiesto la condanna per otto operai sorpresi a giocà a pallone di fronte a un cantiere, e che in quei mesi aveva invece ordinato l'arresto di alcuni studenti, sia di sinistra sia neofascisti.

Eravamo a marzo, e tutto era spiccicato a sempre – bisognerebbe dire – se non fosse per Martini, che un giorno andò via dal campo di Tor di Quinto con un borsone in spalla, sfilando davanti al naso affilato e agli occhi curiosi di Luciano. «Mi sono iscritto a un corso di paracadutismo», gli disse fermandosi l'effetto a misurare. «È bellissimo. Dovresti venire pure tu».

Nel cielo, 4.200 metri sopra Roma

Un piccolo aereo, la capienza sarà per sei persone e dentro ce ne sono otto. Il rumore del motore e nulla più. Gli uomini sono vestiti in modo speciale. Indossano un casco e occhialoni da aviatore, una tuta felpata, imbottita; guanti bianchi che raddoppiano e forse triplicano il volume delle mani; al polso sinistro un ingombrante oggetto; anfibi ai piedi; tutta una imbragatura di cinghie e fibbie intorno alla vita. In quattro parole: questi uomini sono paracadutisti. E tra loro siede pure Martini.

Davanti al portellone aperto, gli otto stanno in fila pigiati uno sull'altro. Martini ne ha due davanti e cinque alle spalle. Vorrebbe buttarli tutti giù per farla finita co' st'attesa. Attesa, non paura. La paura arriva quando ci riprovi la seconda volta, la terza, la quarta, perché sai cosa ti aspetta. Adesso no. Adesso Martini guarda il primo uomo lanciarsi e riesce giusto a intravedere il momento in cui quello lascia l'aereo. Dopo più nulla. Diverso è col secondo, che si butta con più convinzione e che Martini vede sparire in un istante, un puntolino risucchiato dal vuoto verso il basso.

Ci siamo. Luigi tradisce un attimo di inquietudine. Infila aria e coraggio nei polmoni. Appoggia le mani sul tettuccio dell'aereo ciuco, pronto a gettarsi, protende le braccia, guarda l'orologio che in realtà è una bussola, e via. Fuori. Il rumore del motore dell'aereo non lo segue. Adesso con Martini c'è il frastuono che fa il vento sbattendo contro un uomo in volo. Un uomo in caduta libera a una velocità approssimativa di duecento chilometri orari. Braccia levate rigide, gambe tese larghe.

Roma è sotto di lui. Con la campagna, le macchie verdi, i palazzi che dall'alto sembrano un puzzle. Laggiù si intuisce il mare di Ostia. Piegando il braccio destro dietro la schiena, Martini cerca la leva del paracadute. Una volta, due, tre. Si esercita per non trovarsi impreparato quando dovrà davvero portare lì la mano, entro una cinquantina di secondi. Gli occhi sono dischiusi. È beato. Vuole godersi tutto, nel silenzio che si può avvertire in cielo. Dev'essere questa la roba che spacciano per pace. Se gli scoppiasse il cuore in petto, nessuno lo sentirebbe. Una quiete che resiste pure quando lo sguardo lesto si spalanca, sul vuoto, preso dal vento a mostaccioni, adesso che nei pensieri viene assalito da una musica, una mescolanza di sacro e profano, un rincorrersi di voci soffiate, sospiri, echi, quello che fa David Crosby con *I'd Swear There Was Somebody Here.*

I secondi del volo a caduta libera sono finiti. Martini impugna la leva, assesta uno strappo e in un istante che è durato meno di un istante viene strattonato verso l'alto. Roma gli finisce in pochi secondi sopra il capo, perché in realtà è lui a ruotare, smammatronato, alla ricerca della posizione verticale necessaria a ritornare sulla terra. Come un moscerino scivolato in un barattolo di strutto.

Il paracadute è aperto. Fa nizzico e nazzico Martini, negli ultimi metri prima dell'atterraggio. L'impatto. La caduta controllata in mezzo a una campagna. Martini è giù. Provato. Non è il solito fiatone da mediano che conosce. Questo è il respiro del nirvana. Balza in piedi, corre dietro la calotta, la affloscia, si sgancia. I pollici vanno sui ganci dei cosciali. Fa qualche passo. Tende le braccia. Ha gonfiato il collo come dicono a lezione così da evitare qualche stiramento. Si tasta la coscia, la gamba, i piedi. Tutto bene. Niente di rotto. Martini c'è.

Quartiere Esquilino. Casa Errati

Per una volta il Vicequestore non è al telefono. Il padre di Sabrina sbircia su certe cartelle scritte a macchina e lasciate lì sul tavolo. Legge: «In Italia ci sono 3 milioni di aborti l'anno contro 1 milione di nati. Duemila donne italiane muoiono ogni anno. Solo il 2% prende la pillola». Quando Sabrina esce dal bagno, lo sorprende con i fogli in mano. Come un bimbo scoperto a rubare un Carrarmato Perugina, l'uomo d'istinto prova a metterli a posto.

«Fai, fai pure. Non è un segreto. È il mio primo articolo». Questa è la voce di lei.

«Quando sarà pubblicato?», le chiede il padre.

«Credo mai. Perciò leggilo almeno tu».

L'uomo allora si fa affettuoso. «Se vuoi che ti dia una mano... Lo sai che qualche giornalista potente lo conosco...».

«Devo cavarmela da sola», gli risponde lei, non si sa se per sfida al padre, al maschio o al poliziotto.

Ero nella stanza accanto a quella del Capo, al giornale mio, quando Sabrina perse per la prima volta la pazienza. «Senti...», cominciò lui cercando le parole. Lei lo anticipò: «Ho capito. Il pezzo non va bene».

«Non dico questo. È che mi pare un pezzo ideologico».

«Cosa c'è di male in un pezzo ideologico?».

«Un pezzo ideologico diventa meno credibile». Il Capo andò al cuore della storia. «Leggo le frasi delle persone con cui hai parlato e qualcosa nun me torna. Dove l'hai trovato 'n omo che ti dice queste cose, uno che parla così? 'N omo che dichiara: io non faccio prendere la pillola a mia moglie per renderla disponibile al primo che passa, e poi ingrassa».

«Stai dicendo che ho inventato?».

«No. Te sto solo a chiede dove l'hai trovati».

«Esistono uomini così. Ho messo nomi e cognomi. Gli uomini preferiscono ancora il coito interrotto, il preservativo o la sterilizzazione».

«Non lo so», mormorò Zeug che era presente. Il pezzo andava nelle sue pagine.

Sabrina era irritata. Strappò i fogli dalle mani di Scagnozzi. «Insomma. Non lo pubblichi». Se ne scappò senza nemmeno salutare.

Tre giorni dopo era di nuovo nella stanza sua, con tre cartelle sul ruolo coperto dalle ragazze nel Movimento studentesco. Sabrina contestava il fatto che i leader fossero tutti uomini, che nessuna donna avesse ancora fatto parte delle delegazioni, che le loro opinioni restassero confinate dentro i collettivi. A nessuna era affidato il ruolo di portavoce, Enrica Liverani aveva una sua ribalta in quanto moglie del leader Giuseppe e le altre compagne restavano nell'ombra di manifesti da scrivere, di volantini da recapitare, quasi sempre sui giornali erano solo un nome e per cognome una lettera maiuscola puntata.

«È bello», disse il Capo tenendo il finale come spesso faceva sospeso per aria.

«Però?».

«Manca il loro respiro».

«Il loro respiro?».

«Non hai scritto come portano i capelli. Se sono sciolti sulle spalle o sono corti, come vestono, se indossano i jeans o le gonne, se le scarpe hanno il tacco basso o alto, di quale marca è il loro profumo».

«Tu credi che questa roba sia interessante?».

«Certi particolari te danno più strumenti pe' capì le persone dentro il Movimento».

Sabrina reagì. «Ecco. Tu dici: le persone. Ma non ti interessa sapere le stesse cose degli uomini. Non chiedi mai di scrivere se hanno la barba o la pelle glabra, se calzano mocassini o stivali. No, tu i particolari li chiedi delle donne».

Discussero. Sabrina capì che non poteva sbattere la porta una seconda volta. Aggiunse qualcosa. Con perizia. Il pezzo uscì e fece casino. Era una rompicoglioni con una testa piena di idee. Quando i giornali erano vivi, ne trovavi a dozzine così dentro le redazioni. Ora sono finite molte idee e sono rimasti molti rompicoglioni.

Poco prima che arrivasse primavera, comprai un caravan. Con un paio di accorgimenti diventò la mia camera oscura viaggiante. Parcheggiavo dove mi trovavo e sviluppavo le mie foto lì, ai bordi di un corteo, di fronte a 'no sciopero o nei luoghi dove in un attimo, e 'n attimo bastava, poteva passà la morte. L'idea m'era venuta dopo il boato che all'1 e 57 di una notte di febbraio, sulla Casilina e dentro le borgate di Torre Maura, Torrespaccata, Torre Gaia e Torre Angela, aveva spinto decine di migliaia di persone a gettasse in strada pe' fuggì, senza sapere bene da cosa, senza sapere verso dove. Era il terremoto, quarto o quinto grado scala Mercalli, epicentro a Roma Eur. L'ufficio viaggiante faceva stà a culo caldo a me, ai colleghi, a chi voleva, io lo prestavo a tutti, a chi serviva. Solo uno, Maurizio, non l'usava: disse grazie per l'ospitalità ma lui lì dentro nun ci sarebbe entrato mai. La camera oscura j'era venuta a nausea, stava iniziando a lavorare con le pellicole autosviluppanti, le Polaroid, forse perché da bambino era cresciuto coi preti in Umbria e il buio j'aricordava quella solitudine.

Col tempo finì che dentro al caravan me ce abbioccavo pure. Da noi s'era trasferita la sorella di Maria, e con Tommaso si scherzava su questo destino di avere le cognate dentro casa. Nun ce piove e nun ce fiocca che esagerava certi racconti pe' famme ridere e nun famme sentì il peso che portavo. Maria così non era sola, mi' fija aveva un altro paio d'occhi addosso pe' le lezioni, io potevo andare avanti facendo finta con me stesso che nulla fosse successo. Così avevo ricominciato a tornà tardi, pure all'alba, oppure a non tornà pe' niente, il tempo di una doccia e poi uscire ancora, come per molti anni avevo fatto a inizio matrimonio, e come tornavo a fare per non vedere più il senso di colpa, per rigettare l'impressione che Maria si fosse ammalata soffrendo le mie assenze, e che volesse cancellarle con questa sua smemoratezza capace di portarla altrove coi pensieri, o peggio ancora che a quel modo volesse ricambiarle. Mi consegnavo a un esilio per non guardare in faccia il mio peccato, il castigo che da qualche cielo certo mi veniva.

Per quanto ne sapevo, da Lina le cene proseguivano con un intero cerimoniale de scaramanzie, a partì da la pasta e piselli che nei piatti non doveva mai mancare. Poi se cominciarono a invità scrittori, commediografi, registi, attrici. Non per forza erano laziali. Erano affatati da Tommaso. Una catena tale per cui ogni sera lui se presentava a casa co' quarcuno. Me ne parlava divertito. «Ci sono due posti», diceva, «dove le persone non si possono nascondere: a tavola e su un campo di calcio: lì sono quelle che sono per davvero». Di tutti i suoi ragazzi aveva imparato così le debolezze. Osservando. Ascoltando. Pino per esempio la domenica metteva la sveja a le sei del mattino, schiavo dell'ansia. Renzo, monnarolo, aveva preso la patente per comprare una Mini Minor bianca e tenere sempre aperta la bottega sui ribaltabili co' quarche sgrillettata. Certe mattine si presentava moncio al campo e invocava clemenza co' certi occhi sbattuti e accalamarati. «Mister, non ce la faccio a correre, mi scusi, sono andato a puttane». Solo se a Tor di Quinto c'eravamo noi fotografi, Tommaso gli imponeva un paio di giri almeno, pe' salvà le apparenze e rimandallo a casa, fingendo magari un guaio muscolare. Mariolino aveva fatto il liceo classico, leggeva due quotidiani al giorno ed era insoddisfatto per natura. Aveva sempre il broncio dopo le partite, anche quelle vinte. Felice era democristiano, si era diplomato geometra e nello studio del cognato faceva i calcoli del cemento armato necessario a tirar su villette in tutta la Brianza.

Raccontava e sorrideva, Tommaso, di ogni dettaglio imparato, di ogni sua creatura, dei premi partita sequestrati a Vincenzino e che metteva su un libretto risparmi affidato al ragioniere della società, affinché non andassero sprecati.

«E Chinaglia?», gli domandai a bruciapelo.

«Lo so che non ti piace», mi rispose, «lo vedo da come vi annusate».

Mi stava comunicando che nemmanco io piacevo al Gran Giorgione. «È un uomo leale. L'altra settimana ha fatto accettare ai compagni il principio che i premi si dividono pure con il massaggiatore e con il magazziniere». Arpino gli scriveva contro di tutto. Negli ultimi mesi lo aveva definito una volta «un giovane orso inlardato e privo di scatto, di coordinazione, incapace a vincere un solo tackle decisivo» e un'altra lo aveva definito «un pallido ed enorme uomo di paglia». Perfino quando volle fargli un complimento per l'impegno, lodò «l'onestà di uno scaricatore che fa gli straordinari».

Fu a cena da Lina che Luciano trovò il coraggio per confessarsi a Oddi. «Vado a fare paracadutismo con Martini». Giancarlo era figlio di un camionista, e camionista era stato il nonno. A diciott'anni, pe' l'elezioni, j'avevano messo una mano sulla spalla chiedendogli de fà er dovere suo. Nella lingua di famiglia voleva dì che la croce la doveva mette sulla falce e sul martello. Della politica a Oddi nun gliene fregava niente, ma conosceva le parole per toccare Luciano nell'orgoglio: «Ho capito. Sei diventato fascista pure tu». Non era vero, Luciano non era un fascio, me lo confermò il Secco che con lui ci parlava ore e ore. Luciano rispose che gli interessava capì cos'è davvero la paura. Voleva imparare a camminarci assieme. «Se conosci il modo di guardarla, l'angoscia sparisce». Questa fifa è la più utile forma di coraggio.

Quando la prima volta uscì per andare a lanciarsi nel vuoto con Martini, sua moglie Cesarina gli mormorò: «Cerca di tornare». E davanti al portello del C-119 che si apriva, con una folata di giannetta sulla faccia, scacarcione com'era disse all'amico: «Gigi, te l'ho sempre detto che eri un pirla». Se qualcuno lo avesse puncicato co' 'no spillo, le schegge avrebbe sparso pe' tutta la campagna. Poi si lanciarono tenendosi per mano, diventando due puntini nell'aria in mezzo a un cielo che era celeste come la maglietta della Lazio.

La tensione vale per tutti tranne per i pepetti di Maestrelli, che dentro gli spogliatoi stanno puntando, mirando e tirando con il loro fucile a piumini contro lo scudo della Roma, quattro mesi fa prima in classifica e adesso con sole quattro squadre sotto di sé. Di questo si parla in città, non della Lazio che vuole restare in corsa per lo scudetto. Di questo e degli insetti che si stanno mangiando i verbali nell'archivio del tribunale civile in piazza Cavour. Lenzini vorrebbe calciare i soliti rigori portafortuna in corridoio, ma Pulici non è pronto, e poi dio buono quei Gemelli che si rincorrono, quella perpetuvella gioiosa e insopportabile. Il presidente è ingrugnito, mette come al solito il lutto a l'orinale. Li maltratta: «Toglietevi dai piedi».

Dopo un minuto o due, Tommaso ha smesso di rasserenare i suoi e si guarda attorno. Scopre che i figli non ci sono più.

«Li hanno mandati via», gli dicono.

«Sono stato io», gli fa Lenzini, burbero, ostaggio della permalosità.

Tommaso si agita. «Lei ha cacciato i miei figli? E se si perdono?».

«Io caccio via chi mi pare. Anche lei, se insiste».

Quattro giorni prima della partita, i giornali hanno scritto che Maestrelli è il primo candidato a prendere il posto di Invernizzi sulla panchina dell'Inter, l'anno venturo.

«Mi caccia? Peggio per la Lazio, allora», esplode l'allenatore.

Con la squadra sbigottita, a pochi minuti dalla partita che mezza Roma sta aspettando, Maestrelli esce come una verziera dagli spogliatoi e se ne va a cercare i suoi bambini, proprio mentre l'arbitro sta chiamando le squadre in campo. «Dai, dai, anche se non c'è il mister», urla Chinaglia. Tommaso tornerà a partita già iniziata, tra gli applausi del pubblico che ignora ogni cosa.

«Allora?», gli fa Moriggi, il portiere di riserva, quando lo vede.

Maestrelli è sereno: «Li ho trovati».

Lo stesso stadio, lo stesso giorno, poche ore prima

Le undici del mattino. Quando il tifo organizzato dei romanisti mette piede nell'Olimpico e trova occupata la curva sud dai laziali, compreso il muretto dove di solito si piazza il capo. Sono i ragazzi del Commandos Monteverde, arrivati dentro prima dell'apertura dei cancelli.

La curva sud è un settore promiscuo, o forse meglio si dovrebbe dire in coabitazione. Una multiproprietà. Se in casa gioca la Roma, la sud è della Roma. Se in casa gioca la Lazio, la sud è della Lazio. Se invece si gioca il derby, allora è un bel casino. Gli uni di fronte agli altri, i due gruppi decidono di dedicare un friccico di tempo a spingersi, corcarsi, a conciarsi l'ossa. Quelli della Roma sono di più. La polizia decide che nella sud restano loro. Anche se è Lazio-Roma.

Dopo la pubblicità del brandy e della grappa, con qualche minuto di ritardo sul previsto, la voce di Roberto Bortoluzzi dallo studio di *Tutto il calcio* avverte Primavalle, la città e l'Italia intera che i campi collegati sono Roma per Lazio-Roma, Milano per Milan-Fiorentina, Napoli per Napoli-Inter, Genova per Sampdoria-Juventus e Varese per Varese-Catanzaro.

«Ai microfoni i colleghi Enrico Ameri, Sandro Ciotti, Emanuele Giacoia, Alfredo Provenzali, Giuseppe Viola».

La casa della famiglia Cresta in assetto di guerra. Lei sta in cucina piantata davanti alla radio, lui non più, in evidente stato di alterazione, dopo che Ameri gli ha fatto sapere: «Lazio due, Roma zero. Cielo nuvoloso, con sprazzi di sereno che si vanno chiudendo, soffia un vento molto forte» eccetera eccetera. Tutta quell'angoscia all'improvviso non la regge più. Gli pare troppo, preferisce il nulla. Il Cameriere si spoglia e nudo si immerge nella vasca, in bagno, da solo, le orecchie sotto il pelo dell'acqua, nessun grido da nessuna palazzina potrà raggiungerlo, la voce di Ameri ancora meno. Là sotto è al riparo da ogni conseguenza che sempre portano le novità. Pensa che magari non ce ne saranno e che finirà così, gol di testa di Garlaschelli e l'abbiffa dell'autogol di Santarini. Pensa che 45 minuti dentro l'acqua tiepida passeranno lenti ma placidi anche se Re Cecconi ha una caviglia gonfia. Pensa che questa trasmissione alla radio è figlia del diavolo, se fanno il giro delle voci da tutti i campi mentre tace il tuo. Un silenzio in cui sei diviso fra speranza e timore – chissà che sta accadendo, non me lo dicono – aspetti che arrivi un boato per capire se è tuo o se è degli altri, sei da solo con la fantasia più di quando la radio parla e ti racconta del palo di Cappellini, la punizione di Scaratti, la nespola di Spadoni da fuori area. Un pessimista ansioso come il Cameriere non può che detestare *Tutto il calcio*, preferendo un solo dolore secco, finale, il risultato, a tutte queste piccole ferite immaginate nell'attesa che forse si realizzino.

Là sotto l'acqua invece non sa, non può sapere, che la partita è finita proprio 2-0 con una cosa simile a una zuffa; che la pipinara laziale grida «Serie B, serie B» a quelli dell'altra parte; che Helenio Herrera uscirà dallo stadio scortato da tre camionette degli sbirri e ai giornalisti dirà: «Abbiamo perso per colpa del vento, il migliore in campo è stato Petrelli» – Petrelli che ha giocato solo un minuto; che Maestrelli dentro il Santasantoro ha imposto le mani sulle teste dei suoi, come a benedirli; che al ritorno della Lazio in hotel, in ritiro, si farà ribbotta, voci di donne, risate nei corridoi, seni al vento, mentre Lovati rassegnata vedetta mormora: «Ragazzi, se avanza qualcosa ricordatevi del vecchio Bob. Quando sedici anni fa ho giocato in Nazionale, Brera scrisse che ero intronato fino a bamboleggiare. Ora bamboleggio come dico io». Il Secco è un allegro scapolone. Ha dato tempo prima una festa in via Veneto di cui hanno parlato tutti i rotocalchi, una festa per lo scioglimento del suo matrimonio con Lilli, andata in sposa a Carlo Giuffré, dal quale aveva avuto nel frattempo già due figli. Lui, Bob, pacifico. Al mondo sa come starci.

La sola cosa che il Cameriere non ignora, adesso nel riemergere dall'acqua, è che sua moglie ha fatto irruzione nel cesso con un'aria agitata e felice, a lume di naso sospetta.

«Chi ha vinto?», fa lui pronto a prendersi il colpo di coltello.

«Noi», risponde infatti quella.

«La Roma?».

«No, non la Roma. A'mo vinto noi. Io e te. A'mo vinto al Totocalcio».

Così dentro la vasca ci finisce trascinata di peso pure lei.

Quartiere Monteverde

Non è il nemico Maestrelli che stamattina interessa

a Preminenza. Questo lunedì in casa sua è dedicato al Solerte.

«Ma veramente ieri vi siete fatti cacciare dalla curva?», gli domanda.

«No, gliel'ho detto già».

«Racconta meglio. Un'altra volta».

E il Solerte racconta meglio, racconta un'altra volta. Non c'è stata nessuna cacciata, nessuna conquista della sud «come piace dire a loro».

«Ma voi ve ne siete andati: sì o no?».

«No».

«Come sarebbe: no?».

«Sì ma no. La cacciata è una leggenda. È una menzogna. Sono stati i poliziotti a divide quelli che se menavano e dopo ci hanno accompagnato nella nord, dall'altra parte dello stadio».

«E adesso?».

«Adesso cosa?».

«Fra due domeniche, quando arriva l'Atalanta, dove vi mettete?».

«Sempre nella sud. È casa nostra».

Se potessimo guardargli gli occhi bui, vedremmo che Preminenza ce li ha incollati all'aria.

Quartiere Primavalle

A dire il vero non è stato un 13 quello del Cameriere e di sua moglie. Il 13 questa settimana è saltato perché una delle partite in schedina, Ascoli-Foggia, è stata rinviata per la neve. Il Totocalcio ha premiato i 12 con una cifra poco sotto il testone. I più precisi vorranno sapere che la vincita ammonta a 968 mila e 600 lire.

Ma a questo punto devono sapere pure che la famiglia Cresta – Paolo e Bice, padre e madre di Valerio – quel milione scarso non lo può incassare.

«Hanno ragione in ricevitoria. Un problema esiste. Non risulta prodotta la matrice della schedina».

«Che significa?», domanda il Cameriere a un mozzino che aveva il nome d'avvocato. Certi amici degli amici gli hanno consigliato d'andare a sentire cosa ne pensa.

«Significa che al Coni non è mai giunta l'altra parte della schedina che lei ha giocato».

«Ma la mia schedina è autentica».

«Questo nessuno lo mette in discussione. È autentica, ma è come se lei non l'avesse mai giocata».

«E allora cosa devo fare?».

«Niente, ci penso io. Solo che i tempi si faranno un po' più lunghi».

Negli ultimi due mesi, in piena corsa per lo scudetto e con otto partite da giocare, Tommaso si trovò una domenica con Martini squalificato, la riserva Polentes con un ciamorro da somaro, Garlaschelli ammalorcicato e Facco con la mandibola fratturata. Gli aveva tirato una gomitata un certo Kidd, un inglese del Manchester United durante una partita di un torneo inutile, trasformata nel secondo tempo in una caccia all'uomo. Pure a Mariolino Frustalupi nel mucchio j'era venuta la fantasia de fà partì un papagno e finanche l'arbitro s'era fratturato il dito medio della mano sinistra nel tentativo de sedà la sciarra. Il solo pensiero in grado di dar sollievo a Maestrelli era che Lenzini aveva regalato un'enciclopedia ai Gemelli per farsi perdonare. La formazione contro l'Atalanta la fece il dottor Ziaco, che dieci anni prima aveva davvero passato una domenica in panchina, quando l'argentino Lorenzo non aveva ancora i documenti a posto pe' allenà, e lui gli aveva fatto da portavoce con la squadra. Con la solita andatura sgangherata, per via di un incidente giovanile in moto, con l'emicrania che come quasi sempre lo affliggeva, il povero dottore si avvicinò a Tommaso e disse che non c'era molto da pensacce, o di paglia o di fieno Nanni avrebbe dovuto fà il terzino, c'era solo da mandarne in campo ancora due fra Mazzola, La Rosa e Moschino.

Moschino Gianbattista, Giovanni per Maestrelli e Gianni in famiglia, di anni 34, fronte alta, altro lombardo. Lui a Chinaglia però piaceva un sacco perché negli anni di Lorenzo allenatore era stato fra i fedelissimi. In allenamento lo voleva dalla sua parte, gli piaceva come la palla dal piede partita gli arrivasse pulita e giusta. Un'eccellenza del tocco. Tanta esattezza poteva allora sbatterla sul muso di Mario Frustalupi, «mica tu la sai passà così, eppure di gambe ce ne hai due». Moschino invece soltanto una, da quando si era rotto tutti i legamenti del ginocchio destro, crociati e collaterali. Non lo avevano operato perché ancora non si usava, era stato fasciato per un anno e aveva ripreso calciando solo col sinistro, da fermo praticamente, davanti alla difesa.

Restò fuori Mazzola e con questa squadra tenuta assieme co' lo sputo, dopo che i piscialletto di Tommaso erano annati a toccà la rete della porta pe' portà fortuna, contro l'Atalanta del portiere Grassi che stava a prende tutto, la partita fu risolta da Luciano con un'esibizione di brutalità che riperticava in genere a Benetti il milanista, una di quelle botte da fuori area che a Milano chiamano cannella, tega a Bologna, a Firenze mina, lorda a Torino e a Genova lecca, sbombarda a Bari, cagliosa a Napoli, schìsina a Nuoro, sufuni a Catania, a Palermo sifuniàta e qui a Roma definitivamente: stecca. Diventò Luciano Re Cannoni, i Gemelli tinsero di chiaro la testa a uno dei giocatorini del Subbuteo e quando Chinaglia lo scoprì ne fu geloso: trattenne a stento lì per lì la furia e il giorno dopo frantumò aggrufato di pallonate una panchina.

In genere era Mariolino a confortare le riserve. Aveva il carisma per essere percepito sopra le parti. «Anch'io in panchina, a Milano, mi annoiavo. È orrendo veder giocare gli altri. È triste sentirsi esclusi, il mondo ti crolla addosso se dalla formazione manca il nome tuo. Non dar retta, Ferruccio, a chi dice d'aspettare con pazienza il proprio turno. Le riserve si sentono come all'inferno».

Mazzola, giorni dopo, chiese a Tommaso perché per lui un posto non ci fosse mai. Sentiva d'essere cicorietta d'orto. «Forse ho rotto i coglioni sugli stipendi». Non era per quello. Il sindacalista Ferruccio ormai era lento rispetto ai tempi che cambiavano, al ritmo che gli olandesi pisciolavano dentro le partite, una lezione a cui i riformisti del calcio si adeguavano. Maestrelli era fra questi. «L'ultima pensavo di giocarla, mister, anche se non sono mio fratello Sandro e non sono mio padre Valentino», mormorò il terzo incomodo fra i Mazzola, il più ispido e spigoloso, castigato a rimanere sul confine della gloria di un cognome gigantesco, un ragazzo tormentato, puro, duro, senza alcuna propensione al compromesso. «Ferruccio, possiamo discuterne un'altra volta?», domandò Tommaso. «Parleremo di te, di me, di tuo padre, del mio, di tutto».

Non era aria. Mazzola annuì e s'accostò al tavolo dove Pino, Giancarlo e Giorgio stavano giocando a carte. La quarta sedia, la sua, era occupata da Felice. «Non c'è più posto per me?», chiese ai capi. E Chinaglia, che portava la maglia della Turchia presa in Nazionale, senza alzare gli occhi da tre tre e una napoletana a coppe, gli assestò un colpo di scimitarra fra capo e collo. «Io e Wilson ti abbiamo fatto fuori».

Luigi e Luciano sapevano della poca simpatia che esisteva fra me e Chinaglia. «Che c'hai da fà? Perché non vieni con noi al mare?», mi chiesero una volta. Non era estate. Non volevo famme tirà pe' la giacchetta, primo perché nun me ne fregava niente delle guerre loro, poi perché pensavo che avrei deluso Tom. Due ragazzi intelligenti come loro lo sapevano. «È per lavoro, mica per amicizia», aggiunsero, «ci fai delle foto e noi te le paghiamo».

Era il giorno in cui Luciano voleva vendicasse per il lancio con il paracadute. Arrivammo fino a Ladispoli, dove a Martini Re Cecconi fece trovare un cavallo su cui montare per la prima volta. «E io che devo fà?», gli chiesi ridendo. «Tu devi fotografare la faccia sua. Sarà la prima foto che fai alla paura», rispose Re Cecconi. Scattai invece a molte risate, mentre scherzavano, si inseguivano, Martini distendeva il pollice e l'indice facendo il gesto della pistola, erano bambini cresciuti che giocavano ai cowboy.

Le pistole vere avevano oltrepassato i muraglioni. Mi raccontarono che prima di un volo di rientro da Orio al Serio a Roma, qualche mese prima, il comandante dell'aereo aveva dovuto fermà i divini laziali a uno a uno, imponendogli che lasciassero su un vassoio a una hostess sorridente tutte le armi. «Non possiamo portarci un arsenale», disse. In cambio Martini aveva chiesto di fare il viaggio nella cabina di comando. «Un giorno vorrei prendere il brevetto», gli aveva confessato. Al momento della consegna Avelino tirò fuori dalla borsa uno straccio unto, pieno di grasso, all'interno del quale era avvolta una Colt a canna lunga. Ci fu un pispillorio di incredulità. «Ragazzi, se ha comprato la pistola pure Moriggi, significa che stiamo esagerando», aveva commentato Wilson. Continuava a esse la loro vittima. Un giorno gli avevano versato un beverone che lo fece orinà de verde. «Certo», gli avevano spiegato, «co' le posizioni preferite da te e tu' moje, co' tutta l'attività del trapano che c'hai, pe' forza la fai verde». Ma non lo avevano convinto e non sapendo che il papà era morto per un tumore alla vescica, gli avevano messo un tarlo nella testa.

Quartiere Primavalle. La notte tra il 15 e il 16 aprile 1973

La borgata dorme. «Uno sfondo», scrive il «Corriere», «che è fatto di miseria, di alienazione, di rancori profondi verso la società e lo Stato». Il Cameriere sta spippettando fuori al balcone. Sono le tre. Non riesce a prender sonno. Troppi pensieri. Quel 12 al Totocalcio che non può incassare. In via Bernardo da Bibbiena, nel palazzo di fronte, tre persone salgono le scale al buio. Hanno un bidone tra le mani. Il coperchio viene adagiato accanto all'ingresso di uno degli appartamenti. Dalla tanica versano litri e litri di benzina mista a catrame sotto la porta. Il fuoco. Due scoppi improvvisi. Tutto il vicinato che si affaccia. Gente per strada. Una donna che corre con una coperta tra le mani.

Il capofamiglia, Mario, è un netturbino, segretario della sezione del Msi nel quartiere. Si lancia nel balconcino al piano di sotto, da lì tende le braccia verso l'alto per dare aiuto ai cari. Sua moglie, Anna, afferra i due bambini più piccoli dei sei che hanno. Con lo straziante rimorso di dover scegliere. Il vicino di casa la aiuta a superare la porta d'ingresso in fiamme, a sua volta si ferisce. Due delle figlie, Silvia e Lucia, si mettono in salvo saltando dalle finestre. Gli altri due fratelli non riescono a scappare. Virgilio e Stefano, 22 e 8 anni, hanno solo la forza di abbracciarsi mentre intrappolati gridano aiuto. Stefano è così piccino che non arriva neppure al davanzale. Si aggrappa al più grande per rubare qualche boccone d'aria. Un cartello è attaccato alla porta dell'appartamento accanto. C'è scritto: «Colpiti dalla giustizia proletaria». In parte con un pennarello, in parte con delle lettere rosse e nere ritagliate da un cartone. Un uomo basso, con i capelli arruffati, si aggira per strada sotto shock.

Casa di Sabrina, qualche ora dopo

La ragazza con suo padre sta seguendo il servizio sull'attentato di Primavalle al Tg1. L'immagine è fissa su un lenzuolo bianco che sporge da una finestra aperta dentro il palazzo sventrato. La voce di Bruno Vespa.

«Sotto questo lenzuolo c'è il corpo di Virgilio Mattei, 22 anni, il maggiore dei sei figli di Mario Mattei. La morte l'ha lasciato con le braccia protese verso l'esterno. Ai suoi piedi, non visibile in queste immagini, c'è il corpo di suo fratello Stefano, di 8 anni. Le sue braccia stringono le gambe di Virgilio in un gesto disperato e affettuoso, che invoca dal fratello maggiore una protezione impossibile».

È la domenica delle Palme, a crederci. C'è una folla di fedeli che si scambia ramoscelli d'ulivo all'esterno delle chiese di Roma.

«Virgilio e Stefano Mattei sono due vittime innocenti di un delitto feroce, esempio assurdo di quale livello disumano possano raggiungere il fanatismo e le violenze».

«Cos'è che ha mamma?», chiese mia figlia. A 15 anni cambiano le domande dei ragazzi. Una risposta io nun ce l'avevo. Perché erano i medici per primi a non aveccela. «Ieri disegnavamo per un lavoro mio di scuola e a un certo punto non sapeva andare avanti». Quando glielo domandai, Maria disse de mentovà immagini sfumate, i bordi non erano più chiari, tutto davanti agli occhi le era parso in dissolvenza. I medici non sapevano, facevano questionari e test. Nella sua semplicità lei ragionava sul fatto che c'erano attimi in cui si scopriva a se stessa sconosciuta e non riusciva a essere padrona del suo tempo.

«Sai cosa penso, Marce', penso che devo famme paré meraviglioso ogni momento che sto qua», e le sue parole portai con me all'alba a Primavalle, mentre intorno al rogo cercavo immagini che dessero un senso a un orrore che non ne aveva. Una donna modesta quasi quanto Maria raccontava: «Mi so' affacciata e sono corsa giù con una coperta, subito. Cioè. Prima ho chiamato il 113 e poi sono scesa giù con la coperta». Che cosa ha visto, signora, le chiedono i giornalisti con il cuore di ghiaccio che il mestiere in questi casi obbliga ad avere. «Ho visto il grande che spegneva le fiamme al piccolo, le spegneva continuamente, si spogliava lui. Ho visto il padre che cercava di arrampicarsi dal terrazzino di sotto, dove s'era buttato per cercare di darglie 'na mano, per tirare giù il figlio, ma nun gliel'ha fatta. Ai ragazzi ho gridato di buttarsi. Tutti gridavano: buttati buttati. E invece non s'è buttato. Quando l'abbiamo visto che era rimasto lì... quando sono arrivati i pompieri... non s'è buttato per salvare il bambino».

Durante la settimana santa, coi due giovani morti ancora caldi, si picchiarono al lungotevere Sangallo tre del Msi e quindici giovani di sinistra; in viale Somalia vennero alle mani tre passanti con alcuni militanti della Destra nazionale che affiggevano manifesti di lutto per i Mattei; un impiegato dell'Enel venne acconciato da sette che portavano al bavero della giacca il distintivo del Msi. Sul sagrato della chiesa dei Santi Sette Fondatori, prima del funerale, Almirante chiese il ripristino della pena di morte portando al braccio la madre delle vittime. Montanelli aveva scritto in quei giorni che «Almirante è salito alla ribalta come depositario del retaggio fascista. Se ideologicamente è qualcosa, lo è in quanto fascista. E l'ideologia del fascismo è la violenza, o per lo meno è inseparabile dalla violenza perché è di lì che nasce». Verso la fine della messa, una trentina di motociclisti lanciarono delle bottiglie all'angolo tra viale Regina Margherita e via Morgagni, qualcuno gridò che era una bomba, la gente cominciò a scappare, il prete alzò l'ostia pe' sbrigasse e alcune donne caddero in ginocchio per pregare.

Il resto a Roma, in quei giorni – be', il resto era un cassiere del Banco di Santo Spirito rapinato di 14 milioni da tre banditi coi passamontagna gialli e soprattutto il resto era Lazio-Milan, programmata il sabato vigilia di Pasqua. I biglietti erano esauriti dal lunedì sera, qualcosa si trovava alla borsa nera, dove il prezzo di una tribuna Monte Mario era salito da 10.400 lire fino a 50.000. Per fermare bagarinaggio e acciaccapisto, la Rai annunciò la trasmissione in diretta della radiocronaca anche del primo tempo, oltre alla differita serale in tv.

Sabrina ci raggiunse al giornale il giovedì con un'altra proposta delle sue. «Vorrei fare un'inchiesta sul sexy cinema. I *Decameroticus*, l'*Ubalda nuda e calda*, *I racconti di Viterbury* e tutta quella roba lì, il filone d'oro boccaccesco e scollacciato». Scagnozzi seguì l'iter de li occhi verso il cielo dal quale faceva silenziosamente scendere madonne e santi. «L'anno scorso ne sono stati girati venticinque. Perché non intervistiamo le attrici che si spogliano? Parlare con loro, chiedere quanto guadagnano, cosa s'aspettano, farsi raccontare le ripercussioni di questo lavoro sulle loro vite private. Hai visto quante lettere minatorie arrivano a Solvi Stübing, la bionda della pubblicità della birra? Fatemi parlare con Laura Antonelli, Janet Agren, Edwige Fenech, Gabriella Giorgelli, Nilly Foglia».

«Chi è Nilly Foglia?», domandai.

«Una che conosco io. Posa per servizi fotografici, presto farà il suo primo film».

«Devo parlarne a Bleda», disse il Capo.

«Allora mi preparo. Dirà di sì. Lui le cose belle le capisce al volo», e fece per andarsene.

Bleda era lì, seminascosto. «Ma poi come lo svolge, signorina?», chiese il direttore, e calò il silenzio. Teneva tutti a la fetta. «L'ha già scritto Malaspina su "L'Espresso" che la donna di Canterbury è una marionetta sessuale oscena e agghiacciante come certe bambole disarticolate che scoprono orifizi senza senso. Lei cosa può aggiungere?».

Sabrina aveva le idee chiare. Il senso del pezzo era già tutto in testa. Soppesò le parole e mormorò con una certa soggezione ben domata che avrebbe portato un articolo all'altezza di tanta fiducia. Il Candido saliva le scale della redazione mentre elettrizzata lei le scendeva. Lo salutò con uno scoppio de confidenza che non aveva mai concesso prima e si piantò davanti a lui, spingendolo ad acchittasse con la sua coppetta di gelato al caffè dentro la mano. Restarono a guardasse 'n mezzo a un tiratira, con le punte del naso una di fronte all'altra, vicinissime, l'annuncio di un bacio in un film americano. Come fosse stato il gesto più ovvio in quell'istante, Sabrina gli pulì con un dito la barba intorno alle labbra e gli disse: «Sono stati quelli di Potere Operaio».

Il Candido la prima volta neppure capì bene. «A fà che?».

Dovette ripetere: «Primavalle. Il rogo. Sono stati quelli di Potere Operaio. Ne stanno per prendere tre».

Lui rimase mezzo 'mbambolato.

«Dai, sbrigati, corri sopra e vaglielo a dire a Bleda». Poi si leccò il gelato rimasto sopra il dito e scappò via.

«Ma sei sicura? Devo dirglielo io?», urlò il Candido per le scale.

Sabrina manco si voltò. Alzò una mano per salutarlo e disse: «Ahò, e svegliate però».

L'Olimpico. Il giorno prima di Pasqua

Lo stadio è cinice. Il più famoso arbitro italiano, Concetto Lo Bello, bussa alla porta dello spogliatoio della Lazio chiedendo di poter entrare. «Devo fare la chiamata». Il presidente Lenzini è imbalsamato. In serie A non si fa mai l'appello. «E noi oggi lo facciamo», rispunnìu Lo Bello il siciliano, coi suoi 50 anni di rinusatizza e di saccentirìa. Dall'esterno arriva la caciara poetica che sa fare un acquazzone. L'appello è un rito da calcio primitivo. L'arbitro chiama il cognome del calciatore, quello fa l'eco col nome di battesimo e il numero di maglia. Da Pulici, «Felice, uno» fino a Manservisi, «Pierpaolo, undici». Poi fissa Lenzini, il Manager, il dottor Ziaco, e non smette di stupire. «Potete lasciarmi da solo con la squadra?». Un conto è guardarsi sconcertati, un altro è dire di no a l'Urtiggiano. Anche Maestrelli fa per uscire, ma viene trattenuto. «No, mister, lei rimanga». L'attesa cresce finché vengono chiamati i numeri tre, quattro e cinque. Quando Martini, Wilson e Oddi fanno un passo avanti, ascoltano un desiderio che sembra un ordine. «Oggi», dice Lo Bello prima d'annarisìnni, «voglio vedere l'abatino piangere».

L'abatino è Gianni Rivera, numero 10 del Milan, 30 anni, e da millanta si porta dietro il soprannome che gli ha dato Gianni Brera. Significa: «Molto vicino al cicisbeo. Omarino fragile ed elegante, così dotato di stile da apparire manierato e qualche volta finto». Prima della partita che vale un pezzo di scudetto, Maestrelli ai suoi dice che «non ci si può nascondere, questa è l'ultima occasione, ne abbiamo vinte sette di fila, ma senza l'ottava non valgono niente». Il Milord allora dà un paio di indicazioni chiare: «Il Milan batte sempre la palla al centro all'indietro verso Rivera. Tufello, comincia tu». Poi urlano come sempre: «Chi non lotta, chi non lotta, è un gran figlio de 'na mignotta».

Lottano tutti, e ogni volta che qualcuno stende il 10, Lo Bello allarga le braccia come un Cristo in croce, solleva lo sguardo, teatralissimo, e ordina: «Si alzi, Rivera, si alzi». L'abatino ha le caviglie di sangue. Nereo Rocco, il suo allenatore, impreca: «Così è facile, vero?». Due autoambulanze portano via un paio di tifosi colti da infarto dopo il primo gol della Lazio. Con il secondo, Chinaglia spacca la mano al portiere milanista Belli che aveva provato a fermare il tiro. Volano ombrelli, a nessuno importa di bagnarsi. Rivera è un cencio stropicciato da durezze. Se ne lamenta. Lo Bello è tossico: «La settimana scorsa sei andato in televisione a pappariarti di avermi ingannato. Con una simulazione. Perciò ci penso bene prima di fischiarti un fallo».

Rivera si rianima per un errore di Chinaglia che gli spalanca la strada verso la porta. Segna e si illude di aver riaperto la partita. Giorgio ha le mani tra i capelli, l'abatino provoca il divin Lo Bello. «Questo ce lo dai? Questo lo hai segnato sul tuo libretto?». L'orologio dice che manca un minuto alla fine. In porta a Felice è venuta voglia di fumare, dunque è vero, il novantesimo è vicino. C'è un cross che arriva nell'area della Lazio, il numero 11 del Milan Chiarugi di corsa mette in rete. Pareggio. I rossi e neri si abbracciano. Lo Bello li gela. Fa dei cenni catammari catammari con le braccia. Fuorigioco. Annullato. Chiarugi si batte la mano sulla fronte: dà del bacato all'arbitro. Rocco sbatte un piede a terra e sbraita. L'Urtiggiano lo manda fuori e fischia la fine. Rivera il santocchio urla cose irripetibili. Il presidente Buticchi dà di matto: «Lo Bello è venuto a completare l'opera». Fatto sta che la Lazio è in testa alla classifica con il Milan e mancano quattro partite per la fine. Roma è cenere calda.

Quartiere Monteverde

«Ho capito, lo so come la pensi, ma tu non tieni conto del contesto. Il valore di mercato della Lazio ora è aumentato. Guarda che i fratelli di Lenzini lo incitano a vendere, fidati, lo puoi scrivere, te lo do per certo».

Questo al telefono è Preminenza che smista opinioni e instrada consensi. «Pure il Manager glielo sta ripetendo. C'è un industriale che è interessato, un friulano. Se vogliono, chiudono in due minuti. Il Manager? Con chi vuoi che stia: Lenzini ha scoperto che teneva un mezzo pangrattato con la Roma per l'anno appresso e l'ha messo in disparte. Io? E io la penso come lui, questo è il momento giusto per andarsene. Se la Lazio vince lo scudetto crescono i reingaggi, si alzano le pretese dei tifosi, devi comprare giocatori come si deve per la Coppa dei Campioni. Guarda che lo scudetto può significare il declino della società come è successo a Cagliari. Invece vendiamo Chinaglia, mandiamo via Maestrelli, abbiamo tanti ragazzini bravi, prendiamo Liedholm dalla Fiorentina, li affidiamo a lui e andiamo avanti. Lo scudetto non ce lo possiamo permettere. Bisogna che quelli della Roma ci diano una mano. Tu ci puoi parlare a nome mio?».

Quartiere Prenestino

Insomma Nilly Foglia imberta qualche soldo per comprarsi i libri posando nuda. Se dovesse rispondere all'intervista che Sabrina Errati mai le farà, racconterebbe che si è presentata a un provino per un film vietato ai minori di 14 anni e che è iscritta al movimento femminista, ma che fra le due cose non ci vede alcuna contraddizione. Racconterebbe che si fa riprendere con le zinne da fuori proprio per chiedere il rispetto dell'autodeterminazione della donna, che se sceglie di togliersi i vestiti davanti a un obiettivo o una macchina da presa ha tutto il diritto di farlo senza chiedere il permesso né sentirsi peggiore di chi se ne sta vestita. La donna, direbbe Nilly come quando prende la parola nelle assemblee, si è sempre spogliata e ancora lo farà, lo farà anzi più di prima perché adesso può essere anche scienziata, sindaco, sottosegretario, frigida, lesbica, può essere quel che vuole e il prossimo passo – a questo punto nelle assemblee dà di guanto al megafono – la prossima battaglia è ribadire «la nostra posizione per la totale abrogazione del reato di aborto. L'aborto deve essere gratuito e rientrare nei servizi sociali offerti dalla prevista ristrutturazione sanitaria».

Quartiere Monteverde, 20 maggio 1973

La radio non è ancora accesa. È presto. Manca più di un'ora e mezza al collegamento per gli ultimi 45 minuti della serie A. È accesa invece la tv in casa di Preminenza, c'è sullo schermo un pilota appiedato che si tiene la faccia tra le mani, c'è una moto con due uomini in tuta, uno alla guida e uno seduto dietro, che si dirige verso il recinto dei meccanici. Preminenza non può saperlo, può solo ascoltare la voce del telecronista che racconta chi sia primo e chi secondo, anzi biasima la coppia in contromano.

«Guagliò, ma che succede?».

Al Solerte le moto non piacciono. Sta sfogliando i

giornali, aspetta le partite alla radio, a vedere con gli amici la Lazio a Napoli non è andato.

«Non si capisce», risponde distratto. È tutto preso dalla lettura dell'articolo di Gianni De Felice sul «Corriere della Sera», sullo scabroso caso dell'orologio d'oro regalato l'anno prima dalla Juventus a Lo Bello. Non si capisce ancora bene dalla tv che in un incidente sulla pista di Monza sono morti due piloti, Renzo Pasolini e Jarno Saarinen. Si vedono ambulanze e disperazione, ma per 25 minuti nessuno aiuta chi è seduto a casa, tra cui la signora Anna, moglie di Renzo.

«Alla televisione sono disabituati dal dare delle notizie che non riguardino la presenza di sua eccellenza all'inaugurazione del viadotto», scriverà il giorno dopo il «Corriere» bello aggressivo. Sui suoi fogli cari alla borghesia sta parlando il linguaggio nuovo di Piero Ottone.

Quando il pullman della Lazio giunse in fondo alla discesa che portava al garage dello stadio di Napoli, Alfredo Recchia – l'autista – sentì a una spalla un bruciore improvviso. Era stato colpito da una scheggia del vetro mandato in frantumi con una pietra, una delle tante lanciate insieme a lattine e travi di legno da un centinaio di napoletani, che affollati lungo la rampa d'accesso avevano un agguato per progetto. Troppo alto pe' passà là sotto, co' l'antenna della radio a pezzi, il pullman s'era incastrato rimanendo esposto. I giocatori corsero a rifugiasse, alcuni vennero colpiti, altri non si sottrassero. Uno degli addetti ai cancelli del San Paolo, il figlio dell'allenatore delle giovanili, se fece portà in ospedale pe' fasse medicà, dicendo che Giorgione gli aveva messo le mani addosso, in mezzo al parapiglia. Nessuno di noi cacciò in tempo la testa fuori, più tardi Recchia si fece fotografare accanto al vetro rotto e capimmo che il pomeriggio sarebbe stato complicato. M'affacciai nel corridoio che dava sugli stanzoni delle squadre e vidi uno del Napoli, quello stempiato de la vorta prima, che stava impalato sulla soglia, aspettando il passaggio dei laziali, forse pe' ddì quarche parola poco affettuosa. Il Milord quasi s'afferrò co' lui, Lenzini protestò e la chiamò un'intimidazione, pure Tommaso me parve mezzo infuscato. Poi come sempre salimmo al prato e mi piazzai dietro una delle porte.

Pochi minuti alle 17

Dentro questo pomeriggio turbolento che assegna lo scudetto, seduto in poltrona il Solerte è piegato in avanti, le mani serrate in un agnusdei. Il Cameriere è uscito in macchina. Nel tentativo di sfuggire all'ansia, guida lungo il raccordo anulare, in tondo e senza meta, più volte, più giri, come un criceto sulla ruota. Poi non resiste, vuole sentire, vuole sapere.

La radio, allora. Per entrambi.

«Cominciamo come di consueto con il solo risultato dei primi tempi», fa Bortoluzzi dallo studio.

«Verona 3, Milan 1», ribatte Ameri col tono di chi sta annunciando la fine del mondo.

«Roma 1, Juventus 0», s'arrochisce Ciotti dall'Olimpico.

«Napoli 0, Lazio 0», chiude Giacoia dallo stadio che più interessa Preminenza, il quale come un calcolatore sputa al Solerte la classifica all'istante: «Milan e Lazio stanno a 44, la Juve a 43. Se la Lazio segna, si piglia lo scudetto».

Lo sanno pure i giocatori all'intervallo, si guardano e si dicono che a quelli del Napoli nell'altra stanza non gliene dovrebbe fregà niente di questa partita. Se non fosse per la rissa di qualche mese fa. Se non fosse che da allora li stavano aspettando. «Non abbiamo dimenticato», aveva dichiarato ai giornali in settimana il presidente loro. Bisogna ricucire. Ora. Un tentativo va fatto con Juliano, il capitano che Wilson conosce bene. I premi a vincere non sono ancora vietati dalle regole del tempo. Ma quando Totonno vede le facce terree dei laziali remissivi, quando li sente implorare di far ciriola, risponde gelido: «Mi spiace, siete arrivati tardi». Pino può solo ritirarsi provando a tenere la faccia truce: «Allora vi rompiamo il culo».

Se pure finisse 0-0, ci sarebbe lo spareggio con il Milan. Il Solerte ha un rito suo, appizza gli occhi, si concentra, immagina la palla in porta. Giura che due o tre volte ha funzionato, si suggestiona, sente di poter indirizzare le partite. Preminenza pensa che sia una gran stronzata. Ha sempre saputo che per indirizzare le partite è più utile avere qualche amico dove conta. Lui ne ha. Dentro lo spogliatoio della Roma sanno che battendo la Juventus possono solo fà un favore a quelli là, agli altri, possono apparecchiargli la tavola e la festa. Perché dovrebbero?

Addosso ai laziali, cinquemila, stipati nella parte bassa della curva, cadevano a Napoli sassi e piscio. Nei pressi della porta di Felice vennero giù mortaretti accesi, io li vedevo da lontano, stavo dall'altra parte nella speranza di fare la foto al gol dello scudetto. Ma Giorgione girava largo dallo Stempiato, certe volte lo vidi tornà fin dentro l'area sua, laggiù, un puntino lontano dalla guerra. Luciano era un'ombra, Martini e Nanni mezzi sfiatati, soltanto Renzo dava l'idea de potesse inventà quarcosa. Com'è come non è, mentre a Verona il Milan ne prendeva cinque, a calci e a spigne la Juve prima pareggiò e a tre minuti dalla fine fece il secondo. Stava per prendersi lo scudetto, il quindicesimo. Pino fu l'ultimo a chiedere e l'ultimo ad arrendersi mentre a calcio non si giocava quasi più, coi napoletani mezzi morti a terra ogni volta che qualcuno li sfiorava e coi regazzini che a bordo campo facevano sparì il pallone quando passava la linea bianca. Segnò per giunta il Napoli al novantesimo e tutto finì in un boato che non scorderò mai più, con la gente di casa che gridava beffarda Ju-ve Ju-ve, e con Chinaglia che nel lasciare il campo sollevò contro il pubblico, verso il cielo e dentro il mio obiettivo l'indice e il mignolo, le corna tenete, l'anima de li mortacci, a voi napoletani.

Il grosso del lavoro venne dopo. Pino si mise a piagne in fondo al corridoio con le mani sopra agli occhi pe' nascondersi, Giorgio sfasciò tutto quello che gli capitava sotto i piedi, Lenzini e Tom andarono a parlare ai giornalisti per denunciare il clima in cui s'era giocato. Un giovane napoletano che s'era messo a discute, dicendo che così non andava bene, che così era stata tradita una squadra del sud, venne intorzato di botte e mannato all'ospedale. Dieci gazzelle della polizia dovettero scortà il pullman al ritorno fino a Castel Volturno. Era la prima volta che il calcio mi pareva folle, ma fuori dagli stadi, fuori era molto peggio.

Sono giorni in cui due bombe a mano si possono trovare nei gabinetti pubblici di piazza Vittorio. Un quarantenne ha dato fuoco alla porta dell'ufficio di «Rinascita», il settimanale comunista, rimestando dentro una busta di plastica dell'alcol insieme a vecchi calzini, camicie e pantaloni. «Volevo dimostrare che il fuoco che appiccano i fascisti è diverso da quello delle sinistre». Ha in tasca una tessera del Msi, il cui segretario Almirante sta intervenendo ora in Parlamento per difendersi dall'accusa d'aver ricostituito il partito di Benito Mussolini. Getta in faccia alla Dc tutti i voti usati a sostegno del governo Pella, di Zoli, l'appoggio a Segni, a Tambroni, alla presidenza Gronchi. «Se sono io il ricostituito partito fascista, allora consentitemi di dire che lo sono dalle origini; tutto potevate fare, tranne che chiedere il nostro apporto».

Questa sonorità della voce, questo sfacciato argomentare spinge l'orecchio dei suoi «come conquiso turacciolo dal dolce filo di correntia verso a valle, verso dove chiama il profondo», riscriverebbe l'ingegner Carlo Emilio Gadda se fosse ancora vivo qui fra noi, se non se ne fosse andato agli alberi pizzuti due giorni prima, chiudendo per l'ultima volta le merulane palpebre vestito da prima comunione, al secondo piano, interno 13 di via Bernardo Blumenstihl 19. «Se girassimo in grottesche mascherate nostalgiche, come in grottesche mascherate sfilano gli hippies tanto cari in Italia e in tante parti del mondo; se fossimo un appoggio, una moda, un costume; se fossimo quattro accattoni in cerca di viscerali applausi; se fossimo dei demagoghi da strapazzo e se predicassimo, impotenti e velleitari, odio e violenza, nessuna legge speciale verrebbe invocata contro di noi», grida Almirante – e se dopo la fine triste del campionato non fossero in viaggio verso l'America in tournée, Martini e Chinaglia potrebbero sedere qui, in tribuna, e far pace dinanzi all'uomo che li unisce, giacché Giorgione vede in Giorgio mascelluto una proiezione politica del proprio antagonismo.

Quartiere Testaccio. Fine maggio

Eccolo l'industriale friulano che vuole prendersi la Lazio, Riccardo Riva si chiama, quasi settantenne, quadrinoso proprietario di cavalli e scuderie, azionista nelle società di gestione degli ippodromi di Capannelle e Tor di Valle. Lo scudetto è sfumato da tre giorni e, in un ristorante annesso al Gianni Sport, parla come un arrampichino a una platea selezionata di taccuini, definendosi una recluta del calcio, «ma farò esperienza presto», assicurando che la Lazio sfiderà il nord stringendo un patto con la Roma. Non sfuggirà ai più scaltri che il Manager lo guida, né ai più svegli che tre tavolini sulla destra siede Preminenza, il quale a certi amici suoi ha fatto trapelare che per Chinaglia il Milan s'è fatto avanti offrendo Bigon più qualche centinaio di testoni, ma che Maestrelli non ha intenzione di firmare il rinnovo del contratto finché la conferma di Giorgione non sarà certa.

Il quadro è chiaro dalle parole che il Manager sussurra con un tono nasale da sembrare una trombetta di cartone: «Non abbiamo vinto niente. Cosa ce ne facciamo del bel gioco? Anche a Foggia giocavano bene e sono retrocessi. Maestrelli non ha la squadra in pugno. Se non firma ora, dovrà venire lui a cercarci; e allora saremo noi a rinviare fino a quando ci sembrerà opportuno».

Un palco nero, dei garofani di plastica bianchi e rosa, una fontana, un pavone radiocomandato. Dentro lo Studio 5 di Cinecittà stavano a montà una finta Rimini con le sue piazze, la chiesa, il corso e una nave gigantesca – il *Rex* – fatta da migliaia di pezzi, gli oblò, le lampade, una decina di ventilatori che dovevano dare un garbo al fumo. Fellini s'era fatto costruì un appartamento di due stanze dentro il teatro, per non doversi allontanare mai dal set. Nun lo vedevo forse da sei anni, o sette. Non mi aspettava, né lo avrei distolto dal lavoro se non si fosse accorto lui di me. «Marcellino», lo sentii chiamare con quella sua voce nata per sembrare un flauto. «E ti presenti così, all'improvviso», me rimproverò, non per fastidio ma perché lo avevo privato della possibilità di metter su una festa. Ci riabbracciammo sotto lo sguardo di un'anziana signora, avrà avuto ottant'anni, che se ne stava seduta ai piedi di una scalinata in cartapesta. «Ah, non farci caso», mi spiegò, «è una vecchia attrice, un discreto nome ai tempi del cinema muto. Si mette lì, viene tutte le mattine, nessuno sa perché. Io la faccio entrare, tanto non parla mai», e rise. Solo da poco i giornalisti avevano scoperto che il nuovo film portava il titolo di *Amarcord*, non più *L'uomo invaso*, come aveva fatto sapé in principio Federico pe' svià le ficcanasaggini. Immaginava ch'io fossi lì per quello.

«Non mi tradire», fece sempre giocoso, «so che adesso fotografi piedi che giocano a pallone».

«Pure quarche morto», me venne da dì.

«Però quanto ci siamo divertiti», mi rispose, quasi che la nuova condizione fosse un pegno da pagare per una vita precedente troppo dolce.

«Dimme de che parla», buttai lì, accendendo la giostra della sua affabulazione.

«Di niente, come ogni mio film. Non trovi che la realtà, Marcellino, sia noiosa? Quante volte ce lo siamo detti. La verità va intuita inventando. La verità si nasconde dietro la menzogna, e chi siamo noi per non amare la menzogna».

«A dotto'», ci interruppero, «Mussolini a cavallo 'ndo lo mettemo?».

Federico indicò un angolo lontano e io gli domandai se pure lui si fosse messo adesso a fare film politici. Scoppiò a ride come uno dei personaggi suoi. «Non son capace di giudizi, mi criticano per questo. Sarà un fascismo senza diagnosi. A me interessa la maniera psicologica di essere fascista, questo blocco a una stagione permanente come l'adolescenza, vivere sapendo che qualcuno pensa al posto tuo: la mamma, il duce, la televisione. La provincia, il borgo, Marcellino mio, parliamo di questo, non di ideologia, parliamo di chi il fascismo l'ha abbracciato, e come, e perché, quasi in alternativa alla delusione. Tu lo sai come la penso, le premesse del fascismo sono nel provincialismo, in quel rifiuto di approfondire il rapporto con la vita. Per pigrizia, per comodità, forse per presunzione. Vantarsi di essere ignoranti, cercare di affermarsi non con l'esperienza o il confronto con la cultura, ma con la millanteria. Prima o poi dovrei decidermi a dire tutte queste scemenze in qualche intervista, non trovi?».

Non feci in tempo a chiedergli se fosse spaventato dal fascismo ancora in mezzo a noi.

«È la memoria che ci salva», ricominciò, «il tempo rende il passato sopportabile, per dirla ancora meglio: ci salva la nostalgia. Pensa quando fra 40 anni qualcuno rimpiangerà i giorni terribili che viviamo oggi, e poi immagina che mondo ripugnante dovrà essersi presentato fra 80, quando sentiranno la mancanza dei 40 anni prima. La nostalgia è il vero luogo a cui tornare. È una riva sicura». Afferrò la macchina che avevo al collo e disse: «Dai a me questa bella bambina, ti scatto una foto, mettiti là, vicino al *Rex*».

Chinaglia aveva preso Maestrelli come al solito in disparte, prima della partenza per la tournée in America. «Voglio che la squadra torni a giocare per me», gli aveva chiesto. La partita contro il Santos di Pelé si rivelò improbabile. Con 22 mila italo-americani al Roosevelt Stadium di New York, molti dei quali a bordo campo, senza misure di sicurezza, Re Cecconi venne fermato per un autografo mentre marcava il brasiliano. Un tifoso mandò giù con un pugno un difensore che aveva commesso fallo su Chinaglia. Un altro prese l'arbitro per il collo e gli ordinò di far segnare Giorgio, portato alla fine in trionfo dai paisà.

La Spia al ritorno mi riferì che Frustalupi s'era comprato un completo di jeans e Pulici una grossa radio gialla. Qualche compagno lo aveva quasi convinto a riportarla indietro, dicendogli che a Roma nun je serviva. «Che te ne fai? Se la compri qui, si sentono solo le stazioni americane». Tommaso tornò di buon umore. Raccontò che il viaggio era servito a cancellà il finale tossico del campionato. «Sono contento anche perché ho visto felice Connie, la moglie di Giorgio, finalmente di nuovo con la sua famiglia». A me parve tutto fuorché una notizia buona. Non mi sbagliavo e ce ne saremmo accorti presto.

Nell'estate del '73 migliorò Maria. Anche questo i medici non seppero spiegarsi, così potevo pavoneggiarmi co' la mia teoria che le facessero bene il mare, e lo iodio, e il sale, e che i giorni passati in villeggiatura a Scauri le avessero restituito certi lampi che da tempo non le vedevo in viso. Il sole le aveva dorato la pelle e ridevamo della vicina d'ombrellone, seconda fila al lido Sirene, che si esponeva manco fosse Coco Chanel con le mani coperte da guantini, per conservarle chiare al ritorno in città, giacché tenerle scure – ciarlava – era 'n costume da contadini e muratori, che le usano pe' lavoracce, classe inferiore.

Mi' fija Clara s'era portata latino e greco in quinta ginnasio, un vecchio professore del posto in pensione je dava lezione, sfilandola un paio d'ore al pomeriggio dei giorni dispari al crocchio suo di amiche del mare, irrinunciabili in quei due mesi quanto dimenticate da settembre a giugno, sempre le stesse da quattr'anni, solo più alte, più pischelle, ogni bella stagione un pochino più lontane da noi adulti. Con gli stessi centimetri che aggiungevano sopra la testa o sotto i piedi, vallo a sapé, misuravamo la crescita della distanza dal vecchio tempo trascorso insieme a loro. Passavano le ore sulla terrazza al bar, coi gettoni del juke-box in mano, a sentì gli amori grumuti di Marcella e Mia Martini, azzeccate a certi regazzetti al biliardino, a cui le madri urlavano de venisse a mette ar sole che stavano bagnati, o de spalmasse la crema, de non bagnasse in digestione. Cominciavano a sviluppare, insomma, quel secondo binario su cui camminano gli adolescenti quando crescono, fatto di scoperte, inquietudini, discorsi privati, una conchiglia di segreti e confidenze.

Io da Scauri andavo e venivo. Gli altri mariti ce stavano fissi arméno er fine settimana, così che potevi vedé dal lunedì al venerdì sta colonia de povere donne rassegnate a fasse compagnia senza 'n omo in giro. Di sabato e domenica lavoravo, perciò comparivo e riapparivo senza regole, come senza regole è stato il mestiere mio che s'è magnato tutto il tempo, e oggi mi domando tanta devozione a che è servita, a sentisse come dentro 'na missione. Il giornale sarebbe comunque uscito pure stando a casa coi miei un'ora de più. Ma allora non lo capivo. Vedevo la rivolta dei carcerati di Rebibbia e mi pareva che senza di me, senza le mie foto, sarebbe stata come a metà, parziale, una storia dimezzata. Erano saliti a metà giugno sul tetto a protestare con certe spranghe ricavate dalle brande fatte a pezzi, sotto gli occhi dei familiari schierati sulla Tiburtina. Chiedevano l'abolizione della carcerazione preventiva, la fine della censura, il diritto al lavoro retribuito. Un ventiduenne si era rotto il bacino cadendo da là sopra, un altro s'era beccato una raffica di mitra alle gambe. Ruggero Orlando, allora deputato del Psi, dopo una visita dichiarò d'aver visto detenuti legati ai letti e imboccati come bestie. Trentamila erano in Italia, più della metà in attesa di giudizio, e solo duemila impiegati per conto di ditte appaltatrici come previsto dal codice per il reinserimento in società. Le ditte erano una cinquantina in tutto, lavoro non ce n'era e il capitolato prevedeva che allo Stato andasse il 110% su ogni giornata di lavoro, esclusi Inps e Inail. Duecento ribelli furono trasferiti da Rebibbia all'Ucciardone a bordo di un treno zeppo di carabinieri, ma quando a luglio si svegliò Regina Coeli, allora il caso diventò un inferno vero.

Col calcio fermo e mezzo giornale in ferie, Scagnozzi affidò il servizio al Candido. «Vediamo come te la cavi». Un carcere non avrebbe dovuto ospitare più di 500 persone, dentro Regina Coeli ce n'erano du' mila e il sovraffollamento produceva con l'astinenza sessuale promiscuità, nevrosi, sopraffazione. Tirammo fuori noi per primi la denuncia presentata da un detenuto per la morte del compagno di cella, lasciato senza cure mediche. Un ematoma alla testa dovuto a un incidente sul lavoro prima dell'arresto gli aveva procurato svenimenti, dolori e un principio di cecità, ma nessuno je credeva. Il Candido mise le mani sulla lettera che l'ecceomo aveva scritto il giorno prima de morì, cosa che sbalordì il Capo ma non me, che più d'una volta lo avevo smicciato a parlottà fra le scale co' la Errati. La fonte era lei. La settimana dopo si ammazzò uno che stava carcerato per furto, rapina, porto d'armi abusivo e oltraggio a pubblico ufficiale. In 620 iniziarono lo sciopero della fame, altri presero una via diversa scardinando porte e cancelli, distruggendo l'ufficio matricole co' tutti gli schedari. Scassinarono la cassaforte e bruciarono il denaro, allagarono il settimo braccio, sfasciarono i servizi igienici, i cassoni dell'acqua e tutti i televisori nuovi. Un miliardo di danni e uno spirito di emulazione che contagiò Bologna, Milano, Trieste.

A Scauri perciò mi videro poco. Mi assolvevo dicendomi che Maria s'era ripresa.

«Ho 'n desiderio, Marce'. Me piacerebbe annà a Capri. Nun me ci hai portato mai», mi disse una sera.

«Quando torno dal ritiro in montagna co' la squadra, te ce porto. A settembre», le promisi, «prima che cominci il campionato, prima che se guastano i tempi».

Ma a Capri non ci saremmo andati mai.

Il vuoto

Pievepelago. Hotel Bucaneve. Agosto 1973

La quiete. Dev'essere primo mattino. Il campo d'allenamento tra i boschi e la mezza montagna. Un altro ritiro uguale a tanti. Wilson e Re Cecconi che saltano un paio di ostacoli, la zazzera bionda di Luciano al vento dell'Emilia. Gli strappi in salita. I pantaloni lunghi della tuta, la maglia della salute, qualcuno porta una felpa. Si suda. I fotografi scattano pose a Mazzola che si gratta la testa pensieroso. Il presidente Lenzini, intero vestito di bianco – pantaloni, camicia, cardigan – sorride. Non ha comprato nessun giocatore nuovo, ma nemmeno ne ha ceduti. I fratelli hanno venduto degli immobili e hanno investito a Brescia. Lui si è tenuto la Lazio respingendo quel Riva che voleva pagare con i buffi a tre anni. Ha pure cacciato il Manager che trescava col friulano e che provava a licenzià Maestrelli. «O lui o io», gli ha detto l'allenatore avendo saputo della congiura. I due non si stavano simpatici da tempo. Raccontano fosse per via di una trattoria in viale Mazzini che il mister voleva rilevare, il Manager si intromise e lo bruciò sul tempo.

L'hotel Bucaneve è all'improvviso scosso da un trambusto. Un'auto a cui s'accosta Maestrelli e dalla quale scende una donna bruna, capelli sciolti e mossi, il seno prosperoso sotto la camicetta. «Ci tenevo a conoscerla.

Mi dicono che lei è una persona tanto cara», dice la signora che il mondo conosce come Sophia Loren. La squadra, laggiù, ha visto. Questo branco di uomini in castità forzata ridacchia isterico e si raccomanda di trattenere il chicchirimella Renzo.

Maestrelli, Lenzini, Sophia Loren e il dottor Ziaco siedono a un tavolo in disparte. Pino lancia uno sguardo di complicità a Giancarlo, gli pare il momento giusto per agire. Quatto si avvicina all'auto del dottor Ziaco nel parcheggio, ne apre lo sportello lato guida, toglie il freno a mano e la spinge verso una stradina interna. La indirizza lungo una viuzza in discesa, poi le dà un'ultima spinta e la lascia andare. Quando il pranzo con la Diva sarà finito, il dottore telefonerà ai carabinieri per denunziare il furto. Il proprietario dell'albergo è turbato: «Com'è possibile che ce l'abbiano rubata sotto il naso?». I calciatori, alle sue spalle, sghignazzano silenti. Alla fine della stradina in discesa splende la piscina dell'albergo. L'auto del dottore dorme sott'acqua, sommersa, sul fondo della vasca.

A Capri non andammo perché a Napoli scoppiò il colera. Al giornale mio un sabato pomeriggio se stava a baccajà – è giusto / nun è giusto – su la storia di un ragazzo sordo bocciato alla maturità all'istituto tecnico industriale Pio IX. Bleda era appena rientrato dalle ferie e disse che bisognava cercarne il padre, perché la commissione aveva scritto che pur «legata da sentimenti di umana solidarietà» la menomazione pareva tale «da non far ritenere che il candidato possa essere inserito nel mondo del lavoro».

Un paio d'ore più tardi, la cronista La Spina Maddalena dalla questura riferiva che la ricerca stava a zero, mentre la Errati si presentava invece con un foglietto, un indirizzo e il numero di telefono giusto. Ormai sapevo come se l'era procurato. Glielo vidi far scivolare nelle tasche del Candido proprio quando al centralino mi raggiunse la chiamata da Napoli degli amici di Fotosud, l'agenzia che giganteggiava al primo piano de «Il Mattino», con un ufficio nel vecchio bagno delle donne. Era Marittiello Siano che mi dava una voce: «Di' a qualcuno dei tuoi di preparare la valigia e correre qua. 'O fatto è gruosso». Marittiello era un campione di umanità. Dentro le foto sue ci stava sempre il rispetto per la dignità delle persone, potevano esse pure criminali. C'eravamo conosciuti per via del calcio e non si poteva nun voleje bene.

Quattordici pazienti erano stati colpiti a Torre del Greco da gastroenterite acuta, due donne sopra i settant'anni si erano fatte il viaggio ('o fatto è gruosso) e una serie di luminari diceva che non si trattava di colera. Nessuno aveva capito cosa stava per succedere quando una ballerina inglese era stata ricoverata per dei dolori al ventre e un'altra poveraccia si era alzata la cartella a Bacoli, uccisa dalla dissenteria. I morti con gli stessi sintomi salirono a sette entro il mercoledì, il ministero della Sanità diede ragione a Marittiello, «infezione da vibrione colerico» come poche settimane prima in Tunisia. I ricoverati al Cotugno erano già cinquanta, uno raccontò di aver mangiato delle cozze, un altro del tonno in scatola, così i napoletani smisero di consumare verdura fresca e frutti di mare, facevano bollire l'acqua del rubinetto prima di berla se non potevano permettersi le bottiglie di minerale. Non si trovava più un limone. La psicosi raggiunse pure Roma, perché la gente per una febbre o un mal de panza se presentava al pronto soccorso al San Camillo. Nel dubbio dichiarammo guerra a salsicce, salami, mortadelle, cibi piccanti e bevande fredde, alcolici e gelati. Ma soprattutto: le foto di Siano erano bellissime.

Napoli

Il ministro della Sanità, Luigi Gui, cade dalle nuvole. Dice di essere stato informato dal giornale radio. L'epidemia è stata nascosta e sottovalutata per una settimana. Sulle bare dei morti insieme alle lacrime versano la creolina. Ora che Napoli è la capitale del consumo di Amuchina, mentre scoppiano tumulti, con blocchi stradali e assalti ai camion dei disinfettanti Zucchet, 800 mila cittadini si sono messi in fila per farsi sparare dalle pistole comunali una dose di vaccino dentro il braccio. Il sindaco è uno pneumologo. «Viviamo sul filo del miracolo», scrive Domenico Rea su «L'Espresso».

Gli inviati che non seguono il golpe di Pinochet in Cile arrivano a Napoli e inzuppano la penna nel folklore. C'è pure chi scova che i parenti dei pazienti fanno entrare di nascosto la pasta con le cozze in ospedale. «Le Monde» chiama i mitili *boitesàmerde*, scatole di merda. Napoli è descritta come un gigantesco vibrione che ingoierà l'Italia. La psicosi farà danni per 30 miliardi, i turisti in meno saranno 200 mila, quelli che vengono hanno paura anche di lavarsi i denti. Ma le cozze sono innocenti. Paolo Mieli, quarant'anni dopo, ammetterà che Napoli e Bari colpite dal colera pagarono un pregiudizio, una città può essere sporca, avere un alto tasso di malavita, avere aree di collusione, «ma un'epidemia di colera che viene dalla Tunisia – parole sue – non può essere usata a pretesto per mettere una comunità sotto accusa». Invece al sud ci sono calamità che «diventano occasione per un grande carnevale di accuse».

Così la squadra del Genoa si rifiuta di giocare a Napoli, e quando il Napoli andrà in trasferta, negli stadi italiani gli grideranno: co-le-ra, co-le-ra. Giorgione è allarmato, allarmatissimo, inquieto. Pensa a Connie, a sua figlia, al bimbo, chiama casa dei parenti di lei a Castel Volturno. «Cosa fate ancora là? Tornate a Roma, subito». Napoli abbeterno gli dà pensieri.

Quartiere Primavalle

Un'altra telefonata, d'altro tenore. Che si ripete più volte e inizia allo stesso modo.

«Pronto, sono Paolo Cresta». Il Cameriere.

Sono passati quasi sei mesi dal 12 al Totocalcio e di incassare quel milione scarso non se ne parla ancora. Una volta l'avvocato è in ferie, un'altra è fuori studio, riprovi signor Cresta, richiami. Il tentativo di mettere le mani sulla vincita della schedina lo sta logorando. Sta consumando pure Bice e il suo rapporto con lei, che non pensa sia il caso di farsi il sangue amaro per quei soldi, un bajoccame, al massimo ci comprano una camera da letto.

«E io la voglio una camera da letto», urla Paolo, «o voglio una lavatrice, un frigorifero, voglio quello che è mio e che mi spetta». Bice vorrebbe solo un uomo che non urlasse mai, vorrebbe indietro il ragazzo che la convinse a rinunciare alla sua libertà. Lui si guarda dall'esterno e non si riconosce, non si accetta, non si piace.

È scontornato, guasto, si sente compromesso. Precipitato in una conca da cui non si ritorna. Può solo aspettare che arrivi la pioggia a riempirla per ritornare a galla, o che finisca per sempre di affogarlo.

Tor di Quinto. Inizio settembre

Quando Felice Pulici si presenta al campo d'allenamento con la macchina nuova, una 124 Special di colore blu, gli altri lo sfottono. «Ahò, è arrivata la macchina del ministero». Felice brontola, abbozza, è un buono. Certe volte la sera, quando la partita d'allenamento è finita senza saziare la bulimia di gol dentro Giorgione, resta il suo crocchio a giocare nel buio, sono in tre o quattro, con le macchine messe di traverso e i fanali accesi a illuminà le porte, l'area di rigore, i bordi del campo. Il buio è ancora amico di Petrelli, che con le lenzuola annodate e la complicità di Pulici si cala dalla finestra dell'hotel. Stavolta c'è però Maestrelli che fuma all'ingresso e gli vede fare gli ultimi due passi, uno nel vuoto e l'altro a terra. «Te ne puoi andare anche dalla porta», gli dice. «Anzi, fa' una cosa: te ne devi andare. Sei fuori squadra». Lenzini media, ricompone e fissa la punizione: dovrà marcare nel derby di Coppa Italia Pierino Prati. Poiché finisce 0-0, il Cicogna metterà una foto dell'avversario nell'armadietto: «È il mio santo protettore».

Bisogna seguirli nei negozi, i calciatori, vedere cosa comprano per capirli. Polentes ha preso un orologio, un modello novo novo, dice, infrangibile, e lo esibisce. Vestito con il completo di jeans trovato in America, baffoni, basette folte, Frustalupi entra con sua moglie in una boutique di Hermès. A lei piace una borsa. La commessa li scruta e sentenzia. «Veramente, questa costa. Non so se potete permettervela». La moglie di Mariolino si inalbera, lui è più concreto. Apre il portafogli e fa intravedere una carrettata di cantacechi. «Amore, ne prendiamo due o tre?».

L'uomo dentro una concessionaria Bmw che sta comprando un modello 1602 a due porte è Pulici. È molto indeciso sul colore, alla fine sceglie l'aragosta, parte sgommando, arriva al campo, parcheggia, scende, e a tutta la squadra ferma ad aspettarlo dice: «E adesso continuate a rompermi i coglioni voi e la storia del ministro».

Nei dintorni di Padova. Inizio ottobre

Teolo è un mozzico di paese a ventidue chilometri da Padova, dove forse è nato Tito Livio e dove di certo la Lazio ora è in castigo. Nella hall di questo albergo in cui si tiene il ritiro punitivo, Chinaglia vede passare Martini e gli tende la mano. Lo invita al tavolo a giocare a carte, ci sono Petrelli, Polentes, Facco, Oddi. I suoi. Martini passa oltre: «Siete già tanti, non mi piacciono le carte».

Ha deciso che non è ancora tempo per far pace. È successo che qualche giorno prima a Sion, Svizzera, Canton Vallese, dove nella basilica della Valère ascoltano il suono dell'organo più antico al mondo, Giorgio e Luigi se le sono date. Dopo tre gol presi, Chinaglia si è messo a sbraitare verso Maestrelli che doveva sbrigarsi a fare le sostituzioni. Gli ha gridato pure i nomi. Metti questo e togli quello. Tommaso avrebbe voluto andarsene, si è seduto e non ha parlato più: «Se siete così bravi, fate da soli». Il Martini turbato, a partita finita sulla porta dello spogliatoio, ha allentato a Chinaglia una caracca. Il segnale, finalmente. I clan potevano mostrarsi. Due bottiglie sono volate da un tavolo giù al pavimento e rotolandosi a terra in un sartamontone selvaggio, fra le schegge di vetro, con la tentazione di afferrarle come arma, Chinaglia e Martini si erano coricati di mazzate. Troppo pure per un mite come Maestrelli. Anziché tornare a Roma, aveva ordinato all'autista Recchia di cambiare itinerario. «Andiamo direttamente a Vicenza per la prima di campionato. Devi fare la strada più lunga che esiste. Voglio che arrivino stremati, a costo di perdere domenica».

Le vite degli uomini di calcio sono fatte di lunghe attese, tempi vuoti, affetti a metà, famiglie lontane, pochi ricordi condivisi, festività non santificate e spese in luoghi desolati. Maestrelli per esempio compie 51 anni e sua moglie con lui non c'è, i Gemelli lo chiamano al telefono in questo albergo veneto facendogli notare che il campionato inizia nel giorno del suo compleanno e finirà il 19 maggio, nella domenica del loro. «Non è un bel segno, pa'?».

Certo bimbi che lo è, può darsi, pensa, ma intanto Tom è solo col suo senso di colpa, gli tocca bussare alla porta della stanza di Chinaglia che non ha sentito il suono della sveglia. Tufello alza le coperte e lo mostra ignudo a letto, con le scarpette di calcio ai piedi. Con gli occhi abbottati di sonno Giorgione mormora che «sono nuove, devono prendere la forma». Con la giacca del pigiama e i jeans, coperto da un giubbotto di renna con le frange, scende al bar a fare colazione. Una Magnum 44 gli spunta dalla tasca dietro il culo e gli impedisce di sedersi sopra lo sgabello.

Quando cerca riparo dall'elettricità che lo circonda e dalle discordie tra cui deve mediare, Tommaso si mette in macchina, canta Modugno e fila via da Memmo. Adesso è seduto in mezzo alla campagna e gli parla di Nannarella, la Magnani, che si è fatta operare dal professor Paride Stefanini alla clinica Mater Dei, dopo essere andata pure in Svizzera di nascosto. Prima di finire sotto i ferri ha lasciato una foto con dedica a Tommaso e l'ha fatto tanto ride raccontandogli che al medico, mentre la visitava, lei je faceva sempre: tie'. Ha questi dolori allo stomaco da tempo e da troppo le dicono che somatizza, che sbaglia a non andare più al Circeo, a rintanarsi dentro casa coi merli indiani, i gatti, le tartarughe. L'ha capito da sola di avere un tumore al pancreas, ha sfogliato i fascicoli dell'enciclopedia di medicina e alla diagnosi è giunta prima di tanti che di malata immaginaria parlano, al massimo di diverticolite, lei che solo pochi mesi prima preparava un babà di champagne e crema per l'amica Bette Davis.

Memmo ascolta incantato, così come altre volte ha sentito i racconti su Eduardo, Walter Chiari, Berlinguer. «Com'è che sei amico di tutta questa gente? Vengono tutti a magnà a casa tua». È che il calcio sta cambiando, sta diventando un'altra cosa, gli spiega allora Maestrelli con pazienza. Italia-Germania ai Mondiali in Messico ci ha trasformati, ora le partite le guardano anche le donne. «Lo vedi che la Rai ha inventato *Novantesimo minuto*? Voglio dire che il calcio sta diventando aggregazione».

«Come i partiti», azzarda Memmo sfilando un uovo a una gallina.

«Bravo, come i partiti. Quelli ora si ammazzano nelle strade, la destra, la sinistra. Ma il calcio durerà di più, stamme a sentì».

«Indro Montanelli lascia il "Corriere della Sera"». Fu Raniero Zeug a portare la notizia, l'aveva saputo da Arbasino. Entrò nella stanza di Bleda dove un po' di noi stavamo guardando alla televisione l'Inghilterra pareggiare contro la Polonia. Augusto Pizzella si scaldava perché a sentir lui quella era roba da prima pagina, «la prima volta nella storia che gli inventori del calcio non vanno ai Mondiali», ripeteva, esponendosi così al tiro di Scagnozzi che lo innervosiva domandandogli quante copie avremmo venduto a Londra, a Liverpool, e quante a Portsmouth.

«Se ne va o lo mandano via?», chiedemmo. Si sapeva solo che Piero Ottone stava limando le parole per una colonna da siglare a pagina 2 dopo l'intervista che Montanelli aveva dato al «Mondo», con la quale invitava la borghesia lombarda a legge 'n artro giornale, ora che il suo je pareva senza una linea e per giunta di sinistra. Qualche giorno prima aveva firmato l'ultimo articolo, rispondendo a una lettera del signor Renzo Cordelli da Sirmione sulla tv a colori a cui l'Italia si stava preparando.

«A Milano danno per certo che si farà un giornale suo», disse Raniero. «Porterà via qualcuno al Corrierone, vedrai», aggiunse Bleda, «domani gli faccio una telefonata e lo saluto». Il mondo dei giornali è assurdo. Chi ci sta dentro si sente uguale agli altri, forse per via del fatto che Enzo Biagi o Scalfari ti incrociano e dicono: dammi del tu. Così l'addio di Montanelli ci parve una cosa che dovesse riguardare pure noi, tanto che per tre-quattro mesi il Viscido nei corridoi faceva l'occhiolino dicendo che presto se ne sarebbe annato, che lo stimavano Cervi, Sterpa, Bettiza, e che qualcuno da Milano lo aveva chiamato. Si fece aumentare lo stipendio e di Indro Montanelli non parlò più.

Inghilterra. Fine ottobre

Il mare di sera induce a confidenze. Ovunque. Pure nel Suffolk, lungo il waterfront di Ipswich, città che Peter Gainsborough amava più di Londra. Deve essere il suono che fa la risacca. Qui davanti Wilson sta sfoggiando una vena malinconica mai vista, si lascia andare, chissà perché gli viene voglia di raccontare che a Darlington, dov'è nato, non ha mai più rimesso piede. È un posto 250 miglia a nord, oltre Leeds e prima di Newcastle. Se solo ci fosse tempo, potrebbe andare a vedere com'è fatta la sua culla. Ha le uggie. «Il nostro mestiere è nato qui. Era un lavoro umile, ci giocava chi non voleva andare né in miniera né in filanda. In Italia era per signorini che potevano cambiare un paio di scarpe al mese. Rosetta faceva il ragioniere, De Vecchi era impiegato in banca».

Martini si fa un pizzico di sale: «Cosa ne sai?».

«Tu pensi che un architetto possa fare il suo mestiere senza conoscere Le Corbusier?», ribatte Pino, che passa per intellettuale: nel tempo libero va per mostre e legge libri, molti gialli, più quelli che gli consiglia la sua Chiara. Mette gli occhiali e in campo per le notturne porta lenti a contatto. «Puoi forse fare il musicista senza aver sentito Bach? Io dei calciatori degli anni '30 voglio sapere tutto».

Meglio sarebbe stato sapere tutto di Trevor Whymark, anni 23, che il giorno dopo li sderelitta con quattro gol, non uno. I tifosi della Roma faranno avere a quell'inglese una targa in dono quando due settimane più tardi con l'Ipswich si rigiocherà in Italia e il campo sarà riempito dai guai con la mantiglia creati da un arbitro olandese. Sentenze inventate a tutto genio. Non vede un rigore enorme per la Lazio, uno lo concede agli altri. Si trova circondato da biancazzurre maglie minacciose, viene travolto, abboccasotto, piovono lattine di birra, razzi, monetine. Un pandemonio. La frustrazione conduce l'orda di Giorgione ad abbottà grugni agli inglesi sul prato, lungo le scalette, giù agli spogliatoi. Dove col sangue agli occhi c'è chi prova a sfondà le porte. Il portiere Best torna a casa con una sospetta frattura della tibia. Fuori l'Olimpico bruciano automobili, la polizia usa i lacrimogeni contro i sassi e le bottiglie. Uno dei capitifosi, Goffredo il tassinaro, in piedi sopra il tunnel degli spogliatoi sventola un pezzo di panca. Un'ambulanza viene assaltata da una paranza convinta che dentro si nasconda l'olandese fusajaro. Quelli dell'Ipswich riescono a fuggire un'ora dopo, scortati dalla polizia alla cena di riconciliazione al pontemollo, dove la fiamminga di fettuccine incendia gli animi, forse è un bicchiere in più, così partono uno sfottò e dopo ancora un battisoffio di tuzzi, sleppe, scrucchi e parpajole. «Ti aspettiamo a Londra», la giurano a Chinaglia.

Londra. Novembre

Eccolo Chinaglia a Londra, sette giorni dopo, in albergo con la Nazionale, fratelli d'Italia, l'Italia s'è desta. C'è un uomo che chiede di incontrarlo. Qui fa il cuoco. «Non ti ricordi di me? Ero con te a Cardiff, al Sella Bar. Tu tifavi per l'Inghilterra, tuo padre gli inglesi non li sopportava. Andasti a fare il provino allo Swansea, volevi portare anche me». Chinaglia era barista? I compagni d'azzurro più in là ridono. Giorgione è come un pulcino nella stoppa, vorrebbe tagliar corto e l'altro insiste. «Tu lavavi le tazzine, io stavo alla macchina del caffè. Ti ho scritto due volte, non mi hai risposto. Forse ora che sei 'n omo ingranato non ti va de ricordà gli amici di una volta».

Schiumoso di sconcio e scherno, Giorgio in campo fa la battaglia e sia, il gol di Capello con cui l'Italia vince a Wembley per la prima volta nella storia nasce da lui. Martini lo vede a Roma, davanti alla tv. Sospira perché già sa come andrà a finire: «Chi lo mantiene più». Se non altro, tira su du' svanziche perché scommette co' l'amici che quello tornerà con una maglia inglese addosso. E infatti. Dalla radio sor Lenzini apprende che la Lazio è fuori dalle competizioni europee per un anno. Gli hanno dato 10 mila franchi svizzeri di multa, circa 2 milioni, per gli incidenti. Dà la pecca ai giornalisti che hanno montato i fatti, dice che fanno nascere l'immagine di una Lazio inesistente, violenta, fasulla. Loro non so' così, si agita tutto. Senza sapere che Martini e Re Cecconi al campo un giorno hanno chiesto ai compagni di seguirli, per andare a menà le mani contro 'na marmaglia lazzarona di romanisti dentro a un bar.

Stadio Olimpico. Metà dicembre

Prima di tutto la parola. Austerity. I giornali la scrivono in inglese. Forse per renderla più accettabile giacché ce l'hanno imposta. In italiano, austerità, avrebbe previsto un'intenzione. Ma austeri gli italiani non sono stati mai. Austerity è questa massa di città improvvisamente svuotate d'auto, nel freddo di dicembre. Sono l'immagine della fine del miracolo economico. Ora bisogna ridurre i consumi. Gli sceicchi hanno chiuso i rubinetti del petrolio. Il consiglio dei ministri ha stabilito che non si possono superare i 100 all'ora, i distributori di benzina sono chiusi nel weekend fino al lunedì mattina, i negozi tirano giù le serrande alle 19, le insegne luminose vanno spente entro le 21, cinema e teatri chiudono alle 23, la televisione interrompe i programmi alle 22.45, i termosifoni negli uffici non devono superare i 18 gradi, a Natale le scuole resteranno chiuse per la prima volta fino al 6 gennaio, e la domenica si gira in bici o a piedi. Romolo Valli è andato allo spettacolo in teatro con i mezzi pubblici. Bramieri al Sistina ha ridotto gli incassi da cinque milioni e due a un milione e otto, il direttore del teatro si lamenta che mai nella storia erano scesi sotto i due milioni a sera.

Un vigile ha fatto il fenomeno e ha multato un'auto un minuto dopo la mezzanotte di sabato. È proibito anche fare l'autostop. La prima delle tredici domeniche di austerity è uno shock. Alla seconda si gioca il derby. La gente è andata a piedi allo stadio. Il presidente Leone ne ha fatto a meno, come sette giorni prima per Roma-Napoli. Il pullman della Lazio arriva dritto per dritto senza trovare traffico. Il custode dell'Olimpico solleva un braccio, alt, fermi, devo controllà, che devi controllà, che non ci siano estranei. È una provocazione – si passano la voce a bordo e si infojano, si montano i nervi uno coll'altro, finché non scendono in due o tre e gonfiano quel poveraccio. Lo montano proprio, lo spingono, lo tozzano, lo lasciano stranito.

Sopra gli spalti, dietro uno striscione, i ragazzi del Club Garbatella sono i primi a usare la parola ultras. Vengono dall'Eur, dai Parioli, Casal Bruciato. Portano baschi e sciarpe, magliette con la scritta: oltre la vittoria. Nella sud siedono i romanisti. T'ho fatto cambià curva, sfotte uno striscione. E d'ora in avanti ogni partita andrà così, noi siamo noi, voi siete voi, noi i primi a Roma, no i primi semo stati noi. La sacralità di un luogo, l'identità, la brusca svolta di una rivalità che era canzonatura e che diventerà strumento d'odio, d'odio e di morte.

Tor di Quinto. Sotto Natale

Quest'uomo scritturato dalla faccia tonda, così accigliato, per vocazione malinconico, di personaggi bracconiere, ha vinto già uno Strega e anche un Campiello, adesso che con una sigaretta fra le labbra e un taccuino in tasca passeggia lungo il viale Tor di Quinto, dove «ogni tre metri stazionano incredibili ninfe felliniane di mostruosa dimensione», scriverà, «in guaine scarlatte e gambaloni bianchi, accudite da ambulanti che tranciano porchetta e allineano accessori per auto». Giovanni Arpino è venuto da Torino per capire com'è fatto il mondo della Lazio, vicina allo scudetto eppur lontana da certe sabaude convinzioni che tutto vada programmato fino ai dettagli. Osserva Frustalupi che in accappatoio smadonna perché manca l'acqua per la doccia, D'Amico che ha una bolletta del telefono da settemila lire, Chinaglia che fuma quindici sigarette al giorno. «Cambi marca, almeno», gli dice, «io uso le Kent, lei ne ha di pessime».

Gli viene da chiamarli cowboy questi ragazzi «attendati alla buona nell'infinita pianura giallorossa». Lenzini lo accompagna, ciceroneggia candido, di risultati fa vaticini prima di ogni trasferta, quando organizza pullman co' l'amici abbinando alle partite soste per taverne e prelibatezze regionali. «Vi ho chiamati butteri, una volta, e certi scrivanelli qui di Roma si sono detti offesi, ma voi siete davvero magnifici, così chiusi dietro i carri rovesciati per respingere gli indiani». Era da tempo che Arpino aveva voglia di conoscere Maestrelli. Lo ha descritto «un antimago come mai ne sono nati. Non solo un allenatore, ma una balia, un padre, un capofamiglia, un turabuchi sentimentale, un fratello anziano. Un uomo serio e un uomo buono, nella gran cagnara del nostro calcio adattatosi sui bluff di troppi maghi fasulli».

Adesso che ce l'ha di fronte gli domanda se sia vera la storia che il suocero, vigile urbano a Bari, seppe del fidanzamento con Lina quando lei lo supplicò di togliere una multa a quel bel giocatorino. Tommaso ride e vanno avanti a dirsi di questi e di altri padri, i loro – quello di Arpino militare, napoletano, severo, «con il suo stesso nome, sa, ma con una emme in meno, per colpa sua ho un ritratto di Eduardo nello studio, ma io non amo le divise»; e l'altro «che si chiama Ruffo, per anni ha conservato una bottiglia di vino da aprire al mio primo gol in serie A e con quel gesto mi ha insegnato la pazienza e l'arte di aspettare». Così lo scrittore gli confida, a proposito di attese, di aver venduto un tempo libri per Einaudi, «con un furgone sono arrivato davanti alle fabbriche di Parigi: mi ha insegnato a stare dentro le cose». Due uomini liberi che parlano di Mazzola padre, Valentino, il numero 10 che ha messo ogni bambino nato nel '30 e nel '40 nella condizione di amare un po' il Torino.

«È vero che eravate amici?», domanda l'inviato de «La Stampa».

«Amici non lo so. Mi stimava. Dopo ogni sfida mi diceva: prima o poi ti porto al Toro. Mi invitò a giocare con loro un'amichevole a Lisbona, la Roma non diede il permesso. Fu l'ultima del Grande Torino. Se fossi partito, sarei morto anch'io. Fu come tornare di nuovo dalla guerra in Jugoslavia. Io sì, gli amici no. Senza un perché. Lei sarà di certo più bravo di me a dire come si campa da sopravvissuti».

«Coraggio, non sarà sempre un inghiottir fiele e sputare miele in questa vita. Mi dica invece perché non fa giocare mai Ferruccio».

«Perché Ferruccio non è Valentino e non è Sandro, ma lui non lo accetta. Ho 14-15 giocatori bravi e posso usarne 11 più una sostituzione. Non è un valore essere il figlio di un mio amico. I padreterni fanno i figli crocifissi. Ma gli vogliamo bene tutti. Piuttosto. Quanto si ferma, Arpino? Le andrebbe di venire a cena a casa mia?».

«Non me ne voglia. L'idea di starmene a Roma più di quarantott'ore mi angoscia ancora prima della partenza».

«Mi dica allora se secondo lei mi vendono Chinaglia. Che sa?».

«Vale più di un miliardo adesso. Solo la mia Juve potrebbe prenderglielo. Me lo auguro, ma onestamente non lo so. A me Chinaglione piace, come tutti i carri armati. Le discussioni sullo stile si fanno nei salotti, il football è realismo, non devo dirglielo io. E lei invece alla Juve un giorno ci verrebbe?».

«Facciamo che quando lei ne sarà il presidente, mi chiamerà». Ridono.

Lenzini deve aver sentito. «A Torino», interviene, «vada a mangiare a I Due Lampioni, chieda di Bruno a mio nome, le farà lo sconto».

Tra la Magliana e Primavalle. La notte di San Silvestro

C'è un albero di Natale addobbato dentro un garage, in fondo alla strada centrale di questo quartiere fangoso e dissestato, sei metri sotto il livello di sicurezza del fiume Tevere, dove hanno tirato su dei casermoni cenciolosi al posto dei campi in cui crescevano carciofi. Pian due Torri alla Portuense è diventato la Magliana. Come a ogni 31 dicembre, qui come del resto altrove, fanno finta di credere che basti superare mezzanotte pe' trovà giorni migliori. Quattrocentotredici famiglie hanno lasciato i loro appartamenti in giro per la città, non riuscivano più a pagà gli affitti, e sono venute qua, proclamandosi «Comitato di lotta per la casa», pure se mancano i permessi di abitabilità e le costruzioni stanno in piedi grazie a un patto fra costruttori edili e certi dirigenti comunali. Le palazzine sono sotto sequestro dall'anno addietro perché non sono stati pagati i mutui con le banche. I poricristi hanno fatto mettere i vetri alle finestre, hanno chiesto l'allaccio della luce, chi non l'ha ottenuto va avanti a candele. Ogni capo scala organizza i turni delle pulizie, la piccola manutenzione, la sorveglianza: le donne di giorno, gli uomini di notte. Gli studenti universitari passano a fare doposcuola ai ragazzini. La gente spera che dopo la Befana non venga qualcuno a mandarli via. I bambini hanno incollato batuffoli d'ovatta sui portoni scrivendo: Anno nuovo casa nuova. Il segretario della sezione del Pci è in imbarazzo più di tutti, non vuole criticare battaglie proletarie, molti sono compagni – ritengono che un affitto non debba superare il 10% del salario – ma sente che «questa occupazione può far male alla causa comune delle riforme».

Anche la Magliana è Roma, così hanno stampato su un foglio i capi di questa rivoluzione, mentre 16 chilometri più a nord, a Primavalle, un'altra coppia sta passando il Capodanno tanto per passarlo. Bice Cresta prepara il cenone e guarda fuori dalla finestra. Suo marito Paolo le dà le spalle, preso dai pensieri suoi con l'aria estranea che dentro casa certi uomini sanno avere. Valerio, er ragazzino, ha chiesto di andare dalla zia e dai cugini, al posto de galleggià dentro a tutto questo gelo. Il Cameriere è stato di mattina a studio dall'avvocato suo. Con la scusa degli auguri, si è fatto aprire la porta e lo ha attaccato al muro. Gli ha messo le mani addosso, non potendo metterle sui soldi.

«La matrice della schedina non c'è», gli ha replicato l'altro tutto impaurito, «non esiste, possiamo anche provare a rivalerci sul Coni ma ci vorranno anni, forse cinque, forse dieci, forse venti. Non le conviene lasciar perdere?».

Il Cameriere a quel punto non ci ha visto più. «Io non voglio i miei soldi. Nun me ne frega niente di quei quattro pidocchi. Io voglio un paese che rispetti un mio diritto. Fanno bene le Brigate Rosse a mettervi le bombe sotto il culo».

Sull'Aurelia

Chinaglione spara. Ancora. Ancora. Ancora. Una delle sagome al poligono porta una maschera di cartone e quella maschera è la faccia di Mazzola Sandro, interista, colpevole di avergli fatto passare il pallone fra le gambe qualche partita fa a San Siro. Giorgio se l'era allora presa con D'Amico («non mi hai avvertito che arrivava») e sotto lo sguardo incredulo dell'arbitro, in mezzo alla partita, gli aveva tirato un carciofarzo nel preterito. Solo che non si può espellere un giocatore perché picchia un compagno. Anziché battere come tutti la palla al centro, l'aveva tirata per frustrazione in fallo laterale. «Fai meno l'isterico e corri di più», gli aveva gridato Wilson. Ora Chinaglione spara dritto alla sagoma coi baffi di Mazzola, pam, tanto Ferruccio non glielo racconterà, forse i due fratelli già non si parlano più.

La Lazio mena le mani, la Lazio tira pallottole. Ormai s'è sparsa la voce. Ma tre carabinieri dentro Tor di Quinto non erano mai entrati. All'ingresso, stamattina, si presentano seri e impettiti con un bossolo tra le mani. Piantano le tende dentro il centro, ispezionano il poligono, chi l'ha costruito, quando, perché, chiedono i permessi, vogliono vedere il porto d'armi. Maestrelli è lì che media fra un guaio e i suoi, non gli pare di aver fatto altro in tutti questi anni. Il punto è che quel bossolo le tre divise lo hanno trovato conficcato nello schienale di una sedia in una delle stanze dell'istituto per ragazzi disabili che si trova dall'altro lato della strada. «Vi rendete conto di cosa poteva capitare?». Essì che i butteri se ne rendon conto, certo, abbassano lo sguardo, mormorano rincresciuti, smussano le tensioni, brigadie', marescia', siamo bravi ragazzi, e i tre si guardano disposti a dimenticare col sorriso.

«Ce ne andiamo».

Ma prima, uno di loro confessa un capriccio che gli cricca, al tiro al bersaglio gli piacerebbe de sfidare il Biondo. Re Cecconi lo guarda, gli pare tutto così assurdo: «Ma io non sparo. Io la pistola non ce l'ho».

Il derby di marzo del '74 me lo ricordo bene perché mi sfasciarono il caravan e fu 'na brugna. Felice aveva complicato ippisofatto le cose ai suoi sbagliando presa e portannose il pallone in porta. L'Olimpico giallo e rosso era ringalluzzito fino alla schiuma. Dopo un quarto d'ora c'erano già due infortunati. Giorgione aveva sbattuto la gamba sulla valigia di un fotografo e l'aveva scaraventata sulla pista d'atletica, poi venne preso per petto da un avversario dopo un gol annullato. Scaramucce, sgambetti, agguati. I tre minuti dopo l'intervallo portarono in successione il pari di Vincenzino, un palo della Roma e un fallo in area sur contropiede appresso: calcio di rigore per la Lazio.

Corremmo con le nostre macchine appese al collo dietro la porta della Roma quando Chinaglia piazzò il pallone sul cerchio di gesso, undici metri prima del gol. La rabbia che teneva dentro s'era intuita quando minuti prima aveva provato a entrà in porta lui di persona co' la palla. Segnò il rigore ma nun je bastava. Voleva regalarsi un gesto in più. Qualche notte prima avevo sognato che mi diceva: ti faccio grande. Mi tornò in mente lì, sul campo, pensai de non dovello perdere di vista. Così mentre gli altri fotografi correvano di nuovo a metà campo, io restai fermo, certo che lo avrei stanato, con gli occhi miei nei suoi. Lui sono certo che li avvertì, incrociammo lo sguardo un attimo e forse fu il momento in cui decise di concedermi la più mascalzona delle pose. Lanciò la palla in sud e rimase con il suo dito indice puntato contro l'accozzaja. Stava dicendo che da quel momento in poi sarebbe stato un simbolo, un'icona, un antagonista senza più nemmeno un freno. Stava dicendo che non gli sarebbe più importato né di esistere né di essere odiato. Ora Chinaglia voleva appartenere.

Un invasore passò le ringhiere e aggeggiò du' volte a mette le mani addosso all'arbitro Gonella. Quando il gioco riprese, i calci d'angolo non si battevano più per via della roba che pioveva dagli spalti e ci sfiorava. Giunsero un palo di Mariolino, una traversa di Nanni, uno stiramento per Giorgione. A partita finita, il resto doveva ancora cominciare. I giocatori della Lazio erano paralizzati dalla paura a centrocampo. Per tornare dentro gli spogliatoi, bisognava passà sotto la sud. I carabinieri andarono a prenderli uno per volta coi loro scudi, solo Chinaglia non volle protezione per sé e per il suo scherno, mentre le divise misero mano ai lacrimogeni e una donna fu ferita da uno dei cannelotti. Gli scontri proseguivano dentro e fuori, mentre le sirene delle volanti non si distinguevano più da quelle delle ambulanze. Qualcuno assaltò gli uffici della Lazio, gli argini erano saltati e pareva che fossero coinvolti tutti i settecentomila milioni di spettatori che Pace, Cerruti, Bigazzi e Savio – in arte gli Squallor – avevano contato presenti alla partita nella loro canzone *Il Vangelo secondo Chinaglia*, compresi Joe Callavolame Sodo, il portone Carduo Cardocco e il budolone della sciamatica del viminara.

Giorgio capì la malaparata quando intravide la folla minacciosa oltre l'uscita dello stadio. Abbandonò la Jaguar nel parcheggio e chiese a Petrelli: «Mi nascondo nella macchina tua, portami a casa». Solo che sotto casa non meno di duecento esagitati si erano riuniti come al Getsemani con spranghe e bastoni, aspettando de vedello tornà. «Li affronto», giurò Chinaglia, pronto a scendere dalla Spider dell'amico suo. Quello capì che era 'na scemenza, mise la retromarcia e lo portò a casa di Maestrelli. Restò a dormire lì, mentre l'assedio Connie dalla finestra di casa sua osservava, provando i bambini a tener calmi. Padre Lisandrini spese le conoscenze sue e si presentò dentro gli studi Rai per dire alla *Domenica Sportiva* di Alfredo Pigna che «i gesti di Chinaglia sono scaturiti dalla passione per la battaglia, da un cuore puro come quello di un bambino». Non convinse né chi diede fuoco al negozio di Giorgione né i due che in piazza di Spagna, giorni dopo, afferrarono la carrozzina di Connie e la spinsero giù lungo la scalinata. Quando trovò la forza per scuotersi e tornare a casa, la porella si sentì sfiorata da un motociclista che voleva spaventarla e sotto il portone trovò il muro imbrattato: «Gobbo bastardo». Chiamò il marito e disse: «Tu resta pure dal mister, non tornare. Ma io me ne vado a Napoli dai miei».

Presto le minacce raggiunsero i Maestrelli. Patrizia al telefono si sentì dire che avrebbero ammazzato i Gemelli come cani e una mattina nel rifare le camere Tiziana scoprì un Winchester sotto il letto in cui dormiva Giorgio. Lo teneva nascosto lì e lo adoperava durante certe ronde sul terrazzo, come a un fortino di guardia fosse stato. «Tu hai difeso me, io difenderò la tua famiglia», diceva a Tom. Rimase tutta la settimana e la domenica dopo segnò tre gol a Napoli, dove provarono a fermarlo strappandogli la maglia, facendone un eroe definitivo dentro quella tenuta lacerata e logora.

Roma. Italia. Questi anni '70

Le mogli dei calciatori, guardiamole un momento. Sono donne andate in matrimonio presto a questi giovanotti che ogni sabato e domenica lasciano casa e girano l'Italia per seguire un pallone e una passione fatta lavoro, dai genitori spesso contrastata. Sono le storiche fidanzatine del paese che hanno scelto di accompagnare i loro ragazzi non ancora uomini. Come Chiara Wilson, conosciuta da Pino durante una lezione di diritto romano all'università. Come Cesarina Re Cecconi, che lavorava in una fabbrica di macchine per cucire e ha incrociato i passi di Luciano perché piaceva a un'amica di lei, sposandolo poi con un bel cappello bianco sulla testa.

L'organo ufficiale del sindacato calciatori ha pubblicato una specie di decalogo. «Una donna o una moglie adatta può cambiare non solo la faccia del campionato, ma addirittura il modo di giocare e di vivere dei campioni». I presidenti spingono perché la scapolanza finisca a 22-23 anni, nel paese della morale cattolica e delle famiglie tradizionali il sesso è una fobia che il calcio non sa vincere. Ci sono allenatori che lo autorizzano solo il lunedì. I giocatori abitano appartamenti che possono ancora sembrare comuni. Le foto che appaiono sulle riviste mostrano interni semplici, senza sfarzo. I campioni sono benestanti, non magnati, non aziende. Non sono più di cinque o sei quelli che guadagnano 100 milioni di lire. Con i guadagni comprano una villa in campagna o fuori città. Aprono un'agenzia assicurativa. Investono in qualche attività commerciale, come Chinaglia che oltre alla boutique ha un complesso sportivo all'Eur con dodici campi da tennis e due piscine.

Le mogli sono le custodi della regolarità. Non partecipano alle serate degli uomini, non legano fra loro, non sempre vanno allo stadio. Badano alla famiglia. La Doxa ha stabilito che i tre eventi principali nella vita di una donna sono la nascita del primo figlio, la scoperta di essere incinta e l'allattamento del bambino. Il 69,9% degli italiani preferisce il modello di una ragazza che smetta di lavorare una volta madre. Solo il

16% ritiene giusto che l'uomo collabori nei lavori domestici.

E poi c'è Connie, Connie Eruzione. Consapevole, sicura, autonoma. Una donna di devastante bellezza. È lei che decide come il Gran Giorgione debba vestirsi. Gli compra camicie, giacche, gliele impone. Il loro amore è stato costruito un mozzico per volta, senza colpi di fulmine. Lui la chiama Miss Perfettini perché s'è presa il controllo totale di ogni piccolo gesto quotidiano. È lei che telefona a Maestrelli e a nome di tutte le altre signore chiede che finisca questa storia del ritorno in ritiro, in albergo, dopo la partita. La voce dei festini sexy sta girando, come è girata quella di un flirt fra suo marito e Barbara Bouchet.

Tommaso non è contrario. È solo scaramantico. «Finiamo il campionato e dall'anno prossimo si cambia». Intanto ha introdotto il divieto di fermarsi al bar Vanni sotto la sede, così vicino al teatro delle Vittorie, troppo frequentato da ragazze che aspirano a fare le comparse per 5 mila lire in qualche programma Rai. Dinanzi alle passatelle dei mariti, dice la famosa Doxa, le donne italiane sono comprensive. Quarantacinque su cento giudicano dannosa la chiusura delle case di tolleranza. Ma Connie è americana. Non tollera. In casa le signore decidono le punizioni da dare o non dare ai bambini. Scelgono il luogo per le vacanze. Al limite cedono all'uomo gli spettacoli da vedere e la macchina da comprare. Ma fra qualche settimana si vota sul divorzio. Quarantuno su cento lo dicono dannoso, appena ventinove sono per l'abrogazione della legge Fortuna-Baslini. Il 20% vorrebbe fosse più facile lo scioglimento del matrimonio. E in tutto questo c'è Connie che ogni volta dice: «Io me ne vado a Napoli dai miei».

Il calcio, scrive Brera, è un mistero agonistico. «In una squadra ci vogliono architetti e portatori di mattoni, cannoni e serventi al pezzo». Prendiamo quel che sta facendo mommò Maestrelli, nell'intervallo di Lazio-Verona, sul risultato di 1 a 2. In campo Chinaglia e Wilson se la sono presa con tutti, quasi tutti, coi loro nervi in evidenza, ma senza avere avuto il coraggio di attaccare direttamente Martini e Re Cecconi, i quali hanno preso le difese degli altri uscendo dal campo. «Vigliacco», ha urlato Luigi a Giorgio. I litigi fra loro puzzano di cacio, non si possono più nascondere. Ziaco in un'intervista ha ammesso: «Se quattro persone giocano a scopone e scommettono il classico mezzo litro, prima o poi finiscono per discutere. Immaginiamoci cosa può succedere nel calcio, dove la passione e gli interessi sono così forti. I litigi nella Lazio avvengono, sarebbe sciocco negarlo, ma servono a ricaricare l'ambiente».

Quando quella domenica arrivano come cani arrabbiati alla porta degli spogliatoi, Tommaso è fermo lì davanti. «Volete anche il tè? Sopra, tornate sopra. Tutti in campo. L'intervallo è abolito». La squadra barbuglia ma a lui obbedisce. Fa marcia indietro, risale le scalette. Il pubblico è incredulo nel rivederla lì senza metterci né olio né sale. C'è un brusio, poi una moschiera. Nessuno se move de pezza, undici giocatori a braccia conserte, nessuno parla. Quindici minuti così sono davvero lunghi da passare. La gente allora canta. Monta un sentimento che non si può spiegare. Quando riprenderà la partita, la Lazio vincerà per 4 a 2. Re Cecconi dirà a Martini: «Vedi che abbiamo ragione noi. Si vince uniti». Chinaglia guarderà Wilson e gli farà: «Io e te potremo anche non sentirci più per anni. Ma io saprò sempre a cosa stai pensando». Chissà cosa ci spinge a scegliere una parte anziché un'altra, a preferire una visione del mondo, a legarci, a schierarci, e poi a tradire. Lo scudetto a questi non glielo toglie più nessuno.

Tor di Quinto

Genesi 2, 19. «Allora il Signore Dio plasmò dal suolo ogni sorta di bestie selvatiche e tutti gli uccelli del cielo e li condusse all'uomo per vedere come li avrebbe chiamati: in qualunque modo l'uomo avesse chiamato ognuno degli esseri viventi, quello doveva essere il suo nome». Padre Lisandrini predica e fa galleggiare gli occhi nell'aria. Tor di Quinto è un resoconto mistico. Mamme e padri sono in fila con i loro neonati in braccio. Sono venuti a battezzarli qui. Al campo d'allenamento. Dare un nome conferisce autorità. Adamo ha ricevuto una delega da Dio, sta spiegando il frate, per esercitare un comando, per avere il sopravvento su ogni animale che si muove sulla terra. Lo fa chiamando cervi i cervi e vipere le vipere. Classificare, distinguere, dare un ordine. Un nome è identità. Una squadra di calcio è identità. Perciò questi uomini con le loro mogli sono venuti qui, gli uni dietro gli altri: per chiedere a Wilson di fare con il pollice il segno della croce sulla fronte del neonato e dargli il nome suo, Giuseppe, Pino; oppure a Chinaglia di battezzare come Giorgio il loro piccolo; e a Pulici Felice, Luciano a Re Cecconi. Qui si celebra l'unione di due fedi. Io ti battezzo cattolico e laziale. Padre Lisandrini approva. Dice che non c'è nulla di male né di blasfemo. Il calcio è la più grande trans-religione popolare. «Se Maestrelli si fosse fatto prete, a quest'ora sarebbe cardinale». Lasciate che i laziali vengano a me.

Dice pure che il matrimonio è indissolubile, si raccomanda con i fedeli e con i suoi ragazzi, scuote la testa quando qualcuno gli parla di don Fernando, Fernando Cavadini, che sta predicando nelle manifestazioni in favore del divorzio. «Atteggiamenti che avrebbe potuto risparmiarsi», dice di lui, come pure di don Franzoni. Cavadini sermoneggia che «il peccato è a monte, è nel non-amore. Quando il sentimento di una coppia si corrompe, allora è infranta la legge divina. Il divorzio è conseguenza, non deve essere imposto per referendum. Neanche ricorrendo al Vangelo, perché esso può essere seguito dal credente solo nella perfetta condizione di libertà». Lo hanno sospeso a divinis, il povero don Fernando, per aver ricordato che il Vangelo ammette il ripudio della moglie adultera – «San Basilio lo riteneva un dovere» – e che la fine dell'amore coniugale è un peccato di eguale effetto che l'adulterio. «La fede non si discute, non si vota e non si impone». Mentre il laicismo italiano, sui palchi dei comizi, schiera tutti insieme Nanni, Parri, La Malfa, Malagodi e Saragat. Berlinguer ha parlato a piazza San Giovanni e quelli delle vetture elettorali sono stati presi a colpi di pietre e ferri da certe squadre del Msi, che all'Eur gridavano pure «Mussolini, Mussolini» contro i lavoratori dell'Eni-Agip schierati per il NO.

Quartiere Monteverde

«Ho un biglietto anche per te», sta dicendo Preminenza al Solerte. È un entusiasmo solo suo. Cade nel vuoto. Al ragazzo gli rimbalza addosso. «Non dici niente?

Non ci vuoi venire in tribuna con me?». Esistono persone che non sanno dare dispiacere, non sanno sottrarsi. Vivono il dissenso come una colpa. Il Solerte è così. Non sa proprio come dirglielo che la partita dello scudetto vuol vederla in curva con la sua combriccola, portandosi da casa il solito panino ammorbidito dal sugo delle polpette. Non ha bisogno di un biglietto. Ce l'ha già. Come tutte le domeniche. Balbetta qualcosa sul fatto che l'amici l'aspettano e che s'offenderebbero. «E se m'offendo io non te ne importa?», domanda Preminenza. «A me questa partita storica chi me la racconta?».

Roma è scossa in questi giorni da una rapina dietro l'altra. La tecnica è la stessa. Uno dei banditi entra a volto scoperto, punta la pistola sul primo che capita e nell'effetto sorpresa si infilano due complici con un passamontagna scuro sulla testa. Fuori un quarto uomo tiene l'auto accesa e quando parte la fuga sparano verso il cielo per farsi strada, come l'altro giorno in una gioielleria a Torre Maura. In un supermercato di Talenti si sono nascosti dietro una sciarpa beige, il colletto dell'impermeabile e due lupare. Hanno portato via 15 milioni. Pure la casa del figlio di Lenzini è stata svaligiata. Hanno aggrifato pistole da antiquariato, radio, un orologio elettronico. In via Giolitti, alla Centrale del latte, sono entrati con dei mitra e dei fucili a canne mozze vestendo sulla faccia calze a rete da ballerina, stessa tecnica usata per una rapina all'Atac un mese prima. Hanno tenuto sotto tiro otto impiegati, ma quelli sono insorti, si sono ribellati. Uno ha fatto lo sgambetto a un rapinatore che si dava alla fuga col bottino, 85 milioni. Un altro ha cercato di chiudergli la porta in faccia. Un terzo gli ha lanciato addosso un cestello di latte in confezioni da mezzo litro. Il ministro Taviani gli farà avere un premio, 2 milioni dicono. Ma fuori c'è Roma che aspetta lo scudetto.

12 maggio 1974

Finalmente. Le file all'alba fuori dai cancelli per entrare sono uguali alle code di buon mattino per votare sul divorzio ai seggi. Hanno comprato biglietti dal Canada, dall'Australia, dal Brasile. Chi non aveva i lilleri e chi s'è mosso tardi è andato col binocolo fra gli alberi in collina – da Monte Mario si vede il campo – sotto la Madonnina, una statua alta nove metri su un piedistallo di dieci che sta qui da ventun anni. La realizzò in rame Minerbi, lo scultore, con un rivestimento in fogli d'oro. Il viso della Vergine pare quello del Cristo sulla Sindone. Roma è ai suoi piedi, lo stadio dello scudetto pure. Quassù il calcio è un diritto sociale per i proletari e per gli emarginati. Un diritto illusorio perché il pallone dall'alto al massimo si sbircia, come faceva Alberto Sordi dal Monte dei Cocci sul vecchio campo di Testaccio, dove si vedeva soltanto mezzo gioco e sul risultato te ne andavi pe' 'n'idea, seguendo il boato della folla. Eppure non conta quel che si vede, conta la sensazione di far parte di qualcosa, sapere di esserci, sapere che non sei escluso. Né dal voto sul divorzio né dallo scudetto.

Mezz'ora prima della partita contro il Foggia, sor Lenzini fa il suo giro di campo e saluta, saluta tutti. Nel ventre dell'Olimpico, Maestrelli come al solito comincia con «chi non lotta, chi non lotta». In ritiro a Grottaferrata per tutta la settimana, i suoi ex calciatori oggi avversari sono andati a salutarlo pieni di tormenti: se la Lazio oggi vince il campionato, loro scendono in serie B. In tribuna centrale il Solerte è seduto accanto a Preminenza. Ha ceduto. Un paio di file avanti si intravedono il presidente della Repubblica Leone, Malfatti ministro della Pubblica Istruzione, il leader comunista Berlinguer.

Cinquanta minuti più tardi, cadendo, Martini si rompe la clavicola. Esce in barella. Trippanera lo accompagna negli spogliatoi e freme, si cruccia, si macera, scusa Luigi, e se ne torna su. «Dove vai, non mi lasciare qui, cosa faccio da solo», gli grida l'uomo con il numero 3 dietro la maglia. La sua voce risuona nella stanza vuota. Il silenzio lo inghiotte. Le cose importanti sono lontane. Al massimo le sente rimbombare. In tribuna stampa, Giovanni Arpino mormora al Viscido che la Lazio proprio oggi non gli pare brillante. «Non è football ma un arrancare sfatto, confuso, isterico». Martini laggiù non sa che Garlaschelli è appena caduto in area. Avverte una specie di muggito sopra la testa, il rombo della folla che arriva come se attraversasse di ovatta una barriera.

«Scusa, Ciotti, se ti interrompo», questa è la voce alla radio di Enrico Ameri, «c'è un calcio di rigore in favore della Lazio».

I fotografi sono già corsi tutti alle spalle di Raffaele Trentini, il portiere del Foggia, un veneto con i baffi e i capelli in disordine, l'anno prima rimasto per mille minuti senza prendere gol. Sta per entrare in uno scatto memorabile e non ha fatto niente per volerlo. Le comparse nella Storia hanno un loro fascino.

Con gli occhiali scuri, Preminenza si volta dall'altra parte, come in genere si fa per non vedere. Il Solerte all'orecchio gli sussurra che Chinaglia ha recuperato il pallone e si è portato fuori dall'area facendo rimbalzare la palla a terra. Glielo dice quasi meglio di quanto stia facendo Enrico Ameri con l'Italia.

«In questo momento il braccio teso di Panzino in area con la carta gialla in mano», esce la voce dalle radio, «indica che egli ha già ammonito ufficialmente un giocatore. Altri giocatori si fanno ancora intorno all'arbitro Panzino, naturalmente il Foggia vede svanire con un eventuale calcio di rigore le probabilità di strappare un punto prezioso sul terreno dell'Olimpico. Panzino è irremovibile nelle sue decisioni, sospinge i giocatori del Foggia che si allontanano ma per poco».

Il Solerte è impaziente. Agitato. Stringe il braccio di Preminenza.

«Torna ancora Colla a parlamentare con l'arbitro. Vediamo che Panzino ha allontanato tutti».

Bisogna tenere lo sguardo su Giorgione, stranamente inquieto pure lui. L'uomo ribaldo non c'è più, dalla tensione rincagnato e dal peso di un tiro che può portare la Lazio dove non è mai stata prima.

«Chinaglia non entra ancora nell'area avversaria per mettere il pallone sul dischetto. È un momento molto importante nella storia di questo campionato di calcio».

Lo è pure per la vita del paese. Questa donna che in una scuola ha firmato il registro elettorale e che si accosta alla cabina con una scheda e una matita fra le mani è Bice, la moglie di Paolo.

«Siamo esattamente al 14° minuto del secondo tempo», fa la radio accesa anche dentro il seggio. «Le squadre sono sullo 0-0. Chinaglia ha deposto il pallone sul dischetto. Ora si alza lentamente e sta per allontanarsi, poi ritorna ancora a recuperare il pallone e ritorna con lo stesso pallone fuori area, mentre vediamo che numerosi giocatori del Foggia si sono portati nell'area, mentre vediamo che Chinaglia con un gesto piuttosto brusco ha allontanato... ha gettato il pallone per terra, ed è Re Cecconi che lo va a recuperare in questo momento verso la linea centrale del campo».

Questo momento non finisce più, come non finiscono i pensieri e i dubbi che passano per la testa della donna.

«Re Cecconi riporta ancora il pallone verso l'area ma molto lentamente. Panzino passeggia nell'area del Foggia, finalmente Re Cecconi cede il pallone a Chinaglia, mentre come sentite non è difficile individuare nell'urlo della folla un "serie B" – urlato da 75 mila persone all'indirizzo della squadra foggiana. Sono cose che succedono su tutti i campi di gioco. Ecco che finalmente Chinaglia può entrare in area e porre il pallone sul dischetto, poi si allontana voltando le spalle alla porta».

La scheda di Bice adesso è spalancata sul ripiano.

«La sua rincorsa parte, si può dire, quasi dalla mezzaluna che si trova davanti all'area, ecco che tutti i giocatori sono pronti eventualmente per intervenire. Panzino prende posizione sulla destra di Trentini piegato leggermente con le mani protese in avanti. Chinaglia deve ancora prendere la sua rincorsa. È il 15° minuto del secondo tempo, 0-0 il risultato fino a questo momento».

Hanno portato una radio anche a Martini, negli spogliatoi, gliel'hanno consegnata e sono tornati tutti su, a guardare.

«Chinaglia entra in questo momento in area, ma fa cenno all'arbitro di voler modificare ancora il pallone, la posizione del pallone, forse c'era un po' di terra e avrebbe potuto influire sulla traiettoria della palla».

Bice Cresta impugna la matita come una lancia.

«Prende posto nuovamente il pallone sul dischetto. Chinaglia se ne allontana. Prende ora la rincorsa, ecco che si muove in questo istante, entra in area, colpisce la palla: rete!».

La donna traccia la sua X sul NO della scheda mentre lo stadio bolle, tutti si abbracciano eccetto Preminenza che resta impassibile sotto lo sguardo del Solerte, accallato da tanto gelo, tanta ostilità finanche adesso. Meglio andarsene, meglio tornare fra gli amici in curva. Nel pistapista nessuno s'accorgerà che sta mollando uno spintone a Preminenza, lasciandolo supino a terra.

Quando Garlaschelli spalanca la porta dello spogliatoio, Martini gli sorride: «È finita?». No che non è finita. Lo hanno espulso. «Ci hai lasciato in dieci?».

Ora lì sotto c'è un'attesa doppia, due esclusi che si fanno compagnia. Lenzini in tribuna si tormenta le macchie scure sulle mani. Maestrelli le sue le passa fra i capelli. Tre bambini piangono impauriti perché si sono persi tra la folla quando Ameri alla radio finalmente lo dice, dopo 74 anni, 4 mesi, 3 giorni e 90 minuti dal giorno in cui è nata la Lazio.

«Fine della partita. Sono le 17 e 45 del 12 maggio. La Lazio, che ha battuto il Foggia di misura e su rigore, è campione d'Italia».

Campione d'Italia. Dopo aver vissuto tremila e ottocento domeniche senza uno scudetto sulla maglia, ora non è meraviglioso dirselo e sentirlo?

Andammo a ballare al Jackie O'. Non tutti. Nanni tornò a casa da su' moje come 'n impiegato che alle cinque e mezza stacca. Oddi non trovò l'Alfetta al parcheggio dello stadio, gliela avevano rubata e mise in mezzo certi amici al Tufello soprattutto pe' recuperà il montone che c'aveva dentro. Martini sarebbe passato pure, ma Ziaco lo trascinò subito in ospedale: «Devi operarti».

Pulici cercava di lasciare la città impazzita per correre da Paola al suo paese, Sovico, dove stava nascendo Gabriele, il secondo figlio. I mocassini suoi erano dentro l'armadietto di Martini. Scalzo saltò sull'ultima ambulanza rimasta dentro lo stadio Olimpico e la dirottò verso l'ospedale San Giacomo, in via del Corso, dove Luigi era ricoverato. Ziaco lo vide arrivare come una furia e non capì. Fraintese. Gli disse: «Sei sempre il più buono, Felice. Mentre gli altri festeggiano, tu sei venuto a far compagnia a Martini». Luigi invece aveva capito al volo la ragione di tanto trafelare. Gli mollò le chiavi, rise e poi si rabbuiò. «E adesso? E adesso, Felice, che facciamo?». Pulici lo fissò un secondo ancora e scappò in aeroporto, senza aver tempo per santagostineggiare.

Le bandiere celesti ballavano ovunque, pure alle finestre delle caserme delle guardie svizzere dentro il Vaticano, e ogni tanto si mescolavano a quelle rosse, agli striscioni e alle fiaccole che esultavano per il referendum. Molti romani si radunarono a piazza Navona, altri andarono in corteo a Porta Pia. Io seguii la squadra nel loro sardanapàlo in discoteca, Giorgione mi incrociò dentro il locale e me disse stavolta de nun fà scherzi. Ridemmo. Infilai un gettone nel telefono e chiamai casa di Tommaso, sapevo che non dormiva, disse che stava in poltrona, aspettava i risultati sul divorzio, ma ormai tutti dicevano che avrebbe vinto il NO. «Marcello», pareva commosso, «com'è bella l'Italia stasera».

Quando riattaccai e fui di nuovo in strada tra la folla, un uomo notò la Leica al collo e chiese se per caso facessi foto formato tessera. Ne voleva una per la patente con la bandiera della Lazio avvolta in testa. Si mise in posa e senza i due incisivi anteriori sorrise dicendo: «Vorrei che stasera nessuno morisse». Amen. Scattai.

Due settimane dopo. Le dieci del mattino

La clavicola destra di Martini è ancora ingabbiata in un'imbracatura bianca. Suo padre lo stringe con trasporto e con delicatezza. Non hanno tanto da dirsi, la lontananza scava i solchi. Ma bastano gli occhi, a Luigi uno sguardo, per capire cos'è che gli tocca fare adesso. Si mette con un braccio solo alla guida della macchina mentre alla radio il sassofono degli Showmen prepara l'arrivo della voce sconvolgente di Mario Musella che dice «la notte sogno ancora te, felicità dove sei tu, in qualche angolo di mondo, son certo tu mi stai pensando».

Guidando con cautela, Martini si porta al cimitero del paese. Sotto il sole dell'estate in arrivo, in questo luogo di lapidi e pietre, non gli è difficile scorgere la figurina di una donna anziana piegata in due, sua madre, in preghiera china su una tomba lontana. Martini le si accosta, la aiuta a rialzarsi, la porta via. La foto sulla lapide è quella di una bimba sorridente. La bimba degli incubi e della bicicletta rossa.

Lenzini è a letto. «Credo sia ancora l'emozione», sta confessando al suo allenatore. Maestrelli lo consola: «Capisco, presidente. Dovrei andare anch'io in clinica a disintossicarmi per quello che è successo in questi anni».

Dal televisore acceso arriva la voce di un uomo che sta tenendo un comizio. Brescia, piazza della Loggia.

«La nostra Costituzione, voi lo sapete, vieta la riorganizzazione sotto qualsiasi forma del disciolto partito fascista. Eppure, il Movimento sociale italiano vive e vegeta. Almirante, che con i suoi lugubri proclami in difesa degli ideali nefasti della Repubblica sociale italiana ordiva fucilazioni e ordiva spietate repressioni, oggi ha la possibilità di mostrarsi sui teleschermi come capo di un partito che è difficile collocare nell'arco antifascista e perciò costituzionale. A Milano...».

Ora si avverte un'esplosione. La voce si spezza, se ne alzano altre. Gente che grida. Un uomo dice: «Una bomba». Altre chiedono aiuto.

«Compagni e amici, state fermi. Calma. Compagni e amici, state fermi». L'Italia va a fuoco.

Una scarpa calpesta un mozzicone. La punta del piede lo schiaccia sull'asfalto. Le ultime scintille sono arancioni come le gocce di mercurocromo di cui i piedi dei calciatori sono pieni. L'arancione del tramonto che avvolge piazza del Popolo, visto dalla terrazza del Pincio. Martini è tornato a Roma dalla Toscana con un pensiero di cui da giorni non si libera. Ha appena smesso di fumare e fissa un punto lontano. «E adesso? Cosa facciamo? Ora cosa ci succederà?». Re Cecconi gli sta accosto. La sua sigaretta è ancora integra fra le dita della mano. Diffonde fumo in tutta la lunghezza. Martini è turbato: «Tu non lo senti all'improvviso tutto questo vuoto intorno?». Lo scudetto sta già slittando nel gelo della storia. Vuota è pure piazza della Loggia a Brescia, ferita a morte dall'attentato. Re Cecconi aspira una boccata con soddisfazione. Appizza l'occhi e a modo suo sorride: «Niente,

Martini, vedrai che non succede niente. Credo che avremo vent'anni per sempre».

Un salotto romano. Qualche sera dopo

Un lusso sfacciato. Una tavola come saprebbe apparecchiarla solo una persona con una laurea in cerimonie. Un uomo padroneggia la situazione, gli viene naturale. Gli altri due commensali sono in imbarazzo, dentro un silenzio di sudditanza abburacciato.

«Lo scudetto, cavo Maestvelli», dice, «ve lo abbiamo dato in pvestito».

È l'avvocato Gianni Agnelli. Dall'altra parte del tavolo siedono Maestrelli e il dottor Ziaco. «Speriamo di tenercelo pure l'anno prossimo», replica Tommaso.

A quel punto, con un imperativo che gli uomini di potere sanno come mascherare, Agnelli fa scivolare sulla tavola il motivo dell'incontro. «Abbiamo spevanze divevse. Io pev esempio volevo guavdavla negli occhi mentve le chiedo se le va di vipovtavlo pvopvio lei di pevsona alla Juve, lo scudetto. Lei con Chinaglia, intendo. A Lenzini penso io, so come convincevlo».

Agnelli ha una tale disponibilità sfacciata che potrebbe legà una vigna co' le sarcicce. Maestrelli non sa replicare. Con lo sguardo chiede aiuto a Ziaco. «Avvocato, c'è chi sposa una bandiera. Mi capisca. Non posso abbandonare proprio ora i miei ragazzi». Si lasciano a fine cena con questo no convinto.

Lina nel frattempo è addormentata nella poltrona del salotto suo. Il televisore è acceso sul monoscopio notturno della Rai. Avverte dei rumori dalla cucina, delle risate. Si alza incuriosita e scopre che Tommaso è seduto al tavolo, mentre Ziaco sta trafficando ai fuochi del fornello, con della pasta al pomodoro, delle cipolle, due uova. È sorpresa: «Ma stasera non dovevate cenare con Agnelli?». Ziaco sente di dover spiegare: «I ricchi mettono in tavola grandi piatti ma porzioni pediatriche». Maestrelli fissa sua moglie, le sorride, addenta famelicamente il boccone e la forchetta: «Lina, la verità è che noi siamo gente di frittata».

Sul mobile è poggiato un 45 giri della Rca sulla cui copertina, sfondo arancione, è stampata la faccia di Chinaglia, capelli scompigliati, occhi luminosi, sorriso birbante. Il titolo del pezzo è stampato sotto il nome.

(I'm) Football Crazy.

La Bussola gli ha offerto un milione a sera perché lo canti lì da loro. Alla radio ha presentato *Un disco per l'estate*. Non è più un centravanti. Non solo. Adesso è un divo. Un divo che va ai Mondiali.

Germania. Giugno 1974

Un cartello in tedesco: Wilkommen in Ludwigsburg. Una indicazione stradale: Stuttgart 15 km. Un castello tra boschi, vigneti e frutteti. L'insegna di un hotel: Mon Repos. Intorno un grande parco e un laghetto. Intorno al laghetto calciatori con le tute e la scritta ITALIA sul petto. Sono divisi, spaccati, separati in gruppetti. Chinaglia sta con Wilson e Re Cecconi. Intorno a lui dei giornalisti. «Ho accettato la staffetta con Anastasi nelle amichevoli, ma non sono più disposto a farlo. A me le partite piace giocarle fino in fondo».

La staffetta nel calcio è una sostituzione stabilita in partenza. Uno gioca un tot di minuti e già sa che uscirà per far posto a un compagno. La più celebre è stata quella fra Mazzola e Rivera ai Mondiali del '70. Giorgione guarda proprio Mazzola che è poco distante. Si riferisce a lui quando dice: «Io mi muovo, mi smarco, ma lanci non ne arrivano, vedo solo un mucchio di passaggi inutili». Pure Re Cecconi si fa sentire: «Io penso che uno dei due riuscivano a sopportarlo in Messico, perché in campo c'erano anche Bertini e Domenghini, che si sacrificavano. Due, adesso, è proprio impossibile digerirli. Ma chi può andare contro Mazzola e Rivera? Loro arrivano dove noi poveretti non possiamo arrivare». Poco distante c'è il napoletano Juliano che parla ad altri cronisti. «È il terzo Mondiale in cui sono convocato senza alcuna speranza di giocare. Una volta perché c'era Bulgarelli, un'altra perché c'era De Sisti, ora perché c'è Capello. Sono demoralizzato. Guardate Zoff: quando stava nel Napoli, il titolare era Albertosi; poi è passato alla Juventus e tutto si è rovesciato».

Questo è il clima che c'è in Nazionale quando cominciano i Mondiali. A Tor di Quinto, davanti alla tv che sta trasmettendo Italia-Haiti, sono seduti Martini, Oddi, D'Amico, Moriggi, Garlaschelli e Nanni assieme al Secco. Devono giocare il giorno dopo la finale scudetto Under 23 contro la Fiorentina. Ma intanto restano increduli nel vedere Chinaglia sostituito, «la goffa sagoma dell'orso» che gesticola verso la panchina. Con la mano fa cenno al ct Valcareggi, via via, che se ne vada dove sa. Il labiale in televisione è chiaro, una saccocciata de vatt'a fà fotte, e una volta fuori dai binocoli della tribuna stampa sei bottiglie di vetro d'acqua minerale scagliate contro porte e pareti.

Il Papavero dirigente della Nazionale vuole che il gran Giorgione vada in tv a chieder scusa. «Oppure stai tre anni fuori». Chinaglia lo affronta: «Non sono pentito, lo rifarei. Se non mi fate giocare più, me ne frego. Stavo facendo il mio dovere, non dovevo uscire. Chinaglia non si fa prendere per il culo da nessuno». Proverà a smaltire passeggiando da solo nel bosco e con due drink al bar. Gli altri azzurri ne chiedono l'allontanamento, ma non tutti, si spaccano. Il Papavero rigetta l'ipotesi: «Se lo cacciamo ne facciamo un martire». Giorgione sbrocca pure il giorno dopo: «Sono stati tutti falsi con me, mi avevano garantito il posto nelle prime due partite. Sono stato sostituito nella prima e ora non so neanche se vado in panchina o in tribuna per la seconda. Mi hanno detto cento cose, nessuna vera. A nessuno gli abbasta l'anima di parlar chiaro. Valcareggi mi ha dato una spiegazione senza senso. Mi rimproverano il gestaccio, ma a me non rimprovera niente nessuno, in questa Nazionale c'è gente che fa di peggio. Mi spiace per il gesto, non per le opinioni che ho». Un terremoto. Non glielo perdoneranno mai.

La sera che Wilson dalla Germania telefonò a Maestrelli, Lina mi aveva invitato a cena. Eravamo seduti intorno a un sartù di riso che per comodità definirò squisito. Le ragazze avevano allargato la serata a un po' di amici. Un certo Manfredo che scribacchiava recensioni per Muzak, ci trattenne con la chitarra cantando che aveva affittato i suoi occhi a una banda di ladri. Andava ogni tanto a proporsi come strumentista alla porta della casa discografica – la It – che aveva lo studio di registrazione a dodici civici di distanza dai Maestrelli.

Insieme a una bruna di nome Nilly, trovai a sorpresa pure la Errati. «Che fai qui?», ci domandammo l'un l'altro. «Sono amica di Tiziana, andavamo a scuola insieme». Aveva una richiesta che mi fece tenerezza. «Non lo dire a Bleda che conosco i Maestrelli».

«Hai paura che ti deporti allo sport?», scherzai.

Fu prontissima. «Ho paura che mi mandi qualcuno intorno a chiedermi notizie. Le cose di questa casa invece restano qui dentro. Non li tradirei mai».

Wilson chiamava dal ritiro della Nazionale. «Mister, deve venire subito qui. Giorgio ha bisogno di lei». Il Papavero in conferenza stampa aveva annunciato l'intenzione di rispedirlo a casa. «Non per le dichiarazioni», spiegò, «ma per il suo comportamento da giocatore non inserito e a disagio nell'ambiente azzurro». Giusto per smussare gli spigoli, Giorgione aveva fatto sapé ai giornali: «Mi mandano a casa? Bene, vuol dire che anticipo le vacanze». Per questo il Milord invocava con urgenza l'arrivo di Tommaso. «Può calmarlo solo lei». Ce ne andammo tutti. Nilly mi accompagnò alla porta e si fece dare un biglietto da visita. Il sartù s'era raffreddato nei piatti, Lina preparò i bagagli.

Tommaso sapeva come parlare al quinto figlio, soprattutto sapeva come ascoltarlo. «Mi è caduto il mondo addosso», gli disse Giorgio quando lo ebbe accanto, «lo capisce, mi sento tradito, abbandonato. Io sono un emigrante. Per me la Nazionale non è come per loro. La patria, la bandiera. Ho reagito. Mi applaudivano dalla panchina. Mi prendevano per il culo. Che c'è da applaudire uno che è sostituito in campo? Questa squadra potrebbe vincere il Mondiale, non perdiamo da due anni, abbiamo battuto il Brasile e l'Inghilterra, ma Rivera e Mazzola si fanno la guerra e io devo uscire perché deve giocare Anastasi della Juve o Boninsegna dell'Inter. Ma noi la Juve e l'Inter le abbiamo battute, mister. Quando la Juve vince il campionato, chiamano otto dei loro in Nazionale. Noi della Lazio per averne uno dovremmo vincere otto scudetti».

Chiese scusa in pubblico con «la curva delle labbra indurita a crosta», promise che l'incidente non si sarebbe più ripetuto, ammise di aver agito tutto accaciarato, da quell'impulsivo «immaturo disadattato disambientato disinserito» che gli altri esigevano che fosse. Faccenda chiusa. Il Papavero piroettò e gli riconobbe «un atteggiamento di chiarezza e umiltà». Lo mandarono in tribuna per la partita con l'Argentina, poi per un tempo in campo contro la Polonia – giocò pure Wilson, al posto di Burgnich – e quella fu l'ultima. Perdemmo e a casa ci tornò tutta la Nazionale. Era una domenica pomeriggio.

Il martedì mattina trovammo in edicola «Il Giornale Nuovo» di Indro Montanelli, 18 pagine, 50 giornalisti. «Siamo pochi ma ci siamo tutti scelti tra noi», scrisse il direttore, e lo trovai un magnifico modo di iniziare, poi nell'editoriale aggiunse di sapere chi non sarebbe stato fra i suoi lettori, 150 mila al giorno ne stimava. «Non lo sarà chi crede che un gol di Riva sia più importante di una crisi di governo». Ecco, sta cosa invece me parve inutilmente snob. In meno di tre anni dietro alla Lazio, avevo imparato che il calcio è il catalogo dell'imprevisto. Devi controllà in uno spazio limitato un pallone, e non con le mani; hai due pali che sono un confine fra il successo e la disfatta; ti imbatti lungo la via verso il gol in una serie infinita di rimpalli – errori degli arbitri compresi – che possono mannà la storia da un'altra parte. Ero giunto alla conclusione che nel calcio nulla si dà mai per certo e me pareva la più grossa lezione che si potesse ricevere stando al mondo. Aspetti una partita meravigliosa e ne ricavi il mortorio di uno zero a zero. Senti la vittoria in tasca e in due minuti di gol te ne fanno due. Come andava scrivendo Dante Panzeri in Argentina, una casa offre un ordine, una strada il terreno pe' affinà l'istinto, l'intelligenza, la picardía – che non è furbizia o astuzia, ma la capacità, oggi direi la grazia, di nascondere qualcosa o di trarre profitto da una tale situazione. Il calcio non è mai stato ordine e non è mai stato casa. Il calcio è strada, picardía, l'arte dell'imprevisto. Se tutto questo è vero, mi dissi leggendo Montanelli, come poteva esse meno importante de 'na crisi de governo?

Uno come Giorgione, per esempio, in politica non lo trovavi. Quando tornò dal più fallimentare dei Mondiali, passò da Lenzini a chiedere un aumento. Cento milioni di lire, voleva, una sanguigna. La solita Spia dentro lo spogliatoio mi riferì che il presidente tirò fuori dal cassetto un ritaglio su Chinaglione. Lui se ne uscì con un ghigno: «Finalmente ricominciano a scrivere male di me. Non vedevo l'ora. I complimenti sono fatti d'olio, unti, mi fanno orrore». I giornali trattavano 'no schifo anche il nuovo romanzo della Morante, vòi che se facessero scrupoli col Gobbo? Lenzini gli allungò una busta in segno di simpatia. Dentro c'era un abbonamento omaggio per Connie in tribuna d'onore. «E le mogli degli altri?», domandò Chinaglia. Lenzini scosse il capo. Non era previsto. Con il paio di forbici che era sul tavolo, Giorgione fece allora l'abbonamento in due, tre, quattro, quindici pezzi, e lo infilò dentro la busta: «O lo date a tutti o niente».

Come se lo scudetto fosse stato pure un pochetto mio, dopo il traguardo, a pancia piena, sentivo che la forza de sacrificamme stava venendo meno. Mi pareva non ci fossero altri grani da aggiungere al rosario. Ne parlai con Bleda, disse che mi capiva, tanto per cominciare mi avrebbe esentato da un nuovo ritiro in mezzo ai boschi. Dieci colleghi partirono da Roma. Star dietro al calcio non era più una mortificazione. Quelli svegli e bravi lo stavano capendo. Qualcosa cambiava. I calciatori avevano ottenuto dal primo luglio di poter comparire a *Carosello*. La Lega e il loro sindacato avevano raggiunto l'accordo per riconoscergli il diritto di far pubblicità: Mazzola per una marca di cioccolata, Facchetti per una ditta di cosmetici, Boninsegna per dei mobili, Zigoni per dei biscotti. Wilson era avanti. Fece firmare ai fotografi saliti a Pievepelago una carta e un impegno a non cedere gli scatti del ritiro alle aziende delle figurine. Io passai il mio agosto a Roma, sentendo ogni tanto Tommaso al telefono, e bene feci. Maria ne fu felice, mi disse che cosa andiamo a fare a Scauri, stiamo così bene a casa. Sarebbe stata l'ultima nostra estate insieme.

Lavorai sulla strage dell'Italicus, la Lazio non riuscì a mancarmi. Per i soliti giri suoi, la Errati portò la notizia che a bordo del treno fatto saltà con una bomba era salito inizialmente anche Aldo Moro, ministro degli Esteri, ma pochi minuti prima della partenza lo avevano tirato giù dei funzionari pe' faje firmà alcuni documenti. Bleda ne fu inquietato. Il Capo era in ferie. Chiamò per ordinacce un servizio a puntate nelle borgate di Roma, cosa che me consentì de passà un fregaccio d'ore con Maria. Dedicavo metà giornata alle fotografie, nell'altra potevo riprendermi il tempo con lei e con mia figlia. L'avevo vista nascere e la scoprivo sedicenne, dentro le sue scarpe, il rimmel, le sue idee, dentro varchi in cui non sarei riuscito a entrà mai più.

A San Basilio me parlarono de Stefano. Giocava centravanti nella squadra del rione e aveva segnato un calcio di punizione da 30 mezzecanne prima d'esse ammazzato da un proiettile calibro 7 e 65 davanti casa sua. Aveva diciotto anni e la Lazio lo aspettava il giorno appresso pe' 'n provino. La pistola era spuntata dalla tasca di un amico, un giocattolo in acciaio da passasse mano a mano, damme qua, famme vedé, finché un dito sul grilletto aveva fatto partire per sbaglio e per ischerzo il colpo al cuore che distruggeva due famiglie, la sua e quella di chi aveva sparato, dentro questa borgata di omertà e protezione, «un serbatoio di rancore e di disperazione» – hanno scritto – che la questura associa alla casbah di Algeri: una roccaforte della malavita, il più grande centro cittadino della ricettazione e dello spaccio di eroina. Di notte è come un'isola, non c'è nìcchese che la colleghi a Roma. Gli autobus per il centro nun se vedono, le scuole sono poche, la prima farmacia era stata aperta l'anno precedente. Un rubbio de galletti si erano uniti a quelli di Talenti, di Val Melaina, del Nuovo Salario e la domenica se ne annavano in curva nord con gli striscioni dei Vigilantes, dei Cast, dei Nab. Questo avevano e forse hanno. Il calcio. La Roma. La Lazio. L'aria per camparci e bestemmiarci dentro.

Otto fabbricati dell'Istituto autonomo case popolari nel lotto 23 bis erano stati occupati nell'autunno precedente da 147 famiglie della zona, organizzate nelle liste proletarie dei Comitati Autonomi Operai. Molte avevano fatto richiesta per un alloggio ma le avevano viste assegnare a cittadini di altri quartieri. Il Comune si era impegnato a eliminà le case piene de bagarozze entro fine anno, per «un certo rigore esteriore» che sentiva de dové garantì in vista dell'Anno santo. Dopo un giorno, due, una settimana, un mese dall'occupazione, gli inquilini si erano convinti della legittimità del loro gesto. Usavano il phon sulle lenzuola per asciugare l'umido e avevano alzato muretti di una trentina di centimetri davanti alle porte per respingere l'assalto delle piogge. Avevano ottenuto la luce, il gas, il telefono. Alcuni si erano attribuiti da soli un canone simbolico di affitto da 2.500 lire al mese ma l'Istituto respingeva i vaglia.

Questa era la San Basilio dove dovetti tornà de corsa all'inizio de settembre, perché – mentre a Torino i carabinieri stavano p'arrestà i bierre Curcio e Franceschini – la borgata vide arrivare la sbirraglia da via Tiburtina pe' sgomberà le case. Una barricata bloccò le guardie a via del Casale con molotov e sassi, ma da via Nomentana le divise sfondarono, e fu un inferno. I baraccati resistettero fino alla domenica, quando da un mignanello, co' un fucile da caccia, una donna ferì un vicequestore. Fra le 19.15 e le 19.30, in mezzo ai gas e alle cortine di fumo dei lacrimogeni, la risposta della polizia si conficcò nel petto di Fabrizio Ceruso, un cameriere diciannovenne figlio di un netturbino. «Paese Sera» giudicò intollerabile che polizia e carabinieri fossero spinti, «loro malgrado, contro la povera gente da anni alle prese col dramma dell'abitazione». «La Voce Repubblicana» definì Roma «il più grande scandalo dell'Italia contemporanea». Qualche anno più tardi, Bleda ci avrebbe ricordato quanto profetico fosse stato il loro editoriale: «Il disegno di trasformare Roma in un'occasione di sangue è certo folle, ma ci sono in questa città tante armi e tanto desolato furore che non ci sarebbe da meravigliarsi se la guerra di San Basilio avesse un seguito». Disse amaro: «Avremmo dovuto scriverlo noi». Poi mi sorrise: «Ma noi avevamo foto più belle».

Me sentivo come spaccato in due. Avevo imparato cosa fosse la simpatia per una squadra di pallone, ma avvertivo ogni volta de più il peso di quelle domeniche da passà dentro 'no stadio. Una partita di calcio non è un film o 'na commedia. Ogni suo spettacolo non è 'na replica, è sempre differente anche se in campo i ventidue non cambiano. Vive di variazioni, come la musica. Il calcio non annoia mai, eppure di fronte a Maria che smagriva, pensavo solo a smucinà qualche momento in più de fianco a lei.

Di quei giorni ricordo Nina alle prese con gli scudetti da cucire sulle maglie. Aveva la pàccheta che il verde e il rosso di quei triangolini in lavatrice se stignessero, lasciando una scia, una bava, sul celeste. Così aveva preso l'annazzo di lavarli a parte: il colore scaricava e solo dopo je dava 'n'agujata. «A Marce', starai pensando chi me lo fa fà. Lo faccio perché così è 'n lavoro fatto bene».

Alla prima giornata del nuovo campionato contro il Cesena, il 6 ottobre del '74, sotto i soliti mostacci de Boranga, Wilson alzò la coppa in campo col tricolore in petto. Ma dalla partita seguente fu una tortura, un quarantotto a ogni trasferta, perché l'Italia dentro gli stadi aveva deciso de fà pagà a Chinaglia quel vaffanculo dei Mondiali. A Vicenza lo fischiarono a ogni pallone che toccava. «Hanno fatto una pausa solo quando ho segnato il gol», si disperava Giorgione. Lenzini si impuntò: «Questa porcheria deve cessare a tutti i costi». La federazione, con la sua burolingua, diede 400 mila lire di multa per «comportamento provocatorio dei sostenitori locali nei confronti di un giocatore della squadra ospitata». Stessa cosa a Varese, uguale ad Ascoli, a Terni tirarono sassi contro il pullman, a Napoli arance e monetine.

Una sera Tommaso mi mostrò una cartolina che j'era arrivata dall'Africa. Una grafia chiara e sicura, il tratto di una penna nera: «Non è la montagna davanti a te a stremarti. È il sassolino nella scarpa». Era una frase di Muhammad Ali. «Ma tu resisti, amico mio», aveva aggiunto di suo Giovanni Arpino imbucandola a Kinshasa, Zaire, dove «La Stampa» lo aveva mandato per la boxe, il match mondiale di Ali contro George Foreman. L'America aveva Norman Mailer, noi avevamo lui. Avrebbe riempito l'intera pagina 3. «Lo vedi?», mi disse Tommaso, «non è ancora il momento di cedere. Tutti a pugnare».

La Lazio, a sentir gli scriba, ormai è la zattera di Papillon. Per Gianni Brera dipende dal fatto che «è stata finlandese per due anni, stremandosi e sfiatandosi». D'Amico è innamorato di una pacchiarotta di Firenze e va su e giù in autostrada, Maestrelli per frenarlo gli ha dovuto sequestrare la patente. A Wilson è stata tolta la fascia da capitano per darla a Giorgio, e ora pensa ai cinque esami che lo separano dalla laurea in legge. Chinaglia è abbacchiato per i fischi: «Lo stress mi svuota». A Tor di Quinto ne hanno registrati di finti e durante gli allenamenti mandano il nastro a tutto volume, così il numero 9 ci si abitua.

«Non sono il padre spirituale della squadra», ripete Lisandrini a chi gli domanda un esorcismo. Vuole smarcarsi da questa moda che ha portato don Butti all'Inter, don Ferraudo al Torino, don Galli alla Sampdoria, don Sciccone al Napoli, don Monti alla Juventus, don Nanni al Bologna, don Muscarello al Palermo. Eppure il frate continua a dir messa nel solito albergo ogni domenica mattina e si occupa a tempo perso delle crisi coniugali fra questi spiriti indocili e le loro donne. È una calamita naturale di intimità. Giorgione, per esempio. Avrebbe un pietrone di confidenze da tirare fuori.

«Ma voi preti vi confessate da soli?», domanda a Lisandrini.

«Non si può fare da soli».

«Andate da un altro?».

«Andiamo da un altro».

«Come i parrucchieri?».

Padre Lisandrini scoppia a ridere. È giusto. «Come i parrucchieri». Socchiude gli occhi per spiegare. «Ci confessiamo tra di noi per recuperare un po' di qualcosa che abbiamo perduto, quella che si chiama la nostra identità sacerdotale. Il guazzabuglio di un cuore di sacerdote, l'enigma dell'anima di un sacerdote, il mistero di questa povera immensa creatura. È come una montagna, più si avanza e più si sale nella sua meditazione, e più gli orizzonti si fanno sconfinati, irraggiungibili. Non ci si capisce niente. Neanche noi riusciamo a capire la nostre profondità, quanto è accaduto in noi quel giorno lontano e sempre vicino in cui abbiamo detto sì, prendimi Signore. Non lo possono capire i profani. Fa ridere quando ci mettono la penna gli psicologi, i sociologi, perfino i poeti. Neanche un genio riesce a capirlo, neanche un santo. Per capire chi è un sacerdote, bisognerebbe comprendere il mistero di Dio, affacciarsi sugli abissi della Trinità. Un prete si riconosce tra un milione di persone. Abbiamo qualche cosa di inconfondibile nella nostra fisionomia, nella nostra identità. Ecco qual è il nostro dramma, porca miseria. O siamo santi, sublimi come chiede la vocazione, oppure diventiamo come gigli disfatti, squallidi, grotteschi fino all'assurdo».

Una partita di calcio dovrebbe essere una festa di paese, questo ripete sempre Lisandrini. Ha lavorato per vent'anni alla radio del Vaticano, ma nessuno ha mai parlato di lui quanto adesso. Vive sull'isola Tiberina, nel convento di San Bartolomeo insieme ad altri cinque frati, uno più laziale dell'altro. Chinaglia pure si sente un giglio disfatto, con tutta l'Italia perbenista che gli sta addosso per aver mandato a quel paese un allenatore dopo un cambio, e insieme a lui i compagni, dei poveracci che si erano alzati dalla panchina per accoglierlo battendogli le mani e che lui aveva trattato come luciferi. Giorgione è sempre in compagnia sia di questa folle necessità d'avere un nemico sia del bisogno fanciullesco di essere amato. Picchia i fotografi e s'offende perché Maestrelli racconta ai giornali che vede troppo nervosismo. Fa il cacapepe, bijoso e fumantino. Ribatte. Eccepisce. Rintuzza. «Inutile parlare di nervosismo e di paura, inutile e dannoso. La verità è che siamo tornati a tre anni fa, a un gioco involuto e senza sbocchi. Non mi arriva una palla buona in tutta la partita. Così non si può continuare. Più nessuno vuole sacrificarsi. Tutti convinti di essere campioni».

Ha perso la maglia della Nazionale e in aggiunta c'è Connie che vorrebbe mandarlo via di casa. Credeva di doverlo dividere col calcio, ora sfoglia i settimanali e vede certe foto. «Gente» lo ha pizzicato al Jackie O' e in piena notte in macchina con un'altra donna che chiamano «la dama rossa». Fa l'arredatrice. Attorno a lui è tutta un'elettricità. Perciò alla stazione Termini, di ritorno da una trasferta, a Chinaglia basta un nicche, gli basta urtare un uomo per accendersi, prima in una discussione senza chiarimenti, poi una caracca, due, una rissa gigantesca. Dentro la quale mulineggia le sue braccia pure il frate.

Il deserto

I Parioli. Novembre 1974

La mappa nera di Roma porta dritto qui, dopo i licei Mameli e Azzarita, dopo il Piper e la vecchia sala da ballo Samoa, dove un tempo si davano appuntamento soldati e cameriere. I picchiatori fascisti girano con le basette lunghe, i jeans Ufo a zampa d'elefante, i mocassini in cuoio a punta. Ti volti e vedi dei bonalana con le croci celtiche, occhiali a specchio, giacche di pelle, lambrette su cui stanno seduti in piazza per ore intere. Le bombe calde al bar Hungaria, il gelato allo zabaione dell'Euclide o l'aperitivo al Caffè delle Muse, dove può capitare di incrociare la frangia edonista di Potere Operaio o le bellezze bionde dell'istituto Falconieri e del Marymount. Quasi un anno dopo, quando le indagini per il massacro del Circeo porteranno a due pariolini, Lietta Tornabuoni scriverà: «Una romana piazza San Babila ancora occupata dai picchiatori: la violenza scelta come mezzo di affermazione di sé e come ideologia. L'arroganza dei soldi e il disprezzo per le donne, specialmente per quelle più povere, viste come esseri senza volontà né sentimenti propri, come oggetti di divertimento da raccattare per strada, prendere, costringere, violentare, massacrare di botte se fanno storie, se non ci stanno, oppure s'azzardano a ribellarsi».

Il giudice Vittorio Occorsio ha accertato l'eversione di Ordine Nuovo, i suoi legami con la criminalità interna e internazionale, con la massoneria, la volontà di ricostituzione del partito fascista, segnalando che estremismo e Msi si identificano e si confondono. Il Viminale ha dichiarato disciolto il gruppo, ma un anno dopo – adesso – i neri acconciano a domicilio. Seguono fino al portone di casa un giovane che ha il giornale sbagliato sotto il braccio. Aspettano i boy scout e li gonfiano all'uscita delle parrocchie: si tratti della chiesa di San Roberto Bellarmino o quella del Sacro Cuore di Maria, dove un tempo si tennero i funerali di Fred Buscaglione e Mario Riva.

Piazza Euclide, allora. Sergio Petrelli sta entrando al cinema, va a vedere il documentario di Nico Naldini, *Fascista*. Ne ha scritto Pier Paolo Pasolini sul «Messaggero». «Questa prima impressione di trovarsi di fronte a un tipo antropologico di italiano che è stato così per secoli e secoli, ed è cambiato solo in questi ultimi dieci anni, dura e si consolida durante tutto il film di Naldini. Questa inoffensività, non bonacciona o qualunquistica, ma "fisica" degli italiani in camicia nera, si estende anche ai capi. I famosi gerarchi, che io ricordavo come il massimo della ferocia e del ridicolo, sono invece dei patetici imbecilli: qualcuno di loro fa addirittura una specie di schifosa tenerezza, tanto è stupido e visibilmente attaccato alla greppia, come un allampanato animale». Lo ha trovato un film bellissimo perché rispetto ai fascisti attuali, quelli hanno un'aria casalinga, che stringe il cuore, una specie di vecchia felicità popolana. Ma lo ha trovato pure un film pericoloso, perché il fascismo – ha scritto – è «un tetro comportamento coatto».

Quando il Cicogna esce dalla sala, nel buio della sera trova qualche eskimo che lo circonda. «A fascio, t'è piaciuto er film?». Cominciano a spintonarlo, quasi lo hanno messo sotto. Petrelli ha un flash. Si ricorda che nella tasca del giaccone c'ha un'amica. Tira fuori la pistola e la punta alla tempia di uno. «Sì che m'è piaciuto, e allora?». Tutt'intorno cala un mutismo irragionevole, mostruoso e cupo. «Se ne annamo», dice uno dopo un po' col tono basso, cercando di non pompare altra adrenalina. Petrelli rimane da solo col braccio nel vuoto, la pistola nel nulla delle tenebre, e nel nulla pure gli occhi suoi, come di vetro, le carni aggricciate dallo spavento.

La mattina appresso si guarda allo specchio. La pistola dorme sul marmo davanti a lui. Ha capito che deve liberarsene. Lo riconosce turbato sotto i massaggi di Gigi Trippanera. «Potevo ammazzare, lo capisci?». Certo che lo capisce, Trippanera. Come quando correndo in campo con il secchio e con la spugna capisce se un infortunio è autentico, o se l'uomo che rotola finge e sta perdendo tempo. Il suo sogno era fare il chirurgo. Scontroso, imperforabile, racconta le cose personali solo ai più intimi, e più di tutti a Manservisi, giacché le mogli sono amiche. Ma sul lettino raccoglie sfoghi e ascolta. È stato Ziaco a volerlo qui, la Lazio è tutto, dice sempre che è «un colpo di sterzo al nostro football», ma adesso confida a Sergio quanto fosse più felice – «non ti offendere» – quando si occupava dei ragazzi poliomielitici al centro recupero di Colleferro. «Il calcio è così assurdo. Stamme a sentì. Co' ste pistole fatela finita».

L'ultima notte di Maria fu pure la prima in cui fumò 'na sigaretta. Non solo non ne aveva mai toccata una, ma si esprimeva spesso con una durezza insolita per lei contro le donne che c'avevano quel vizio. Una questione estetica, diceva, di posture. Una signora s'involgarisce co' 'na paglia fra le dita, peggio ancora con una cicca mezza consumata fra le labbra. Eppure quella notte sbucò dal buio della camera da letto, mi raggiunse in salotto e me la ritrovai alle spalle in compagnia di una fiammella accesa. «Volevo vedé cosa si prova», disse di fronte alla mia sorpresa, poi tirò una boccata profonda sedendosi a gambe larghe, e con un ghigno che me spaventò scuoteva la testa da un lato all'altro, in segno di contrarietà per tutto questo che le toccava vivere. Me ne ordinò subito una seconda e poi una terza, non gliele seppi negà, e lei scherzò dicendo che se avesse saputo quanto le piaceva il fumo, se sarebbe fatta venì il cancro ai polmoni anziché alla testa. Aveva certe battute che potevano esse uscite da un film di Dino Risi.

Passammo la prima parte della notte a guardacce senza più parlare e quando l'effetto della nicotina giunse alla fine, Maria si alzò di nuovo, poggiò la fronte contro il muro in corridoio e con le mani aperte provava a spigne le pareti pe' spostarle, tentava di allargare casa, tanto si sentiva stretta dentro i giorni che finivano. Aveva le smanie, non c'era più una posizione che sapesse darle del sollievo. Perse conoscenza verso le due del pomeriggio, l'ultimo sprazzo di lucidità lo spese per chiedere d'avé mi' fija accanto. «Guarda che Clara s'è fidanzata», fece in tempo a dimme.

Il medico consigliò di non portarla nemmeno in ospedale, la visitò e s'accorse che non c'era niente più da fare, la lasci morì nel letto suo, mi disse. Riaprì Maria gli occhi verso sera, per l'ultima mezz'ora della vita sua e della nostra vita assieme. Con ogni respiro tirava un rantolo, un lamento, a intervalli regolari, una specie di raglio come d'un asino ferito. Le reggevo il viso con la mano, la guancia gelida sul mio palmo aperto, e così ce ne restammo a lungo: io che le parlavo sottovoce dicendole quanto fosse stato magnifico il nostro tempo assieme, non l'avevo tradita, nessuno era riuscito mai a dividerci; lei che ascoltava, forse, chi lo sa, e rispondeva muta, con lo sguardo, con le palpebre, poi raccogliendo le ultime forze provò a dimme qualche cosa a voce, con un vagito, sicuramente che pure lei mi amava, che non avrebbe certo smesso ora che moriva e che io avrei dovuto far promessa di crescere come si deve Clara.

Questo capii, così mi parve, così mi piacque credere, mentre la vidi rigettare la saliva da una piega laterale della bocca, vivere due spasmi ancora e poi fermarsi lì, con gli occhi che imploravano un aiuto salutandomi, come ogni sera per sempre da quella sera l'ho ricordata, posando la testa sul cuscino.

Roma. Dicembre

Sarà che non è un inverno freddo, ma la notte prima del derby, e te pareva, i tifosi della Roma sono sotto l'albergo sull'Aurelia a far casino. Sono cinque anni che non ne vincono uno. Cantano il coro del *Nabucco* alle quattro del mattino. Maestrelli deve chiamare la polizia per riavere un briciolo di calma. La vigilia gliel'ha accesa Giorgio, che al cinema Gregory ha messo le mani addosso a due giovanotti ben vestiti, con motociclette del valore di 2 milioni parcheggiate fuori. Lo hanno chiamato Gobbo e lui nel buio li ha scoccati. È inciurmato da due settimane perché non ha potuto passà la sosta nella villa sua a Castel Volturno. Allettato da 25 mila dollari, Lenzini ha spedito la squadra in Kuwait per due partite. Il Gobbo ha fatto del sarcasmo («Con due partite a Frascati guadagnavamo di più») e ora vive nel terrore di essersi beccato un virus in Medio Oriente, lo chiamano verme dell'unghia perché penetra nel corpo attraverso feritine e punta dritto ai genitali. Il «Guerin Sportivo» lo sfotte da un po' di tempo: «Gli organi genitali gli sono utili come le gambe».

Un'ora avanti questo derby, quando mette piede sul campo nel rito d'annusare il prato e l'aria che tira, al povero Maestrelli arriva una pietra sulla testa. Ziaco gli deve dare due punti di sutura, mentre intorno è pure peggio, sono tutte spranghe e lacrimogeni, una dozzina di invasori e due arrestati. Il gol della vittoria di De Sisti fa sciogliere il figlio romanista di Leone che è allo stadio, Mauro, il professore universitario di diritto a cui piace correre di notte in auto con Angelo Rizzoli verso il Number One, e al quale mezza Dc sta mettendo i bastoni di traverso: Moro ne sconsiglia la candidatura al Parlamento per opportunità.

Di questo risultato, l'altro professore, Preminenza, il giorno dopo si bea con il Solerte che gli legge certe dichiarazioni di Chinaglia sul tran-tran dei suoi. «Giorgio ha ragione, la modestia è finita, si sono montati la testa. Il gioco del calcio è tigna. Questi sono puledrini che vanno al trotto, fanno i loro mille passaggetti laterali e i loro virtuosismi inutili». Il Solerte vorrebbe domandare lui cosa ne sa. Senza offesa. Ma a Preminenza importa solo arrivare dove punta da anni. «La colpa è di Maestrelli».

Fra i titolari ci sono due giocatori nuovi. Uno si chiama Pietro Ghedin, gioca in difesa, s'è preso il posto di Petrelli.

L'altro è Roberto Badiani detto Scheggia. Qualche volta porta il numero 6 al posto di Nanni Franco, qualche volta l'11 che è di D'Amico Vincenzino. Non ha piedi dolcissimi. Giorgione e Pino una volta hanno implorato Ziaco di dichiararlo infortunato, di mettergli un gambaletto di gesso a una caviglia, pur di tenerlo fuori. «Maestrelli toglie sempre D'Amico», attacca la solfa Preminenza, «il più bravo di tutti. È discontinuo, ma ha fantasia». I compagni che non amano Vincenzino lo chiamano Una tantum. «Ma in mezzo a quei quattro muratori del pallone, il suo genio tornerebbe comodo».

Il Solerte ci tiene a ricordargli che D'Amico, per il suo Gianni Brera preferito, «è uno stilista, lo stucco sul muro altrui, uno sventatello dal volto grazioso e antico, un toccatore delizioso, però in certo modo un parassita», uno che appoggia la libbarda e vive alle spalle altrui. Lo descrivono capocaccia di strafiche. In Nazionale giovanile una volta lo hanno afferrato in ascensore mentre ammanaculava una hostess svedese. Ora dice d'aver messo la testa a posto e di voler sposare la maestra elementare di Firenze, figlia di un ex tenente della finanza.

Sotto la casa di Chinaglia, intanto, i tifosi della Roma hanno un coro per lui. «O brutto Gobbo, scava la fossa, sarai sommerso dalla furia giallorossa, quando saremo vicino a te, noi ti daremo un altro duce e un altro re». Giorgione ne è stufo. Racconta in giro che gli piacerebbe ricominciare tutto daccapo da Boston, dove il suocero guida un'impresa edile. Magari potrebbe trovare 'na squadra là. «Così comanderei realmente».

Preminenza usa le sue manovelle. «Paese Sera» ha avuto chissà come una soffiata. Al capo dei servizi sportivi, Aldo Biscardi, è giunta la voce che Wilson il

Milord fa parte in modo clandestino di Ordine Nuovo. In una intervista a «Il Borghese», il vecchio capitano si era pregiato di essere nazionalista acceso. Al «Secolo d'Italia» aveva dichiarato il suo appoggio al SÌ nel referendum sul divorzio, in linea col partito di Almirante. Preminenza fa un altro paio di telefonate e subito al presidente arrivano i calamisvà di un paio di dirigenti, convinti che stia proteggendo troppo Maestrelli. «Ha perso», gli dicono, «il controllo della squadra. Vogliamo la sua testa».

Roma. Natale

Un caso Maestrelli esiste, e forse sarebbe onesto dire che è esistito sempre. Gli manca un manager accosto. Ha chiesto a Lenzini di portar via a Boniperti il consulente Luciano Moggi. Sor Umberto rimugina. I giornali scrivono che fra i due è in corso una guerra fredda, che Chinaglia intanto ha chiesto pieni poteri: vuole la cessione di Wilson al Napoli, quella di Martini e Re Cecconi al Milan per Zecchini e Calloni, la pensione per Frustalupi, Vinício al posto di Maestrelli. Deborda. Il presidente s'è vendicato sulle malelingue nelle redazioni mandando il regalo di Natale solo alle grandi firme, una confezione di vini e liquori da 70 mila lire. Ha spedito una lettera di protesta al direttore del telegiornale, Willy De Luca, per via del modo in cui trattano Giorgione. Del direttore, fino a poco prima, sua figlia era la fidanzata. Ora Lenzini se ne sta seduto in poltrona con la testa riversa all'indietro e gli occhi chiusi. Regge una tazza d'acqua in cui ha sparso un pizzico di sale, un goccio di limone e un cucchiaio di alcol. Ha imbevuto dell'ovatta in questa mistura e si unge il dorso delle mani, dove si sono insediate evidenti macchie marroni che non c'erano, non ci sono state mai. Non sa che non andrebbero via manco con un miracolo, nella notte di Natale in cui papa Paolo VI apre la porta santa del Vaticano al Giubileo.

Chinaglia si affida alla diplomazia dei fiori. Ne offre ai tifosi delle squadre di casa che in giro per l'Italia lo fiaccano coi fischi. Ma non c'è verso di trovare pace, sarebbe più semplice andare a rimettere le corna alle lumache. Ogni giorno arriva un dardo. Venditti dice a «Panorama» che la Lazio è un agglomerato di fascisti, fichetti, burini arricchiti. «Il rapporto fra un tifoso e la squadra è lo stesso che intercorre fra un uomo e una donna. Il laziale quando la donna gli dice no ha una reazione di gelosia, il romanista no: perdona sempre, perché il suo è amore profondo». Roberto Gervaso ha un paragone: i laziali sono la borghesia parassitaria dei ministeri, sono i pariolini, i parvenu. Silvia Dionisio, che si sta costruendo un presente da icona erotica, aggiunge che «i suoi giocatori sono presuntuosi, come del resto i tifosi. L'anno scorso durante un derby, mia sorella che aveva 13 anni è saltata di gioia quando la Roma ha segnato un gol. Non l'avesse mai fatto: due teppisti l'hanno riempita di botte. Prenda Re Cecconi: abita qui a due passi. Lo vedo sempre con la sua Porsche fiammante e una certa aria... Prenda Chinaglia. Adesso mi fa quasi pena. Piagnucola come Mino Reitano». Pure il Manager da lontano offre un parere suo, fa il puzzanaso. Dà di lima e di raspa. Giura: «Finché c'è Maestrelli alla Lazio, non rientro. Machiavelli diceva: il fine giustifica i mezzi. Però Machiavelli, in confronto a Tommaso, sembra un dilettante».

A fine febbraio del '75 Bleda ci invitò a pranzo perché eravamo rimasti in mezzo al guado sull'aborto e ne voleva parlà co' tutti. A tavola vengono le idee migliori, quante volte glielo avrò sentito dire. Non avevamo una linea, i lettori scrivevano chiedendoci di fare opposizione alla raccolta di firme per il referendum abrogativo della legge che considerava reato l'interruzione volontaria di una gravidanza. «L'Espresso» si era schierato sin dal principio con Marco Pannella e con il suo canestro pieno di parole, mettendo in copertina una donna incinta inchiodata a una croce, e all'interno un articolo titolato: *Maledetto sia il tuo ventre*. «L'Osservatore Romano» non si era tenuto e aveva risposto: «Ora si può non sentire riluttanza e vergogna a superare il limite dell'empietà e del buon gusto. Si può essere pro o contro una dottrina, una legge, un costume; si può forzare o storcere i fatti a fini di polemica; ma si dovrebbe tremare ad oltraggiare volgarmente e banalmente il Cristo. Nel caso dell'aborto, poi, non si può mentire al punto di tacciare di infamia chi difende la vita umana, già palpitante nel seno materno, ed esaltare come un martire chi la distrugge. Ed è la madre che sopprime il frutto delle sue viscere».

Bleda aveva sempre evitato che il giornale si appiattisse sulle posizioni dei cattolici, per noi la maggioranza dei lettori. C'eravamo già schierati a maggio in favore del divorzio e l'editore non aveva granché apprezzato. Ma l'aborto era molto altro, era dolore umano, ferita nella carne, trauma, come Bleda spiegò a Livio Zanetti che dalla direzione dell'«Espresso» je domandava come ce saremmo regolati. Sapevamo di avere in redazione delle attiviste, la Errati di sicuro, del resto andava sempre un po' per conto suo. Cinquecento donne, durante una veglia in piazza Navona, si erano auto-denunciate – per aver praticato aborti – dopo gli arresti dei radicali Gianfranco

Spadaccia e Adele Faccio. Sabrina voleva aggiungersi alla lista, il direttore la convinse che così facendo avrebbe esposto tutti. «Un giornalista è anche un pezzetto dei suoi colleghi. Si ricordi che da soli si è qualcuno, insieme si è qualcosa». Così la Errati aveva soprasseduto ma s'era presentata a pranzo in trattoria con una soluzione.

Parlò come una veterana. Disse che non potevamo permettecce d'avé dubbi su sta storia, toccava a noi prendere per mano i lettori e portarli dove non avrebbero immaginato di trovarsi. «Ma senza spiazzarli. Con dolcezza e con fermezza». Bleda era incuriosito. Le domandò cosa intendesse. «Smettiamo di raccontare l'aborto attraverso la politica. Raccontiamo le vite delle persone. Ho un'intervista con una donna che ha 45 anni e sette figli, si è sposata a 14. Parla mettendoci nome e cognome. Vive al Tiburtino. Sa cosa mi ha detto? Che nelle borgate accadono cose tremende, conosce una compagna di 35 anni che di aborti ne ha avuti ventiquattro. Un'altra più giovane ha dovuto farlo quasi da sola, ha avuto un'emorragia, hanno dovuto portarla in ospedale. È uscita dopo tre mesi e oggi non può nemmeno prendere la pillola. In certe borgate c'è un aborto in media per ogni nascita. Ecco, raccontiamola così».

Si era battuta, e anche bene, ma Scagnozzi conosceva la distanza che separa il sentimento dal realismo. «Ragazzina», si fece sprezzante, «facce anche sentì quale idea geniale te farai venì se perdiamo copie».

«È una buona strategia», intervenne Bleda, «soprattutto è onesta. Mettiamo le donne al centro della scena, non i politici. Se perdiamo copie, me ne vado io».

La discussione ebbe fine solo perché poco dopo le due il Viscido ci rintracciò al telefono del ristorante per avverticce che uno studente greco di 22 anni, Mikis Mantakas, iscritto al Fronte universitario d'azione nazionale, era stato ucciso da 'na pallottola alla nuca durante una manifestazione legata al processo per il rogo di Primavalle. Un ragazzo biondo, coi baffi, ma per l'ufficio stranieri della questura un turista e non uno dei 3 mila studenti greci di Roma, 10 mila in tutta Italia, venuti da noi per aggirare le iscrizioni a numero chiuso nei loro atenei. Cadendo, Mantakas aveva provato ad aggrappasse al palo di un orologio stradale. Era morto durante l'intervento tentato dal chirurgo. Lo davano iscritto al quarto anni di medicina, ma i colleghi non lo conoscevano e neppure l'Antiterrorismo. «Torniamo al giornale», comandò Bleda.

Quattrocento militanti di sinistra avevano provato a entrare nell'aula in cui si teneva la terza udienza sul rogo. Anche le prime due erano state il pretesto per alcuni scontri in piazza. Stavolta in strada c'erano molotov, sassi, spranghe e pistole. La guerriglia era stata preparata. Qualche minuto dopo la fine del processo, i fascisti avevano tentato l'assalto alla sede del Pci, gli ultras di sinistra – come li chiamavamo nei giornali – avevano risposto sparando. La polizia arrestò un extraparlamentare del collettivo di via dei Volsci. Al funerale del greco Almirante alzò la voce: «Se lo Stato non ci difende, ci difenderemo da noi». La violenza fascista durò per giorni. Un cronista della «Stampa» venne picchiato mentre scendeva dall'autobus per entrare in tribunale. Una decina di neri spararono contro la sede della federazione romana del «Manifesto». In via Nazionale i missini s'affiararono contro a 'n agente della polizia in borghese. In via Ottaviano a un operatore della tv francese je venne impedito de lavorà. Un cinema frequentato da giovani di sinistra fu devastato. Roma si trovava ormai fuori controllo. Era già troppo così. Se solo fosse stato tutto.

Questo famoso fidanzato de mi' fija lo conobbi a Pasqua, il 30 marzo del '75. Era il giorno del suo compleanno, diciassett'anni, Clara invece li avrebbe fatti a maggio. «Angelo ha invitato quattro o cinque di noi nella sua casa sul lago di Vico». Angelo era lui. «Restiamo fino a lunedì sera. Ci sono i genitori e gli zii, andiamo e torniamo in macchina con loro. Questo è il numero di telefono, puoi chiamarli e chiedere. Fammi andare, pa', ti prego, mamma avrebbe detto sì, ti prego». Maria mancava già da quattro mesi, non so a chi fra noi due de più. Avevo imparato dove comprare il miglior pane e il pesce fresco, le scadenze delle bollette, i programmi della lavatrice, non avevo fatto in tempo a imparare come si dice no. Piangevo solo di nascosto, tranne quando mi scappò di mano una delle tazzine del servizio da due, e la spaccai.

Pasqua è uno dei pochi giorni in cui i quotidiani sono chiusi. Diedi il permesso a Clara, inventai una scusa con qualche amico che mi voleva a pranzo, passai a scattare due foto in piazza San Pietro mentre Paolo VI faceva gli auguri in tredici lingue e me ne andai al primo spettacolo al cinema, a vedé *L'inferno di cristallo*. Verso sera accesi la tv e scoprii che il calcio mi aveva scavato dentro. Senza conosce il risultato, m'accanii a guardà il secondo tempo del derby di Torino, perso dalla Juve a 3 minuti dalla fine: così il campionato si era riaperto pure per la Lazio, che a Bologna aveva vinto grazie a Chinaglia e Nanni. Cinque minuti dopo le dieci iniziò la *Domenica Sportiva*, e mentre Carlo Sassi ci toglieva ogni dubbio sui rigori co' la moviola sua, bussarono al campanello della porta con una certa foga.

Fu allora che conobbi Angelo. Stava piantato sullo zerbino co' l'aria stravolta e gli occhi di fuori, aveva fatto le scale de corsa, qualcuno lo seguiva alzando la voce in un modo sconnesso. S'avvertiva solo l'eco di una baraonda. Lui non si presentò ma io me lo ero studiato per quattro mesi di nascosto, la sua faccia, il suo passo, il suo indirizzo, gli spostamenti, la sua famiglia. Sapevo chi era. Aveva l'affanno. Chiese: «C'è Clara?». Dietro comparvero i genitori, un uomo e una donna fatti di cera, una folata furono in una stanza chiusa. «È qui? La prego, ci dica che sua figlia è qui».

Autostrada A1, tra Incisa-Reggello e Valdarno. Pasqua 1975

Il piede destro di un uomo che si solleva da un acceleratore. La macchina rallenta. «Ho freddo alla pancia», dice, «avrò preso un colpo d'aria». Non se la sente di guidare ancora. Maestrelli sta rientrando da Bologna per conto suo, non è sul pullman con la squadra, gli tengono compagnia Ziaco e Lina. «Avrai mangiato qualcosa che ti ha fatto male». È da giorni che allo stomaco ha dolori ma pensa che passeranno come passano i litigi dei ragazzi. «Mi si gonfia la pancia e mi dimagriscono le gambe. È la vecchiaia».

Il dottore lo convince a farsi portare in clinica, la Paideia, la più vicina a casa. Le prime analisi annunciano che c'è qualcosa in più di una colicistite, bisogna tenere il paziente sotto osservazione. Quest'uomo che guidava con il gelo dentro in due settimane perderà 15 chili. La cosa è seria. Negli anni '70 il cancro nessuno lo vuole nemmeno nominare. Un brutto male, si dice così. Lina passa da lui dalle 9 a mezzogiorno, va a preparare il pranzo ai ragazzi che rientrano da scuola, poi torna accanto al suo letto fino a sera. E poi di nuovo, e poi ancora. Tra clinica e casa c'è una piccola chiesa dentro cui le pare di scorgere in una statua una somiglianza con san Nicola. Si ferma lì a pregare, a fare un pegeré. «Ridai la vita a Tommaso, prenditi la mia. I ragazzi hanno bisogno di lui, non me lo togliere», implora, «non me lo togliere».

Maestrelli spesso non ha nemmeno la forza di parlare coi Gemelli. Il professor Paride Stefanini è il luminare che gli aveva indicato Anna Magnani. È da lui che arriva la sentenza. Si tratta di epatocarcinoma. Tumore al fegato. Il medico incrocia una donna in corridoio e la rimprovera: «Non c'è niente da fare. Perché mi avete chiamato a visitare un morto?». La crede una collega, la donna invece è Lina. Che si prende due ore di tempo per mettersi in faccia il sorriso più bello, entrare nella camera di Tommaso e mentirgli: «Il professore dice che ti riprenderai».

Tommaso era in clinica da una settimana e io non c'ero annato mai. Telefonavo a Lina la sera per avé notizie e stavamo quasi sempre in silenzio, indecisi su chi dovesse fare coraggio a chi. La Errati le aveva raccontato di mia figlia Clara, fosse stato per me le avrei evitato un'altra angoscia. Sabrina era stata la prima persona che a Pasqua, sconvolto, avevo chiamato. «Devi dire a tuo padre di aiutarmi». Clara era sparita verso le sei di sera, le prime ricerche al lago erano state assai naïf, poco convinte, Angelo l'aveva persa di vista all'improvviso, non sapeva dire come né quando, e nemmeno gli altri amici. «Pensavamo fosse uscita fuori a fumare», spiegavano. Io non sapevo neppure che fumava. Avevano cominciato a mettersi sulle sue tracce un'ora dopo, era un'enormità, poi presi dal panico anziché chiamà carabinieri e polizia erano corsi a Roma da me. Il Vicequestore mi disse: tranquillo, la troveremo. Aveva la voce meno convinta al mondo che io ricordi. Mancava un motivo per la scomparsa, mancava una traccia, mancava in me la consapevolezza che non l'avrei mai più rivista.

Una squadra di sommozzatori si calò inutilmente a 45 metri di profondità nel lago. Gli elicotteri sorvolarono per giorni il Fogliano e il monte Venere, qualche volta a bordo ce salivo anch'io. Angelo collaborò e camminò con le guardie forestali tra i faggi e i canneti ai bordi di Ronciglione e Caprarola. Due giorni ci fecero capire che Clara nei paraggi non c'era più, non l'avremmo trovata, non lì. Cercai nei cassetti la sua foto più bella da distribuire ai giornali e alla Rai. Qualcuno mi suggerì di stamparla sul tetra pak della Centrale del latte. Feci pure quello. Misi in piazza il mio dolore e il mio numero di telefono confidando che da qualche parte ci fosse, nascosto come lei, qualcuno in grado d'aiutamme. Una donna riferì di averla avvistata in Umbria, mi aprì il cuore lì per lì la descrizione dei vestiti, eppure non ci fu verso di appurare se fosse un indizio autentico o una delle millanterie che mi toccò sentire subito, allora e dopo. Più passava il tempo, più Clara poteva trovasse ovunque o in nessun luogo. Mi dava pena il pensiero che avesse urlato e chiamato: papà, papà – o che in cuor suo sperasse nel mio aiuto, dovunque fosse, e invece io dov'ero, dove. Quella volta, e le altre, io dov'ero.

Nei sette giorni senza Maestrelli e per la successiva partita col Torino, la Lazio è tutta di Bob, svagato, confuso, preoccupato di non far sapere nulla. Tommaso tiene la radio accesa in clinica. Sente che i suoi stanno perdendo 0-2 alla fine del primo tempo. Il pubblico pigiato sta fischiando i ragazzi dello scudetto. Il calcio non coltiva gratitudini. Ziaco sa che gli tocca parlare. Spiega come stanno le cose all'intervallo, confessa il suo sospetto: Tom ha un cancro allo stomaco e al fegato, non c'è nessuna speranza che sopravviva. Re Cecconi è il primo a cedere, Frustalupi crolla subito dopo, Chinaglia non piange ma ha più santi da imprecare che muscoli da muovere. C'è chi vorrebbe andarsene, lasciar perdere, non tornare in campo. Se solo si potesse.

Quando riprende la partita, Chinaglia ne segna rabbioso uno. Pulici sta in porta con gli occhi inficozzati e la capoccia altrove. Ne prende ancora tre. Wilson confessa all'arbitro che neppure ricorda il risultato. L'uomo che fra il pubblico portava l'alloro al capo adesso non ha più corone, tra le mani solo l'asta di quella che era una bandiera, e la stoffa chi lo sa dove è finita di fronte a questa sconfitta per 1 a 5. Borghesi, operai, studenti, gendarmi: la folla è impazzita, la folla mostra i denti. I celerini vestono di tessuto pesante e portano scarpe basse. Sparano barattoli che liberano gas lacrimogeno e pensano di chiuderla così, come se tutto possa finire con un bruciore agli occhi, come se piangere fosse poi un epilogo sensato.

Dentro lo spogliatoio comanda il suono del silenzio. Nessuno che si ingarella, nessuno fa la doccia. Vogliono correre tutti da Tommaso. In clinica. Camera 311.

Alla partita io non c'ero stato. Bleda mi aveva dato qualche giorno libero così che stessi dietro alle ricerche che faceva la questura. La prima settimana se ne andò tutta pe' ricostruì coi testimoni gli ultimi movimenti di mia figlia. Un'amica raccontò che Clara aveva fatto sciarra col ragazzo dicendo che basta, lei se ne annava, che sarebbe uscita sulla strada a fare l'autostop. Il fermaglio dei capelli era stato ritrovato a 200 metri dalla soglia. Angelo se fece 'na risata davanti ai poliziotti, rispose che st'amica era 'na fanatica, che era stato tutto 'no scherzo, e pure gli altri amici lo pensavano.

Appurammo che Clara non aveva soldi con sé, né documenti. Aveva lasciato tutto dentro casa, nello zaino. La questura lo considerava il segno della mancanza di una volontà, cosa che non riuscì a rasserenarmi. Mi fecero delle domande sulle sue abitudini, se beveva, se tornava tardi, se fumava marijuana. Angelo sì, era venuto fuori, negava però di averlo fatto mai con Clara, neppure quella sera.

La domenica pomeriggio passai da Tom e lo trovai che nella stanza in clinica addrizzava i suoi per la sconfitta. Scoprii che di Clara non sapeva, meglio così. Era con me il Candido, lui lo fissò e gli fece a tradimento: «Dovresti scrivere un bell'articolo per me».

«Ne ho scritti tanti», je rispose.

«Sì, ma ora devi scrivere il più bello che ti sia mai venuto. Hai capito, no?». Tommaso si fece più diretto: «Com'è che li chiamate nel tuo mestiere? Prepara un coccodrillo».

Fuori la stanza, quando ce ne andammo, tre donne guardavano da lontano e piangevano colui che dal dolore era trafitto. «Dicono che st'omo è tanto bono», spiegarono offrendo di donare il sangue. Né Lina né altri conoscevano queste signore dai capelli sciolti e profumati, non chiangimorti prima del tempo, anzi, direi delle anti-prefiche. L'enigma venne risolto da 'n infermiere. Senza doppiezze. «So' tre mignotte che battono a Tor di Quinto».

Venti giorni dopo il ricovero, i chirurghi fecero il lavoro loro. Aprirono e richiusero. Era una sentenza. Stefanini prese la mano di Lina e le spiegò che il tumore era troppo vasto. «Inutile, signora, gli restano due, forse tre mesi di vita. È giusto che lei sappia». Ziaco fu nominato addetto alle bugie. Alla stampa venne raccontato che si trattava di una diverticolite diffusa del colon e di colicistite. Bollettino ufficiale: «Il paziente è afebbrile, con pressione arteriosa 130-80 millimetri cubici, 60 pulsazioni e 18 atti respiratori. Il decorso post-operatorio è da considerarsi soddisfacente».

Gli incospicui che fra noi sapevano, scelsero d'ammorgiasse muti. A quei tempi un paziente poteva pure conosce verità ridotte. Tommaso del resto leggeva i giornali. Ne sfogliò un paio e a sua moglie disse: «Hai visto? È andata benissimo». I sedativi avevano una durata troppo breve perché fosse tutto sotto controllo. Io avevo in quei giorni abbastanza tempo libero e la necessità in qualche maniera di impiegarlo. Passavo a salutarlo in mattinata e lo trovavo in poltroncina sul balcone, in vestaglia.

«Non devi prendere corrente», gli ripetevo.

«Questa non è corrente, questa è aria», mi rispondeva, «anzi è la mia ora d'aria».

Si era fatto regalare un cannocchiale, lo indirizzava verso un punto lontano dove diceva de vedé Tor di Quinto, il campo, i ragazzi che dall'allenamento se sbracciaveno pe' salutarlo. «Ti sei mangiato troppi gol», rimproverava Giorgio quando dopo il tramonto veniva a trovarlo, oppure «Ti sei fermato dopo tre giri», faceva a Renzo, e loro increduli che dentro una vita disposta a spegnersi ci fosse tanta forza, tanta energia. Solo con frate Lisandrini Tom se lasciava annà a qualche debolezza, e una volta, solo una, pure con me. «Mi guardo allo specchio e non mi riconosco», fece. Io mi sentivo uguale a lui, per giunta condannato a vivere.

Roma. In primavera

Gli impacchi di sale, limone e alcol non hanno funzionato. Ora Lenzini ci prova col prezzemolo. Lo tritura, lo mescola ad acqua minerale e ne fa una mistura che gli copre il dorso delle mani. Se ne sta a letto supino, le braccia parallele al corpo. Quando il tempo passa, non ti avverte. Però manda le macchie a ricordartelo.

Altre mani sono quelle di Lina che frate Lisandrini stringe. «Dobbiamo accettare la notte, dimensione essenziale della nostra vita», le sta riccapezzando parole carezzevoli. «Nel cuore della notte incendiata di luci, il figlio di Dio è apparso sulla terra a Betlemme. Di notte si è rovesciato il macigno del sepolcro sul Calvario in un grido di resurrezione. Nell'animo ci sono momenti che somigliano alla notte, di dolore e di tristezza. A volte ci si agita nel buio, fino ai limiti della disperazione. Devi avere la forza di mantenere accesa la fiammella della fede, e allora ecco profilarsi all'orizzonte l'alba. È come scoprire una nuova sconosciuta bellezza. Il dolore ci lascia esausti, una stanchezza senza fine, come se tutto fosse perduto. Invece è il momento delle rivelazioni:

oltre la notte c'è la visione di cieli e terre nuove. Quella che credevamo la notte senza fine era una strada per arrivare alla luce».

Una luce cerca Martini. Lo scudetto lo ha reso angosciato e scarico, capirà tutto col tempo. Mentre la squadra vola in ogni nuova trasferta che gli pare sempre più superflua di quella precedente, lui entra nella cabina del pilota. A tutti dice che se potesse guiderebbe lui, davvero, vorrebbe il comando dell'aereo. Martini quando parla non scherza. «Sono pronto, lo sento. Perché non penso più soltanto a me. Alla cloche devi decidere per altre persone, diventi un uomo migliore. Ho imparato a usare la testa. Qualche anno fa ero per 80% istinto e 20% ragione. Ora è il contrario. Ho capito i miei errori. Ho capito cos'è la responsabilità». Mettersi da parte. Congelare i bisogni. Darsi. Questo è. Come si sta mettendo da parte il pilota che lo ha ascoltato e con un raggio di rabbia trattenuta dentro gli occhi gli confessa: «Io ogni mattina volo sapendo che mio figlio ha un cancro alle ossa. Esco e non lo posso nemmeno abbracciare. Ma devo portarvi a terra tutti».

Il mondo di ognuno si disfa ogni giorno, come pannocchie buttate in terra per becchime. Si va in frantumi senza far rumore. Enrico Ameri la domenica fa colazione alle 9 e 30, va alla messa delle 10, siede in trattoria alle 11 e 30 in qualunque città si trovi, e poi dritto fila allo stadio, in anticipo, per evitare il traffico e gli ingorghi. Si dice che tifi per il Genoa e voti a destra. A Sandro Ciotti, forse laziale, invece piace arrivare in tribuna all'ultimo minuto, i giornali sotto braccio, nemmeno un appunto preparato. Dentro portiamo ansie e fantasmi che rendono illeggibili agli altri certe reazioni nostre.

«Scusa, Ameri, sono destinato a interromperti oggi: il Napoli ha portato a due le lunghezze di vantaggio segnando con Braglia al 22°, 3-1 sull'Inter dunque la situazione».

Ameri a Juve-Lazio non sa di avere il microfono aperto.

«Ma come si fa ad essere così coglioni come questo».

Sarà che tutto si sta frantumando.

Garlaschelli va da Tommaso due volte al giorno. Martini passa prima di fermarsi in trattoria, si deprime e non mangia. Lea Padovani abita al piano di sopra. Ogni tanto scende a tenergli compagnia. Racconta a Maestrelli di essere stata una quindicina d'anni prima da padre Pio, dopo aver consultato una risma di medici, implorandolo di guarire l'uomo a cui era legata. Padre Pio non le aveva dato una risposta positiva, anzi, alla fine di una lunga confessione il frate le aveva fatto capire che per salvare l'uomo amato avrebbe dovuto lasciarlo. «Feci così, Tommaso. La malattia scomparve. Tu come lo spieghi questo mistero?».

Il compleanno di Lina cadeva nel '75 dieci giorni dopo la fine del campionato che la Lazio aveva chiuso al quarto posto. Oddi passò a farle gli auguri con dei fiori. Aveva da dire altro: «Mister, mi hanno venduto al Cesena. Vanno via pure Frustalupi e Nanni».

Tommaso alzò le penne. «Hanno distrutto in pochi giorni il mio lavoro di quattro anni. Neppure mi hanno chiesto un consiglio».

Avevo anch'io un regalo per Lina, ma lo toppai. Le avevo stampato e messo su legno una foto di lei abbracciata al suo Tommaso. Li avevo colti di nascosto 'na sera a cena, in un angolo appartati, come freschi fidanzatini, e m'ero intromesso con l'obiettivo. Per una foto un uomo e una donna sono i soggetti più importanti, il loro è un amore a tempo, a rischio, breve, minacciato, fragile. I paesaggi al contrario sono eterni, io ho avuto sempre tanta fretta. Quella posa era come 'na caraffa piena d'acqua che prima o poi se svuota. Siamo cecchini con un colpo solo e io lo avevo usato bene. Erano bellissimi. Così belli che me ne pentii.

Lina si commosse. Porse la foto al marito e gli chiese un autografo.

Tommaso ne rise: «Sei matta?».

«Perché a me no? Fai gli autografi solo alle tue ammiratrici? Io ti ammiro da trent'anni».

Prese la penna allora e gliela firmò: «A Lina, non ancora di me stanca».

Ma nel tirarsi su, nel mettersi al centro del letto, il mezzobusto era finito incorniciato dentro lo specchio della camera. Tommaso vi scoprì il volto di un boccio allaccato e pallido, ed era il volto suo. Afferrò la foto e con un moto brusco la consegnò di nuovo a Lina.

«Non me la fa vedé mai più».

L'estate arrivò lenta e il consiglio di classe dichiarò mia figlia promossa all'ultimo anno di liceo. I suoi quaderni erano stati la prima riva cercata nel naufragio. Speravo de trovacce un messaggio o un indizio. Scoprii che mi faceva bene guardare la sua grafia, sfiorare con le dita le parole scritte a penna, leggere i temi, me pareva di poterne toccà i pensieri – sulla politica, su Dio, sulle donne – che mai avevamo condiviso.

Andai a ritirare la pagella, i professori non li conoscevo, della scuola si era occupata sempre Maria. La professoressa di lettere si trattenne più di quanto fossi stato pronto a sostenere. Mi descrisse una ragazza che faticavo a riconosce. Lei parlava e io pensavo al tempo che i figli passano via da noi e al nostro sforzo di guidarli, pensavo alla maniera in cui si formano un'idea su questo o quello, contagiati da un incontro, una passione; allo strano bisogno che provano di sentirsi unici senza essere speciali, alla necessità di avere un branco, una setta cui appartenere, per rigettare il resto, e spesso dentro quel resto ci siamo pure noi.

«Mi dica solo se ha mai avuto la sensazione che Clara ce l'avesse con me», trovai la forza di domandare. Avevo la mia indagine privata da mandare avanti.

«Ma cosa dice? Guardi che Clara la adorava», mi rispose. «Parlava spesso di lei. Adorava questo padre che le lasciava una lettera ogni sera accanto al letto e una poesia d'amore ogni domenica». Rimasi muto. Io non le lasciavo niente di niente. Si era inventata una biografia che non avevo e che di certo avrebbe preferito. Lo confessai all'insegnante e dovetti farle pena, andammo a prendere una birra, mi disse: se vuole può darmi del tu e chiamarmi Claudia. E così feci, così la chiamai come un animale per un paio di notti a luglio. Tanto sapevamo, senza dircelo, che alla riapertura delle scuole non ci saremmo visti più.

Tor di Quinto

Mentre al campo Nina sta scucendo gli scudetti dalle maglie, Lina tira fuori dall'armadio la più bella fra le sue camicie bianche. Va a comprarsi un vestito nero, corto, fresco, estivo, ne disfa l'orlo, lo allunga, lo ricuce. Si scopre terrorizzata da cotanta macabra sua lucidità. In casa è un carosello di chiromanti, stregoni e guaritori.

L'ultimo inviato della speranza è il professor Saverio Imperato, sceso dalla sua cattedra di Genova con delle valigette. Dice di avere una nuova terapia, un intruglio di vaccini da personalizzare per l'attivazione di difese immunitarie prima e dopo una chemioterapia. «Non sono così matto da sostituirmi agli oncologi». Li affianca. Prescrive a Maestrelli ventidue medicine. Ogni farmaco va preso al minuto giusto. Ci sono gli orari sulla ricetta.

«Quanto costa?», chiede Lina.

«Una cassa di champagne».

I tre mesi di vita previsti in effetti si allungano. La sera dopo Maestrelli è già in piedi, non si alzava da tanto. Ogni giorno sta sempre meglio da che era diventato piccolo e magro, «sembrava un ragnetto, questo è un miracolo» scappa detto a frate Lisandrini. Memmo gli porta carne e uova, Tommaso ricomincia a uffa, se ne va pure in vacanza a Rosa Marina. Rifà le analisi e il cancro è andato a marcia indietro. Una mattina si sveglia e racconta di aver sognato la Madonna. «Mi ha detto di non aver paura, che mi riprenderò». Torna a fare progetti. Ora vuole una casa che non gli parli della malattia. Ne compra una a dieci minuti di cammino, via Città della Pieve numero 19. Una sera in cucina prende del riso in un pugno e lo lancia sulla testa di sua moglie.

«Che fai?».

«Quello che si fa come quando ci si sposa».

«Non sprecare il cibo», lo rimprovera lei, divertita comunque, quasi commossa.

«Quando ci sposammo, eravamo poveri. Quasi quanto quei poveracci che incontrammo in viaggio di nozze e faticavano, si spezzavano la schiena sotto il sole, li ricordi?».

«Ti fermasti a parlare con loro, gli offristi da bere. Sposarsi il 2 di agosto. Con quel caldo».

«All'uscita dalla chiesa ci tirarono coriandoli di carta. Ora fammi tirare il riso, Lina, fammi sprecare qualcosa per te».

Il calcio a Tommaso non mancava. Almeno in apparenza. Passava le sue giornate a fare le sette pesti coi Gemelli. Mi telefonò una mattina per sapere dove abitasse il Candido. «Voglio andare a casa sua. Mi accompagni?». Io cercavo un modo per riempire il tempo. La mattina passavo dal vicequestore Errati a chiedere se nella notte fossero spuntate novità, chissà perché attribuivo al buio la facoltà di procurarne. Nel resto del giorno fino a sera giravo per ponti e campagne del Lazio, cercavo Clara dentro casolari e rustici abbandonati, uno per uno, tutti appuntati su una mappa che avevo inchiodato a una parete. Le mie giornate erano diventate lunghe, lunghissime, parevano durare il doppio, il triplo, ma oltre che lunghe erano pure vuote.

Ci presentammo poco prima delle undici al citofono di un palazzo di Trastevere. La gente si passò la voce. «È Maestrelli, te dico che è lui». Il Candido aprì mezzo assonnato e manco ce credeva de vedecce là.

«Ce l'hai sempre?», gli chiese Tommaso.

«Cosa?».

«Il coccodrillo che avevi scritto per me».

Io mi gelai, nun me l'aspettavo. Il Candido finse bene. «È in mezzo alle cartacce mie, sullo scrittoio. Lo stavo a buttà, ora lo recupero».

Tommaso se lo fece consegnare e iniziò a leggerlo, prima in silenzio e serio, poi certi passaggi lo spingevano al sorriso, o alla risata vera, e allora quelli li declamava quasi, ad alta voce, prendendo in giro il Candido e se stesso, per via di tutte quelle virtù che all'improvviso il mondo gli riconosceva per iscritto. Andammo a mangiare tutt'e tre un boccone in giro e a tavola disse tornando pensieroso: «Era bello il tuo pezzo, grazie. Però fammi una cortesia. Non lo buttare».

Roma Nord. Luglio

La campagna e uno sperone di tufo, le colline basse, i casali. I piedi degli agenti dell'Antiterrorismo e i loro scarponi sono arrivati a un palazzo in via Due Ponti dove sospettano ci sia uno dei covi dei Nuclei Armati Proletari. In questi giorni ne hanno scoperti tredici. Si sono fatti consegnare la chiave di un appartamento dal portiere dello stabile e dentro hanno trovato 31 milioni e 200 mila lire in contanti provenienti da tre sequestri di persona, due contratti d'acquisto per due immobili a Reggio Calabria, 50 cartucce calibro 32, degli scopettini per pulire le pistole, targhe rubate, un passaporto, un abbonamento agli autobus, i libretti di circolazione di una 127 e una 128, quattro carte d'identità intestate a quattro ragazze differenti – una Luisa di Roma, un'altra di Firenze, una Francesca sempre fiorentina e una Elisabetta di Napoli – ma la foto è una, sempre la stessa. In un angolo ci sono pure una parrucca nera e 40 chiavi. «C'è roba», dice il capo della sezione ai suoi mentre in cinque si appostano in salotto.

La ragazza della foto ha 22 anni. È stata una scout, frequentava la parrocchia, i genitori volevano per lei le cose solite: una laurea, un lavoro, un marito – quell'aspirazione banale e impossibile che i borghesi chiamano felicità. Suo fratello Luca è stato ucciso dai carabinieri durante una rapina a Firenze nove mesi prima. Lei gli aveva messo fra le mani, dentro la bara, non un crocefisso ma *Col sangue agli occhi*, il testo sacro nella storia delle Pantere Nere americane, scritto da George Jackson in isolamento in carcere: saggi di teoria politica in memoria del fratello Jonathan, ucciso mentre tentava di liberare tre detenuti neri. Anche George sarebbe stato a sua volta ammazzato da un secondino.

Dei Nap questa ragazza è fondatrice e guerrigliera. Si chiama Anna Maria Mantini e all'una di notte si ritira, aziona la serratura dal pianerottolo e nel giro di qualche secondo si ritrova gelida per i proiettili di un vicebrigadiere. La polizia racconta che sono partiti per sbaglio, che l'agente aveva infilato il braccio nel battente mentre la ragazza lo richiudeva, e pam, così è andata, una fatalità, «un'altra giovane donna morta in questo delirio clandestino sempre più isolato e senza radici popolari». Un'altra Mara Cagol, scrivono tanti, ma qualcosa nella ricostruzione non torna se in prima pagina il «Corriere» pubblica un corsivo in cui domanda: «La difesa della legge ha forse bisogno di versioni ufficiali che mitigano la verità?». I Nap replicano scrivendo all'Ansa: «La nostra esigenza di comunismo è indistruttibile».

C'è un'altra lettera aperta di cui parla la gente. Comincia così. «Ai tifosi laziali». Giorgio Chinaglia ha comprato una pagina del «Corriere dello Sport» per dare la propria versione dell'estate passata a fare il matto. È l'estate nella quale per la prima volta una squadra – il Napoli – spende due miliardi di lire per comprarsi un calciatore – Savoldi. Tutto il calcio pare all'improvviso folle. «Il Mondo» si domanda: «C'è un mezzo per farla finita?». La lettera di Chinaglia è stata dettata dall'America, dove si trova con i figli e con sua moglie Connie. A Roma le era diventato difficile pure far la spesa. Malignità, pettegolezzi, insulti. Le danno della mignotta. «Lei mi domanda che significa e io non glielo spiego», si è sfogato Giorgione con Lietta Tornabuoni. «Non posso uscire di casa, fare nessuna di quelle stupidaggini che rendono la vita un po' felice: accompagnare a spasso i bambini, andare al cinema, portare fuori la sera mia moglie».

Giorgio ha accettato l'offerta di un consulente dell'Hartford per giocare con loro un'amichevole contro una squadra polacca, poi se n'è andato a vedere l'esordio di Pelé nei Cosmos contro Dallas accanto al general manager Clive Toye, riscoprendo il piacere di sentirsi corteggiato. La mattina dopo è nell'ufficio di Steve Ross, alla Warner Bros., i proprietari dei Cosmos. Vuole rompere con la Lazio, si è messo in testa di giocare là. «Purtroppo la mia decisione», va avanti la lettera, «è che non torno più a giocare in Italia. I motivi sono tanti ma principalmente perché la mia famiglia è la cosa più importante per me. Ora spero di farla felice. Per quanto riguarda il calcio, io non potrò mai dimenticare tutto quello che voi avete fatto per me. Io con il calcio forse sono arrivato alla fine. Se giocherò lo farò solo per divertimento. Vi ringrazio, Giorgio Chinaglia».

Via Col di Lana. Nella sede della Lazio

Un lui, una lei, un telefono. È la formula delle canzoni che funzionano nell'estate del '75. In testa alla Hit Parade di Lelio Luttazzi ce n'è una in cui Claudia Mori chiama un uomo, «Ciao, sono io», gli dice d'aver sciolto tutti i capelli e d'aver messo quel profumo suo, solo che l'omo è sposato, su' moje è là vicino, allora finge che dall'altra parte ci sia il capo («Buonasera, dottore»), un cliente o chissà chi. L'altra canzone è un melodrammone familiare, con la vocina di una bimba che risponde a Domenico Modugno e ignora che l'uomo con cui sta parlando sia suo padre, gli riferisce 'na mezza bugia, la mamma è in bagno («non so se può venire»), la signora si nega, piange il telefono, allora addio.

Questi telefoni. La Sip ha alzato le tariffe per recuperare circa 400 miliardi di lire introducendo il principio di 200 scatti minimi garantiti, anche per chi non chiama mai. Chi pagava 35 mila lire, adesso arriva anche a 60 mila. I sindacati hanno raccolto in pochi giorni 15 mila firme di protesta da recapitare al presidente del consiglio Aldo Moro. Molti si stanno autoriducendo le bollette, pagando solo il vecchio canone di 4.840 lire o la cifra che fin qui hanno sempre versato. È una iniziativa sostenuta da Cigl-Cisl-Uil, il PdUP, «il Manifesto», Lotta Continua e Avanguardia Operaia. In molte case italiane imperano i Duplex, due numeri che viaggiano su un solo binario. Se sta parlando la signora al terzo piano, a quelli del settimo manca la linea. Italo Calvino ci ha scritto un racconto, *Prima che tu dica «Pronto»*: «Tutti telefonano a tutti a tutte le ore, e nessuno riesce a parlare a nessuno».

La certezza è che la Lazio non riesce a parlare con Chinaglia. Nessuno ha il suo numero americano. Lenzini è avvelenato. Ha disposto che un dipendente dorma in sede, a terra, su una scrivania, si arrangi, veda dove, per attendere comunicazioni da New York. Giorgio chiama ogni notte alle tre solo per ripetere che no, l'ha già detto, lui non torna. Poi mette giù e telefona a Maestrelli, che tiene l'apparecchio fuori posto per il resto del giorno. A Tommaso è stato promesso un ruolo in società da dirigente. Il nuovo allenatore si chiama Giulio Corsini, bergamasco, 42 anni, arriva dalla Sampdoria col soprannome di sergente di ferro. Nemmeno troppo originale. È un anti-Maestrelli. Non cuce, lui strappa. Forse perché non è più tempo di carote.

Squillò il telefono nella stanza del Capo alle tre del pomeriggio. Era per me. Di quei giorni ricordo bene il tumulto con cui affrontavo ogni chiamata in arrivo. Ero come fuori dalla vita, in attesa che qualcosa mi trascinasse a me. Ogni variazione della routine poteva essere un lampo di luce o l'ultimo colpo pronto a fare di me frantumi. Non sapevo più se desiderare novità o averne terrore.

Chinaglia mi telefonava al giornale dall'America. Premise che nei quotidiani di Roma aveva molti amici, avrebbe potuto confessasse co' uno di loro. Io non ero 'n amico, aggiunse, ma ero serio. Per questo mi stava scegliendo. «In Italia non torno più, scrivilo. Sono stato definito un disadattato, all'inizio del campionato il pubblico mi ha sottoposto a un linciaggio morale durato un anno. Ho avuto molti contrasti con i dirigenti della Lazio, gente che alla squadra non ha dato nulla. Ne ho avuti anche con i miei compagni, ma è un fatto più naturale. Mi hanno escluso dalla Nazionale quando ero centravanti della squadra campione e capocannoniere. E poi sono disgustato dalla maniera con cui i dirigenti della Lazio hanno trattato Maestrelli approfittando della sua malattia per prendere un altro allenatore senza neppure consultarlo. Facendo credere il contrario ai giornali». Era un addio. «C'è dell'altro ma non sciacquo i panni corampopulo. Ci siamo sempre detti in faccia, dentro lo spogliatoio, tutto il brutto che avevamo in corpo. Anche alzando le mani, sì, che c'è di male?».

Quando riferii quelle parole in redazione, Bleda si infiammò: «Lo scriva lei, Marcello, ci apriamo il giornale». Mi defilai, nun era il mestiere mio, non sono un trafficante di parole, anche se tutti provavano a convincemme. Erano giorni in cui sentivo l'affetto, il mondo si mostrava caldo. Presi da parte il direttore. «Meglio di no, ne uscirebbero male i cronisti di calcio, siamo un piccolo mondo pettegolo. Quanto al fatto che tutti me vojono bene, lo so, lo vedo, ma le gare di solidarietà durano poco, come le cose del calcio, e quanno saremo tornati alla routine, quanno il mio dolore sarà stato assorbito dall'abitudine, qualcuno se ne lamenterà».

Partì una discussione parallela sul ruolo di Connie. Zeug, che era tifoso, la definì la Yōko Ono della Lazio. Sabrina si ribellò agli stereotipi e le fu chiesto al volo un pezzo sulla figura della donna nel pallone. Lo pubblicammo di fianco all'intervista, che alla fine firmò uno dei cronisti, perché Bleda era una testa dura, ma io molto più di lui. «Io con il calcio smetto», gli dissi, «non me la sento più».

Una ventina di giorni dopo, Giorgio era a Fiumicino di ritorno. Sotto la minaccia di una squalifica, si era convinto a rientrare per il delirio di duemila persone in aeroporto. Il Jumbo atterrò alle 7.20 del mattino, era fine agosto. Chinaglia esitò prima di scenne le scalette, era sbiacito, la folla lo catturò e lo prese sulle spalle. L'avevano perdonato. Mi vide da lontano e fece l'occhiolino. «Mia moglie non c'entra», disse, «lei mi ha capito. Ho pensato di tornare quando hanno cominciato a giungere migliaia di lettere. Smettere di giocare è come togliermi il sangue».

Gli altri giornali lo pressarono a un modo stracciarolo per avé qualche risposta che smentisse l'intervista a noi.

«Non c'è stato nessun ricatto, ma se qualcuno avesse l'intenzione di cedermi, il discorso cambierebbe. Me ne tornerei col primo aereo diretto in America. Forse commetterò ancora sbagli, parlerò troppo. Ma un uomo non si può cambiare. Con la mia famiglia ci vedremo una volta al mese». Era la proposta con cui lo avevano convinto. «Me lo ha promesso Maestrelli». Tommaso aveva avuto una scrivania. Era il nuovo direttore sportivo.

I giorni e le notti passavano col nome di Clara sulle labbra. Avevo messo un premio di 150 milioni di lire per chi avesse portato notizie utili. Non li avevo. Li avrei trovati. A chi l'aveva presa, avrei pagato un anno di vacanza alle Hawaii se me l'avesse restituita. Senza condizioni, senza vendetta, senza rancore. Il dolore stupisce. Spigne in un altro mondo. Io cercavo di crearmene uno mio che avesse un senso. Ho lasciato per anni una monetina da 10 lire nascosta sul ripiano dell'ascensore, era una piccola accortezza che avevamo Clara e io, così nessuno se la sarebbe fatta a piedi in caso di dimenticanza. Continuai a lasciarla. Controllavo ogni sera al rientro e ogni mattina all'uscita. Era sempre lì. Quando per la prima volta non la trovai, sorrisi. Era stata utile a qualcuno. Mi faceva avvertire Clara nei paraggi. Ne misi un'altra e sparì pure quella, un'altra ancora, e un'altra, una alla volta tutte. C'era qualcuno che senza saperne il significato giocava questo gioco mio, finché nel palazzo non abolirono la gettoniera portandomi via pure quest'ultimo filo stupido con Clara. Non esisteva casa, nemmeno a casa mia.

Sono millecinquecento l'anno, dicono in questura, le persone che Roma inghiotte. Le cronache non raccontano mai come queste storie vanno a finì, cosa succede dentro le famiglie, quando si arrendono, quanno smettono de sperà. Feci pedinare Angelo cercando non so bene cosa. Me pareva che nulla lo turbasse, e quella superficialità mi bastava a sospettarlo, di più, mi bastava a condannarlo, ero sicuro che lo avrei incastrato, era stato lui, forse l'aveva drogata, oppure l'aveva messa incinta.

Ci eravamo riparlati una volta sola, una dozzina di giorni dopo il fatto, incrociandoci per caso nei corridoi della questura. Disse: questa cosa mi farà diventare grande, ma poi cosa me ne faccio di essere adulto? Me tornò in mente d'avé smucinato de nascosto 'na vorta mezzo ragionamento che Clara faceva in cucina co' Maria, diceva che l'adolescenza se dovrebbe poté cancellà dalla testa quanno finisce. «È un'età tossica, ma'. Perdi potere. I capricci non sono più concessi. Tutti smettono de chiamarti con un diminutivo. Diventi la fija di questo o quella. Siccome che nun se pò tornà mica indietro, meglio cresce in fretta o meglio cercasse 'n'artra soluzione».

Smisi de seguì Angelo quando a qualche mese di distanza si trovò un'altra ragazza. Mi parve evidente che la sua vera colpa era avere 17 anni. So che si è fatto una famiglia, con dei figli che potevano esse i miei nipoti. La piantina di menta che avevo sul balcone fece i rami secchi e io smisi di darle dell'acqua nuova.

Roma. Inizio autunno

«Il miglior medico di me stesso sono io. In un mese il mio peso è aumentato di 13 chili».

Questo che parla è Maestrelli nella sua prima intervista dopo aver sbroccolato.

«Mangio con appetito, faccio lunghe passeggiate e qualche volta le ore piccole. I medici hanno deciso di sospendere ogni cura. Pensavo che Chinaglia avesse deciso di restare in America. Ma ho sentito una certa nostalgia nei suoi discorsi al telefono. Sapevo che lontano dal calcio soffre e che la Lazio non gli avrebbe mai dato il permesso di partire. Abbiamo discusso, l'ho convinto a rientrare. La moglie e i figli verranno spesso in Italia a fargli visita».

Alla squadra in estate s'è aggiunto un nuovo calciatore. Si chiama Francesco Brignani, altro lombardo, 27 anni, deve prendere il posto di Frustalupi. È sempre l'ultimo a svegliarsi, si presenta in ritardo appena può. Parla con fierezza della sua laurea in economia e commercio e del suo passato da benzinaio nella piccola azienda di famiglia. Legge, sa di politica, conosce l'andamento delle borse. Tutte cose che il mondo del calcio gli rinfaccia al primo cross accileccato. Ci vuol poco a passare per eretici. Brignani si sta ancora ambientando mentre Chinaglia è già entrato in contrasto con il nuovo allenatore. Corsini non vuole riconoscergli la garanzia di volare dai suoi in America. È tanto intransigente con Giorgione quanto protettivo con un giovanotto di 19 anni, piedi di seta, il suo nome è Bruno: Bruno Giordano. Viene da Trastevere. Il padre ha una bottega da tappezziere a Campo de' Fiori e gli ha dato quel nome proprio per via della statua del filosofo.

Ha due anni in meno di lui, 17, questo figlio di un fattorino e di una parrucchiera ammazzato a colpi di lupara davanti alla sede del Msi al Prenestino. Era iscritto al terzo anno di odontotecnica. Gli istituti tecnici sono in sciopero, c'è un corteo nel giorno del rinvio a giudizio di due extraparlamentari di sinistra per l'omicidio di

Mantakas, e Mario Zicchieri del Fronte della Gioventù è la vittima di un agguato. Gli sparano in tre, con una coppola in testa, gli occhiali scuri e il bavero alzato.

E poi ne ha due più di Giordano, 21 anni, questo elettrotecnico timido, senza l'uso di un occhio, che a Scalo San Lorenzo viene ammazzato mezz'ora dopo mezzanotte a colpi di pistola. Antonio Corrado muore per errore, per un giubbotto uguale a quello portato dal bersaglio vero, per la sua somiglianza con un militante di Lotta Continua, i cui dirigenti parlano di ritorsione «dopo l'assassinio provocatorio del Prenestino». «Il Secolo d'Italia» attacca da giorni la formazione. Brucia Roma. Sta vivendo ore di vendetta e di paura.

Novembre è una suite di lutti. Ha 20 anni lo studente della Garbatella ucciso da una pallottola giunta nel polmone destro dopo avergli passato il pancreas. Un altro padre sgomento, un'altra madre in lacrime. Piero Bruno è tra la folla che da piazza Santa Maria Maggiore andava a fare in Navona scaramuccia per l'indipendenza dell'Angola. Anche Piero è un compagno di Lotta Continua, studiava all'Armellini, sognava insieme ai suoi di girare un film sulla lotta di liberazione di Agostinho Neto o di aprire una mensa per i bambini proletari a Napoli. «L'Unità» scrive che «la situazione non era in alcun modo tale da dover provocare una sparatoria. Le forze di polizia devono saper evitare che si giunga a simili tragedie». «Il Popolo», quotidiano della Dc, parla di «reazione tragicamente eccessiva». L'autopsia accerta che un secondo proiettile è stato sparato mentre Piero era già moribondo a terra. Erri De Luca non si darà pace per anni: «C'erano i fascisti. E la gente chiedeva Zaire, Angola, cosa sono? Poi trovava la risposta non in televisione, ma in casa, perché in ogni famiglia c'era almeno uno di questi ragazzi comunisti e se non c'era, peggio per chi non l'aveva, perché quella era la parte migliore della gioventù di questo paese, dal dopoguerra in avanti. La parte migliore compresa quella che è andata alla malora con il terrorismo e con l'eroina. La peggiore è rimasta a casa in quegli anni, la pessima è sugli schermi».

Bruno Giordano appartiene a un'altra fetta ancora di gioventù. Ha fatto in tempo a giocare col pallone per la strada: al Gianicolo, a Santa Maria, al Testaccio. Ha fatto in tempo pure a tuffasse ar Tevere da ragazzo, sotto lo sguardo di un prozio, Er Ciriola, fiumarolo al ponte di Sant'Angelo. Bruno ha smesso d'andare a scuola a 13 anni, pensa che se gli va male col pallone farà sempre in tempo a stringere chiodini fra le labbra come il padre e piantarli col martello e con la pinza sopra una tenda o una poltrona. Un anno è stato a imparasse l'inglese con un ragazzetto della Roma che si chiama Bruno come lui, di cognome Conti. Giordano gioca col destro, gioca col sinistro, gioca con la testa alta e con il petto in fuori che pare quello di un colombo. Si è fatto tagliare dal barbiere i capelli come Cruyff, perché «io non volevo somigliare a Cruyff, io volevo essere lui». È stato un prete al Don Orione, don Francesco Pizzi, a portarlo a messa e sui campi di pallone, a dargli l'occasione di svoltà la vita sua.

Bruno Giordano al provino c'è andato con quattro autobus dell'Atac e accompagnato dalla mamma, con un paio di scarpini che gli hanno prestato perché costano troppo e che se so' rotti mentre scivolava, e prima di mettersi la maglia della Lazio ha dovuto parlarne col padre che era romanista. Ma quando Corsini l'ha buttato in campo per la prima partita in serie A, a Genova contro la Sampdoria, ha segnato lui il gol della vittoria. Re Cecconi a Chinaglia gliel'ha detto: «Ora ce l'abbiamo uno che fa gol al posto tuo». Gliel'ha detto scherzando ma non troppo.

Ostia. Novembre

Il giorno dei morti Bice Cresta va sempre al cimitero, anche se da casa sua adesso è un viaggio. È un anno che non vive più con Paolo, se so' lasciati, quer matto s'è fritto la capoccia appresso alla schedina, non ragiona, rameggia, chi lo capisce. Vivono separati, lui è rimasto a Primavalle con Valerio e lei se n'è tornata a Ostia dalla madre. Mette due soldi assieme ramacciando alle case rosse in fronte al mare. Oggi la sveglia è suonata alle cinque del mattino, sistema quello che deve sistemà e dopo porterà i fiori al Verano. Esce – quando deve uscì cor bujo – sempre co' la strizza addosso, da quando dentro la pineta di Castel Fusano hanno trovato il cadavere di un sudamericano ucciso con una coltellata a un occhio, un uomo sulla trentina con la maglia rosa, i pantaloni blu e 350 mila lire infilate nel costume rosso; i polpastrelli bruciati – il pollice, l'indice e il mignolo levati nel segno delle corna, come si usa nel mondo della prostituzione.

Su questo sterrato che il mare strippa e il Tevere inciaffa, Bice tiene in subaffitto una delle catapecchie abusive della baraccopoli, certe rogne recintate a centinaia dietro il filo spinato, di eternit e di legno fatte, di plastica e cartone, masonite, ruggine, vecchie tapparelle usate per pareti. Dentro, i muri non esistono, neppure le finestre esistono, né l'intonaco, né gli infissi, ma sgargianti sono i colori con cui hanno sbaffato questo teatro brullo, questo squallore. Ci si viene d'estate o di domenica, o per fare l'amore clandestino, pochi abitano qui, non tutti hanno la luce, l'acqua arriva attraverso dei pozzi scavati nella sabbia e sa di mare, non si può bere, i panni diventano ruvidi a lavarli. Un luogo con un'aria di violenza segreta, direbbe Bice se sapesse scrivere come Moravia. Così vent'anni fa erano Pietralata o il Tiburtino III. Ma è la casa che Bice può permettersi, e trema di paura quando il vento soffia forte come stanotte, quando sente dì che gli uomini della malavita – pure i marsigliesi, pure i napoletani – vengono qua a nascondersi o dispongono pestaggi. Trema adesso che a terra vede laggiù, dietro la curva dell'Idroscalo, oltre una baracca col cancelletto rosa, un'ottantina di metri prima del campo di calcio della Uisp, una camicia inzuppata di sangue e di mattanza, il corpo pestato di un uomo con le guance cave e le braccia smagrite come quelle di un bambino. Una tomba a cielo aperto di scandalo, polvere e mistero.

Non erano anni, quelli, in cui si discuteva dell'opportunità di pubblicare su un giornale il primo piano di un corpo massacrato, un volto gonfio di lividi neri, una mascella rotta, il naso deviato, le orecchie tagliate a metà, dieci costole e lo sterno fratturato. L'avevo scattata, ce l'avevamo, la mettemmo. C'era altro per cui scazzasse. Bleda fece sapere alla redazione che sul delitto di Pier Paolo Pasolini stavamo andando male. «Paese Sera» ci dava un buco al giorno con i servizi di Lucia Visca. Oriana Fallaci – che aveva in libreria *Lettera a un bambino mai nato*, 120 mila copie vendute nell'ultimo mese – su «L'Europeo» aveva tirato fuori una testimone misteriosa, sicura, sicurissima del fatto che contro Pasolini fossero in tre. «Noi cosa abbiamo?», domandò il direttore. Ci voltammo verso la Errati e capimmo che avevamo poco. A lei, cioè a suo padre, la testimone non risultava. Ma potevamo fidarci? Dacia Maraini scriveva in quei giorni: «A un amico che gli consigliava di portarsi dietro una pistola durante questi vagabondaggi notturni gli ho sentito rispondere appena pochi mesi fa: no, no, tanto non saprei usarla».

L'omicidio di Pasolini aveva relegato tra le ultime pagine la morte di un diciannovenne, ucciso dal colpo di una Mauser 6 e 35 in un garage, per mano di un diciassettenne, nipote del guardiano. Aveva usato la pistola dello zio uscito per cena e aveva detto all'amico: vedi, questa la tengo sempre con me, sottomano, de sti tempi non si sa mai. Un attimo dopo era un assassino.

Zeug non si capacitava. Aveva incrociato al ristorante Pasolini giusto quel sabato. «Ero al tavolo a fianco a Savioli e Acconciamessa, i due colleghi de "l'Unità", lui cenava con Ninetto Davoli e famiglia. Hanno mangiato salsicce, della frutta, quando ci siamo salutati parlavano del ragazzo ucciso al Prenestino, della violenza che c'è a Roma, che pure Luchino Visconti la trova ormai fuori controllo. Pier Paolo m'aveva detto: sai, Raniero, in fondo è giusto che i giovani non siano buoni, non hanno ideali. Hanno fatto propria la mentalità del consumismo, sono schiavi ma anche complici».

Ci domandammo che bisogno avesse avuto di arrivare fino a Ostia e si andò avanti così per una ventina di minuti, prima che Bleda ordinasse ai cronisti di correre in via Eufrate 9, casa di Pasolini, per parlare con la madre e capire dove fosse finita l'Alfa targata K69996;

a me disse di rifare metro per metro tutto il percorso dell'ultima notte: dalla trattoria in piazza dei Sanniti fino a piazza dei Cinquecento, il ristorante all'Ostiense, il distributore di benzina in via Marconi, l'Idroscalo. Bleda ti metteva sempre di fronte al mestiere, all'abc, ma quell'omicidio mise lui di fronte alla potenza del pallone. «Hanno ucciso Pasolini da poche ore», mi disse guardando la tv, «e ci sono 50 mila persone all'Olimpico per Lazio-Bologna». Il Bologna di Pasolini, il Bologna che a me parlava di Clara.

Ero arrivato a rivolgermi a una medium. Non ricordo neanche più chi fu a metterci in contatto. Era una donna sulla cinquantina, piacente, mi accolse in un appartamento con certe maioliche antiche. Disse che prima di chiedere, avrei dovuto dare – dare la mia coscienza sublime – così la chiamò tre o quattro volte invitandomi a scegliere dodici carte da cinque mazzi di carte che teneva sul tavolo al centro della stanza, di fianco a una roulette che fece girare. La pallina si fermò sul 6, mi chiese di scegliere un seme, io dissi picche, e senza che le avesse mai sfiorate, di picche diventarono le carte, tutte, mentre lei pareva trasfigurata, una via di mezzo tra la felicità e la sofferenza. «Sento che sei pronto», disse. «Domanda cosa cerchi, cosa ti ha portato qui da me».

Risposi all'inizio per sommi capi. Mi vergognavo. «Voglio vedere qualcosa che non c'è».

Allora mi afferrò le mani e sul soffitto apparve una specie di nuvola marrone, rotonda, sarà stata di un mezzo metro circa di diametro. Quanno la donna le mani mi stringeva, la nuvola si dilatava, per poi restringersi appena lei ammollava un po' la presa. Passò così una porzione di tempo che lì per lì non seppi definire e che dopo devo aver dimenticato, forse cinque minuti, venti o quaranta, e quella forma sul muro assunse l'aspetto di un volto. Sembrava il mio. Squillò giusto a quel punto il telefono e ci interruppero, lei si scusò, «in genere lo stacco», si alzò e rispose. Tornò e si decise a fare riferimento a due o tre cose della vita mia. Me la cavai co' 'na battuta scema. «Maga, che te l'hanno dette ar telefono, ste cose?».

«Non mi chiami maga», mi riprese. Non era severa, sorrideva, ma fu ferma. «Non è dai maghi che si va a cercà 'na figlia». Non fece più nessuna scena. Mi guardò dritta negli occhi e disse: «Lasci perdere». Mise una dolcezza che stonava. Ma se volevo lassà perde, non stavo mica là. Aggiunse che aveva visto poco, quasi parve scusarsi, accennò di nuovo alla coscienza, fece una tirata sull'egoismo dell'umanità, onestamente a me che me fregava, e si risolse a salutamme dicendo: «America. Solo questo so».

Il lunedì in redazione venne Re Cecconi. Aveva accettato de fasse intervistà al telefono dai tifosi. Un'idea del Capo. «Mettiamo sul giornale i nomi di chi chiama, così vendiamo 200 copie in più». Il Biondo mi fece un cenno da lontano e sussurrò: «Che impressione la foto di Pasolini». Chiese com'è che al campo non ci fossi più, impastai un paio di spiegazioni vaghe e lui disse alla fine: «Mi dispiace per tua figlia». Finimmo a pranzo insieme. Così mi ritrovai a sapé un'america di cose sulla Lazio che mi chiese di non divulgare.

Tor di Quinto. Ultimi mesi del 1975

Bruno Giordano ha tre motivi per essere felice. Il primo è che finalmente ha incontrato Cruyff in una partita vera, la Coppa Uefa, a Barcellona. Il secondo è che ha scambiato con lui la maglia, alla fine, anche se la Lazio ha preso quattro gol e Chinaglia ha sbagliato un calcio di rigore. A Giorgione avevano ficcato sotto gli occhi la copia del «Guerin Sportivo» con l'ultima intervista a Pasolini e un passaggio sui Mondiali cerchiato a penna: «Chinaglia in quella Nazionale era perfettamente inutile: una mezza punta goffa e delirante. E per di più, Chinaglia non fa altro che mettere malumore agli altri». Il Gobbo sbuffa. «Stiamo diventando tutti impiegati, finisce che comincio a prendere a calci i pigri». È chiaro che non sopporta più nessuno. Con un giornalista è arrivato a dire che i centrocampisti sono tutte pippe.

La prima partita all'Olimpico col Barcellona era saltata per ordine di Lenzini. La Lazio si era rifiutata di giocare per non trasformarla in un pretesto da Sinistra contro Destra in piazza. Contro le fucilazioni del franchismo, a settembre a Roma avevano protestato in 150 mila. Alla stazione Termini erano stati bruciati dei pullman turistici spagnoli. Lenzini temeva altri incidenti, altre squalifiche, ma con la rinuncia aveva finito per irritare i dirigenti catalani, antifascisti, straniti di fronte a quello che pareva un atto politico.

C'è un terzo motivo di felicità per Bruno: vedersi raggiungere in squadra da Lio, l'amico suo, 20 anni, figlio dell'avvocato Manfredonia, fresco di liceo classico privato dai preti irlandesi. Uno è di Roma Nord e l'altro di Trastevere, uno con la puzza sotto al naso e l'altro con la faccia da sbuciafratte, la meno credibile delle coppie eppure codica e onto da quanno che erano pischelli. «Io ci credo in voi, ragazzi», gli ripete Corsini. Privilegia i giovani. Non sa che invece i senatori l'hanno bruciato. Vogliono mandarlo via.

Tommaso s'è preso due giorni per pensarci. Non ha approvato le cessioni di Oddi e Frustalupi ma non vuole passare per uno che ha tramato alle spalle di Corsini. Il Milord ha parlato con chiarezza al cda. Se mandano via l'allenatore da caserma, deve tornà Maestrelli. Vogliono solo lui. La situazione è nera. Petrelli intigna co' la gente ogni settimana. Se uno lo affronta («Ascolano demmerda, venduto, figlio de 'na mignotta»), lui scavalca la rete e lo allessa di botte. L'ultimo è stato un facchino di Termini che chiede 350 mila lire per non querelare. Il Santasantoro fa una colletta e con 15 mila a testa mettono tutto sotto silenzio.

Invece a Roma tutti sanno che Chinaglia e Corsini si sono messi le mani addosso al derby, all'intervallo. «Finché sono io l'allenatore, tu non andrai mai negli USA». Botte, il clan che si getta allupato nel mucchio, gol del centravanti al ritorno in campo e volo all'indomani per New York. Rientro: il giovedì. Un clima insostenibile. «Se oggi perdiamo, te ne vai», dice papale papale e giorgione giorgione il numero 9 all'allenatore prima di giocare la domenica appresso contro l'Ascoli. Combinazione: la Lazio si fa Lazietta e perde.

Perciò adesso Tommaso ha due giorni per decidere se tornare ad discipuli. È a letto quando fa la scelta sua d'aricacchiasse. Pensa che Chinaglia una spina non è stato mai. «Va e viene da New York come altri potrebbero recarsi in un paesetto vicino Roma», dice a se stesso per convincersi e così dice pure a Lina che gli ha portato un caffè, indovinandogli in faccia la soluzione che ha trovato al rebus. «Noi abbiamo già sofferto tanto, Tommaso, anche io, i bambini. Non so quanto posso reggere in futuro. Se accetti di tornare in panchina, mi devi giurare che cambi vita». Sono passati nove mesi dalla malattia e gliene restano altri dodici da vivere.

Quartiere Trastevere. Poco prima di Natale

Dicono che a Trastevere stasera forse passano Venditti e De Gregori, non per cantare, per sentire. Il giovane Manfredo ha portato la chitarra e due o tre ballate che conoscono solo gli amici. Le ha fatte sentire all'università, son belle gli hanno detto, prova al Folkstudio nei giorni in cui il palco è aperto a tutti i musicaroli, il sabato o la domenica, certe volte può capitare di venire dopo Dalla, dopo Guccini.

C'è una sedia rossa al centro di questa cantina, un tipo con la erre moscia tiene il ritmo battendo il piede sulla moquette dello stesso colore e canta di una certa Valentina che scappò di casa un anno fa. Manfredo uscirà dopo. Sperava di incontrare la Marini. Se avesse imparato a suonà il sassofono, forse stasera sarebbe al Music Inn, a cercare Gato Barbieri. Invece è a lei che vuole far sentire le sue canzoni che parlano di alcolizzati e psichiatria, di anarchia, di femminismo, di due baraccati morti abbracciati in mezzo al fango, della psicosi da catena di montaggio. Canta con gli occhi chiusi. Ha messo lindeppinto la giacca e la cravatta, in un posto dove dell'estetica non frega niente a nessuno. «Sono uno studente universitario», si presenta. Il pubblico se ne sta su panche sconnesse, vecchie sedie, su stuoie di paglia, accovacciato a terra.

«Nell'aria viziata dal fumo non c'è odore di peccato», ha scritto del Folkstudio Flora Gandolfi, la giornalista che ha sposato Helenio Herrera. Manfredo torna a casa felice perché gli ha fatto i complimenti Locasciulli. Il patron Cesaroni gli ha anche dato 1.500 lire e gli ha detto di tornare, è piaciuto, forse gli farà incidere un disco. Del resto la gente alla fine vuole muovere i piedi e scalare montagne.

Quartiere Monteverde. Gennaio 1976

«Sai che cos'è il calcio?». Preminenza sta sottoponendo il Solerte al solito tormento mattutino, con i giornali squadernati sopra al tavolo.

«E che deve esse? Sarà 'na partita de pallone». Si sente dalle risposte che il Solerte cresce. Sta diventando grande.

«Il calcio è un ersatz».

«E che sarebbe questo ersatz?».

«Un surrogato delle antiche lotte medievali. Quando cessavano, venivano mimate con giostre e sagre di cavalieri».

«Pensavo meglio. Detto così è 'na copia copiarella della frase sulla guerra come prosecuzione della politica eccetera eccetera».

«Deficiente. Non sai quello che dici. L'ersatz è un paragone di Gianni Brera».

«A professo', a me me piace Arpino».

Preminenza ha ripreso a tramare contro Maestrelli. «Dico io. Torni in panchina come un eroe, l'Olimpico esplode, ti regalano i fiori, tu perdi la partita, riempi di elogi il Napoli e Vinício per sviare l'attenzione, e alla fine ti lamenti per i premi partita arretrati?».

Così è andata. Maestrelli è stato subito criticato. Gli rimproverano di guidare una squadra di mercenari, pronta a vincere solo se c'è l'incentivo. Dopo tre partite, a Natale, è già provato. «Mi stanno rendendo la vita impossibile. Desidero un chiarimento totale, come avevo auspicato prima di tornare. Non ho rancori verso nessuno. È l'integrità della Lazio che mi sta a cuore». Gli attribuiscono la responsabilità del caos e lui ringhia: «Perdonate, mi ero assentato un momento per andare a morire. Della mia salute devo rendere conto alla mia famiglia, non alla società». Va in tv con Wilson e critica la campagna acquisti. Lenzini prova a mostrarsi suo alleato. Scioglie il consiglio direttivo e convoca un'assemblea. Ma stanno ai ferri corti. Maestrelli non lo nasconde.

«Lenzini ha molti pregi e molti difetti. Possiede quel magico influsso degli uomini *in*, come dicono i ragazzi di oggi. Se pensasse di più a organizzare seriamente la società, sarebbe completo. La mia disperazione, il mio tormento stanno proprio nel constatare come la Lazio, pur vincendo uno scudetto, non ha mai avuto alle spalle una struttura sociale adeguata alla popolarità. Un esempio. A Reggio Calabria e a Foggia avevo la mia stanza sul campo con telefono e doccia personale. Potevo ricevere i giornalisti senza vergognarmi. A Tor di Quinto, per sedermi devo farmi prestare una sedia. Dopo lo scudetto arrivavano fotografi e giornalisti dal Brasile, dalla Germania e dall'Inghilterra. Più che parlare non facevo altro che chiedere scusa. Neppure un caffè potevo offrire. Ecco perché con Lenzini non ci siamo».

Preminenza si irrigidisce. «Maestrelli si è messo in un guaio. Vinício, 'o Lione, se lo sbrana presto. Fra poco arriva e si prende la panchina. Stammi a sentire».

Il Solerte è scettico. «Lei crede di sapere sempre le cose prima».

«Guagliò, io le cose non le so, io le cose le faccio succedere. Il guaio tuo è che non mi credi». Fece silenzio.

«Segnati questa. Kappler scapperà dal carcere. Nascosto in una valigia».

«In una valigia?».

«Esatto».

«E chi lo aiuta a fuggire, professo'? Il mago Silvan?».

«Vieni con me», propose Tommaso. Da quando al campo nun annavo più, cercavamo altre occasioni per stare più spesso insieme. Viaggiammo verso la campagna, quella mattina voleva presentarmi Memmo, del quale avevo conosciuto solo albume e tuorli. Fu un tragitto in cui partecipò con molti silenzi e canticchiando a mezza bocca la sigla tv di Sandokan. Parlai principalmente io, di cose molto futili, un nuovo obiettivo che avevo comprato, il caravan che avevo venduto, lo feci ridere raccontandogli del Viscido e del nuovo aumento che si era fatto firmare lasciando credere fosse stato chiamato da «Repubblica», in edicola da una settimana. Mi parve un uomo pieno di tormenti, preso da un'angoscia che non gli era mai appartenuta. Non poteva essere solo la classifica, il pericolo della retrocessione in serie B.

Ci sdraiammo sotto un pergolato e finii dentro il loro gioco preferito. Compilavano liste, liste su ogni cosa, e da lì si partiva per tangenti interminabili e magnifiche. Tommaso elencò i cinque film più belli che avesse visto.

«*Via col vento*, *Ladri di biciclette*, *Riso amaro*, *Cronaca di un amore* e...».

«... *Mezzogiorno di fuoco*», intervenne Memmo. Io ero per *La maman et la putain*. Non me lo chiesero.

«Tom, hai messo tre film italiani su quattro», lo rimproverammo.

«E allora? I nostri maestri di cinema non ce li ha nessuno».

«Nemmeno un musical, nemmeno i Padrini», continuai, «Truffaut, Hitchcock, *Arancia meccanica*, *Fronte del porto*, un Chaplin, un Howard Hawks. Niente».

«Howard Hawks è un minore», eccepì Memmo scandalizzando, e alla discussione dedicammo i venti minuti successivi. Passammo ai cinque calciatori più forti mai visti in un Mondiale, per Memmo erano Puskás, Walter, Hidegkuti, Ocwirk e Nílton Santos.

«Su Puskás e Hidegkuti ti do ragione», si sciolse Tom, «io ci metto pure un terzo ungherese, Kocsis. Ma poi non voglio storie: Boniperti e Tozzi».

«Tozzi chi?».

«Humberto Tozzi. Brasiliano».

«Ma dai», reagì Memmo.

Io ridevo.

«Ai Mondiali del '58 non c'era».

«Ma c'era a quelli del '54».

«Fra i tuoi cinque non ce n'è nemmeno uno che i Mondiali li abbia vinti».

Ero incantato, io tutte quelle cose manco le sapevo, perciò mi mozzicai la lingua. Avevo visto solo i Mondiali del '74 e avrei detto Cruyff. Ma pure lui manco li aveva vinti.

«Vincere, vincere», rispose Tom a Memmo, «riducete sempre tutto a vincere. Se contasse solo questo, ci basterebbe conoscere i risultati al novantesimo. Ma è tutto quello che ci metti fra il primo minuto e l'ultimo a renderti insulso o indimenticabile. E poi guarda: mentre il tuo Nílton Santos vinceva i Mondiali, nel '58 Tozzi vinceva la Coppa Italia con la Lazio».

Andammo via poco prima che facesse buio, cominciava a piovere a zeffunno, Tommaso si sarebbe ostinato a rimané sotto l'acqua senza 'n ombrello e senza un cappello. Nel viaggio di ritorno verso Roma era un altro. Memmo e la campagna gli facevano bene.

«Sai cosa avrei fatto se Chinaglia fosse andato via l'estate scorsa? Avrei preso Gigi Riva». Mi stava dando una notizia. Anzi due. «Mi vogliono sulla panchina della Nazionale. A Lenzini non l'ho detto, ma l'ha capito. Qualche giornalista amico in giro ce l'ha pure lui. Non sono gli stessi di cui sono amico io».

«E cosa credi di rispondere?».

«A chi non piacerebbe la Nazionale. Ma non lo so. Vediamo prima come finisce st'avventura».

Mi sono chiesto negli anni molte volte come sarebbe andata. Maestrelli cittì dell'Italia nel '78 in Argentina e quattro anni dopo in Spagna, campione del mondo al posto di Bearzot. Maestrelli icona e totem, monumento d'Italia. Maestrelli sull'aereo con Pertini, a parlare di film western e partigiani. Maestrelli, il mio Tommaso, l'uomo a cui avrei dovuto trovare il modo di dire che nessuno di noi valeva il suo dito mignolo. Eppure tempo per certe cose non ne troviamo mai.

«E tu?».

«Io cosa?».

«Tu come fai?», mi domandò in macchina a un certo punto. «Come fai, voglio dire, ad alzarti la mattina e andare avanti, dopo quello che ti è capitato».

Ero da un anno un cercatore d'acqua nel deserto. Ho atteso le prove della morte di Clara e non sono mai arrivate. Ho atteso un segno che fosse ancora in vita, e non c'è stato mai. Ho aspettato una lettera in cui dicesse d'odiarmi, in cui ordinava: sono fuggita, non cercarmi. Ho atteso richieste di riscatto. Ho bussato alle porte di mille e più conventi di clausura. Ho chiesto aiuto a giudici, carabinieri, baricelli, monsignori, òmini dei servizi. Ho cercato il suo nome fra i terroristi in clandestinità. L'ho cercata fra i drogati e i barboni. Non lo so come ho fatto. Io aspetto Clara mia, e la riperdo, ogni volta che viene Pasqua, ogni 30 marzo, ogni domenica sera, ogni volta che la Lazio gioca col Bologna.

«Aspetto», gli risposi, «ricordo e aspetto».

Non chiese cosa, buttò lì che Floriana al campo m'aveva sempre mangiato co' l'occhi.

Sapevo quanto lo divertisse il brancaleonese di Monicelli. Me la cavai così. «Io guato, ma non potea ghermirla».

Tossì, forse per le risate o per la pioggia presa. «Dai: ora le cinque attrici più belle. Io dico Rita Hayworth. Le altre quattro mettile tu».

Stadio Olimpico, 22 febbraio 1976

Paolo Sollier è un uomo della provincia piemontese, figlio di operai, ex studente di scienze politiche, aveva vent'anni nel '68. Ha lavorato tre mesi in fabbrica a Mirafiori, porta i capelli lunghi e la barba, ha preso la tessera di Avanguardia Operaia e gioca a calcio. È un dogma in carne. Non firma autografi per principio. «Saper dare due calci al pallone, avere la possibilità di essere un superman per due ore alla domenica pomeriggio, non significa essere migliore degli altri».

Guadagna 8 milioni all'anno e sostiene il movimento. «Se qualcuno mi chiama compagno in campo, lo fa per sfottermi». Due anni fa giocava in serie C e sperava che Maestrelli vincesse lo scudetto. Gli pareva un atto rivoluzionario, un'eversione del potere costituito di Inter Milan e Juventus, 20 titoli su 24 a loro dopo Superga.

Finché alzava il pugno chiuso sul campo di Cossato o di Vercelli, ma chi se lo filava. Adesso che gioca nel Perugia in serie A, lo vedono tutti. L'ha rifatto tre settimane fa a Torino contro la Juventus, in maglia rossa, cercando con lo sguardo in tribuna l'avvocato Agnelli. Il vecchio padrone.

Abita al pianterreno di una piccola casa, lontana dal centro storico della città, dorme su una branda e alle pareti ha appeso i manifesti della parte sua. Lo dicono «bestemmiatore emerito». Gli piace scattare foto agli alberi e ai fiumi. È un elemento di disordine nel calcio. «Perché gridare al miracolo se leggo Pavese o Masters? L'errore non è in me, ma dall'altra parte della barricata». Al «Quotidiano dei lavoratori», giornale che legge con costanza, Paolo ha detto: «I giocatori di calcio sono superficiali. Dei qualunquisti. Non hanno e non vogliono avere idee politiche. E se le hanno sono come Facchetti e Mazzola, Wilson e Chinaglia: cioè di destra, o tutt'al più della Dc». Per questo ha promesso di sollevare il pugno chiuso pure allo stadio Olimpico, perché il 22 febbraio del '76 diventi il giorno in cui «ci sarà più gusto a vincere contro la squadra di Mussolini», come ha titolato «Il Messaggero» la sua intervista. Sollier per la Lazio aveva fatto un provino da ragazzo, ma non aveva messo le lenti a contatto, non aveva visto mai il pallone e lo avevano scartato.

Se si potessero leggere i nomi mentre sono pronunciati, scopriremmo che Giorgio da Sollier è detto Kinaglia. Con la kappa. Si sono incrociati salendo le scale e uscendo dal tunnel per arrivare al prato. Hanno parlato gli occhi. Il rosso e i neri. La serie A è per la prima volta lo specchio del mondo fuori. Quando Paolo alza il pugno nel vento, e ogni volta che tocca il pallone, li peggio insulti gli cadono addosso. Ma Giorgio ha la testa all'America. Dopo Natale moglie e figli non sono più tornati. Quasi tutto gli è indifferente. Ha voglia di libertà e di Cosmos, «non può passare al Frosinone» come canta Rino Gaetano in quel pezzo registrato agli studi della It. Potrebbe perfino essere di Manfredo la mano che conduce il giro di basso.

In mezzo alla folla sono arrivati giubbotti e fazzoletti scuri, tute mimetiche, teste rasate. Gli ultras hanno uno striscione lungo cinque metri, sfondo bianco, lettere blu: Sollier boia. Fanno i cori con le rime. È ora che tu muoia, figlio di una troia. Abbaia lo stadio intero e si alzano saluti romani quando il rosso col numero 11 dietro la schiena viene sostituito e va via dal campo senza un gesto, e chi resta si picchia, s'aggiusta di botte, in 200 arrivano in mezzo ai perugini con certe stanghe di legno, «chinagliescamente» dirà il Compagno. C'è chi si getta giù dai muretti per fuggire. Paolo dentro si sente «scorticato, azzannato, impaurito». Racconterà di aver sentito «i brividi su per il culo» e «la voglia di un mitra per fucilarli tutti sulla curva, di rendergli un po' di quello stadio di Santiago». Sui giornali non c'è quasi niente, dice lui per via di «quei rattoppamerde che li difendono».

Ma la domenica dei Sollier versus i Kinaglia non finisce più. Venti giorni dopo, la polizia interviene con mitra e pistole davanti al liceo Augusto, all'Appio-Tuscolano, contro militanti della sinistra extraparlamentare: Giuseppe Gonella, 24 anni, di Avanguardia Operaia, finisce con un femore spezzato da un proiettile. Passano ventiquattro ore e una volante a Villa Borghese incrocia dei giovani in fuga dopo il lancio di bottiglie incendiarie contro l'ambasciata di Spagna presso il Vaticano: un agente scende e spara un colpo in fronte all'ingegner Mario

Marotta che passeggiava per conto suo con un'amica. La sera del 7 aprile piangono la signora Caterina e suo marito Arnaldo Salvi, uno stuccatore di Primavalle. Mario, figlio loro, 21 anni, quasi geometra, viene raggiunto da un proiettile al collo alla fine di un gigantesco casino sotto il ministero di Grazia e Giustizia, 23 molotov tirate per chiedere la libertà dell'anarchico Marini, condannato a 9 anni per l'omicidio del missino Falvella. Hanno sparato due agenti in borghese da 20 metri. Loro dicono in aria, un garagista ha visto che uno prendeva la mira. Nomi, cognomi, età e indirizzo dei testimoni per abitudine finiscono sui giornali. Mario aveva 100 mila lire in tasca, doveva comprarsi un vestito novo novo per il matrimonio di un amico. La mamma gli ha dato un bacio sulla porta e l'ha rivisto all'obitorio. Era disarmato. «La nostra unica politica è la Roma», s'addannano l'anima i suoi. «L'hanno ammazzato senza ragione, per niente».

Il gelo

La Errati scelse la ricorrenza dell'8 marzo per spiazzarci. Un serpente umano di donne marciava da piazza Esedra a piazza Navona dietro gli slogan e gli striscioni del collettivo di lettere e filosofia. «Witches are coming back» c'era scritto e scandivano: «Tremate, tremate / le streghe son tornate / a vendicar le donne / dall'uomo violentate. Sì, sì, sì / le streghe siamo noi / ma a bruciar sul rogo / ci manderemo voi». I pollici uniti in basso, i due indici giunti in alto. Le mani a vagina. I miei amici fotografi ne andavano matti. Gli uomini guardavano dal marciapiede e insultavano. Sabrina alla manifestazione non era andata. Era arrivata anzi in redazione venti minuti prima della riunione e come sempre andò dritta al punto: «Ditemi cosa devo fare per scrivere di sport».

Scagnozzi nun alzò gli occhi dal giornale. «Gas, benzina e contingenza. Aumenta il prezzo del pane, del salame e del prosciutto; le sigarette passano da 50 a 150 lire al pacchetto; e la Errati vuole scrivere di sport». La sua corte rise. I giornali sono sempre stati pieni di ruffiani. Bleda era al telefono nella sua stanza. «Lasciatemi prima spiegare e poi fate gli spiritosi», disse lei, «non ne so molto, va bene. Ma io non voglio scrivere le cronache delle partite, io voglio parlare con gli sportivi, intervistarli, farmi raccontare le loro vite, cercare cose, cercare roba». Diventò una delle sue frasi più frequenti: cercare roba. «Come Rosanna Marani sul "Guerino". Scrive pezzi bellissimi. O come Etta Palmieri». Il Capo perse la pazienza. «Errati, tu non sai niente. Non sai niente e vieni qua a pretendere. Non sai nemmeno che Etta Palmieri è un uomo. È uno pseudonimo. È il nome della moglie di un collega». Se non fosse diventata pallida, Sabrina sarebbe arrossita per la vergogna. «Sei arrivata che volevi scrivere di donne, ti abbiamo accontentata...». Il clima si accendeva, il Capo fu interrotto. «Non mi avete accontentata, mi avete dato un'occasione e io me la sono presa, non l'ho mancata». Altri si affacciarono, la stanza cominciò ad affollarsi. «Ne hai materia dietro cui correre, no? Continua a fare quello che sai fà».

In parlamento la Dc si era alleata con il Msi per far passare un articolo di legge secondo cui l'aborto era un reato femminile. Un decreto firmato da Gullotti, ministro della Sanità, fissava limiti di età e di partecipazione all'agonismo nello sport, secondo il principio per cui la donna era piccola e fragile: le erano vietate la boxe, sciabola e spada, la lotta greco-romana, la marcia, la maratona, il canottaggio, il calcio, il motociclismo. Multe dalle 50 alle 500 mila lire. «E allora fare la spesa e tornare a casa dal mercato con pacchi in mano? Quello nessuno l'ha proibito», protestavano le nostre segretarie. La senatrice Tullia Carettoni, indipendente di sinistra, stava scrivendo una legge in 13 articoli per l'uguaglianza, per passare dalla tutela alla parità. Chiedeva l'abrogazione del delitto d'onore e delle nozze riparatrici. E in tutto questo la Errati voleva scrivere di sport.

Pizzella azzardò con Bleda in privato: «Lasciamola provare». Il Capo si fece girare gli zarelli: «Augu', non ti ci mettere anche tu». Ma Sabrina non aspettava autorizzazioni. Come aveva fatto anni addietro, si presentò al giornale con un servizio già scritto in tasca. Aveva parlato con Lina Maestrelli, da donna a donna, di Tommaso e della malattia. Aveva un'intervista ed era splendida. Era il ritratto di una donna fuori tempo. «Vedi questo braccio? Era pieno di buchi», le aveva raccontato, «facevo le punture per tirarmi su mentre lui era in clinica, volevo che Tommaso mi vedesse tranquilla e sorridente. Non volevo che tornasse in panchina. È già di nuovo come prima. Si preoccupa troppo, prende a cuore i problemi di tutti. Io lo lascio fare perché mi sembra un sogno che sia di nuovo in mezzo a noi. Se mi dicessero di averlo visto con un'altra, pensa, non reagirei. Però ho paura. I miracoli non si ripetono. Vorrei che smettesse di allenare. Non oso dirglielo. Scrivilo tu sul giornale».

Sabrina lo fece e consegnò il pezzo a modo suo. «Se non vi piace, ditemelo che provo a venderlo a un settimanale». Bleda lo lesse e decise di metterlo in prima. Pizzella le chiese di portare altre due interviste così e le avrebbe dato un posto in mezzo ai redattori suoi. «Una ce l'ho già. Ho parlato con Wilson». Il Viscido era impaziente di vederla inciampare: «Potevi dirmelo, ti avrei suggerito qualche domanda. Dovevi chiedergli della politica e della dolce vita». Lei aprì il taccuino e lesse gli appunti: «L'ho fatto. Lui dice: sono in grado di non lasciarmi tentare dal buco peccaminoso del tabarin. Avanti di questo passo, i presidenti ci forniranno cinture di castità. Questo ha detto. Sulla politica invece...». Il Capo la interruppe, sbuffò e rimproverò Pizzella, disse che stava creando un mostro, che presto se ne sarebbe accorto.

Quando la Errati scorse il mio sorriso compiaciuto – sapeva che avevo per lei una stima senza limiti – s'avvicinò pe' chiedemme 'n favore. «Qualche bella foto, ma senza pagare. No, scemo, non a me. A quell'amica mia che era a casa di Maestrelli. Non ha molti soldi e le foto le servono». Nilly voleva mandarle in giro per riviste, anche al «Guerino», sulle cui pagine avevano uno spazio fisso attrici, soubrette, modelle che parlavano di calcio, due volte su tre co' le bocce al vento. Erika Blanc si diceva amica di Martini e Re Cecconi, Edwige Fenech raccontava di andare allo stadio con amici laziali, Luciana Paluzzi dava a Chinaglia del perseguitato, Lisa Gastoni confessava il suo debole per Giorgio, «un uomo molto solido», e Christa Linder aveva scoperto i seni per cantar meraviglie del biondo Re Cecconi e dirsi colpita dall'odio fra i tifosi della Lazio e quelli della Roma. Il neo-divismo dei calciatori cominciava a mescolare i mondi. C'era sempre qualche premio da annà a ritirà con Rosy Royal. Era laziale Pietro Delise, uno dei proprietari del Jackie O'. Ci si incontrava da Mimmo alla Taverna Flavia. Io m'ero stufato de girà pe' locali, ma poi rosicavo a vedé gli scatti di Garlaschelli con Hélène Chanel, Chinaglia e la Buccella, Wilson e Oddi con Annabella Incontrera e Laura Belli.

Alla fine le foto le facemmo. Nilly posò con una maglia della Lazio fracica e trasparente. Una dozzina di scatti in tutto. Le dissi: posso aiutarti. Non avrei dovuto. Chissà cosa capì, fu colpa mia. Si sfilò la maglietta e mi si offrì, irre orre, confusa, dovette crede che m'ero prestato p'arrivà a quel punto, o forse mi faceva più importante de quello che so' stato. Con la sigaretta ai bordi delle labbra, camuffai la mia compassione da cinismo. «Rivestiti, regazzì», feci le guance storte, «io ho visto le zinne de Brigitte Bardò».

Le foto non sono uscite mai. Seppi che Nilly aveva posato un periodo per dei disegnatori di quei pornofumetti che attiravano 2 milioni di consumatori al mese, strip e strip in bianco e nero di impalamenti, donne squartate, fornicazioni con cadaveri. Enzo Rava scrisse che non reggeva, come del resto per il calcio, la tesi dell'oppio del popolo, in un periodo in cui il popolo era tutto fuorché passivo. Capitava di imbattersi nella scena di un boia che rovesciava acido muriatico nelle intimità di una ragazza, o che i genitali di un uomo fossero passati in un tritapatate. Accette, fruste, seni appesi a ganci e strappati via. Vampiri, mostri, una fornita galleria di meraviglie macabre. Era annato in edicola perfino un fumetto sul massacro del Circeo. Quanto ai film, al terzo provino mal riuscito, Nilly smise de cercà ruoli. La determinazione con cui aveva inseguito il cinema o la copertina di un rotocalco aveva perso di ferocia. Sabrina mi raccontò che si era rassegnata a fare la commessa in una profumeria di Roma Nord.

Uscì l'intervista di Sabrina e Tommaso chiamò me. Era a Rimini in ritiro prima della partita di Cesena. «Davvero Lina le ha detto quelle cose?». Ridacchiava. Io non avevo il coraggio di chiedergli: come stai. Lui lo stesso con me, era di nuovo Pasqua, la polizia aveva smesso di cercare Clara. Ogni tanto la telefonata di un matto mi illudeva de poté riaprire il caso. Io rovistavo nel dolore degli altri forse per tenere vivo il mio, per non lasciare al tempo il destro di addolcirlo. Volevo essere ogni padre che piangeva, come l'uomo uscito per annà allo stadio a vedere Roma-Perugia. Aveva lasciato la pistola in un cassetto a casa, carica; un'arma non sua, era il ricordo di un fratello morto poco tempo prima. Ne aveva come adottato le due bambine, e fu una di loro al pomeriggio a tirar fuori la pistola, nun l'aveva mai maneggiata, pensava de giocacce, ma che gioco è colpire al cuore la cugina, che gioco è tornare a casa dallo stadio e scoprire che tua figlia è morta così.

Tommaso si rifece vivo alla fine, aveva 'na voce, disse che Bob aveva fatto una pastrocchia. «Ma grossa, eh, grossa». Aveva consegnato prima della partita 'n assegno Bnl da 890 mila lire a Oddi e uno da 579 mila e 920 a Frustalupi, gli amici ora avversari, con la firma di Lenzini e il timbro della Lazio Spa. Al portiere Boranga 300 mila lire in contanti. I dirigenti del Cesena erano subito corsi dall'arbitro a denunciare una tentata corruzione. Uno sbruffo. La spiegazione fu che «gli assegni sono un vecchio premio ancora non pagato, i soldi un risarcimento danni». L'Audi gialla di Boranga era stata effettivamente spaccata a Roma, fuori lo stadio, tre mesi prima. «Ma perché pagare proprio oggi?», chiesi a Tommaso. «È quello che mi domando anch'io». Un mese dopo la Lazio venne assolta perché davanti alla corte di giustizia della federazione si presentò direttamente lui a rimpecettà la situazione: «È stata una bambinata», disse, «un'ingenuità. Abbiamo perso uno scudetto a Napoli negli ultimi minuti dell'ultima partita. Se avessimo voluto fare i furbi, avremmo potuto farlo allora». I giudici gli credettero: «Guardi, archiviamo solo per lei che è un uomo onesto. Se ci fosse qualcosa di male, lei non sarebbe qui».

Sul pullman, di ritorno a Roma da Cesena, qualcuno lesse a voce alta un passaggio del libro *Bar Sport* di Stefano Benni. «Dice che Chinaglia se imparasse a giocare di testa...». Un tempo sarebbe scoppiata una rissa. Ma Chinaglia ormai era accamalarato. Alzò le spalle. Una scrollata. Non gliene importava niente più di baccagliare. «Poveracci, accattoni», mormorò. Martini e Re Cecconi, mi raccontò la Spia, si erano seduti di fianco a Maestrelli e ciancicavano parole. «Mister, Giorgio ripete che le ultime tre di campionato non le gioca. Solo lei può trattenerlo. Oppure andiamo in B». Tommaso bisbigliò con gli occhi invetriti: «È la sua volontà. Dobbiamo rispettarla».

Le vie di Roma, 25 aprile 1976

Chinaglia ha deciso di andarsene subito e in segreto. Partirà dopo questo 1-1 col Torino, la stessa avversaria che c'era in campo quando la banda seppe che Tommaso aveva il cancro. È il giorno della Liberazione, i giornali con i titoli sai come si divertiranno. Il solito tifoso brillo in piedi sul muretto perde l'equilibrio, casca, la folla è preoccupata. Lui riemerge e canta «Marina, Marina, Marina». Ma adesso pare che più nessuno abbia voglia di ridere di lui e delle stravaganze sue. Giorgio fa a un certo punto un gesto che je deve paré lo zenit. Si volta verso la curva e tende il braccio. Un saluto romano per dirsi addio: io sono il passato, io sono stato il grido di battaglia. Maestrelli è in panchina emunto, Ziaco gli dà acqua e zucchero per risollevarlo mentre Chinaglia va alla radio a sparare due banalità. Lui, Connie, i figli, l'America. Nasconde la sola cosa importante. C'è un aereo che lo aspetta. Anche se la squadra sta andando in serie B.

La donna che in redazione Raniero Zeug chiama per scherzo Yōko-Connie ha detto la sua dal New Jersey: «Un giorno Giorgio è sull'altare, un altro lo crocifiggono. Eppure a me pare che decida le partite. Perché si accaniscono contro di lui, gli affibbiano nomignoli, creano scandali ai quali non credo? Se non lo vogliono più, lo lascino andare. In Italia non vuole starci più e noi abbiamo bisogno di lui. Di lui come persona, non di una maglia con il numero 9».

Long John raccoglie le cose sue dall'armadietto e chiede a Maestrelli di scambiare due parole in un angolo, da soli. Tommaso è mutargnone e pallido, la testa alta, gli occhi dentro quelli dell'uomo che ha trattato come un figlio e che ora ascolta tenendo il capo chino. Alle 17.40, in anticipo sugli altri, Giorgione chiude la porta alle sue spalle e trova rifugio sul pullman parcheggiato poco fuori il tunnel. Lui, l'autista e una quarantina di posti vuoti. Nel silenzio. Ai cronisti che lo pedinavano ha farfugliato cose interlocutorie: «Non vedo i miei figli da quattro mesi, me ne vado perché non ce la faccio più a star qui. Dormo tre ore a notte. Ho i nervi a pezzi. Non sto barando». I fotografi spiritoseggiano giacché l'hanno pizzicato una volta con Véronique Vendell, un'altra con Isabella Biagini, con Vanna Brosio e la figlia di un ambasciatore africano. Il Candido – e chi se no – gli ha domandato se devono salutarsi adesso o nei prossimi giorni. Giorgio ha deciso d'annassene co' un bluff e co' 'na miffa: «Di domenica sera non ci sono voli per l'America. Ci vediamo domattina all'aeroporto». Piglia San Pietro per la barba e il Secco gli regge il gioco. «La Lazio non sa nulla. A Chinaglia non è stato concesso alcun nullaosta per il trasferimento a una società americana. Lo aspettiamo martedì, se non si presenterà verrà deferito».

Il pullman lascia lo stadio alle 18.15, dieci minuti dopo è all'hotel Villa Pamphili. Chinaglia tiene per mano uno dei gemelli. Alle 19 è nella sua stanza, la 407, a riguardarsi un tempo di Lazio-Torino alla tv. Mette la roba in una borsa. Scende al bar per un ultimo whisky seduto al trespolo, ci sono Petrelli, Pulici, una signora bionda, alcuni giornalisti. Garlaschelli gli regala un piatto d'argento con una dedica claudicante: «A Giorgio, con l'augurio che in America trovi degli amici come ha trovato nella Lazio». D'Amico va ad abbracciarlo. Re Cecconi dirà: «Non ho avuto il coraggio di salutarlo». Tommaso invece non si smuove dalla sua camera. Resta chiuso lì dentro con Lina e i due gemelli. Aspetta che sia Giorgio a farsi vivo, a bussare, a chiedere permesso. Almeno questo.

L'abbraccio è freddo. Eutanasia di un amore non è solo il romanzo che dominerà l'estate. Il Gobbo impastrocchia due parole: «Vi salverete». Voi, non noi. Qualcuno sente dire a Tommaso che il quinto figlio «non è più un mio giocatore, non lo conosco». Giorgio si nasconde dentro una A112 azzurra targata Roma R52642 che lascia il garage sgommando e fa benzina a Corso Francia. La polizia lo avverte che qualcosa è trapelato. Otto giri della collina - sensi vietati compresi - per seminare gli inseguitori, la Flaminia, il raccordo, l'Appia, e alle 20.55 è a Ciampino. È vero che non ci sono aerei per l'America, ma la Warner gli ha noleggiato un aerotaxi battente bandiera svizzera che si chiama *Mistero 20* per raggiungere Parigi, dove alle 23 parte un volo per New York. Il Viscido è dietro la vetrata e certifica che il decollo è avvenuto alle 21.11. Dopo 8 anni e 98 gol.

Chi lo aveva adorato adesso lo accusa d'aver salvato la panza pe' li fichi. Ci sono dei voltapenna che parlano di addio senza rimpianti, sto morescante, scrivono che è un bene averlo perso, che questa è una fuga come quella dei Savoia de trent'anni prima. Italo Cucci mette il faccione di Giorgio sulla copertina del «Guerino» e lo ribalta: «Chinaglia è partito per gli USA perché a lui della Lazio disperata dell'amico Maestrelli inguaiato, del presidente Lenzini che gli ha versato tanti milioni, proprio non gliene frega nulla. È partito perché il Cosmos gli ha offerto pacchi di dollari in cambio di svalutate lire. È partito negando – soprattutto – quell'atteggiamento (non più d'un atteggiamento) politico che lo ha spinto in passato a prendere certe posizioni, e ieri ad accomiatarsi dalla curva dei fedelissimi all'Olimpico con tanto di saluto romano; perché negli Stati Uniti non correrà il rischio di vedere i comunisti al potere o di dividere i suoi milioni con chi non ha neppure millelire: e questa – se permettete – è viltà. O peggio. Giorgio Chinaglia s'è comportato come quei miliardari che esportano capitali in Svizzera e condannano a una lenta morte per inedia l'Italia. Giorgio Chinaglia, questo Giorgio Chinaglia, che non avevamo mai voluto conoscere prima, che ci aveva illuso sulla sua lealtà, esaltato con la sua generosità, sbalordito per la sua impudenza, intenerito per la sua dabbenaggine, non è più un Italiano. È soltanto un accaparratore di dollari. È un Amerikano».

La mattina dopo la partenza di Chinaglia, lungo il tragitto verso il tribunale dei minori, in macchina c'era la voce de Tommaso che veniva dalla radio. Le stazioni cominciavano a esse tante, chi le chiamava pirata e chi libere, si diceva fossero circa 200 in tutta Italia, da noi una decina, qualcuna già con la sua importanza. Radio Roma era stata la prima, Radio Antenna Musica bazzicava pure lo stadio, i programmi di Radio Onda 101 si trovavano su «L'Espresso». Tommaso diceva che l'addio di Giorgio era stato frettoloso. «Non rinnego la mia simpatia per quello che consideravo un mio figlioccio. Poi le cose sono cambiate, i rapporti sono mutati tra me e lui, tra lui e la società». S'era accorto finalmente d'essece annato sempre co' la scala di seta.

Quando arrivai in tribunale, Martellucci, il capocronista, era già lì. Era stato ossessionato per mesi dall'avvocato di Pelosi, aveva indagato, scoprendo che assisteva spesso imputati nell'area dell'estrema destra romana. «Chi glieli dà a Pelosi i soldi per permetterselo?». Martellucci era tra quelli che non credeva alla tesi della notte fra jarrusi finita fuori controllo. Perciò strinse i pugni come per un gol quando la corte presieduta da Carlo Alfredo Moro, fratello di Aldo, emise la sentenza: «Ritiene il collegio che dagli atti emerga in modo imponente la prova che quella notte all'Idroscalo il Pelosi non era solo». Il plantare ritrovato nella macchina di Pasolini apparteneva a qualcun altro. Martellucci spinse Bleda a ricomincià tutto daccapo, riprendemmo i fili del delitto, facemmo un gran lavoro, non senza pericoli, mentre attorno a noi Roma non ci aspettava. Il giovedì, quando Prima Linea a Milano uccise Pedenovi, passai l'intero giorno a rincorre i moti della fascisteria. La sede del Pci alla Garbatella venne devastata e due diciassettenni pestati a sangue. Il portone della sezione all'Eur fece una fiammata. Ci chiamarono dal liceo Azzarita implorandoci de correre a vedé cosa stava succedendo. Era stata assaltata la palestra, teneva i bozzi la figlia di Paolo Villaggio e agli studenti j'era stato impedito de uscì. La polizia li scortò a bordo di un autobus, il 55, all'autista fu intimato di non fermarsi a piazzale delle Muse, e invece proprio lì un motorino si mise di traverso lungo la via. L'agguato finì con due pietroni che sfondarono i vetri colpendo tre ragazzi. Sette giorni dopo dissi a Bleda che me ne andavo in Friuli per un reportage sul terremoto. Vedevo macerie ovunque mi voltassi, partivo per puntellare le mie rovine.

Roma. Maggio

La voce di Everardo Dalla Noce a *Tutto il calcio minuto per minuto*.

«Scusa Ameri, e scusa anche Ferretti. È finita anche a Como. Finale: Como e Lazio 2 a 2».

Dal campo principale Ameri racconta il primo scudetto del Toro 27 anni dopo Mazzola Valentino. Con la maglia numero 9 che è stata di Chinaglia, in Lombardia Bruno Giordano ha segnato invece il primo dei due gol buoni per restare in A. Il secondo, decisivo, è stato del Badiani tartassato. Gli scappa una crisi di pianto. Lucidi sono pure gli occhi di Maestrelli, preso dal terrore che la Roma je facesse un altro scherzo: bastava far segnare un altro gol all'Ascoli all'Olimpico per mandare la Lazio in serie B. «La salvezza», dice mentre lo abbracciano, «è la gioia più grande della mia vita. Più dello scudetto».

In due anni s'è ribaltato il mondo di Lenzini. Un giorno che Martini e Re Cecconi salgono a casa sua, scoprono che la porta dell'ascensore sul pianerottolo è murata. Il condominio l'ha sbarrata per morosità. I soldi al presidente servono fino all'ultima lira per il rilancio della Lazio. «Maestrelli rimarrà come general manager», annuncia. Il nuovo allenatore è quello che voleva Chinaglia prima d'andarsene, Luís Vinício, col quale si trova un pattostucco per 3 anni a 120 milioni, di cui 150 subito, all'istante e prìffete. «È un consiglio di Tommaso», chiarisce il presidente. Manco per niente. Quando ha deciso, quello lo ha chiamato scorretto. Hanno quasi rotto. Poi i rapporti fra loro due «sono rientrati nella normalità», dice, «per lo meno nell'educazione». Vinício promette che la sua Lazio «vincerà lo scudetto del coraggio». Maestrelli si impegna a non essere ingombrante: «Vinício lavori tranquillo. Non ho nessuna voglia di tornare in campo. Su nessuna panchina. Mai più. Il nostro è un mestiere duro. Si inizia con una palla di stracci, si fanno sacrifici incredibili per arrivare e la conseguenza più logica prevede una panchina alla fine della carriera. I sacrifici, le delusioni, le gioie e le rabbie, però, continuano. E lo stress diventa insopportabile. Sufficiente a far dire basta. Ecco, io sono arrivato esattamente a questo punto. A stare in panchina non ce la facevo più. Se non fosse venuto Vinício, avrei smesso io, magari l'anno prossimo».

Fra qualche mese compirà 54 anni. Vinício ne ha dieci di meno, ha sposato una figlia di italiani, hanno due ragazzi di 17 e 15 anni. Fuma dalle 10 alle 15 sigarette al giorno. Ha pochi amici, non è espansivo, ha pianto una sola volta nella vita: quando a Napoli lo hanno fischiato. Tommaso fa al brasiliano una telefonata amorevole dalla casa di Memmo in campagna. «Te ne accorgerai. Qui è tutto estremo ma tu hai vissuto a Napoli, non ti sarà difficile. Se con i miei ragazzi entri in armonia, vedrai, ti prenderanno l'anima. Sono canaglie, ma simpatici».

Quando riattacca, va a sdraiarsi su un'amaca tra gli alberi. Dondola mosso dal vento. Con gli occhi chiusi e il respiro pesante.

Nel giro di dieci giorni, a giugno, Clara avrebbe votato per la prima volta e fatto la maturità. Ma Clara non era. Non era più o non era ancora, mancava pure un tempo in cui fissarla. Sarebbe stata per sempre sospesa nei suoi diciassett'anni. Tornerà, tornerà, mi ero ingannato per i primi mesi, quando il vicequestore Errati sentiva il bisogno de passà da casa mia una volta a settimana per aggiornarmi. Il diradarsi delle sue visite e poi la loro fine furono un segno che Sabrina per un po' coprì con imbarazzo. «Nun me devi dì niente», la pregai, «sono abbastanza grande da leggere che cosa c'è dentro un silenzio». Non volevo una verità a ogni costo, io volevo la parola fine. Ma nessuno poteva metterla e nessuno sapeva da dove cominciare.

Oggi mi inganno in modo nuovo. Mi dico che Clara vive, esiste, ma è lontana. Ho messo in ordine tutte le foto sue, scoprendo che insieme ne avremo quattro o cinque appena, perché non c'ero mai, e quando capitava che ci fossi, io ero quello che scattava. L'ultima gliel'avevo fatta mentre pescava telline, a Scauri, a pancia in giù nell'acqua, sulla riva, le mani immerse nella sabbia, il mento alto e gli occhi verso di me. Sorrideva, e guardarla poteva famme bene o male, secondo i giorni, tanto lo so che non mi passerà.

«Turatevi il naso ma votate Dc» era stato l'invito di Indro Montanelli, mentre per la prima volta un presidente del consiglio andava a uno show televisivo – Giulio Andreotti da Costanzo, a *Bontà loro* – e Berlinguer rassicurava la media borghesia, lanciando la proposta di un patto di governo con la Dc contro il terrorismo. Giorgio Amendola aveva tenuto un discorso sulla sinistra e la violenza, le fabbriche erano presidiate per evità provocazioni. «Le condizioni del paese alimentano sentimenti di ribellione ma con la rabbia non si combina nulla. Il movimento operaio ha respinto l'uso della violenza quotidiana come strumento di lotta».

Non mi importa su quale simbolo avrebbe messo Clara la sua croce. Stabilirlo è una trappola, chi ce casca. Quelle sue prime elezioni contano solo perché nun ce so' state mai. Se Clara mi tornasse questa sera accanto, forse finanche pe' i fascisti la farei votà. Ho ritrovato il ritaglio di un giornale con le dichiarazioni di voto di oltre 200 calciatori, quelli de oggi manco te raccontano se l'acqua minerale la vonno liscia o leggermente. Erano del Pci: Boranga con Festa e De Ponti a Cesena, Orlandini e Landini a Napoli, Vecchi a Cagliari, Bonci al Genoa, Onofri Gritti e Lombardi ad Avellino, Niccolai a Cagliari, Palanca a Catanzaro, Boninsegna e Fedele all'Inter, Cordova, Spadoni e Morini nella Roma. Votarono Msi: Lopez, Wilson e Polentes, fasci Bellugi e Roversi nella rossa Bologna, Lelj alla Sampdoria, Marangon a Vicenza, Tacchi ad Avellino. Ma lo erano probabilmente pure alcuni di quelli che per vergogna si dissero democristiani: Badiani, Garlaschelli, Re Cecconi, Giordano, D'Amico, Pulici e Martini nella Lazio, più Mazzola, Facchetti, Rivera, Benetti e Pizzaballa, la figurina Panini che non usciva mai. Socialisti Albertosi e Riva, del Psdi Rocca e Turone; Trapattoni e Capello repubblicani; Gentile e Ammoniaci liberali, Campidonico dei radicali, Sollier e Zecchini per Democrazia Proletaria.

Son quasi certo che al tema d'italiano Clara avrebbe scelto la traccia con la frase di don Milani da *Lettera a una professoressa.* «Eguale è chi sa esprimersi e intende l'espressione altrui. Che sia ricco o povero importa meno. Basta che parli». Quella fu la maturità sospesa per 6 giorni. Le tracce vennero consegnate nelle scuole da carabinieri e poliziotti, perché una preside a Vigevano, una suora, s'era fatta impappolà. Aveva aperto le buste originarie del ministero e al telefono aveva rivelato a uno che glielo chiedeva che ce stava scritto dentro. Clara aveva sogni e scarpe ferme sul terreno, aveva una mente aperta, ma non so cosa pensasse dell'aborto, dell'eroina e i quattro buchi sulla pelle, delle Brigate Rosse. Non ne avevamo parlato mai. Pensiamo di proteggere i ragazzi col pudore, la discrezione, col silenzio, e invece li consegniamo ai senzascrupoli che sanno come prenderli. Sfogliando i quaderni coi suoi temi, trovavo tra le righe e tra le frasi qualche sorriso e molte angosce. Un poco me ne vergognavo. Ho smesso quando Tullio De Mauro fece notare su un quotidiano che «dalla pratica del tema cattivi giornalisti e mediocri uomini politici imparano l'arte, se così può chiamarsi, di mascherare con molte e improprie espressioni ciò che intendono dire». I temi di Clara erano esercizi, non un diario. Potevo smetterla de tormentamme allora. Anzi dovevo.

Estate 1976

Trovare un lavoro inizia a diventà difficile. Tra tutti i paesi della Comunità europea, solo in Italia non cala la disoccupazione. Nel Lazio i posti perduti in un anno sono 31 mila, il 2%, le ore di cassa integrazione sono più che raddoppiate e i giovani in cerca di prima occupazione sono 5 mila in più.

La strada sua l'ha trovata nel calcio questo ragazzino marchigiano, 18 anni, caschetto biondo platino, di nome Andrea, figlio di un impiegato delle Poste che voleva un maschio dopo tre femmine. Agostinelli gioca nella Lazio Primavera, con Bruno e Lio sono come i batocchi e le campane, Ago lo chiamano, lo stesso che alla Roma per Di Bartolomei. L'Ago laziale ha studiato pianoforte perché all'inizio voleva fà il cantante. Ha pure recitato da bambino col Quartetto Cetra. Quando hanno trasferito il padre da Ancona a Roma, dal balcone di casa –

piazza Bologna – s'affacciava a guardà le partite giovanili al campo Artiglio, finché non gli è venuta voglia di scenne e annà a provà. S'è iscritto a scienze politiche, si vuole laureare come Wilson, ma è un piccolo Re Cecconi per i capelli chiari e perché corre.

Sono ventenni senza il pensiero di cercarsi un impiego. Il calcio sarà il lavoro di Stefano Di Chiara, che fa il terzino e di Giordano è il migliore amico. Sarà il lavoro di Montesi Maurizio, per il quale stravede Bob, presto lo porterà in prima squadra, anche se è comunista e tiene sempre una copia di «Lotta Continua» sotto il braccio. Marco Cari, il portiere, è bassino ma una specie di palla elastica: saltando tocca la traversa con la testa. Altri tre pistamentuccia – Apuzzo, Tarallo e Colaprete – vengono subito venduti da Lenzini al Como. Maestrelli non vorrebbe ma non si può far la guerra su ogni cosa. «Sparambia lo fiato, fratello. Nulla mi tange omai».

Roma. Montecitorio

La prima seduta del nuovo Parlamento si apre con la presentazione di un disegno di legge che porta le firme di Emma Bonino e Marco Pannella, per smantellare l'asse Dc-Msi e la lobby dei cucchiai d'oro che fa i milioni sull'aborto. «Abbiamo perso il conto delle vittime, sono tutte sulla coscienza del vecchio governo che non ha saputo sfornare una legge che eliminasse questa piaga medievale». L'ultima è di pochi giorni prima, Elisabetta, già 5 figli. Aveva tentato di interrompere la gravidanza con un decotto a base di prezzemolo. Radicali, socialisti e Democrazia Proletaria chiedono che ogni donna incinta abbia 90 giorni entro cui decidere, da sola, senza alcun vincolo. Il Pci è più prudente. Ci sono 176 signore che a Seveso mettono l'Italia di fronte a ipocrisie e incongruenze. Sono incinte nell'area del disastro da diossina. Si erano sentite garantire dallo Stato libertà di scelta e ora il cardinale Colombo dice: «No all'aborto, sì all'adozione dei bimbi deformi». Al Policlinico di Roma, nel reparto speciale dei professori Valenti e Carenza, praticano per primi l'amniocentesi.

Non ci sono mai state tante donne in Parlamento: l'8,2% alla Camera, il 3,6% al Senato. Milena Sarri, moglie di un metalmeccanico, è stata eletta a Mestre con i voti delle compagne e degli operai della fabbrica di Porto Marghera in cui lavora. Maria Teresa Carloni fa il medico a Macerata e vorrebbe lavorare a una riforma sanitaria. Alessandra Vaccaro, l'archeologa romana che dirige il museo dell'Alto Medioevo all'Eur, si interroga sui benefici del Parlamento, «realtà giolittiana fin de siècle», dal barbiere alla buvette, «piccoli e grandi privilegi che 30 anni di Dc hanno conservato per i rappresentanti del popolo e che mi riprometto di vedere in prospettiva storica e culturale per eventualmente provare a smantellarli». Dovrà tenerne conto anche il governo, l'Andreotti III, un monocolore Dc che nomina ministro una donna per la prima volta, Tina Anselmi al Lavoro, con l'astensione decisiva, o per più pulito dire la «non sfiducia», del Pci. È l'estate calda assai del compromesso storico.

Università La Sapienza

Il Solerte sarà il prossimo all'appello. Gli manca un pugno di esami ormai alla laurea, a cominciare da diritto pubblico, e anche Preminenza è venuto per assistere. Per ora sta ancora dando le ultime risposte al professore un ventenne dall'aria assorta. Appena avrà finito, incasserà il suo trenta e lode, ritirerà il libretto e correrà a Palazzo di giustizia per la veglia al padre. Si chiama Eugenio Occorsio, è il figlio di Vittorio, il sostituto procuratore ucciso due giorni prima in via Mogadiscio, sotto casa, da un commando di Ordine Nuovo, la sigla su cui aveva indagato a lungo. Quasi tutti i 119 fascisti da lui rinviati a giudizio quella mattina erano in libertà. Aveva 47 anni, viaggiava su una Fiat 125 special color caffè, a terra hanno trovato 32 bossoli di proiettili calibro 9 lungo, 16 ammucchiati sotto una Simca azzurra sul lato destro della strada. Mentre i killer barbareggiavano, qualcuno deve aver sparato in aria da lì dietro, così da tenere la folla a bada. Ci sono 15 fori sul cristallo anteriore, i primi colpi sono finiti sul deflettore a sinistra, poi hanno preso il lunotto. Uno dei banditi ha aperto uno sportello, ha lasciato dei volantini e ha rubato la borsa con i documenti.

Anche la foto di questo corpo per metà fuori dall'auto è su tutte le pagine come una coltellata. Un giovane s'è avvicinato e per pietà gli ha coperto il volto con la giacca. Occorsio aveva rinunciato alla scorta dopo l'assassinio brigatista del giudice Francesco Coco, il mese prima a Genova. «Se vogliono farmi la pelle, è assurdo che ci vada di mezzo un innocente che potrebbe far poco per proteggermi». Suo figlio ora lascia la sedia e mormora: «Nulla si ferma». Poi l'esame tocca al Solerte.

Roma. Intanto

Questa è un'estate eretica, capace di eleggere un sindaco comunista nella città del papa e di mandare il capitano della Roma a giocare nella Lazio. Tutto in una settimana. Giulio Argan è un professore di storia dell'arte moderna, 67 anni, andato via da Torino quando ne aveva 21. Il Pci è il primo partito della città, il secondo nel paese dopo aver accarezzato l'idea del sorpasso. Argan eredita una capitale che non riesce ad aprire in tempo la metro da Cinecittà a Ottaviano; dove solo 7 mila dei 600 mila baraccati hanno trovato una casa vera negli ultimi dieci anni e dove per eliminare i doppi turni a scuola servirebbero 10 mila aule. Ci sono 28 asili nido realizzati e mai aperti. La convivenza col papa è l'ultimo dei problemi. «Non si compromettono i rapporti col Vaticano perché il sindaco non va a messa», dichiara. Succede solo nei film con Cervi e Fernandel. C'è la bellezza da rimettere al centro della vita. Massenzio, Castelporziano e Villa Ada saranno riempite da un'idea di cultura e partecipazione venuta a Renato Nicolini, l'assessore architetto che tiene insieme Ariosto e Paperino. «Il passaggio dalla bidonville ai casermoni è un progresso umano ma non porta all'integrazione delle classi lavoratrici nella città».

Tra l'Eur e Ostia, per esempio – siamo ad Acilia – un bambino di 10 anni ha ucciso suo cugino di 16 sparandogli per scherzo con un fucile da caccia. Secondo di otto figli, il ragazzo morto faceva il manovale nel cantiere del padre, aveva in tasca le 50 mila lire della paga della settimana e aveva preso il porto d'armi da due giorni, in attesa del permesso per andare a caccia, la sua passione. Ha smontato la bestia calibro 12, l'ha pulita, oliata, e dentro ha infilato una cartuccia. Poi è salito su una sedia per riparare un lampadario. Il cuginetto è entrato e ha imbracciato la canna: adesso ti sparo. Lui non ha fatto in tempo a dirgli fermati, e ha sentito il calore della pallottola sotto l'ascella. Ora il piccolo grida che voleva solo giocare ma per tutta la vita non ne avrà più voglia.

Chi gioca è Ciccio, il compagno Cordova, diventato comunista quando ha sposato Simona Marchini, la figlia del marxista coi miliardi, Alvaro, detto il papa rosso, un tempo presidente della Roma. Dopo nove anni giallorossi e la fascia da capitano al braccio, rifiuta il trasferimento a Verona e preferisce vivere un destino da maganzese agli occhi dei tifosi. Cordova il laziale, Cordova dai mille impegni. Il calcio, il pokerino, gli studi d'architettura, la galleria d'arte della moglie, l'impresa edile del suocero. Vive in una casa con la moquette azzurra e una tv a circuito chiuso. Simona s'è trasferita a Londra, lui fa il pendolare per vederla. Scandalo. La Simona sbigottisce per il clamore, l'hanno fatta sentire spesso un mostro o una erotomane: «La moglie del calciatore è una professione a parte. Che ci posso fare io se esistono dei repressi? Non mi sembra proprio il caso di dire che il peccato per un uomo, e dunque per un calciatore, si annidi nella presenza della moglie. Il denaro è di papà e non interviene nella nostra vita. Il calciatore è un uomo asettico, per cui è lontano dalla realtà e questo sviluppa le capacità di chi gli vive accanto». Pino però ha messo le cose in chiaro: «Se a lui danno il permesso di andare e venire dall'Inghilterra ogni settimana, io mi prendo un giorno di vacanza in più». Luciano dice 'na baronata: «Se Cordova viene alla Lazio, si deve mettere in fila per giocare».

È un acquisto che ha voluto Aldo Lenzini, fratello del presidente. Sor Umberto lo giudica un doppione di Badiani. Per non doverne parlare coi giornalisti, ha preso casa a Fiumalbo, senza telefono. Si tormenta pure su

Chinaglia, pensa sia stato un errore farlo tornare un anno fa, gli è stato concesso troppo, condizionava Maestrelli. Intervistata da Enzo Stinchelli per il Tg1, una maga milanese ha predetto la Lazio in B. «Vinício mi aiuterà. È un allenatore che lo stipendio non lo ruba». Maestrelli non se ne cura. È lontano. Lotta con la bilancia. Il peso cala. Guarda la sua Lina preoccupata: «Abbiamo ancora quelle medicine?».

Senza stadio, potevo buttà le mie domeniche in poltrona davanti alla tv, interi pomeriggi, passando da *Tg l'Una* e *Domenica In*, i nuovi programmi della Rete 1, fino al mio preferito: *L'Altra Domenica*, sulla due. Il boom degli apparecchi a colori, atteso in estate per le Olimpiadi di Montreal, nun c'era stato: dai 15 ai 26 pollici costavano fra le 500 mila lire e il milione, compreso il telecomando. Gianni Rodari faceva ironia: «Non esistono in natura prati verdi come quelli che si vedono in tv». In compenso quando dicevano: gli azzurri, di azzurri se trattava veramente.

Tommaso telefonò al sabato sera con quella voce sua che s'era fatta cavernosa. «Lina dice che è stato colpito un fotoreporter, non sei tu, vero?». Enzo Carrese di Publifoto era uscito co' la testa zuppa de sangue dagli scontri tra fascisti e sbirri. Per quattro ore il centro di Roma era rimasto in mano a bande de squadristi, una manifestazione non autorizzata si era trasformata in una guerriglia, con l'assalto a Palazzo Chigi, agli autobus dell'Atac, le cassette dei fiorai, i cristalli delle vetrine. I gipponi avevano caricato alla brutta, Enzo aveva pagato la malaidea de lavorà. «Meno male che stai bene. Lina dice che non ti vede da tanto, domani vieni a pranzo da noi». La manifestazione era una scusa. C'era la terza giornata del nuovo campionato, si giocava Lazio-Bologna e Tommaso non voleva ci pensassi. Ma separata dalla terra era la vita mia.

Facemmo gli equilibristi fra i dolori nostri. Pesava quattr'oncia meno di un canario ma io non domandavo di quei chili in meno, lui non mi chiedeva come stavo. Parlammo de Roma, de come se conciava, delle scorribande nelle scuole, delle pecore morte al Prenestino per l'acqua avvelenata dal cianuro. Parlammo della bimba di Primavalle travolta da una Mercedes in strada sotto gli occhi der fratello. Scappava pe' non fasse spruzzà da una pistola ad acqua. «Come se non bastassero le vere».

Mi informai sugli studi delle ragazze, sapevo che lui non ne avrebbe fatto cenno per non evocare Clara. Eravamo attenti a non finire su terreni sdrucciolevoli.

«Ti piace la "Gazzetta" con Palumbo direttore?».

Finché la radio ce ne fornì uno su cui cicalare liberi. Al Biondo s'era scacchiato il ginocchio girannose, aveva lanciato un urlo, secondo Ziaco «una delle lesioni più gravi che possano capitare», la lacerazione della capsula posteriore. Ne avrebbe avuto almeno per tre mesi. «Non si opera, Tomma'. Va ingessato. Riposo assoluto», gli riferì al telefono più tardi. Si era sciancato pure Vincenzino, rimasto in campo fino all'ultimo minuto, aveva fatto il becco all'oca segnando il terzo gol ma annava portato pure lui in ambulanza in clinica, teneva un quadricipite sfrociato. Due mesi fuori. «Povero Vinício», rifriggeva Tom guardando in tv la sintesi registrata del secondo tempo, «la squadra giocava bene, e adesso?».

Fu un pomeriggio che neppure oggi, dopo tutti questi anni, direi felice. Fu delicato. Poi Tommaso fece un riferimento veloce a Niki Lauda, che quella domenica in Giappone aveva lasciato il titolo mondiale di Formula 1 a James Hunt pur de non guidà sotto la pioggia. «A un certo punto», disse, «te la senti alla gola la paura di morire». Fin lì c'eravamo fatti compagnia restando ognuno solo, con le nostre luminose bugie. «Dovremmo stare più spesso insieme di domenica», ci dicemmo con l'aria che hanno le promesse senza impegno. Quando arrivai a casa, trovai la Errati che mi aspettava in strada, sotto al portone. «Dov'eri finito? È tutto il giorno che ti chiamo». Non avevo avvertito il giornale e già mi immaginavo un'emergenza. Invece era venuta per parlamme. «Vado a "Repubblica". Bleda ancora non lo sa, volevo che tu fossi il primo. Prendono Pansa, Valli e me». Ero felice per lei, io avrei avuto altro deserto e altra acqua da cercare. Le domeniche mi sanno sempre di perdita e dolore.

Campi di calcio. Novembre

Quasi mai si riconosce l'ultimo bacio che diamo, un ultimo incontro, le ultime parole scambiate con chi perdiamo. Tommaso è al campo mentre la sua banda si prepara per l'allenamento del 17 di novembre. Irrompe a sorpresa con una frase di cui nessuno coglie il senso.

«Sono venuto a farvi gli auguri di Natale».

«Mister, Natale è tra un mese».

Vincenzino è stato ricoverato in clinica nella stessa stanza del Biondo. Risate, scherzi, progetti. Sempre insieme li hanno dimessi, così gira questa foto spiritosa di lui che spinge Re Cecconi in carrozzina. Luciano non è al campo, fa riabilitazione da solo. Si sta perdendo l'ultimo discorso di Maestrelli.

«Quello del calciatore non è un mestiere, è un modo di vivere. Chi vive da uomo perbene sarà un ottimo giocatore. Cercate di conservare i vostri pensieri di tutti i giorni, di essere sempre voi stessi. Nessuno può resistere alla sincerità e alla buona fede: nemmeno quelli in malafede. I semplici promettono di meno ma mantengono di più».

Patrizia lo accompagna in macchina anche da Luciano. Il ginocchio è sgonfio. Tom lo abbraccia: «Tieni sempre d'occhio i miei bambini». Promette di tornare prima della partita con la Roma a fine mese, invece quella settimana piove, non esce. Pulici lo chiama per sapere come se la passa.

«Mister, perché non vieni a vedere il derby?».

«Vediamo come sto, Felice. Chissà, potrei. Ma tu sai perché mi telefona così poca gente, ora?».

Lazio-Roma si gioca domenica 28. Ci sono uno svedese e un brasiliano in panchina, nove giocatori nati o cresciuti a Roma in campo. «Gli stranieri in serie A non servono», pensa D'Amico. Sono giorni in cui si discute di riaprire le frontiere. È il primo derby di Cordova da traditore. Lui gioca da fantasma, Pulici da eroe. Prende tutto, con le mani, con i piedi, e ogni volta alza lo sguardo verso la tribuna, chissà se Maestrelli poi è venuto. Il gol della vittoria è una magia di Giordano, da un angolo impossibile dopo aver preso per babbusso l'avversario, Mauro Sandreani, che in tv dirà: «Sono cose che riescono una volta ogni centomila».

Fa il suo lavoro pure la polizia. Semina lacrimogeni e arresta quattro persone, di cui una con la pistola calibro 7 e 65 completa di munizioni in tasca.

Sandro Ciotti alla fine rapisce Pulici alla radio e quello gli racconta: «Forse c'era Tommaso allo stadio, il mister, le mie parate sono per lui». Si sbaglia. Non c'era. Ma ha sentito tutto da casa. Ha sentito e forse per la prima volta ha capito come va a finire. Chiama i Gemelli nella stanza accanto a sé e li accarezza: «Non fate i calciatori, per favore. Studiate, laureatevi. Me lo dovete giurare».

Martellucci si stava preparando per il processo d'appello a Pelosi che iniziava. Scigna cercava uno degli spettacoli per mandarlo a intervistare Gaber, in teatro con *Libertà obbligatoria*. Bleda provava a capì co' un paio de telefonate se la Dc avrebbe dato via libera all'Italia del tennis per annà nel Cile di Pinochet a giocà la finale di Coppa Davis. In commissione Giustizia e Sanità stava passando la proposta di legge sull'aborto: libertà alle donne nei primi tre mesi di gravidanza. Il Capo era preso dalla notizia della cessione a Gheddafi del 10% delle azioni Fiat dopo 18 mesi di trattative segrete e ci spiegava: «Io la penso come Scalfari», disse, «non tutto ciò che è bene per la Fiat è bene per il paese».

Fu quello l'istante in cui squillò il mio telefono in ufficio. Era la Errati in servizio dalla Polonia. I militari l'avevano seguita, le avevano sequestrato alla dogana i suoi ritagli di archivio, il bloc notes, gli appunti, tutto. Pensavo che fosse una richiesta di soccorso, invece mi dava una notizia: «Guarda che nella notte hanno portato Maestrelli in ospedale».

Clinica Paideia. Stanza 312, 2 dicembre 1976

Il paziente Maestrelli Tommaso è ricoverato per blocco renale e collasso cardiocircolatorio. È stata sua figlia Tiziana a farsi forte e guidare l'Alfa 1750 bianca, la stessa macchina che avevano all'arrivo a Roma. Seduta sul sedile posteriore, Lina gli reggeva la testa.

Sono le 11 del mattino e nella stanza c'è Chinaglia che gli parla. Come dicono i luminari, il paziente versa in uno stato soporoso, pre-agonico, la mente è lucida. «Credo mi abbia riconosciuto. Mi ha sorriso, ha cercato di dirmi qualcosa, non ce l'ha fatta».

Chinaglia ha viaggiato solo con una borsa e uno spazzolino. Connie è incinta. È rimasta in America. Giorgio ha avuto un'intuizione dopo una telefonata che non gli era piaciuta, mentre il maestro minimizzava. «Cosa vieni a fare, si tratta di un malore passeggero». Ora gli sta parlando, che lui lo senta o no, gli racconta l'inconfessabile, di quella volta durante la malattia in cui, disperato, era arrivato al campo prestissimo, aveva preso la borsa con i panni suoi e aveva infilato la testa dentro per bagnarli di lacrime. Wilson è in corridoio assieme a tanti. Accompagna i Gemelli a mangiare un boccone al ristorante della clinica, prima che Patrizia li allontani. «Andate alla stazione a prendere la nonna che viene da Pisa». La squadra si congeda dopo pranzo per l'allenamento, Chinaglia stanco e distrutto va a riposare al terzo piano di un albergo in centro.

Sarà nel pomeriggio che dalla clinica partirà una chiamata verso il vicino campo di Tor di Quinto, un pantano su cui la squadra sta giocando una partitina senza senso. Le riserve in maglia rossa, Cordova e D'Amico in panchina, il magazziniere Vespasiani che risponde alla telefonata. È lui che lo dice a Trippanera, Trippanera a Vinício, Vinício lascia che tutto proceda ancora per due minuti, cerca le parole giuste, cerca il fiato, poi chiama i ragazzi a centrocampo. «Devo darvi una brutta notizia».

Non ha neppure finito che Wilson è già scappato a rivestirsi. Tommaso è morto alle 15 e 19.

Un bambino è arrivato con dei garofani bianchi e celesti. I Gemelli sono rientrati da Termini verso le 16.30 e hanno trovato in lacrime Tiziana all'ingresso. Padre Lisandrini è il custode delle ultime volontà: «Mi ha fatto capire che vuole essere sepolto a Roma. Vorrebbe che la sua famiglia rimanesse qui. È stato un uomo magnifico, ineguagliabile». Lina lo veste con la stessa giacca di velluto e gli stessi pantaloni grigi che aveva il 12 maggio del '74, la sera dello scudetto e della vittoria del divorzio. Ziaco rivela: «È stato lucido fino alla fine, si è spento serenamente nonostante la sofferenza di questi giorni. Non credo che abbia mai capito di essere condannato, almeno stando alle domande che mi faceva».

Cordova lo definisce «una delle poche persone perbene del calcio». Pulici lo chiama «il nostro strumento di misura morale». Garlaschelli sa che «il modo in cui ci proteggeva e nascondeva le nostre magagne era commovente». Re Cecconi dice che «se ne è andata la parte più bella della vita mia». Se solo sapessimo leggere un presagio. «Ho passato più tempo con lui che con mio padre. Era capace di tirar fuori il meglio da noi». D'Amico è in linea: «Più di una volta mi ha detto che Massimo e Maurizio, i suoi gemelli, non li trattava bene quanto me. Prima di essere allenatore, era il padre di tutti. Assicurava la pace fra noi giocatori». A quale costo, a quale prezzo, chissà se qualcuno se lo sta chiedendo.

Chinaglia si è precipitato di nuovo in clinica dall'albergo. «La vita continua ma per me d'ora in avanti avrà un aspetto diverso. Non sarà facile ricominciare. Lo sentivo quasi tutti i giorni, parlavamo dei nostri problemi, dei nostri figli. Mi mancheranno queste telefonate, questi consigli, saggi e buoni, la sua voce. Io i miei genitori li sento spesso, stanno in Inghilterra. Quindi non era questo che mi mancava. Il padre ce l'ho e gli voglio bene. Maestrelli per me era più di un padre. Se aveva capito di essere condannato non lo so, non era uno che veniva a raccontare i suoi problemi e le sue paure, perché sapeva come sono fatto e che per certe cose mi preoccupo e ci sto male. Voleva che stessi tranquillo, non voleva darmi grattacapi».

Giorgione ne scrive l'epitaffio: «Era il mio scudo, il mio freno, la mia coscienza. Mi ha insegnato la saggezza, la moderazione, la bontà d'animo, l'onestà. La sua casa accoglieva chiunque, non ci sono mai state porte chiuse. Questo voleva dalla vita. Troppe volte mi ha salvato da brutte situazioni, troppe volte si è accollato le mie responsabilità. Credeva nelle possibilità del sud. Diceva che nel calcio si può trovare l'amicizia vera».

Ponte Milvio. Il giorno dopo

Al funerale nella basilica della Gran Madre di Dio si sono radunati uomini del popolo e cappotti di cammello, laziali e romanisti, giovanotti saliti anche sui confessionali per salutare Er Tiepido. Gianni Melidoni sul «Messaggero» ha scritto: «Eppure, sempre, ha trovato, sorda e rabbiosa, un'opposizione. Non gli perdonavano di essere così perbene. Troppo educato e troppo misurato: deve esserci sotto qualcosa. E i suoi occhi tristi sempre più spesso si velavano. Ma perché? Si chiedeva, cosa gli ho fatto?».

Quando da lontano spunta il carro, la gente di Roma inizia a battere le mani. Portano la bara: Giorgio, Pino,

Felice, Luciano, Luigi e Giancarlo, venuto da Cesena. La chiesa è una serra di fiori, il servizio d'ordine insufficiente. Ci sono la Roma al completo, con Anzalone e Liedholm, Parola per la Juventus, Bonetto per il Torino, Pandolfini della Fiorentina, Puricelli del Foggia, Fabbri della Ternana, Giagnoni del Bologna, Nereo Rocco, il maestro Fulvio Bernardini, i professori e i compagni di scuola dei Gemelli, pure il Manager, e in un angolo inzino Preminenza, senza accompagnatori, senza occhiali scuri, senza bastone.

«Dove, ditemi, Tommaso poteva trovare la sua residenza definitiva, la sua cittadinanza ufficiale?». Padre Lisandrini ha acceso l'omelia. «Qui dentro, qui si trova nel suo clima e se in questo momento io lo potessi interrogare, qui presente, in mezzo a noi: dimmi, Tommaso, fra tutte le città del mondo qual è il villaggio che più ti sta a cuore? Guardando questi suoi amici, questi suoi piccoli fratelli nel cui volto ritroverebbe se stesso, lui direbbe: questa è la mia città, questo è il mio villaggio. Io voglio che il mio nome sia scritto sulle mura di questa città e di questo villaggio. Eccolo, è davanti a voi che vi lancia il suo messaggio: fratelli miei, io sono morto perché voi viveste».

«Era un uomo naturalmente elegante, d'un tratto civile che sapeva equilibrarsi assai bene tra modestia e consapevolezza». Queste sono le parole che gli dedica Giovanni Arpino sul suo giornale. «Era pronto al sorriso più che al riso, alla parola sussurrata più che alla sentenza o al grido. È stato un esempio di gentilezza in un ambiente che spesso può sopravvivere e procedere solo sgomitando. Tom Maestrelli ha avuto pochi colleghi in grado di somigliargli. Persino lo scudetto vinto dalla Lazio fu un risultato che dipese molto dai suoi modi urbani, dalla sua tolleranza, dalla sua capacità di rifiutare ogni esagitazione, ogni connubio sgarbato. Il suo esempio è scritto tutto in lettere minuscole: o, come direbbe un poeta, con lapis. Ma proprio qui vive il suo ricordo, l'affetto di chi lo conobbe e non riuscirà a dimenticarlo».

Non dissi una parola, volevo salutà Tommaso senza alzà la polvere. Ricordo che sorrisi quando mi raccontarono che nello stesso giorno, mentre lui moriva, nasceva a Roma 'na creatura, Stefania, figlia di una quattordicenne che aveva tenuta nascosta per nove mesi la gravidanza sua. Le erano venute le doglie durante la lezione d'italiano, in classe, all'istituto magistrale Carducci di via Asmara. Una bidella l'aveva accompagnata a partorì in infermeria. La mamma bambina era rimasta piccola e mingherlina, le era bastato mette dei vestiti un po' più larghi. Si diceva che il padre fosse un giovane geometra che andava a casa ad aiutarla con i compiti e che una sera le aveva fatto fare un giro in macchina. Figlia di uno stagnaro di Mentana, la quattordicenne si vergognava d'esse finita sui giornali. Il preside annunciò che ne avrebbero parlato a scuola, una zia saggia chiuse il discorso dicenno che nun ce stava proprio niente de cui se doveva vergognà. Il geometra negò tutto e si rifugiò per giorni nella casa della fidanzata a Roma.

Pensavo in quei giorni di lutto sempre più spesso a lei, alla sua bimba, al geometra, e poi alle famiglie delle vittime di quella Roma e di quell'Italia armata, senza freni – e alle famiglie dei carnefici, e alle altre distrutte dai tanti proiettili partiti, vuoi per un caso o vuoi per dolo. Pensavo a come si portano il dolore privato e il peso pubblico di un cognome masticato dalla società, a come ci si difende dalle chiacchiere, da uno sguardo, dai sensi di colpa, dai rimorsi, dall'assillo di non aver fatto tutto quello che potevi. Come vanno a finire le storie delle persone, che vita hanno quando di loro ci dimentichiamo? Altre due vittime giovani si aggiunsero a tormentarmi, un rapinatore e il figlio del titolare della gioielleria Baglioni in viale Somalia, dove c'erano state quattro rapine e cinque furti negli ultimi sei anni. Sotto Natale, all'ora di chiusura, con l'accarcasse de la folla in strada pe' i regali, uno dei banditi aveva colpito nel locale l'uomo che provava a sfilaje la calza dal viso, per scappare aveva poi perduto l'arma. Il padre era uscito dal retrobottega, aveva visto il figlio in fin di vita e aveva mirato alla testa del fuggitivo. I giornali, anche quelli progressisti, scrissero che si stentava a provare pietà per un bandito, che tutti noi non ne possiamo più di gente come lui. Aveva 17 anni, figlio di un muratore del sud ed era incensurato.

Tor di Quinto. Inizio gennaio 1977

Un paio di scarpette chiodate, nere, vanno di corsa su un prato abbuffato d'acqua e fango. I passi dell'uomo sono leggeri, ma ogni volta che una delle sue scarpe si posa sul terreno si immerge nel pantano per intero, i lacci svolazzano, come in atletica ai mezzofondisti che scavalcano le siepi.

Sono di nuovo giorni di freddo, presepi e girandò. Il salotto di casa Maestrelli adesso è vuoto, c'è una casa a lutto mentre Roma accoglie e festeggia l'anno nuovo. Il divano è libero, il televisore è invaso dall'ultima réclame dell'ultima puntata di *Carosello*. La cintura del dottor

Gibaud. Il ragazzo che altrove corre con le scarpe impaciuccate è Luciano, guarito finalmente. Quando finisce, si sdraia su un lettino medico, in una stanzetta tranquilla e appartata. Ziaco lo visita.

«Tu come ti senti? Non dico nelle gambe. Nella testa».

«Io, benissimo», risponde. «Anzi, dottore, non benissimo. C'è qualcosa meglio di benissimo?».

«A buro e alice. È meglio di benissimo», sorride Ziaco.

Re Cecconi sta a fantasticà sulla sua prossima domenica, sulla partita, il campo: «E allora così sto: a buro e alice. Gioco la prossima a Cesena e lascio tutti a bocca aperta».

In una intervista all'«Intrepido» ha raccontato la genesi del cognome. Dopo la battaglia di Magenta, Vittorio Emanuele III aveva fatto sosta al suo paese, Nerviano, e per ringraziare dell'ospitalità aveva concesso agli abitanti di aggiungere Re davanti al cognome. Al «Monello» ha affermato con fierezza che «mi sono tolto la soddisfazione di aver detto chiaro quello che pensavo del comportamento di Chinaglia. Quando si è legati a una società come lo sono io alla Lazio, come lo sono Wilson, Martini e tanti altri miei compagni, non si può agire in quella maniera. Io con Chinaglia ci ho litigato parecchio e non sono rammaricato. Alla fine si è visto chi aveva ragione».

A Luciano nun seppi dì de no. «Dai, per favore, vieni». Così ci trovammo una sera al ristorante Hotel Tarconte di Tarquinia, per una cena del Lazio Club locale. Erano stati invitati con Re Cecconi pure Martini, Pulici, Manfredonia, Giordano e i figli di Tommaso, ormai quattordicenni. Lenzini ricevette una scultura con i cavalli alati, simbolo della città. Luciano era allegro, vorrei dire su di giri. Contagiava tutti i presenti con l'entusiasmo dell'uomo che sarebbe presto tornato a fà quello che più je piaceva, correre, inseguì un pallone, giocare. Mi afferrò e mi portò a uno dei tavoli. Aveva promesso una foto a una signora del paese, certi giornalisti lo avevano distratto trascinandolo in un'intervista, ma lui andò a cercare la donna per non tradì l'impegno. Scattai. Mi prese sotto braccio, disse che era felice di avermi convinto e che gli dispiaceva non avemme più fra i piedi al campo. «Ho il sospetto che quello nuovo, al posto tuo, sia romanista», sorrise.

«Ma neppure io so' laziale», lo avvisai.

«Sto infame, lo dici così? E che sei?».

«Non sono niente. Non avevo mai visto una partita di pallone prima de venì a Tor di Quinto».

Ci pensò un momento e battezzò la situazione. «Non si può essere di nessuno nel pallone. Non ci credo. Ora facciamo così: vai a casa e ci pensi qualche giorno. Ti scegli una squadra. Se alla prossima partita ti vedo in campo, sei laziale. Se non ti vedo, sei una canaglia».

Mi fece ridere. Guardai con occhi asciutti. Non succedeva tanto spesso. «Va bene. Accetto».

«Promesso?».

Dissi di sì e ci abbracciammo. Cosa ne potevamo sapere noi.

Roma Nord, 18 gennaio 1977

La partitella da tempo non era più una mischia, ma oggi il Re si batte come ai bei tempi. Ha ritrovato il suo vigore. Non tira dietro la gamba, non si sottrae, vuol sentire e far sentire che l'energia è rimasta intatta. «Ahò, Lucia', e calmati», gli gridano i martiri di questi suoi bollori atletici. Il Biondo canta sotto la doccia, raccoglie l'acqua che scende dai bocchettoni con le mani a scodella, bagna i compagni già asciugati e rivestiti. Il Secco sta all'angolo, scolpito nell'ammirazione di tanta esuberanza. Ha una bottiglia di spumante tra le mani, pronta a essere stappata per abbagnà il ritorno. Luciano dalla doccia fracica pure lui. Di gioia trattenuta, Bob sorride e mormora: «Torna la ruspa».

È fatta così la selvaggia bellezza di ritrovare il proprio mondo. Re Cecconi indugia nell'aprire lo sportello della sua auto. Prende tempo, rallenta, controlla sott'occhio gli altri. Sta aspettando che siano andati via. Solo allora fa una cosa da bambino, si arrampica sulla macchina, sale in piedi sul tettuccio e con le braccia spalancate, volando senza muoversi, si regala un urlo liberatorio che sa di ferocia: «Arrivooo». Se si potesse seguire il cammino di una voce, la sua si perderebbe nel poligono di tiro all'hotel Americana o dentro quel che ne rimane, tra i barattoli arrugginiti e sforacchiati, un luogo degradato, la residenza del tempo scaduto.

Ha ragione Gianni Nebbiosi quando canta che nelle mattine di gennaio ce sta 'n sole tanto bello che je sputeresti 'n faccia. Luciano a casa sta parlando alla sua donna. Il figlio Stefano ha due anni e mezzo, Francesca sette mesi e Cesarina è un'altra volta incinta. Luciano gioca coi capelli folti del più grande, lo chiama leone. «Esco, vado a dirlo a tutti che torno in campo». Porta un loden blu, una giacca a quadri, una maglietta grigia, grigi pure i pantaloni, i mocassini di pelle nera. Attraversa la zona dove lo conoscono tutti con Pietro Ghedin e

Renzo Rossi. Incrociano Garlaschelli, lo invitano per un aperitivo al bar Fiocchetti sotto la Fleming, spesso i giocatori della Lazio là si mescolano a clienti e dipendenti. Certe volte Chinaglia ha fatto il cassiere. Il Vitellone Garlaschelli si defila a modo suo: «Mi aspettano».

«Ma chi ti aspetta?».

«Amici».

«Vuoi dire amiche».

«Chi parla non fotte».

Quando si allontana, negli occhi gli resta impressa la faccia del Biondo sorridente e l'immagine di lui appoggiato a un'auto.

Luciano ha consumato un bitter e nel frattempo i tre so' diventati due: pure l'altro Renzo, Rossi, s'è sganciato per andare a comprare il vino con la moglie. Il Re cambia idea e tragitto più di una volta quella sera, deviando il corso del destino suo o forse portandolo a dama proprio così. Deve iscrivere sua moglie a scuola guida. Vorrebbe fermarsi nel negozio d'abbigliamento del tennista Paolo Bertolucci ma è pieno e tira dritto. Vorrebbe tagliare i capelli, ma il salone del barbiere sta chiudendo. L'ultima fatalità contraria è la carne ordinata da Cesarina che lui non ritira dal macellaio, un amico, padrino di Stefano al battesimo. È questo il cammino che poteva fermarlo e che invece lo porta dritto con Ghedin dentro una gioielleria in via Nitti.

«Devi convincerla a riprovarci. Non può già arrendersi, non può pensare che tre bocciature a un provino siano un fallimento esistenziale». Sabrina voleva che parlassi a Nilly.

«Ha un padre. Ha un fratello. Non capisco perché dovrei farlo io», obiettai.

«Perché è un'amica mia e voglio che le parli qualcuno di cui mi fido». Sabrina sapeva essere un torpedo. Una volta per un lapsus la chiamai Clara. «Mi sopravvaluti», rispose. Non era una sentimentale ma sapeva come commuovere senza cercarlo.

Nella profumeria in via Nitti dove faceva la commessa, Nilly mi accolse con occhiate di imbarazzo. La prima cosa che ricordo ancora oggi di quella sera è la voce di Venditti che veniva dalla radio.

Questo è solo un anno da dimenticare / questo è solo un anno da vivere insieme.

Mi diede del lei. Apparentemente fredda. «Desidera?».

«Sabrina dice che te devo parlà ma non è il momento. Se quando chiudete fra poco sei libera, ti accompagno e ci fermiamo a fà un boccone».

Non mi parve convinta. Neanche sorpresa. La Errati l'aveva preparata e lei aveva avuto il tempo di abituarsi all'idea de dovemme dì de sì.

«Intanto, prendo una confezione di Brut. Ce l'avete, no?», domandai.

All'amore qualcosa da fare / alla gente qualcosa da dire.

Nilly uscì dal bancone e si portò verso uno scaffale vicino all'ingresso. Smicciò fuori dalla porta e disse: «Ahò, ma quello è Re Cecconi». La raggiunsi di corsa e vidi davvero il Biondo sotto la pioggia, sul marciapiede, le mani nelle tasche del cappotto, il bavero rialzato, un passo dietro altri due uomini che non potevo riconoscere. Un altro paio di clienti che erano dentro si affacciarono, io aprii la porta e lo chiamai per salutarlo. Forse volevo vantarmi davanti a loro di conoscerlo. Tirò dritto, non mi sentì.

«Qui Brut non c'è, aspetta che devo cercà là sotto», fece Nilly che nel frattempo era tornata al tu.

Sbirciai tre o quattro boccette e le loro scatoline. Uno dei clienti disse che Brut lo prendeva pure lui. «A trovallo», rispose Nilly che non vedevamo più, nascosta sotto il bancone a trafficare. «Un attimo ancora», disse, poi si rialzò di scatto con le mani vuote, il cuore inzeppato di spavento, l'aria stravolta.

«Ch'è stato?», chiese a noi, sbalzati quanto lei.

Un colpo di pistola in lontananza. Ci guardammo in faccia pe' decide cosa fare, se restaccene dentro al sicuro o uscire a capì de che cosa se trattava. Solo Venditti alla radio pareva che sapesse già.

Per sempre giovane resterò / per sempre giovane.

«Ho freddo, Pietro, non te ne andare». Ghedin ha creduto che a terra, colpito in petto dalla pistola di un orefice, Luciano stia scherzando come faceva con Chinaglia negli spogliatoi, dove qualche volta fingeva di star male pochi minuti prima della partita. I Gemelli sono stati a ripetizione di matematica da una cugina e passano per caso fuori la gioielleria proprio mentre trasportano a braccia il Tato loro verso un'ambulanza. Martini sta andando al Fiocchetti, vede la folla, domanda, glielo dicono. In un secondo invecchia di dieci anni. Se non avesse avuto il fisico che ha, il Biondo sarebbe morto all'istante. I venti minuti di vita supplementare li trascorre a sirene spiegate verso l'ospedale San Giacomo, cosciente, con una maschera dell'ossigeno che prova a togliersi all'ingresso quando vede Lovati il Secco.

I medici non fanno in tempo a operarlo. La barella è dentro l'ascensore ma quando arriva al piano i gesti convulsi sono finiti, il dinamismo pure, l'uomo sdraiato ha un lenzuolo di pietà a coprirgli il viso. C'è una foto ora nei pensieri di Bob, una foto in cui abbraccia Luciano prendendolo alle spalle. Il calcio ha conosciuto tempi di tenerezza. Perciò, parlando alla cornetta di un telefono a gettoni, adesso confessa a padre Lisandrini: «Io non ce la faccio a dirlo a Cesarina. Io non ce la faccio a dirlo a nessuno».

Chi deve dirlo a chi. È un'atroce catena senza attenzioni. A Udine, per esempio. Il ristorante di un albergo: ai tavoli, a cena, tra una quindicina di ragazzi della Nazionale Sperimentale di Bearzot, siede D'Amico. Dà le spalle al televisore della sala che ha il volume a zero. «Perché al telegiornale c'è la foto di Re Cecconi?», gli domanda il suo vicino di posto, il torinista Luigi Danova. Vincenzino a tavola magna una cartata. Mastica e risponde con la bocca piena: «È guarito. Staranno dando la notizia del suo ritorno in campo». In piedi davanti allo schermo, solo un minuto dopo è in trance. Si strofina la bocca con un tovagliolo, cerca di pulirsi il viso che avverte all'improvviso lercio. Scappa in camera, si chiude, Eraldo Pecci e Patrizio Sala bussano alla porta per non lasciarlo solo.

In un altro ristorante, a Cesena, stanno cenando Oddi e Frustalupi. L'occhio del primo si posa sul televisore, anche qui senza audio, anche qui la foto del Biondo. Un cameriere si accosta al tavolo e gli sussurra qualcosa all'orecchio. Giancarlo allora si alza e va al telefono alla cassa. Riesce solo a dire «Pronto». Quando torna da Mariolino, senza avere la forza di parlare, biascica un nome: «Luciano...».

Frustalupi ha in canna la domanda di chi non vuole arrendersi a capire: «Luciano cosa?».

«Luciano niente».

Pure Garlaschelli viene a saperlo dalla tv e corre in commissariato da Ghedin che è sotto shock, ha le convulsioni, insiste a parlare di uno scherzo, non dormirà tutta la notte ripetendo: «Sai, Cecco, che oggi potevo morire anch'io». «Il Messaggero» scrive che, qualche tempo prima, uno scherzo l'aveva fatto Wilson, entrando nella gioielleria di un amico-dirigente, in via Vittoria Colonna: fermi tutti, questa è una rapina. Avevano riso. «Qualsiasi cosa io dica, sono chiacchiere. Viviamo in una società troppo violenta», è adesso il giudizio rilasciato dal Milord.

Felice Pulici viene a saperlo dalla radio. È in macchina. La voce del dottore Ziaco gli spiega: «Il proiettile è entrato nella regione sternale, nel quinto spazio intercostale di destra. Deve aver colpito grossi vasi o l'atrio di destra del cuore, dando un'emorragia interna. Ha attraversato il mediastino e ha raggiunto la colonna da dove ha subito una deviazione e si è posto nella regione sottocutanea dell'emitorace posteriore di sinistra».

Il medico in ospedale va incontro a Martini che s'è precipitato dal suo fratello di tenerezza e di paracadute. Ziaco aprirà la porta della camera di Luciano solo a lui e a Polentes. «Aveva un forellino rosato al centro del petto». Gli prende la mano e gliela posa sulla maledetta capsula di piombo incamiciato uscita da una pistola calibro 7 e 65. «Vedi, lo ha ammazzato questo».

Basilica di San Pietro e Paolo all'Eur, 21 gennaio 1977

Per contenere le cinquemila persone arrivate qui dalle sette del mattino, il Comune ha montato le transenne. Ci sono le bandiere della Lazio, i cartelloni con le foto di Luciano. C'è un'aria popolare, un'afflizione genuina.

Cesarina è lontana. Ha preso le cose essenziali nella nuova casa in via Cassia 929, il palazzo dove abita pure Lucio Battisti, ed è tornata a Nerviano dal suocero, che per motivi di salute non è sceso a Roma. Ci sarà una funzione l'indomani su, al paese, da Cagliari verrà Gigi Riva, manderà un telegramma pure Gimondi, il ciclista, la maglia rosa del Giro d'Italia.

Chinaglia alla fine non è venuto. Il giorno dopo l'omicidio gli è nata la terza figlia e non vuol lasciare Connie sola. Ago, Bruno e Lio – con l'Ago giallo e rosso – sono a Genova con la Nazionale Under 21 per un'amichevole contro i sovietici. «Perché non possiamo tornare?», insiste Manfredonia che s'è informato su orari di treni e aerei. La bara è sulle spalle di Martini, Wilson, Pulici, Lopez e Ghedin, che porterà per sempre il peso di quella sera, la versione data dello scherzo, la decisione di non chiarire più.

Padre Lisandrini è alla sua seconda omelia in 48 giorni: «Perché sei morto, Luciano? Era necessario. Perché era necessario? Dice il Vangelo che se il grano di frumento non muore, non si può avere il frutto desiderato. Quella spiga bionda è caduta sul solco. Ha cominciato a fiorire la primavera. Hanno portato tanti fiori nel posto dove lui sedeva. I compagni lo guardano come si guarda un simbolo, una bandiera. Luciano è un patrimonio sacro».

Il ventottenne nell'angolo della chiesa è Franco Nanni.

«Sei venuto da Bologna», gli mormora Martini mentre lo abbraccia.

«Eravamo un branco di lupi».

«Siamo un gregge di pecore, Fra', un gregge».

Nei 18 giorni che vanno dall'arresto del gioielliere per «eccesso colposo di legittima difesa» al processo e alla sua assoluzione per «aver sparato per legittima difesa putativa», il Solerte legge a Preminenza opinioni, ricostruzioni, testimonianze. Quel che rimane della Lazio si fa invece 17 ore di volo per andare a giocare due amichevoli in Qatar, su un campo di erba a zolle e poco pubblico, organizzate solo per provare a fuggire dalla cupezza. Il Biondo per l'opinione pubblica è diventato un sempliciotto che se l'è cercata, il gioielliere un poròmo, un pulciaro o un giustiziere. Aveva già sparato, si scopre, altre due volte. «Quanti altri, come lui, hanno le pistole a portata di mano e sono psicologicamente pronti a premere il grilletto e uccidere?», si chiedono a «Paese Sera».

In Italia nel 1974 il porto d'armi è in tasca a 98.921 cittadini, due anni dopo le domande sono aumentate del 35% e nella sola Roma sono 15 mila. Erano state prodotte negli ultimi dodici mesi 315.547 fra pistole, revolver e repliche di armi antiche. Per il porto d'armi bastavano una domanda in carta da bollo da 1.500 lire al prefetto, uno stato di famiglia, il congedo militare, due fotografie, un versamento da 10.700 lire e 220 lire alla questura. Per Alberto Bevilacqua siamo di fronte a due persone imbevute dello stesso «maschilismo fascista». Giorgio Tosatti scrive: «La morte di Re Cecconi rappresenta un dramma cui nessuno può sentirsi estraneo: è la folgorante testimonianza della nevrosi nella quale viviamo. Di queste nevrosi si trovano prove anche nei commenti della tragedia: il cinismo si sostituisce alla pietà, la riprovazione per la stupidità dello scherzo è superiore allo sdegno per il modo in cui è stata stroncata la vita di un uomo».

Preminenza si sfila gli occhiali scuri e scatta: «Ma quale scherzo. Io non ci credo. Non c'è stato nessuno scherzo». Come per Pasolini, la verità è un vattelapesca.

La prossima partita, aveva detto Luciano. Andai a Cesena. Con la macchina a tracolla, l'accredito per stare in campo, tutto come una volta e questa giurai davvero sarebbe stata l'ultima. Nel corridoio che dagli spogliatoi portava al campo, gli undici della Lazio vestivano in maglia celeste, pantaloncini blu, bianchi i calzettoni, la fascia nera al braccio. La prima partita senza Re Cecconi. Senza Re e senza Tom. Quelli di fianco erano in bianco, di bianco vestito pure Oddi, che marciava piangendo verso il prato. Wilson camminò per molti metri tenendo la testa bassa, scoprendo così che non si riesce mai a fuggire veramente. Sentì una mano sulla spalla ed era quella del portiere loro, il solito Boranga, ancora. C'erano uomini e squadre che tornavano nei momenti chiave, uomini che più di altri avevano tagliato la strada a quella Lazio. Boranga aveva 35 anni e l'ansia di non fermarsi al calcio. Con la laurea in biologia, faceva un internato gratis all'ospedale Bufalini della città. Nel tempo libero lo trovavi in strada come uomo sandwich, stretto fra due cartelloni pubblicitari, alla ricerca di finanziamenti per la prevenzione e la cura dei tumori. Voleva laurearsi in medicina e aveva pure cominciato a scrivere poesie.

Avrei bisogno di te / per ritrovare / nel buio della mia malinconia / la luce.

Anche per lui il tempo era passato rispetto ai giorni in cui si presentava come un oppositore di Chinaglia. «Mi spiace, mi spiace molto», bisbigliò un paio di volte a Wilson. Frustalupi era in tribuna, Pulici mormorava una preghiera, l'arbitro controllò più volte l'orologio per verificare quanto del minuto di silenzio fosse già passato. La maglia di Luciano finì ad Agostinelli, il nuovo biondo della Lazio. Un pezzo del numero otto dietro la schiena era scucito, come scucito ormai a me pareva il mondo.

Finì in modo del tutto coerente. D'Amico tirò un calcio di rigore in bocca a Boranga. Vinício alla fine non sapeva se esse più deluso o disperato. Disse che era stata la partita più brutta a cui avesse mai assistito, in campo nun c'era stato niente, niente e nessuno, disse così, e io misi una croce nera sul pallone.

Rientrato dallo 0-0 di Cesena, trovai un macello alla Sapienza, i giovani missini avevano dato l'assalto a lettere durante un'assemblea con spranghe, molotov e pistole.

L'Agro Romano. Febbraio 1977

Memmo ha trasformato l'attività e la tenuta agricola. Ha messo in piedi un'area in cui tira su dei polli d'allevamento. Gli lancia il granone e quelli scorrazzano. È uno dei fornitori, adesso, di questo ristorante nel quale l'Operaio del Prenestino entra e chiede del titolare.

«È vero che da te si può scommettere sulle partite di pallone?».

Sono giocate clandestine, in Italia le scommesse non sono legali. Non ancora. Si chiama Totonero.

«Non si scommette qua ma so dove mannatte. Lo sai che esistono partite più sicure d'artre, vero?», gli fa il ristoratore con l'aria di chi una dritta gli sta regalando.

«Che vor dì che sono più sicure?».

«Vor dì che noi sappiamo come finiscono. Tu metti 'na cifra grossa, noi ci prendiamo una percentuale».

«E come fate a sapé il risultato? Che c'avete la palla di cristallo?».

«Le palle di cristallo se rompono. Noi c'avémo molto de più. Noi c'avémo amici che le partite le giocano. È più sicuro».

Su un campo sperduto nel bugio del culo della periferia romana, più o meno nello stesso istante, mentre una squadra s'abbraccia di gioia, Valerio Cresta è il palamidone che il gol l'ha preso. Si china per raccogliere il pallone dalla porta, dà le spalle a tutti, nessuno può vedere l'espressione del suo volto. Nessuno perciò si accorge che la sua aria delusa e afflitta si trasforma lentamente. Finché con la palla fra le mani e un gol di svantaggio, sulle sue labbra si affaccia un ghigno di marnata soddisfazione.

Le rughe

Quel 1977 che l'Italia aveva accolto e benedetto a Capodanno, mi portò su altre otto strade insanguinate, a ripetere sempre gli stessi scatti, a fare sempre le stesse foto, corpi a cartoccio, occhi abburacciati, cerchi di gesso intorno a bossoli. Aspettammo con uguale fiducia il '78 e con speranza pure l'anno appresso ma continuai a restare in un vortice di piombo, dove non si capiva più chi vendicava cosa, né perché.

A Roma ammazzarono carabinieri, poliziotti, terroristi, studenti, missini, gioiellieri, giudici, politici, magistrati, giornalisti, avvocati, cittadini comuni scambiati per qualcun altro. Uccisero in strada, su un autobus, all'università, in una biblioteca, sulla scalinata di una chiesa, su una panchina ai giardinetti, in un ristorante, davanti a un bar, in un'armeria, in un sottoscala, nelle manifestazioni, nelle sezioni di partito, sotto ai portoni. L'età media dei trentasette morti fu di 32 anni: ventidue ne avevano meno di 30, sette non ne avevano ancora compiuti 20. A ottobre del '79 la morte arrivò dentro lo stadio Olimpico. Fu un altro giorno di derby, un razzo venne lanciato dalla sud e raggiunse nella curva opposta il tifoso Vincenzo Paparelli, un uomo di 33 anni, due figli di 14 e 8. L'uomo che aveva sparato non era manco 'n omo, era poco più di un bambino, 17 anni, rimase latitante finché fu maggiorenne. A Roma si poteva sparare ovunque, e ovunque capitava de morì.

Chissà come a un certo punto gli americani scoprirono le mie foto, sia quelle della dolce vita sia quelle di cronaca e di calcio più recenti. «Life» mi offrì un lavoro. Ho preso il coraggio in mano e ho ricominciato, volai a New York, di nuovo attori, attrici, un reportage in Canada dove beccai un cervo che saltava fra i ghiacciai e gli ultimi anni come fotografo di scena per grandi registi. Basta morti, basta palloni. Sono rimasto in America, non vedo Roma da quarant'anni – che ce tornavo a fà – se non ritratta nelle immagini portate da Errati ogni volta che veniva al Madison Square Garden per la boxe.

L'America non è così grande come sembra. Un giorno mi sento toccare sulla spalla. Mi volto: era Chinaglia. Due volte l'ho incontrato. La prima in un centro commerciale, era già stato presidente della Lazio, l'aveva comprata, l'aveva venduta, cercava una maniera pe' restà nel giro. Mi aveva visto in fila alla cassa davanti a lui, fu gentile, provò a pagare una felpa che avevo preso, mi diede un biglietto da visita, io gli diedi il mio, lo guardò e disse: «Ma tu non ti chiamavi Lello?». Mancava un giorno alla fine del 1989, lo ricordo perché Lio Manfredonia giocava nella Roma e aveva avuto 'n infarto in campo, Bruno Giordano era suo avversario con la maglia del Bologna e per dei giorni in ospedale andò a tenergli compagnia.

La seconda e ultima volta fu la domenica della finale dei Mondiali del 2006. L'Antimafia di Napoli lo aveva già indagato con l'ipotesi di reato di riciclaggio e legami con la camorra. Qualche mese dopo la finanza avrebbe chiesto un'ordinanza di custodia cautelare mentre il professor Imperato, in un'intervista al «Giornale», avrebbe raccontato che secondo lui Tommaso era morto per un'ernia strozzata. Eravamo in un negozio di computer e dovetti tradire una freddezza che Chinaglia a modo suo decise di sfruttare. «Ehi, cosa fai, provi a evitarmi?». Fece un paio di domande su qualche comune conoscenza e, come se ci fossimo divisi il pane da bambini, mi invitò a vedere Italia-Francia a casa sua.

«O non ci vieni perché pensi che io sia un fascista? O un latitante».

«Sai la verità, Giorgio? Io non ho mai capito tu chi sei davvero».

«Da mo' che lo so che non l'hai capito. M'è sempre parso strano. Sai perché? Perché tu sei un fotografo. Dovresti credere all'evidenza. Con Chinaglia non lo hai mai fatto. Chinaglia non ha niente da spartire coi fascisti, non so come dirlo. Chinaglia non ti è mai stato simpatico. Ma Chinaglia è sempre stato quello che si vede».

Parlava in terza persona, come fanno molti calciatori fuori dall'ordinario. Me veniva da ride.

«L'avrai fatta qualche stronzata, no? Ce l'avrai qualche difetto», gli dissi.

Non ci pensò neppure un attimo. «Credo troppo negli altri. Sono un ingenuo». Poi sterzò subito. «Dovresti venire qualche volta ospite mio».

«Ospite tuo, dove».

«Al mio programma. *The Football Show*. Radio SiriusXM».

«E cosa gli diciamo alla gente? Che hai invitato uno che ti stava sui coglioni?».

«Tu non mi stavi sui coglioni, se no quella volta non avresti fatto lo scoop. Ti rispettavo».

Non c'era mai stata fra noi tanta franchezza. Lo presi in giro imitando il tono suo di voce, profondo. «Signore e signori, è qui con noi in radio l'unico fotografo italiano che non ho mai picchiato».

«Non ti ho mai picchiato? Davvero?».

«Pensa tu. Neppure quando feci le foto alla rissa nel locale».

«Ah, me la ricordo quella volta. Mi prudevano le mani. Ma eri stato leale. Ti facesti vedere. Sapevo che eri lì. Non mi beccasti tu, mi feci beccare io. Ho sempre apprezzato il fatto che non cercavi scandaletti. Eri diverso dagli altri, si vedeva».

«Caspita», scherzai, «oggi incasso un lecchetto dal grande Chinaglia».

«Fuck off, Lello», mi disse ridendo. Si sciolse. Si fece pensieroso e serio. «La vuoi sapere per davvero la peggio cosa fatta in vita mia?». Voleva dirmela. «Non ho mai sognato Luciano. Quasi trent'anni. Nemmeno una notte».

Chi lo sa se al Gran Giorgione sei anni dopo j'è seccato de morì in un posto che si chiamava Naples, mi sono chiesto se ci fosse annato apposta pe' fasse trovà là l'ultimo giorno, chissà se aveva dei fantasmi con cui far pace o se è soltanto un film che me so' fatto io nella capoccia.

Non c'eravamo mai abbracciati prima, ci salutammo così. Lo vidi andar via di schiena barellando, lo richiamai.

«Giorgio, solo una cosa. L'ultima».

Si girò.

«La tromba», gli dissi. «Ce l'hai ancora quella tromba? Dove l'hai messa?».

Era distratto, aveva già i pensieri da un'altra parte. «Quale tromba?», rispose.

Quel regalo di tanti anni prima a me pareva contenesse tutte le sue personalità. La tromba da far baciare ai compagni in un rito di sottomissione o da fargli suonare per legarsi a loro. La tromba che poteva dà la carica o suonà mezza sfiatata. La tromba con cui mi avevano aperto le porte del loro mondo, facendomi sentì parte di una storia.

«Niente, lascia perdere», gli dissi, ma due giorni dopo un postino bussava alla mia porta con un pacco. Era lui che lo mandava, aveva conservato il mio biglietto con l'indirizzo. La tromba era accompagnata da un biglietto: «Tienila tu. Io non ho più fiato. Giorgio Chinaglia, italiano provvisorio».

Il postino mi lasciò pure un paio di volantini pubblicitari, uno veniva da un fotografo e mi incuriosì. In cambio di 15 dollari prometteva un viaggio nel tempo.

«Scopri come sarai da vecchio».

Presi la macchina e andai. Non mi ha mai appassionato la nuova tecnologia. Vedo droni volare, catturano belle immagini, lo so, ma lo sguardo dell'uomo me continua a paré sempre 'n'artra cosa. Feci un'eccezione, chiusi gli occhi e mi lanciai.

L'uomo spiegò che al computer aveva un software in grado di leggere su una foto i tratti somatici di una persona – il taglio degli occhi, la linea del mento, la fronte, il naso – e in base a quelli poteva predire come sarebbe diventata fra dieci, venti, anche trent'anni. Scherzò, voleva esse spiritoso: «Tu quanti ne hai?».

«Sessantasette», risposi.

«Vuoi vederti come sarai a cent'anni?».

Feci finta di divertirmi e tirai fuori la foto. «È questa. Ne voglio una copia dopo un anno, due, tre, e così via».

Mi guardò stupito. «Anno dopo anno?».

«Anno dopo anno, bravo. Si può fare?».

«Tutto si può fare». Intendeva: avendo i soldi.

«Allora me ne fai cinquanta».

«Cinquanta?».

«Te le pago tutte. Quindici l'una».

«Mi serve una giornata».

«Passo domani». Pagai in anticipo e furono i 750 dollari meglio spesi della vita mia.

Così, grazie a quel trucco, la ragazza che in foto raccoglieva telline a Scauri aveva potuto continuare a farlo ogni estate, a diciott'anni, a diciannove, a venti, cambiando e crescendo un mozzico alla volta fino ai 47 che avrebbe avuto nel 2006 e fino ai 61 che avrebbe avuto proprio adesso che mi trovo qui, con una penna in mano, indeciso su cosa scrivere di me, nelle cinque righe di biografia per il catalogo de 'na mostra a Boston.

Aveva ragione la medium. Era in America che dovevo venì. La gente entrava nel negozio pe' guardà in anticipo il futuro, io avevo chiesto alla tecnologia di risarcirmi del passato. Ho potuto scoprì come sarebbe stata Clara maggiorenne. Ho visto com'era quando si sarebbe laureata, com'era quando sarebbe andata via di casa. Ho visto com'era quando avrebbe sposato Angelo o quando lo avrebbe lasciato, fa lo stesso, quando prima o poi sarebbe diventata mamma. Ho visto alla fine finanche le sue rughe e la faccia che avrebbe se mi accudisse oggi. Quando ho mostrato i fotoritocchi alla Errati l'ultima volta che è venuta – era in America al funerale di Muhammad Ali – le ha guardate a quel modo suo distratto trovando le parole giuste, come sempre. «Che te ne fai? Così tua figlia pare non abbia fatto altro nella vita che raccogliere telline».

Ora non ho più niente da pescare. Il mio amico Marittiello Siano dopo una giornata vuota di belle foto diceva: il mare oggi è tutt'acqua. Ecco, cosa je scrivo nella biografia del catalogo. Se je sta bene, bene. Scrivo che il mare oggi è tutt'acqua. Mangio poco e leggo tanto, rispondo a qualche lettera che arriva dall'Italia, passo i pomeriggi a seguì con l'obiettivo le ombre sopra le panchine e a guardà la foto davanti al *Rex* che mi fece Federico. Sto diventando sordo ma manco me dispiace, così me perdo un sacco de fregnacce. Mi chiamano maestro, mi invitano a parlà ai convegni e nelle scuole. Quando mi chiedono chi m'ha insegnato il mio mestiere, me verrebbe da dì: la vita. Se non fosse che così me metterei in faccia l'aria di uno che parla pe' tiràssela. Allora al posto de la vita dico: la strada. Bisogna tornà a la strada. Ecco. La strada è tutto. Come pe' le battone. Ma le battone, vojo dì, quelle d'una volta.

Nota dell'autore

Ispirato a fatti realmente accaduti, questo romanzo è come tutti frutto di fantasia. All'interno di una cornice storica documentata e ricostruita fedelmente, il ruolo di uomini e donne, società e organizzazioni è stato liberamente rielaborato o romanzato, così come le loro azioni, le loro parole e la loro partecipazione immaginaria alle vicende dei personaggi inventati, compresi quelli in qualsiasi modo ispirati a persone reali, vissute o viventi.

Gli eventi privati dei protagonisti sono narrati sulla scorta delle cronache giornalistiche dell'epoca, su biografie, autobiografie e dichiarazioni dei calciatori, sulla ricca bibliografia esistente per la Lazio di quegli anni, nella quale spicca il lavoro di approfondimento fatto da Guy Chiappaventi a cui mi sono abbeverato.

Il personaggio di Marcello Traseticcio è un omaggio al grande fotografo Marcello Geppetti, che fu realmente protagonista della dolce vita e fotografò la Lazio degli anni '70 per il quotidiano «Momento Sera». Ma la vita privata del mio Marcello non ricalca quella di Geppetti e non ha nulla in comune con la sua, così come il giornale per cui lavora nel libro non è individuabile in «Momento Sera». Nelle pagine del romanzo Marcello parla spesso citando alla lettera e rielaborando pensieri e riflessioni di Cartier-Bresson, Sebastião Salgado e altri grandi fotografi, ricostruiti attraverso interviste e biografie. Preminenza invece riprende, cita e deforma opinioni espresse nel tempo da vari scrittori sulla città di Roma.

Grazie a Marco Patucchi per le informazioni e i libri messi a mia disposizione. Grazie a Gigi Riva che mi ha convinto a cominciare; a Marco Ciriello e Aligi Pontani che mi hanno incoraggiato, agli impiegati della Biblioteca Nazionale Centrale di Roma per la loro pazienza; a Mattia Carratello e Giacomo Mannino per avermi indicato certi sentieri giusti.

Indice

Le canaglie

Questo volume è stato stampato
su carta Arena Ivory Smooth
delle Cartiere Fedrigoni
nel mese di ottobre 2020

Stampa: Officine Grafiche soc. coop., Palermo

Legatura: LE.I.MA. s.r.l., Palermo

Il contesto

1 Buket Uzuner. Ada d'ambra
2 Roberto Bolaño. I detective selvaggi
3 Jaime Bayly. Non dirlo a nessuno
4 Alicia Giménez-Bartlett. Una stanza tutta per gli altri
5 Anna Kazumi Stahl. Fiori di un solo giorno
6 Alicia Giménez-Bartlett. Vita sentimentale di un camionista
7 Mercè Rodoreda. La morte e la primavera
8 Sergio Bianchi. La gamba del Felice
9 François Vallejo. Madame Angeloso
10 Pietro Grossi. Pugni
11 Jaime Bayly. L'uragano ha il tuo nome
12 Francesco Recami. L'errore di Platini
13 Alicia Giménez-Bartlett. Segreta Penelope
14 Roberto Bolaño-A. G. Porta. Consigli di un discepolo di Jim Morrison a un fanatico di Joyce
15 Francesco Recami. Il correttore di bozze
16 Marijane Meaker. Highsmith. Una storia d'amore degli anni Cinquanta
17 Nino Vetri. Le ultime ore dei miei occhiali
18 Pietro Grossi. L'acchito
19 Alicia Giménez-Bartlett. Giorni d'amore e inganno
20 François Vallejo. Il barone e il guardacaccia
21 Francesco Recami. Il superstizioso
22 Maria Attanasio, Giosuè Calaciura, Davide Camarrone, Santo Piazzese, Gaetano Savatteri, Lilia Zaouali. Il sogno e l'approdo. Racconti di stranieri in Sicilia
23 Andrea Camilleri, Ugo Cornia, Laura Pariani, Ermanno Rea, Francesco Recami, Fabio Stassi. Articolo 1. Racconti sul lavoro
24 Francesco Recami. Prenditi cura di me
25 Nino Vetri. Lume Lume
26 Jaime Bayly. La canaglia sentimentale
27 Alicia Giménez-Bartlett. Dove nessuno ti troverà
28 Tayeb Salih. La stagione della migrazione a Nord
29 Alicia Giménez-Bartlett. Exit

30 Sylvain Tesson. Nelle foreste siberiane
31 Martin Suter. Il talento del cuoco
32 Bi Feiyu. I maestri di tuina
33 Fabio Stassi. L'ultimo ballo di Charlot
34 Marco Balzano. Pronti a tutte le partenze
35 Clara Usón. La figlia
36 Furukawa Hideo. Belka
37 Tayeb Salih. Le nozze di al-Zain
38 Maria Attanasio. Il condominio di Via della Notte
39 Giosuè Calaciura. Bambini e altri animali
40 Sheila Heti. La persona ideale, come dovrebbe essere?
41 Alain Claude Sulzer. Il concerto
42 Ella Berthoud, Susan Elderkin. Curarsi con i libri. Rimedi letterari per ogni malanno
43 Kyung-sook Shin. Io ci sarò
44 John Jeremiah Sullivan. Americani
45 Xu Zechen. Correndo attraverso Pechino
46 Fabio Stassi. Come un respiro interrotto
47 Benjamin Alire Sáenz. Tutto inizia e finisce al Kentucky Club
48 Yasmina Khadra. Gli angeli muoiono delle nostre ferite
49 Mia Couto. La confessione della leonessa
50 Iván Repila. Il bambino che rubò il cavallo di Attila
51 Radhika Jha. Confessioni di una vittima dello shopping
52 Bi Feiyu. Le tre sorelle
53 Marco Balzano. L'ultimo arrivato
54 Pietro Leveratto. Con la musica. Note e storie per la vita quotidiana
55 Luisa Adorno, Maria Attanasio, Andrea Camilleri, Luciano Canfora, Francesco M. Cataluccio, Alicia Giménez-Bartlett, Ben Lerner, Marco Malvaldi, Andrea Molesini, Salvatore Silvano Nigro, Laura Pariani, Benjamin Alire Sáenz, Leonardo Sciascia, Fabio Stassi, Sylvain Tesson, Sergio Valzania, Piero Violante. Almanacco 2014-2015
56 Francesco Recami. Piccola enciclopedia delle ossessioni
57 Ben Lerner. Nel mondo a venire
58 Alejandro Zambra. I miei documenti
59 Yasmina Khadra. Cosa aspettano le scimmie a diventare uomini
60 Sylvain Tesson. Abbandonarsi a vivere
61 Mia Couto. L'altro lato del mondo
62 Yasmina Khadra. L'ultima notte del Rais
63 Theodore Zeldin. Ventotto domande per affrontare il futuro. Un nuovo modo per ricordare il passato e immaginare l'avvenire
64 Jung-myung Lee. La guardia, il poeta e l'investigatore

65 Martin Suter. Montecristo
66 Alicia Giménez-Bartlett. Uomini nudi
67 Maria Rosaria Valentini. Magnifica
68 Clara Usón. Valori
69 Gigi Riva. L'ultimo rigore di Faruk. Una storia di calcio e di guerra
70 Alain Claude Sulzer. Post scriptum
71 Jenny Erpenbeck. Voci del verbo andare
72 Sylvain Tesson. Beresina. In sidecar con Napoleone
73 Roberto Alajmo. Carne mia
74 Hanya Yanagihara. Una vita come tante
75 Christophe Boltanski. Il nascondiglio
76 Sergio del Molino. Nell'ora violetta
77 Giosuè Calaciura. Borgo Vecchio
78 Ben Lerner. Odiare la poesia
79 Davide Enia. Appunti per un naufragio
80 Yasmina Khadra. Dio non abita all'Avana
81 Samar Yazbek. Passaggi in Siria
82 Marc Fernandez. Onde confidenziali
83 Ella Berthoud, Susan Elderkin. Crescere con i libri. Rimedi letterari per mantenere i bambini sani, saggi e felici
84 Peter Heine. Delizie d'Oriente. Una storia della cultura gastronomica
85 Maria Rosaria Valentini. Il tempo di Andrea
86 Furukawa Hideo. Tokyo Soundtrack
87 Roberto Alajmo. L'estate del '78
88 Sylvain Tesson. Sentieri neri
89 Chen He. A modo nostro
90 Martin Suter. Creature luminose
91 Alejandro Zambra. Storie di alberi e bonsai
92 Robert Menasse. La capitale
93 Yasmina Khadra. Khalil
94 Simona Baldelli. Vicolo dell'Immaginario
95 Masha Gessen. Il futuro è storia
96 Scott Spencer. Una nave di carta
97 Clara Usón. L'assassino timido
98 Sheila Heti. Maternità
99 Samar Yazbek. Diciannove donne
100 Giorgio Fontana. Prima di noi
101 Ivana Bodrožić. Hotel Tito
102 Philippe Jaenada. Lo strano caso di Henri Girard
103 Sergio del Molino. La Spagna vuota
104 Mazen Maarouf. Barzellette per miliziani

105 David Lopez. Il feudo
106 Pezzi da museo. Ventidue collezioni straordinarie nel racconto di grandi scrittori
107 Maxim Biller. Sei valigie
108 Pajtim Statovci. Le transizioni
109 Ben Lerner. Topeka School
110 John Lanchester. Il muro
111 Sylvain Tesson. La pantera delle nevi
112 Eliane Brum. Le vite che nessuno vede. Appunti dal Brasile che insorge